Solemne ante la muerte

Solemne ante la muerte

J. D. Robb

Traducción de Lola Romaní

TERCIOPELO

Título original: *Ceremony in Death*
Copyright © 1995 by Nora Roberts

Ésta es una obra de ficción. Nombres, personajes, lugares
y situaciones son producto de la imaginación del autor.
Cualquier semejanza con la realidad es pura coincidencia.

Este título ha sido editado por Berkley Books, editorial dentro
de The Berkley Publishing Group, una división de Penguin Putnam Inc.

Primera edición: octubre de 2006.

© de la traducción: Lola Romaní
© de esta edición: Libros del Atril, S.L.
Marquès de l'Argentera, 17. Pral. 1.ª
08003 Barcelona.
correo@terciopelo.net
www.terciopelo.net

Impreso por Puresa, S.A.
Girona, 206
08203 Sabadell (Barcelona)

ISBN 13: 978-84-96575-19-6
ISBN 10: 84-96575-19-5
Depósito legal: B. 34.783-2006

Existen más cosas en el cielo y en la tierra, Horacio, de lo que tú has soñado en toda tu filosofía.

SHAKESPEARE

Quizá no debamos reverenciar a Satán, dado que eso resultaría imprudente, pero sí podemos, por lo menos, respetar sus talentos.

MARK TWAIN

Capítulo uno

La muerte la rodeaba. Se enfrentaba a diario con ella, soñaba con ella cada noche. Vivía con ella en todo momento. Conocía sus sonidos, sus olores, incluso sus texturas. La miraba a los ojos, oscuros e inteligentes, sin parpadear. La muerte era un enemigo astuto, y ella lo sabía. Un temblor, un parpadeo, y la muerte se escurría, cambiaba. Podía vencer.

Diez años como policía no habían conseguido endurecerla ante ella. Una década en el cuerpo no había logrado que la aceptara. Cuando miraba a la muerte a los ojos, lo hacía con la mirada fría de un guerrero.

Eve Dallas miraba a la muerte en esos momentos. A la muerte de uno de los suyos.

Frank Wojinski había sido un buen policía, un policía sólido. Algunas personas dirían que había sido un policía esforzado. Eve recordó que había sido un hombre afable. Un hombre que no se quejaba de los sucedáneos que pasaban por ser comida en el comedor del Departamento de Policía y Seguridad de Nueva York, y que tampoco se lamentaba del agotador papeleo que su trabajo generaba. Nunca protestó por tener sesenta y dos años y no haber pasado del rango de sargento detective.

Era un hombre regordete que había dejado que el pelo se le encaneciera de forma natural. En el año 2058 era extraño que un hombre no demostrara culto al cuerpo ni a los cosméticos. Ahora, dentro del ataúd transparente adornado con un ramo de azucenas, parecía un monje dormido de otros tiempos.

Había nacido en otro tiempo, pensó Eve. Había llegado al mundo al fin del milenio y había vivido su vida en el siguiente. Había vivido las Revueltas Urbanas, pero nunca había hablado de ellas, como era habitual entre los policías más antiguos. Frank no era de los que contaban historias de la guerra; era más probable que se dedicara a enseñar la última foto o el último holograma de sus hijos y de sus nietos.

Le gustaba contar chistes malos y hablar de deporte. Y tenía debilidad por las salchichas vegetales con pepinillos.

Un hombre de familia, pensó Eve. Un hombre que había dejado atrás un gran dolor. Eve no sabía de nadie que hubiera conocido a Frank Wojinski y que le hubiera apreciado.

Había muerto cuando todavía le quedaba la mitad de la vida por delante y lo había hecho solo. Su corazón, grande y fuerte, había dejado de latir.

—Maldita sea.

Eve se volvió y puso la mano en el brazo de un hombre que acababa de detenerse a su lado.

—Lo siento, Feeney.

Él meneó la cabeza. Los caídos ojos de camello estaban imbuidos de tristeza. Se pasó una mano por el cabello, grueso y pelirrojo.

—Habría sido más fácil si hubiera ocurrido durante el servicio. Me resulta más sencillo asumir la línea de trabajo. Pero irse así. Simplemente marcharse estando tumbado viendo un partido en televisión. No es justo, Dallas. Se supone que un hombre no deja de vivir a su edad.

—Lo sé. —Sin saber qué más hacer, Eve le pasó un brazo por los hombros y lo alejó del féretro.

—Él me entrenó. Se ocupó de mí cuando yo era un novato. Nunca me decepcionó. —El dolor se percibía en todo su cuerpo, le brillaba en los ojos, le temblaba en la voz—. Frank no decepcionó nunca a nadie en toda su vida.

—Lo sé —repitió Eve; no era posible decir otra cosa. Estaba acostumbrada a que Feeney se mostrara rudo y fuerte. La fragilidad que mostraba ante ese dolor la preocupó.

Eve le condujo a través de los asistentes al funeral. La sala estaba repleta de policías y de miembros de la familia del difunto. Allí donde había policías y muertos, había café. O lo que pasaba por ser café en un lugar como ése. Eve sirvió una taza y se la ofreció.

—No puedo aceptarlo, no puedo asumirlo. —Exhaló un

suspiro largo y profundo. Era un hombre vigoroso y compacto que mostraba abiertamente el dolor, con la misma naturalidad con la que podía llevar un abrigo arrugado—. Todavía no he hablado con Sally. Mi esposa está con ella. Simplemente no he sido capaz.

—No pasa nada. Yo tampoco he hablado con ella todavía. —Eve no sabía qué hacer con las manos, así que se sirvió una taza de café que no tenía intención de beber—. Todo el mundo está conmocionado. No sabía que tuviera un problema de corazón.

—Nadie lo sabía —dijo Feeney en voz baja—. Nadie lo sabía.

Eve recorrió con la mirada la abigarrada sala sin apartar la mano del hombro de Feeney. Cuando un compañero moría en cumplimiento del deber, los policías podían enojarse, podían concentrarse en algo, fijar un blanco. Pero cuando la muerte se infiltraba, invitándole a uno con un gesto caprichoso del dedo índice, no era posible culpar a nadie. No había nadie a quien fuera posible castigar.

En la sala se percibía impotencia. Eve también la sentía. No era posible apuntar el arma contra el destino.

El maestro de ceremonia, muy elegante en el típico traje negro, estaba pálido como cualquiera de sus clientes y recorría la sala con expresión seria y dando golpecitos en la espalda a todo el mundo. Eve pensó que prefería presenciar cómo un muerto abría los ojos y le sonreía a escuchar las perogrulladas de ese hombre.

—¿Por qué no vamos juntos a hablar con la familia?

Resultaba difícil para él, pero Feeney asintió y dejó el café sin consumir a un lado.

—Le gustabas, Dallas. «Esa chica tiene pelotas de acero y una cabeza a la altura», me decía. Siempre afirmaba que, en caso de encontrarse en un apuro, tú serías la única de quien se fiaría para que le cubriera las espaldas.

Eso la sorprendió y la complació. Pero al mismo tiempo le aumentó la tristeza.

—No sabía que pensaba así de mí.

Feeney la miró. Eve tenía un rostro interesante, anguloso y de líneas firmes. No era un rostro que parara el corazón, pero era habitual que un hombre la mirara dos veces. Impactaba su mirada de policía, intensa y calculadora. Feeney se olvidaba a menudo de que tenían un color dorado oscuro, al igual que el pelo, siempre corto y con trasquilones. Era una mujer alta y esbelta, de cuerpo fuerte.

—Pues sí, eso pensaba de ti. Igual que yo.

Ella le miró con expresión de desconcierto y Feeney enderezó la espalda, habitualmente encorvada.

—Vamos a hablar con Sally y los chicos.

Se abrieron paso entre la multitud que llenaba la opresiva habitación de falsa madera oscura, recargada de cortinas rojas e inundada por los aromas de demasiadas flores atiborradas en tan poco espacio.

Eve se preguntaba por qué la presencia de un muerto siempre se acompañaba de flores y de cortinas rojas. ¿De qué antigua ceremonia provenía eso? ¿Por qué el género humano continuaba apegado a ello?

Estaba segura de que, cuando llegara su momento, no querría que la expusieran ante sus seres queridos ni ante sus socios en una sala atiborrada de gente en la cual el aroma de las flores tenía reminiscencias de podredumbre.

Entonces vio a Sally, acompañada por sus hijos y por los hijos de sus hijos, y se dio cuenta de que esos rituales eran para los vivos. Los muertos estaban más allá de esas preocupaciones.

—Ryan. —Sally alargó ambas manos, pequeñas, casi de hada, y le ofreció la mejilla. Se quedó así un momento, con los ojos cerrados y el rostro pálido, con la expresión encogida.

Era una mujer delgada y con el tono de voz dulce. Eve siempre la había calificado de delicada. Y a pesar de ello, era la esposa de un policía y había sobrevivido a la tensión de ese trabajo durante más de cuarenta años, lo cual significaba que debía de ser una mujer fuerte. Sobre el sencillo vestido negro lucía, colgado de una cadena, el anillo de veinticinco años en el Departamento de Policía de Nueva York que había pertenecido a su esposo.

«Otro ritual —pensó Eve—. Otro símbolo.»

—Me alegro mucho de que hayan venido —murmuró Sally.

—Le echaré de menos. Todos le echaremos de menos. —Feeney le dio unos torpes golpecitos en la espalda antes de apartarse. El dolor le hacía perder el habla: sentía que le atenazaba la garganta y que le enfriaba el estómago—. Ya sabes que si hay algo que…

—Lo sé. —Sonrió levemente mientras le apretaba con suavidad la mano. Se dirigió a Eve—: Le agradezco que haya venido, Dallas.

—Era un hombre bueno. Un policía sólido.

—Sí, lo era. —Ante esa muestra de admiración, Sally sonrió—. Estaba orgulloso de ofrecer sus servicios y su protección. El comandante Whitney y su esposa se encuentran aquí, igual que el jefe Tibble. Y tantos otros. —Recorrió la sala con ojos inexpresivos—. Tantos. Era importante. Frank era importante.

—Por supuesto que lo era, Sally. —Feeney, de pie, se mostraba incómodo—. Usted, bueno, ya conoce la Fundación para el Superviviente.

Ella sonrió de nuevo y le dio unos golpecitos en la mano.

—Estamos bien aquí. No se preocupe, Dallas. Creo que no conoce a mi familia. Teniente Dallas, mi hija Brenda.

«Bajita, de formas redondas —constató Eve mientras le daba la mano—. Pelo y ojos oscuros, mandíbula contundente. De su padre.»

—Mi hijo Curtis.

Delgado, de huesos finos. Los ojos secos pero llenos de dolor.

—Mis nietos.

Había cinco. El más joven era un niño de unos ocho años con una nariz chata cubierta de pecas. Miró a Eve con expresión calculadora.

—¿Cómo es que lleva el arma?

Desconcertada, Eve se la cubrió con la chaqueta.

—Vine directamente desde la Central de Policía. No tuve tiempo de ir a casa para cambiarme de ropa.

—Pete. —Curtis dirigió a Eve una mirada pidiendo disculpas—. No molestes a la teniente.

—Si la gente se concentrara más en sus poderes personales y espirituales, las armas no serían necesarias. Soy Alice.

Una rubia delgada vestida de negro dio un paso hacia delante. Habría resultado impactante en cualquier caso, pero el hecho de que proviniera de una familia tan normal resultaba chocante. Tenía los ojos de un suave color azul, y unos labios carnosos y brillantes que no tenían maquillaje. El pelo suelto le caía recto y brillante sobre los hombros del vaporoso vestido negro. Una delgada cadena de plata se deslizaba por su torso hasta la cintura. Al final de la misma se apreciaba una piedra negra de anillos plateados.

—Alice, estás zumbada.

Ella dirigió una fría mirada por encima del hombro hacia un chico de unos dieciséis años. Pero las manos continuaban revoloteando alrededor de la piedra negra, como unos elegantes pájaros que vigilaran su nido.

—Mi hermano Jamie —dijo con voz sedosa—. Todavía cree que un insulto merece la atención de los demás. Mi abuelo solía hablar de usted, teniente Dallas.

—Me siento halagada.

—¿Su esposo no se encuentra con usted esta noche?

Eve arqueó una ceja. «No hay dolor solamente —dedujo—, también hay nerviosismo». Era fácil darse cuenta. Pensó que la chica iba detrás de algo, pero qué.

—No, no está conmigo. —Volvió a mirar a Sally—. Les manda sus condolencias, señora Wojinski. Se encuentra fuera del planeta.

—Debe de hacer falta mucha concentración y energía —interrumpió Alice— para mantener una relación con un hombre como Roarke y, al mismo tiempo, llevar a cabo un trabajo difícil y exigente, incluso peligroso. Mi abuelo siempre decía que cuando uno tiene una investigación entre manos nunca la deja escapar. ¿Diría usted que eso es exacto, teniente?

—Si se deja escapar, se pierde. No me gusta perder. —Mantuvo la mirada de Alice durante unos instantes y luego, en un impulso, se agachó y susurró a Pete—: Cuando era una novata, vi a tu abuelo acertar a un tipo que se encontraba a diez metros. Era el mejor. —Recibió una sonrisa por respuesta y se incorporó de nuevo—. No le olvidaremos, señora Wojinski —dijo mientras le ofrecía la mano—. Era muy importante para todos nosotros.

Cuando empezaba a alejarse, Alice la sujetó por el brazo y se inclinó hacia ella.

—Ha sido muy interesante conocerla, teniente. Le agradezco que haya venido.

Eve le dedicó una inclinación de cabeza y se perdió entre la multitud. Con gesto despreocupado, introdujo una mano en el bolsillo y se encontró con un fino trozo de papel que Alice había dejado en él.

Eve tardó treinta minutos más en marcharse. Esperó hasta llegar al vehículo para sacar la nota y leerla.

Encuéntrese conmigo mañana, a medianoche.
Club Aquarian.
NO SE LO DIGA A NADIE.
Su vida está en peligro ahora.

En lugar de una firma había un símbolo, una línea oscura que se expandía en un círculo hasta formar un extraño laberinto. Casi tan intrigada como molesta, Eve volvió a meterse la nota en el bolsillo y se dirigió a casa.

La intuición que había desarrollado como policía, le hacía ver a aquella figura vestida de negro como una sombra entre las sombras. Esa misma intuición le decía que la estaba observando.

Siempre que Roarke se encontraba fuera, Eve prefería fingir que la casa estaba vacía. Tanto ella como Summerset, el jefe de servicio de Roarke, hacían todo lo que podían para ignorar el uno la presencia del otro. La casa era enorme, un laberinto de habitaciones, lo cual facilitaba que se evitaran mutuamente.

Eve entró en el amplio vestíbulo y tiró la chaqueta encima de la barandilla de la escalera, simplemente porque sabía que eso contraería la mandíbula de Summerset y le haría rechinar los dientes de pura rabia. Detestaba que algo rompiera la elegancia de la casa. Y especialmente, algo de ella.

Eve subió por las escaleras, pero en lugar de dirigirse al dormitorio principal se desvió hacia su oficina.

Si Roarke iba a pasar otra noche fuera del planeta, tal como esperaba, ella prefería pasarla en el sillón de su oficina en lugar de en la cama.

Acostumbraba a tener pesadillas cuando dormía sola.

Entre el papeleo de última hora y la visita, Eve no había tenido tiempo de comer. Ordenó un bocadillo de jamón de verdad con pan de centeno y un café con cafeína de verdad. Cuando el AutoChef lo sirvió, Eve respiró el aroma con placer. Tomó el primer bocado con los ojos cerrados, para disfrutar con mayor intensidad ese milagro.

Estar casada con un hombre que podía permitirse alimentos de verdad en lugar de sucedáneos tenía sus ventajas.

Por curiosidad, Eve se dirigió al ordenador, lo encendió y, mientras se deleitaba con el sabor del jamón y del café, le ordenó:

—Todos los datos disponibles acerca del sujeto Alice, apellido desconocido. Madre Brenda, nacida Wojinski, abuelos maternos Frank y Sally Wojinski.

En proceso...

Eve repicó en la mesa con los dedos. Tomó la nota y la leyó mientras se terminaba el bocadillo.

Sujeto Alice Lingstrom. Fecha de nacimiento, 10 de junio de 2040. Hija mayor de Jan Lingstrom y Brenda Wojinski, divorciados. Residencia, 486 de la calle Ocho Este, apartamento 4B, ciudad de Nueva York. Nombre del hermano James Lingstrom, fecha de nacimiento, 22 de marzo de 2042. Educación, graduación en el instituto. Dos semestres en la universidad: Harvard. Antropología, mitología. Tercer semestre aplazado. Actualmente empleada como oficinista, Búsqueda Espiritual, en el 228 de la calle Diez Oeste, ciudad de Nueva York. Estado civil, soltera.

Eve se pasó la lengua por los labios.
—¿Antecedentes penales?

No hay antecedentes penales.

—Parece bastante normal —murmuró Eve—. Información sobre Búsqueda Espiritual.

Búsqueda Espiritual. Tienda Wicca y centro de consulta propiedad de Isis Paige y Charles Forte. Tres años en la oficina de la calle Diez. Ingreso bruto anual de ciento veinticinco mil dólares. Licencia de sacerdotisa, herborista y registrada como hipnoterapeuta.

—¿Wicca? —Eve se apoyó en el respaldo de la silla con una sonrisa burlona—. ¿Qué tontería es ésa? Jesús. ¿De qué tontería se trata?

Wicca, reconocido como religión y oficio artístico, es una antigua fe basada en la naturaleza que...

—Parar. —Eve exhaló un suspiro. No estaba buscando una definición de brujería, sino una explicación de por qué un policía sensato terminaba teniendo una nieta que creía en hechizos y piedras mágicas.

Y por qué esa nieta quería tener un encuentro en secreto con ella.

Decidió que la mejor forma de averiguarlo era aparecer en el Club Aquarian al cabo de algo más de veinticuatro horas. Dejó la nota encima del escritorio. Pensó en lo fácil que habría sido olvidarse de esa nota, si no hubiese sido escrita por un familiar de alguien a quien ella respetaba y no hubiese visto aquella figura entre las sombras. La figura de alguien que, estaba segura, no quería ser visto.

Se dirigió al baño anexo y empezó a desvestirse. Era una pena que no pudiera llevarse a Mavis con ella para ese encuentro. Eve tenía la sensación de que el Club Aquarian se encontraba al lado de la calle de su amiga. Tiró los vaqueros a un lado y se estiró para despejar el cansancio de aquel largo día. Quizá pasara un par de horas relajadamente ante la pantalla. O quizá fuera a la sala de armas de Roarke y conectara un holograma para quemar el exceso de energía y poder dormir.

Nunca había probado ninguno de los rifles de asalto. Podía ser una experiencia interesante probar la forma en que un policía de la época de las Revueltas Urbanas terminaba con un enemigo.

Entró en la ducha.

—Chorro completo, a pulsos —ordenó.

Deseó haber tenido un caso de asesinato entre manos. Tener algo en qué concentrarse y en qué gastar las energías. Maldita sea, era patético. Se sentía sola y se daba cuenta. Estaba desesperada por encontrar algo con lo que pasar el tiempo y sólo hacía tres días que él se había marchado.

Cada uno tenía su propia vida, ¿no era así? Las habían tenido antes de encontrarse y continuarían teniéndolas. Las exigencias de los trabajos de ambos les absorbían mucho tiempo y atención. Su relación funcionaba bien y eso continuaba sorprendiéndola, porque ambos eran personas independientes.

Dios, le echaba de menos terriblemente. Disgustada consigo misma, se metió bajo el chorro de agua y dejó que la cubriera por completo.

Cuando sintió que unas manos la rodeaban por la cintura y luego subían hasta sus pechos, casi no se movió. Pero el corazón le dio un vuelco. Conocía su tacto, la sensación de sus dedos largos y finos, la textura de las palmas de sus manos. Echó la cabeza hacia atrás para invitar a esos labios sobre la curva del hombro.

—Mm. Summerset. Salvaje.

Unos dientes la mordieron en el hombro y rio. Las yemas de unos dedos le apretaron los pezones cubiertos de jabón. Eve gimió.

—No voy a despedirle.

Roarke deslizó una mano hasta el centro de su cuerpo.

—Valía la pena intentarlo. Has vuelto… —Los dedos de él, experimentados, se introdujeron dentro de ella, resbaladizos. Ella arqueó el cuerpo, gimió y se corrió al mismo tiempo—, temprano —terminó de decir—. Dios.

—Yo diría que he vuelto justo a tiempo. —La hizo darse la vuelta y mientras ella todavía temblaba le cubrió los labios con los suyos y la besó con avidez.

Él había estado pensando en ella durante el interminable vuelo de vuelta a casa. Pensó en eso, en tocarla, en saborearla, en sentir esa rápida respiración. Y allí estaba ella, desnuda, húmeda y temblorosa.

La apretó contra la esquina de la ducha, la tomó de las caderas y, despacio, la levantó del suelo.

—¿Me has echado de menos?

A Eve el corazón le latía con fuerza. Él se encontraba a centímetros de penetrarla, de llenarla, de destrozarla.

—La verdad es que no.

—Bueno, en ese caso… —le dio un suave beso en la mejilla—, voy a dejar que termines de ducharte en paz.

En un instante, Eve le rodeó la cintura con las piernas y se agarró con firmeza a su húmeda mata de pelo.

—Inténtalo, colega, y eres hombre muerto.

—De acuerdo, entonces será en defensa propia. —Entró en ella despacio y observó cómo sus ojos se oscurecían. Puso sus labios sobre los de ella para sentir su respiración.

El acto fue lento y suave, más tierno de lo que ninguno de los dos hubiera esperado. El clímax llegó en un largo y callado suspiro. Ella sonrió sin despegar sus labios de los de él.

—Bienvenido a casa.

Eve le miró. Esos impresionantes ojos azules, ese rostro que tanto podía ser el de un pecador como el de un santo, esos labios de poeta maldito. Su pelo empapado de agua, negro y húmedo, que llegaba justo hasta los suaves músculos de sus hombros.

Mirarle después de una de esas breves y periódicas ausencias siempre le provocaba un sentimiento inesperado. Eve no estaba segura de acostumbrarse al hecho de que él no sólo la deseara sino que la amara.

Todavía sonreía mientras le pasaba los dedos entre el pelo grueso y oscuro.

—¿Todo bien en el complejo Olimpo?

—Algunos ajustes y algunos retrasos. Nada que no pueda ser resuelto. —La compleja estación de vacaciones se abriría según lo previsto porque él no estaba dispuesto a aceptar que fuera de otra forma.

Ordenó cerrar la ducha y tomó una toalla para envolver a Eve con ella.

—Empiezo a comprender por qué te quedas aquí mientras estoy fuera. Yo no podía dormir en la habitación presidencial. —Tomó otra toalla y le secó el pelo—. Me sentía demasiado solo sin ti.

Ella se apoyó en él un momento solamente para sentir el familiar contacto de su cuerpo.

—Nos estamos volviendo muy bobos.

—No me importa. Nosotros, los irlandeses, somos my sentimentales.

Eso la hizo sonreír, mientras él se dirigía a buscar las batas. Era posible que él tuviera cierta musicalidad irlandesa en su acento, pero Eve dudaba de que alguno de sus conocidos o enemigos pudiera pensar en Roarke como un hombre sentimental.

—No tienes ningún hematoma reciente —observó mientras la ayudaba a ponerse la bata antes de que ella lo hiciera por sí misma—. Entiendo que eso significa que has tenido unos días tranquilos.

—En general, sí. Tuvimos a un tipo que se mostró un tanto eufórico con una acompañante con licencia. La asfixió hasta matarla durante el acto sexual. —Se anudó el cinturón de la bata y se pasó los dedos por el pelo para enjuagarse el agua—. Se asustó y huyó. —Encogiéndose de hombros, se dirigió al despacho—. Pero luego se arrepintió y se entregó al cabo de pocas horas. El fiscal lo anotó como homicidio no premeditado. Dejé que Peabody se encargara de ello y lo encerrara.

—Ajá. —Roarke abrió un armario para sacar una botella de vino, la descorchó y sirvió una copa para cada uno—. Entonces has tenido unos días tranquilos.

—Sí. Asistí al velatorio anoche.

Él frunció el ceño un momento.

—Ah, sí, me lo comentaste. Siento no haber llegado a tiempo para acompañarte.

—Feeney se lo está tomando verdaderamente mal. Hubiera sido más sencillo si Frank se hubiera ido estando de servicio.

Esta vez, Roarke se mostró preocupado.

—¿Habrías preferido que tu colega hubiera sido asesinado en lugar de…, digamos…, morir con tranquilidad durante la noche?

—Simplemente, sería más capaz de comprenderlo, eso es todo. —Eve abandonó su mirada en el color del vino. No le parecía adecuado decirle que ella preferiría una muerte rápida y violenta para sí misma—. Hay algo raro en esto. Conocí a la familia de Frank. La nieta mayor es un tanto extraña.

—¿En qué sentido?

—La forma de hablar, y la información que he obtenido de ella al llegar a casa.

Intrigado, Roarke se llevó la copa hasta los labios.

—¿Realizaste una búsqueda?

—Sólo una comprobación rápida. Porque me dio esto.

Eve se dirigió al escritorio y tomó la nota.

Roarke la observó y se quedó pensativo un momento.

—Laberinto de tierra.

—¿Qué?

—El símbolo que hay aquí. Es celta.

Eve se acercó para observarlo mientras meneaba la cabeza.

—Conoces cosas muy extrañas.

—No son tan extrañas. Después de todo, provengo de los celtas. El antiguo símbolo del laberinto es mágico y sagrado.

—Bueno, eso concuerda. Ella está metida en brujería o en algo parecido. Inició su educación en Harvard, pero la abandonó para trabajar en una tienda del West Village que venden hierbas y piedras mágicas.

Roarke trazó el símbolo con el dedo índice. Lo había visto en ocasiones anteriores. También había visto otros símbolos parecidos a ése.

Durante su infancia, los cultos en Dublín abarcaban un amplio abanico que iba desde las bandas más violentas hasta los grupos pacifistas. Todos ellos, por supuesto, utilizaban la religión como excusa para matar. O para ser matados.

—¿Tienes alguna idea de por qué quiere verte?

—Ninguna. Diría que se cree que me ha visto el aura o algo así. Mavis llevaba un garito de magia antes de que yo la pillara por robar billeteros. Me dijo que la gente era capaz de pagar cualquier cosa si uno les decía lo que querían oír. Incluso más si se les decía lo que no deseaban oír.

—Por eso los estafadores y los empresarios honrados son tan parecidos. —Roarke le dirigió una sonrisa—. Supongo que vas a acudir a la cita de todas formas.

—Claro, voy a seguir el tema.

Por supuesto que lo haría. Roarke volvió a echar un vistazo a la nota y la dejó a un lado.

—Voy a ir contigo.

—Ella quiere…

—Peor para ella. —Tomó un trago de vino. Era un hombre acostumbrado a obtener precisamente aquello que quería, costara lo que costase—. Me mantendré apartado de tu camino, pero voy a ir. El Club Aquarian generalmente es tranquilo, pero siempre hay algún elemento indeseable que se cuela en él.

—Los elementos indeseables conforman mi vida —repuso

ella con seriedad. Inmediatamente, ladeó la cabeza—: ¿Supongo que no serás el propietario del Club Aquarian?

—No. —Sonrió—. ¿Quieres que lo sea?

Ella se rio y le tomó de la mano.

—Vamos. Vamos a la cama a bebernos esto.

Relajada por el sexo y el vino, Eve se durmió inmediatamente abrazada a Roarke. Por eso se sorprendió al despertarse repentinamente al cabo de dos horas. No había tenido una de sus pesadillas. No sentía terror, dolor, frío ni sudor.

Y a pesar de todo, se despertó y los latidos del corazón no eran del todo regulares. Se quedó tumbada, quieta, con la vista fija en el cielo que se veía a través del tragaluz que había encima de la cama mientras escuchaba la tranquila y acompasada respiración de Roarke a su lado.

Se dio la vuelta y miró hacia los pies de la cama. Casi soltó un grito al ver unos ojos brillando en la oscuridad. *Galahad*, pensó. El gato había entrado en la habitación y había saltado encima de la cama. Eso era lo que la había despertado, se dijo a sí misma. Eso era todo.

Se tranquilizó de nuevo y se tumbó de lado. Notó que Roarke le pasaba un brazo por encima, dormido. Con un suspiro, Eve cerró los ojos y se acurrucó contra él.

«Sólo el gato», pensó, somnolienta.

Pero hubiera jurado que había oído unos cantos.

Capítulo dos

A la mañana siguiente, cuando se sumergió entre los papeles del trabajo, Eve ya se había olvidado del extraño sobresalto de la noche anterior.

La ciudad de Nueva York parecía satisfecha de encontrarse sumida en esos tranquilos días de otoño y estaba tranquila. Parecía un buen momento para dedicar unas cuantas horas a organizar la oficina.

O mejor delegar en Peabody la organización de la misma.

—¿Cómo es posible que sus archivos estén tan revueltos? —preguntó Peabody. Su rostro, sincero y firme, expresaba una profunda tristeza y decepción.

—Sé dónde está cada cosa —respondió Eve—. Quiero que coloques cada cosa donde todavía pueda saber dónde se encuentra, pero que al mismo tiempo tenga sentido que esté allí. ¿Un trabajo demasiado complicado, oficial?

—Me las apañaré. —Peabody levantó los ojos al cielo a espaldas de Dallas—. Señor.

—De acuerdo. Y no me pongas esa cara. Si las cosas están un tanto revueltas, tal y como tú dices, es porque he tenido un año muy ocupado. Dado que nos encontramos en el último trimestre y que te estoy entrenando, voy a delegar esto en ti. —Eve se giró y le dedicó una sonrisa—. Con la esperanza, Peabody, de que un día tú tendrás a tu propio ayudante en quien delegar esta porquería.

—Su fe en mí es conmovedora, Dallas. Me deja sin aliento. —Suspiró ante la pantalla—. Quizá lo que me deja sin respiración son estos papeles amarillos que tiene aquí; se supone que esa información debería estar desde hace veinticuatro meses en el ordenador central.

—Bueno, pues descárgalos ahora. —La sonrisa de Eve se hizo más amplia en cuanto el ordenador vibró y chirrió una advertencia de fallo de sistema—. Y buena suerte.

—La tecnología puede ser nuestra amiga. Pero, al igual que cualquier amistad, requiere un mantenimiento regular y cierta comprensión.

—Lo comprendo perfectamente. —Eve se acercó al ordenador y dio dos puñetazos al disco duro. La unidad soltó un silbido y volvió a funcionar correctamente—. ¿Lo ves?

—Verdaderamente, tiene usted mucho tacto, teniente. Por eso los chicos de mantenimiento hacen puntería con los dardos a una foto suya.

—¿Todavía lo hacen? Dios. Son rencorosos. —Se encogió de hombros y se sentó sobre el borde de la mesa—. ¿Qué sabes de brujería?

—Si lo que quiere es hechizar a su ordenador, eso queda un tanto fuera de mi campo. —Con la mandíbula apretada, sonrió mientras ordenaba los archivos.

—Ya veo, eres una naturalista.

—Error. Vamos, vamos, puedes hacerlo —animó al ordenador—. Además —añadió—, los *Free-Agers* no son brujos. Ambas cosas son religiones, y ambas se basan en el orden natural, pero…, hija de puta, ¿dónde lo has metido?

—¿Qué? ¿Dónde ha metido qué?

—Nada. —Encorvando la espalda, Peabody observaba la pantalla—. Nada. No se preocupe. Yo me ocupo. De cualquier forma, seguramente no necesita esos archivos.

—¿Es un chiste, Peabody?

—Claro. Ja, ja. —El sudor le bajaba por la espalda mientras manipulaba la unidad—. Ahí, ahí está. No hay problema, no hay ningún problema. Y ahí va, al ordenador principal. Todo arreglado. —Dejó escapar un profundo suspiro—. ¿Podría tomar un poco de café? Sólo para permanecer despierta.

Eve dirigió la mirada a la pantalla y no vio nada que pareciera amenazador. Sin decir nada, se levantó y ordenó café en el AutoChef.

—¿Por qué quiere información sobre brujería? ¿Está pensando en convertirse? —Al ver la mirada de Eve, Peabody intentó sonreír—. Otro chiste.

—Hoy eres un chiste con patas. Es sólo curiosidad.

—Bueno, existen ciertas coincidencias entre los brujos y los naturalistas. Una búsqueda del equilibrio y la armonía, una celebración de las estaciones que se remonta a tiempos remotos, un código estricto de no violencia.

—¿No violencia? —Eve entrecerró los ojos con expresión de suspicacia—. ¿Y qué me dices de las maldiciones, los encantamientos y los sacrificios? ¿De las vírgenes desnudas en los altares y los gallos negros decapitados?

—La ficción describe a las brujas de esa manera. Ya sabe. «Doble, doble, afanes y problemas». Shakespeare. *Macbeth*.

Eve soltó una risa burlona.

—«Te atraparé, mi preciosa, y a tu perrito también.» *La perversa bruja del Oeste*. Canal clásico.

—Ésa ha sido buena —admitió Peabody—. Pero ambos ejemplos se basaban en los errores más básicos. Las brujas no son viejas feas y malignas que se dedican a remover calderas repletas de mejunjes y a perseguir a chicas jóvenes. A los brujos les gusta ir desnudos, pero no hacen daño a nadie. Magia blanca estrictamente.

—¿Como lo contrario de…?

—Magia negra.

Eve observó a su ayudante.

—¿No creerás en esas cosas? ¿Magia y encantamientos?

—No. —Más despierta ahora gracias al café, Peabody volvió a ocuparse del ordenador—. Conozco algo de los preceptos básicos porque tengo una prima que se hizo Wicca. Hace mucho. Se unió a una asamblea de brujas de Cincinnati.

—Tienes a una prima en una asamblea de brujas de Cincinnati. —Riendo, Eve dejó el café a un lado—. Peabody, nunca dejarás de sorprenderme.

—Un día le contaré cosas de mi abuela y sus cinco amantes.

—Cinco amantes no es un número excepcional en el tiempo de vida de una mujer.

—No en su tiempo de vida; en el último mes. Todos al mismo tiempo.

Peabody levantó los ojos, inexpresivos.

—Tiene noventa y ocho años. Espero salir a ella.

Eve reprimió una carcajada al oír el pitido del TeleLink.

—Dallas. —Observó el rostro del comandante Whitney en la pantalla—. Sí, comandante.

—Teniente, me gustaría hablar con usted en mi oficina. Tan pronto como sea posible, es urgente.

—Sí, señor. Cinco minutos. —Eve apagó la unidad y dirigió una mirada esperanzada a Peabody—: Quizá tengamos algo. Continúa trabajando en esos archivos. Me pondré en contacto contigo si tenemos que irnos.

Antes de salir, se dio la vuelta:

—No te comas mi barrita de caramelo.

—Mierda —dijo Peabody en voz baja—. No se descuida ni un momento.

Whitney había pasado la mayor parte de su vida parapetado detrás de la placa de policía, y una gran parte de su vida profesional había consistido en asumir el mando. Conocer a sus policías y juzgar su fuerza y su debilidad se había convertido en su oficio. Y había aprendido cómo utilizar ambas cualidades.

Era un hombre corpulento, de manos gruesas y ojos oscuros y penetrantes que, para muchos, resultaban fríos. Tenía un carácter que resultaba, a un nivel superficial, terroríficamente equilibrado. Al igual que sucede con aquello que se muestra con una apariencia de suavidad, ocultaba algo peligroso.

Eve le respetaba, de vez en cuando le apreciaba y siempre le admiraba.

Whitney se encontraba sentado ante su escritorio cuando Eve entró en la oficina. Estaba leyendo un informe y tenía el ceño fruncido. Sin levantar la vista, le hizo una señal para que se sentara frente a él. Eve se sentó y observó un tranvía aéreo que pasaba por delante de la ventana repleto de pasajeros equipados con binoculares y gafas espía.

«¿Qué esperaban ver detrás de esas ventanas donde trabajaban los policías? —se preguntó—. ¿Sospechosos sufriendo tortura, disparos de arma, víctimas sangrantes y suplicantes? ¿Y por qué les atraía imaginar esas desgracias?

—La vi anoche en el velatorio.

Eve volvió a dirigir su atención al comandante.

—Supongo que todos los policías de la Central asistieron.

—Frank era muy apreciado.

—Sí, lo era.

—¿Nunca trabajó con él?

—Me dio algunas pistas cuando yo era una novata y me ayudó en el trabajo de calle un par de veces, pero no, nunca trabajé con él directamente.

Whitney asintió con la cabeza sin apartar los ojos de los de ella.

—Fue compañero de Feeney antes de usted. Usted empezó a trabajar con Feeney cuando Frank dejó la calle y se sentó en un escritorio.

Eve empezó a sentir una desagradable sensación en el estómago.

«Aquí hay algo —pensó—. Falta algo.»

—Sí, señor. Esto ha afectado mucho a Feeney.

—Estoy al corriente de ello, Dallas. Por eso el capitán Feeney no se encuentra aquí esta mañana. —Whitney apoyó los codos encima de la mesa, juntó las manos y entrelazó los dedos—. Estamos en una situación delicada, teniente.

—¿En relación con el sargento detective Wojinski?

—La información que voy a ofrecerle es confidencial. Podemos confiar en la discreción de su ayudante, pero nadie más del cuerpo debe saber nada. Nadie de los medios de comunicación. Le pido, le ordeno —corrigió— que trabaje sola en este asunto.

Eve sintió que la desagradable sensación en el estómago se convertía en miedo en el mismo instante en que pensaba en Feeney.

—Entendido.

—Existe cierta cuestión relativa a las circunstancias de la muerte del sargento detective Wojinski.

—¿Una cuestión, comandante?

—Necesitará conocer cierta información anterior. —Bajó las manos todavía entrelazadas sobre la mesa—. He sabido que el detective sargento Wojinski o bien se encontraba siguiendo una investigación por su cuenta fuera de horas de oficina o bien estaba manejando sustancias ilegales.

—¿Drogas? ¿Frank? No hay nadie que esté más limpio que Frank.

Whitney ni siquiera parpadeó.

—El 22 de septiembre de este año, el detective sargento Wojinski fue visto por un detective de Ilegales encubierto llevando a cabo, supuestamente, un negocio en un centro sospechoso de distribuir sustancias químicas. El Dolabro es un club privado, de carácter religioso, que ofrece a sus miembros servicios rituales tanto individuales como en grupo y que tiene licencia para ejercer funciones sexuales privadas. El Departamento de Ilegales lo ha tenido bajo investigación durante casi dos años. Frank fue visto realizando una compra.

Eve no dijo nada y Whitney exhaló un largo suspiro.

—Fui informado de esta situación. Pregunté a Frank y él no se mostró colaborador. —Whitney dudó un momento y luego continuó—: Francamente, Dallas, el hecho de que él no lo negara ni lo afirmara, que rehusara explicar nada o hablar de ello, me pareció poco propio de él. Y me preocupó. Le ordené que se sometiera a un examen físico, incluido un análisis de sustancias químicas, y le aconsejé que se tomara una semana de descanso. Estuvo de acuerdo en ambas cosas. El examen resultó, en esos momentos, negativo. A causa de sus antecedentes, y debido a que yo le conocía personalmente y a la buena opinión que tenía de él, no señalé el incidente en su expediente sino que lo oculté.

Whitney se levantó y dirigió la atención hacia la ventana.

—Quizá eso fuera un error. Es posible que si hubiera perseguido ese asunto en aquel momento, él todavía estaría vivo y nosotros no tendríamos esta charla ahora.

—Usted confió en su juicio y en su hombre.

Whitney se dio la vuelta. Tenía los ojos oscuros. Eran intensos, pero no eran fríos, pensó Eve. Mostraban sentimiento.

—Sí, lo hice. Y ahora tengo más información. La autopsia estándar que se le practicó al sargento detective Wojinski ha localizado restos de digitalis y de Zeus.

—Zeus. —Ahora Eve se puso en pie—. Frank no era un consumidor, comandante. Sin tener en cuenta cómo era él, una sustancia potente como Zeus resulta evidente. Se nota en los ojos, en el cambio de personalidad. Si él hubiera estado consumiendo Zeus, todos los polis de su departamento lo hubieran sabido. El examen de estupefacientes lo hubiera detectado. Tiene que haber un error.

Eve introdujo las manos en los bolsillos y se esforzó por no empezar a recorrer la habitación arriba y abajo.

—Sí, hay polis que consumen, y hay polis que se creen que su placa les protege de la ley. Pero Frank, no. No es posible que estuviera sucio.

—Pero los restos estaban ahí, teniente. Al igual que había rastros de otras sustancias que han sido identificadas como drogas de síntesis. La combinación de todas esas sustancias provocó un paro cardíaco y la muerte.

—¿Sospecha usted que fue una sobredosis o que fue un suicidio? —Eve negó con la cabeza—. Es un error.

—Le repito que los restos estaban ahí.

—Tiene que haber algún motivo. ¿Digitalis? —Frunció el ceño—. Ésa es una medicina para el corazón, ¿no es así? Usted dijo que él había pasado un examen físico dos semanas antes. ¿Por qué no se detectó que tenía un problema de corazón?

La mirada de Whitney no mostró ningún signo de alteración.

—El mejor amigo de Frank dentro del cuerpo es el mejor detective electrónico de la ciudad.

—¿Feeney? —Eve dio dos pasos. No pudo evitarlo—. ¿Cree que Feeney le encubrió, que manipuló sus registros? Joder, comandante.

—Es una posibilidad que no puedo pasar por alto —dijo Whitney en tono ecuánime—. Tampoco usted puede hacerlo. La amistad puede nublar el buen juicio. Confío en que su amistad con Feeney no le nuble el suyo, en este caso.

Whitney caminó hasta el escritorio, hasta su posición de autoridad.

—Estas alegaciones y estas sospechas deben ser investigadas y resueltas.

Eve tenía la sensación de tener el estómago lleno de ácido.

—Quiere que investigue a unos colegas. Uno de los cuales está muerto y que ha dejado a una familia apenada tras su marcha. Y el otro fue mi instructor y es mi amigo. —Puso las manos encima de la mesa—. Es su amigo, también.

Whitney esperaba esa rabia, la aceptaba. Igual que esperaba que ella realizaría su trabajo. No aceptaría menos que eso.

—¿Preferiría usted que diera este caso a alguien a quien no le importara? —Arqueó una ceja al realizar la pregunta—.

Quiero que esto se lleve a cabo de forma discreta, y que cada porción de información y todos los informes de la investigación sean sellados y que solamente yo pueda acceder a ellos. En algún momento será necesario que hable usted con los familiares del sargento detective Wojinski. Confío en que lo hará de forma discreta y con tacto. No hay ninguna necesidad de incidir en su dolor.

—¿Y si encuentro algo que manche toda una vida de servicio público?

—Manejarlo será asunto mío.

Eve se puso tensa.

—Me está usted pidiendo muchísimo.

—Se lo estoy ordenando —la corrigió Whitney—. Eso debería hacérselo más fácil, teniente. —Le dio dos discos sellados—. Visione esto en su unidad doméstica. Todas las comunicaciones referentes a este asunto deberán serme enviadas desde su unidad doméstica a mi unidad doméstica. Nada tiene que pasar por la Central de Policía hasta que le diga lo contrario. Hemos terminado.

Whitney la observó salir de la oficina y cerró los ojos. Haría lo que era necesario hacer, lo sabía. Sólo esperaba que no fuera más de lo que pudiera soportar.

Eve estaba rabiosa al llegar a su propia oficina. Peabody estaba sentada frente al monitor y sonreía.

—Estaba a punto de vencer. Su unidad es una quejica, Dallas, pero la he espabilado a base de cachetes.

—Desconéctate —la cortó Eve mientras tomaba la chaqueta y la bolsa—. Y recoge tus cosas, Peabody.

—¿Tenemos un caso? —Peabody, animada, se levantó de la silla y se apresuró a salir tras Eve—. ¿Qué tipo de caso? ¿Adónde vamos? —Inició un paso rápido para seguir el ritmo de Eve—. ¿Dallas? ¿Teniente?

Eve dio un golpe a los pulsadores del ascensor y la furiosa mirada que dirigió a Peabody fue suficiente para callar cualquier otra pregunta. Eve entró en el ascensor, tomó posición entre varios policías ruidosos y se mantuvo en silencio.

—Eh, Dallas, ¿qué tal los recién casados? ¿Por qué no haces

que tu rico esposo compre el comedor y carg comida de verdad?

Eve dirigió una mirada helada por encim encontró con el rostro sonriente de un policí

—Bésame el culo, Carter.

—Eh, lo intenté hace unos años, pero lo Te guardabas para un civil —dijo, con una ca........

—Se guardaba para alguien que no fuera el mayor capullo de Robos —añadió alguien.

—Eso es mejor que ser el menor de ellos, Forenski. Eh, Peabody —continuó Carter—, ¿quieres que te bese el culo?

—¿Estás al día con tu dentista?

—Lo comprobaré y te lo comunicaré.

Le guiñó un ojo y él, junto con unos cuantos más, salieron del ascensor.

—Carter no puede quedarse quieto ante una mujer —dijo Peabody como para ofrecer conversación, un tanto preocupada por la expresión ausente de Eve—. Es una pena que sea un capullo. —Ninguna respuesta—. Ah, Forenski es bastante majo —continuó Peabody—. No tiene pareja, ¿verdad?

—Yo no meto las narices en las vidas privadas de mis colegas —respondió Eve, cortante, mientras salía del ascensor al llegar al nivel del garaje.

—Pues no le importó hacerlo en la vía —dijo Peabody en voz baja. Esperó mientras Eve decodificaba la cerradura del coche y luego tomó asiento en el lado del copiloto—. ¿Tengo que introducir el destino, teniente, o es una sorpresa? —Parpadeó, desconcertada, al ver que Eve apoyaba la cabeza en el volante—. Eh, ¿se encuentra bien? ¿Qué sucede, Dallas?

—Introduce la oficina de casa. —Eve suspiró y se incorporó—. Te lo contaré de camino. Toda la información que recibas y todos los registros de la investigación deben ser codificados y sellados. —Eve maniobró para salir del garaje—. Toda la información y los registros son confidenciales. Solamente debes informarme a mí o al comandante.

—Sí, señor. —Peabody tragó saliva para eliminar la obstrucción que sentía en la garganta—. Es algo interno, ¿verdad? Se trata de uno de los nuestros.

—Sí, mierda. Es uno de los nuestros.

La unidad de su casa no sufría las excentricidades de su ordenador oficial. Roarke se había ocupado de ello. Los datos se deslizaban con suavidad por la pantalla.

—La detective Marion Burns. Ha estado encubierta en El Dolabro durante ocho meses, trabajando como camarera. —Eve apretó los labios—. Burns. No la conozco.

—Yo sí, superficialmente. —Peabody acercó un poco su silla a la de Eve—. La conocía cuando estaba… ya sabe, durante el episodio con Casto. Me pareció una persona sólida, del tipo de gente que no quita los ojos del trabajo. Si la memoria no me falla, es una policía de tercera generación. Su madre todavía está en el oficio. Capitán, creo, en Bunko. Su abuelo dejó el cuerpo durante las Revueltas Urbanas. No sé por qué debió delatar al sargento detective Wojinski.

—Quizá simplemente informó de lo que vio, o quizá se trate de otra persona. Tendremos que averiguarlo. Su informe a Whitney es bastante breve y lacónico. A la 1:30 h del 22 de septiembre del 2058 vio al sargento detective Wojinski sentado en una cabina privada con una conocida traficante de sustancias químicas llamada Selina Cross. Wojinski ofreció unos créditos a cambio de un pequeño paquete que parece que contenía una sustancia ilegal. La conversación y el intercambio duraron unos quince minutos, después de los cuales Cross se trasladó a otra cabina. Wojinski permaneció en el club otros diez minutos más y luego se marchó. La detective Burns siguió al sujeto dos manzanas hasta que éste tomó el transporte público.

—Así que en ningún momento le vio consumir.

—No, y tampoco le vio en ningún momento volver al club esa noche, ni en ninguna de las noches siguientes durante su vigilancia. Burns es la primera de la lista para ser interrogada.

—Sí, señor. Dallas, ya que Wojinski y Feeney eran muy cercanos, ¿no sería lógico que Wojinski hubiera confiado en él? ¿O bien que Feeney se hubiera dado cuenta… de algo?

—No lo sé. —Eve se frotó los ojos—. El Dolabro. ¿Qué diablos es un dolabro?

—No lo sé. —Peabody sacó su palm y pidió la información—. Dolabro, cuchillo de ceremonias, una herramienta ritual que habitualmente está hecha de acero. Tradicionalmente no se utiliza para cortar, sino para vaciar círculos en las religiones terrestres.

Peabody levantó la vista hasta Eve.

—Brujería —continúo—. Vaya coincidencia.

—No lo creo. —Sacó la nota de Alice del cajón del escritorio y se lo ofreció a Peabody—. La nieta de Frank me metió esto en el bolsillo durante el velatorio. Resulta que trabaja en una tienda que se llama Spirit Quest. ¿La conoces?

—Sé qué es. —Preocupada, Peabody dejó la nota encima de la mesa—. Los brujos son pacíficos, Dallas. Y utilizan hierbas, no sustancias químicas. Ningún verdadero brujo comprará, venderá ni consumirá Zeus.

—¿Y digitalis? —Eve ladeó la cabeza—. Eso es una clase de hierba, ¿verdad?

—Es una destilación de digital. Ha tenido una utilización medicinal durante siglos.

—Y es... qué, ¿como un estimulante?

—No sé mucho de medicina, pero sí, creo que sí.

—También lo es Zeus. Me pregunto qué tipo de efecto se obtiene con la combinación de los dos. Una mala mezcla, una dosis equivocada, lo que sea. No me sorprendería que provocara un fallo en el corazón.

—¿Cree que Wojinski se suicidó?

—El comandante lo sospecha, y yo tengo ciertas preguntas —dijo Eve en tono impaciente—. No tengo las repuestas. Pero las obtendré. —Tomó la nota—. Empezaremos esta noche, con Alice. Quiero que estés ahí a las once, vestida de civil. Intenta parecer una naturalista, Peabody, no una policía.

—Tengo un vestido que mi madre me hizo para mi último cumpleaños. Pero me enfadaré de verdad si se ríe de mí.

—Intentaré controlarme. De momento, veamos qué podemos averiguar de esa Selina Cross y del Club Dolabro.

Cinco minutos más tarde, Eve sonreía ante el monitor.

—Interesante. Nuestra Selina ha estado por aquí. Pasó algún tiempo en una jaula. Mira este papel amarillo, Peabody. Sexo sin licencia, en el 2043 y el 2044. Cargos por asalto en el 2044 que luego fueron retirados. Estuvo en Bunko en el 2047, dirigió un timo relativamente importante. ¿Para qué querrá la gente hablar con los muertos? Sospechosa de mutilaciones animales en el 2049. No hubo pruebas suficientes para realizar un arresto. Fabricación y distribución de sustancias ilegales. Eso es lo que la puso fuera de circulación durante el 2050 y el 2051. Una mierda de poca monta, a pesar de todo. Pero en el 2055 la trajeron aquí y la interrogaron en relación con el asesinato ritual de un menor. Su coartada resistió.

—Ilegales la ha estado observando desde que fue liberada en el 2051 —añadió Peabody.

—Pero no la han encerrado.

—Tal y como ha dicho, es de poca monta. Deben de estar buscando a un pez más gordo.

—Yo diría lo mismo. Veamos qué tiene que decir Marion. Mira aquí, dice que Selina Cross es la propietaria. El Club Dolabro. —Eve apretó los labios—. Bueno, ¿cómo puede conseguir una pequeña traficante el poder económico suficiente para comprar y dirigir un club? Es una tapadera. Me pregunto si los Ilegales saben a quién cubre. Le echaremos un vistazo. Ordenador, mostrar imagen del sujeto: Cross, Selina.

—Uau. —Peabody se estremeció al ver la imagen en la pantalla—. Intimidante.

—No es una cara fácil de olvidar —murmuró Eve.

Era un rostro afilado y alargado, tenía los labios carnosos y de un vibrante color rojo, los ojos aparecían negros como el ónice. Había cierta belleza en él, en el equilibrio de los rasgos, en la piel blanca y suave, pero era un rostro frío. Y, tal como Peabody había dicho, intimidante. El pelo, negro igual que los ojos, estaba peinado con la raya en mitad de la cabeza y caía liso a ambos lados del rostro. Mostraba un pequeño tatuaje en la ceja izquierda.

—¿Qué es este símbolo? —preguntó Eve—. Aumentar y acercar el fragmento en un veinte o un veintidós…, treinta por ciento.

—Un pentagrama. —La voz de Peabody sonó temblorosa e hizo que Eve la mirara con curiosidad—. Invertido. No es una bruja, Dallas. —Peabody se aclaró la garganta—. Es una satanista.

Eve no creía en la brujería…, ni en la blanca ni en la negra. Pero sabía que otros sí creían. Y se inclinaba a pensar que algunas personas utilizaban esa fe descarriada para explotar a los demás.

—Ten cuidado con lo que descartas, Eve.

Distraída, Eve levantó la vista. Roarke había insistido en conducir. Ella no podía quejarse, ya que cualquiera de sus vehículos superaba al suyo de largo.

—¿Qué quieres decir?

—Quiero decir que cuando ciertas creencias y ciertas tradiciones sobreviven durante siglos, hay una buena razón.

—Seguro que sí. Los seres humanos son, y siempre lo han sido, crédulos. Y siempre existen, siempre han existido, individuos que saben cómo sacar provecho de esa credulidad. Voy a descubrir si alguien sacó provecho de Frank.

Eve le había contado todo a Roarke, y lo había justificado profesionalmente diciéndose que no podía contar con la experiencia en ordenadores de Feeney, pero sí podía, y lo haría, contar con Roarke para eso.

—Eres una mujer sensata y una buena policía. Muchas veces eres muy buena policía y una mujer demasiado sensata. —Se detuvo a causa del tráfico y la miró—. Te pido que seas especialmente cuidadosa al meterte en un terreno como éste.

Su rostro se encontraba cubierto por la sombra y su voz sonó muy seria.

—¿Te refieres a las brujas y a los adoradores del mal? Venga, Roarke, estamos en el segundo milenio. ¡Satanistas, por Dios! —Se apartó el pelo de la cara—. ¿Qué demonios deben pensar que harían con él si existiera y consiguieran captar su atención?

—Ése es el problema, ¿no es así? —dijo Roarke en voz baja mientras giraba al oeste, en dirección al Club Aquarian.

—Los diablos existen. —Eve frunció el ceño mientras él maniobraba el vehículo hasta un aparcamiento en el segundo nivel de la calle—. Y son de carne y hueso. Caminan sobre dos piernas. Tú y yo hemos conocido a muchos de ellos.

Eve salió del coche, bajó la rampa hasta el nivel de la calle. Soplaba una ligera brisa, y el viento refrescante había limpiado los olores y los humos de la calle. Arriba, el cielo tenía un denso tono oscuro y no se veía ni la luna ni las estrellas. Se apreciaban las luces del tráfico aéreo y se oía el zumbido ahogado de sus motores.

Esa calle se encontraba en una zona cara de la ciudad donde ni siquiera se veía a los vendedores ambulantes y donde los menús consistían en fruta fresca en lugar de salchichas de soja ahumadas. La mayoría de los vendedores de la calle habían cerrado, pero durante el día abrirían sus puestos y ofrecerían joyas hechas a mano, alfombras y tapices, hierbas para baños y tes.

Posiblemente, los mendigos de esa zona eran educados y mostraban claramente sus licencias. Y lo más probable era que se gastaran las ganancias del día en una comida y no en un chute de sustancias químicas.

El índice de criminalidad era bajo, los alquileres, matadores, y la edad media de los residentes y de los mercaderes, muy joven.

Eve habría odiado vivir ahí.

—Es temprano —murmuró mientras observaba la calle por simple hábito. De repente, sonrió—. Mira eso. El restaurante Psíquico. Supongo que entras, pides una ensalada vegetal y ellos aseguran que sabían que ibas a hacer precisamente eso. Ensalada de pasta y lectura de manos. Están abiertos a todo. —En un impulso, miró a Roarke. Quería algo que le hiciera cambiar el ánimo—. ¿Juegas?

—¿Quieres que te lean la mano?

—Qué diablos. —Le tomó de la mano—. Me pondrá en línea para investigar a los traficantes satanistas de sustancias químicas. Quizá nos hagan una oferta y te hagan la tuya a mitad de precio.

—No.

—Uno no lo sabe hasta que no lo pregunta.

—No voy a leerme la mano.

—Cobarde —dijo ella mientras le empujaba hacia la puerta.

—Prefiero la palabra prudente.

Eve tuvo que admitir que olía de maravilla. No se notaba el habitual aroma de cebolla y de salsa fuerte. En lugar de eso, había una ligera fragancia de especias y de flores que combinaba perfectamente con la levedad de la música del ambiente.

Unas pequeñas mesas y sillas blancas se encontraban dispuestas a buena distancia de un mostrador donde platos y cuencos repletos de coloridos alimentos se extendían detrás de un cristal brillante. Había dos clientes sentados ante dos cuencos de una sopa clara. Ambos vestían vaporosas ropas blancas, sandalias enjoyadas y llevaban la cabeza rapada.

Detrás del mostrador había un hombre que llevaba anillos de plata en todos los dedos. La camisa, de mangas anchas, era de un suave color azul. El pelo rubio se encontraba pulcramente recogido en una trenza atada con un cordón plateado. Les dirigió una sonrisa de bienvenida.

—Benditos sean. ¿Desean alimento para el cuerpo o para el alma?

—Creí que se suponía que usted debía saberlo. —Eve le sonrió—. ¿Qué tal una lectura?

—¿De mano, de tarot, de runas o de aura?

—De mano. —Divertida, Eve le ofreció la mano.

—Casandra es nuestra lectora de manos. Si se ponen cómodos y toman asiento, ella les atenderá con mucho gusto. Hermana —añadió en cuanto ella empezaba a darse la vuelta—, sus auras son muy fuertes y vibrantes. Forman ustedes una buena pareja. —Al decir eso, tomó un palo de madera de canto romo y lo pasó con suavidad por el borde de un cuenco de un blanco opaco.

Cuando la vibración del cuenco todavía se sentía en el aire, una mujer entró por una cortina de cuentas que ocultaba una habitación trasera. Llevaba una túnica plateada y un brazalete de plata por encima del codo. Eve se dio cuenta de que era muy joven, casi no tenía veinte años, y, al igual que el hombre, tenía el pelo rubio y lo llevaba trenzado.

—Bienvenidos. —Tenía un ligero acento irlandés—. Por favor, pónganse cómodos. ¿Desean una lectura los dos?

—No, solamente yo. —Eve se sentó en una mesa alejada—. ¿Cómo funciona?

—La lectura es gratis. Sólo pedimos una donación. —Se sentó con elegancia y le dirigió una sonrisa a Roarke—. Su generosidad será muy apreciada. Señora, la mano con la que nació.

—Vine con ambas.

—La izquierda, por favor. —Tomó la mano que Eve le ofrecía, casi sin tocarla al principio—. Fuerza y valentía. Su destino no estaba decidido. Un trauma, una rotura en la línea de la vida. Muy joven. Usted era solamente una niña. Tanto dolor, tanta tristeza. —Levantó los ojos de un claro color gris—. Pero no tuvo, ni tiene, culpa ninguna.

Le sujetó la mano en cuanto Eve empezaba a retirarla instintivamente.

—No es necesario que lo recuerde todo hasta que esté preparada. Dolor y dudas, pasiones bloqueadas. Una mujer solitaria que decide concentrarse en un objetivo. Una gran necesidad de justicia. Disciplinada, motivada…, preocupada. Le rompieron el corazón. Herida. Así que usted protegió lo que le quedaba de él. Es una mano de una persona capaz. De confianza.

Tomó la mano derecha de Eve con firmeza, pero casi no la miró. Esos ojos claros y grises permanecieron fijos en el rostro de Eve.

—Todavía lleva gran parte de lo que tenía dentro. No se tranquilizará, no descansará. Pero usted ha encontrado su lugar. La autoridad es adecuada para usted, al igual que lo es la responsabilidad que la acompaña. Es usted tozuda, y a menudo se concentra en un único objetivo. Pero su corazón está bastante curado. Usted ama.

Echó un vistazo rápido a Roarke y cuando volvió a mirar a Eve, su expresión era más suave.

—Eso la asombra, la profundidad de ese sentimiento. También la inquieta, y usted no se inquieta con facilidad. —Le pasó el dedo pulgar por la palma—. Su corazón tiene sentimientos profundos. Es usted… selectiva. Cuidadosa, pero cuando se ofrece, lo hace por completo. Lleva usted una identificación. Una placa. —Esbozó una sonrisa con lentitud—. Sí, usted realizó la elección adecuada. Quizá la única que hubiera podido hacer. Usted ha matado. Más de una vez. No había otra alternativa, pero, a pesar de ello, eso le pesa en la mente y en el corazón. En esto, usted encuentra difícil separar la cabeza de la emoción. Matará otra vez.

Los ojos grises se nublaron y Eve notó que le apretaba la mano.

—Es oscuro. Las fuerzas aquí son oscuras. El mal. Vidas que ya se han perdido y otras que se perderán. Dolor y miedo. Cuerpo y espíritu. Debe usted protegerse a sí misma y a aquéllos a quienes ama.

Miró a Roarke, le tomó la mano y habló rápidamente en gaélico. Su rostro aparecía ahora muy pálido y tenía la respiración entrecortada.

—Es suficiente. —Agitada, Eve apartó la mano—. Vaya un espectáculo. —Irritada por el cosquilleo que sentía en la palma de la mano, se la frotó con fuerza contra la rodilla—. Tiene buen ojo, Casandra, ¿verdad? Y un discurso impresionante. —Metió la mano en el bolsillo, sacó cincuenta créditos y los dejó encima de la mesa.

—Espere. —Casandra abrió un pequeño bolsillo que llevaba cosido a la cintura y sacó una pulida piedra de un tono verde pálido—. Un regalo. Un amuleto. —Lo puso en la mano de Eve—. Llévelo consigo.

—¿Por qué?

—¿Por qué no? Por favor, vuelva. Benditos sean.

Eve dirigió una última mirada a ese rostro pálido antes de que Casandra se precipitara a la habitación trasera con un musical cascabeleo de la cortina.

—Bueno, es un poco como «Vas a emprender un largo viaje» —dijo Eve mientras se dirigía hacia la puerta—. ¿Qué te dijo a ti?

—Su dialecto era un tanto denso. Diría que es de los condados del oeste. —Salió a la calle y se sintió extrañamente aliviado al respirar el aire de la noche—. Lo esencial consistía en que si yo te amaba tanto como ella creía, yo permanecería cerca de ti. Que tú estás en peligro de perder la vida, quizá el alma, y que me necesitas para sobrevivir.

—Vaya un pedrusco —dijo, mirando la piedra que tenía en la mano.

—Guárdala. —Roarke le hizo cerrar los dedos alrededor de ella—. No te hará ningún daño.

Eve se encogió de hombros y se la metió en el bolsillo.

—Creo que me mantendré lejos de los videntes.

—Una excelente idea —dijo Roarke con convicción mientras atravesaban la calle y se dirigían al Club Aquarian.

Capítulo tres

*E*ve pensó que era un lugar especial y, ciertamente, más tranquilo que cualquiera de los clubs en los que ella había estado anteriormente. Tanto las conversaciones como la música eran discretas y mantenían un ritmo elegante. Las mesas estaban juntas tal y como era reglamentario, pero estaban distribuidas de tal forma que permitían el tráfico en sentido circular, lo cual recordó a Eve el símbolo de la nota de Alice.

De las paredes colgaban espejos con forma de estrellas y de lunas. Cada uno tenía una vela encendida en un pilar blanco que reflejaba la luz y la llama. Entre los espejos se apreciaban unas placas que mostraban unos símbolos y unas figuras que Eve no supo reconocer. La pequeña pista de baile también era redonda, al igual que la barra. Los taburetes representaban los distintos signos del zodíaco. Eve tardó unos instantes en localizar a la mujer sentada encima de los gemelos de Géminis.

—Jesús, es Peabody.

Roarke dirigió la mirada hacia ella y vio a una mujer ataviada con un vestido largo, con mucha caída, de tonos azules y verdosos. Llevaba tres tiras de pedrería alrededor de la cintura y unos pendientes de un metal multicolor que se balanceaban por debajo del pelo liso y revuelto.

—Vaya, vaya —dijo, con una sonrisa—, nuestra tenaz Peabody ofrece una impactante imagen.

—Ciertamente, va conjuntada —decidió Eve—. Tengo que ver a Alice sola. ¿Por qué no vas a charlar con Peabody?

—Será un placer, teniente… —Miró con detenimiento los tejanos gastados de Eve, su chaqueta de piel envejecida y sus orejas sin pendientes—. Tú no vas a juego.

—¿Me tomas el pelo?

—No. —Le acarició el hoyuelo de la barbilla con un dedo—. Es una observación. —Caminó hacia Peabody y se sentó en el taburete que había a su lado—. Bueno, vamos a ver, ¿cuál sería la frase de entrada? ¿Qué hace una bruja guapa como tú en un lugar como éste?

Peabody lo miró de soslayo, lentamente, y sonrió.

—Me siento como una idiota con estas vestiduras.

—Estás preciosa.

Ella se burló.

—No es precisamente mi estilo.

—¿Sabes qué resulta fascinante de las mujeres, Peabody? —Levantó una mano hasta los pendientes y los hizo danzar con un ligero golpecito—. Que tengáis tantos estilos distintos. ¿Qué estás bebiendo?

Sintiéndose ridículamente halagada, Peabody se esforzó por no sonrojarse.

—Un sagitario. Es mi signo. Se supone que la bebida está diseñada metabólica y espiritualmente pensando en mi personalidad. —Dio un trago de la copa transparente—. La verdad es que no está mal. ¿Cuál es, ya sabes, tu signo?

—No tengo ni idea. Creo que nací la primera semana de octubre.

«Creo —pensó Peabody—. Qué extraño que no lo sepa.»

—Bueno, entonces eres un libra.

—De acuerdo, pues seamos metabólica y espiritualmente correctos. —Se volvió para pedir las bebidas y vio a Eve que estaba sentada en una de las mesas—. ¿Qué signo atribuirías a tu teniente?

—Es alguien difícil de calificar.

—Seguro que lo es —murmuró Roarke.

Eve, desde una de las mesas del círculo exterior, lo observaba todo. No había ninguna banda ni ningún holograma. La música parecía no llegar de ninguna parte o de todas partes. El aire de una flauta y el pulso de unas cuerdas, una suave voz femenina que cantaba con una dulzura imposible en un idioma que Eve no reconoció.

Vio a unas parejas enzarzadas en conversaciones serias y a otras que se reían discretamente. Pero nadie pestañeó cuando una mujer vestida con una túnica blanca se levantó y empezó a bailar sola. Eve pidió agua. Divertida, observó que se la servían en una copa que imitaba la plata.

Se concentró en la conversación de la mesa de al lado. Más divertida, escuchó la seriedad con que comentaban sus experiencias con los viajes astrales.

En una mesa del círculo contiguo, dos mujeres hablaban acerca de sus anteriores vidas como bailarinas de templo en Atlanta. Eve se preguntó por qué las vidas anteriores siempre eran más exóticas que la vida que uno estaba viviendo en esos momentos. Para su opinión, ésa era la única oportunidad que uno tenía.

«Unos excéntricos inofensivos», pensó, pero se dio cuenta de que se estaba frotando la palma de la mano contra los vaqueros.

Vio a Alice en el mismo instante en que ésta entró. «Agitada —pensó—. Manos nerviosas, hombros tensos, ojos inquietos.» Esperó a que Alice hubiera recorrido la sala con la mirada y la viera para saludarla con una inclinación de cabeza. Alice dirigió una última mirada a la puerta de entrada y se dirigió rápidamente hasta donde se encontraba Eve.

—Ha venido. Tenía miedo de que no lo hiciera. —Con un gesto rápido, introdujo la mano en un bolsillo y sacó de él una pulida piedra negra que colgaba de una cadena de plata—. Cuélguese eso, por favor —insistió al ver que Eve se limitaba a observar el colgante—. Es obsidiana. Ha sido bendecida. Mantiene alejado al mal.

—Eso lo apoyo. —Eve se colocó la cadena alrededor del cuello—. ¿Mejor?

—Éste es el lugar más seguro que conozco. El más limpio. —Sin dejar de mirar de vez en cuando a su alrededor, Alice tomó asiento—. Antes venía aquí siempre. —Con ambas manos sujetó el amuleto que llevaba colgado del cuello mientras un camarero se deslizaba hasta la mesa—. Un Sol Dorado, por favor. —Suspiró profundamente y miró a Eve—. Necesito valor. He intentado meditar todo el día, pero estoy bloqueada. Tengo miedo.

—¿De qué tiene miedo, Alice?

—De que los que han matado a mi abuelo me maten a mí a continuación.

—¿Quién ha matado a su abuelo?

—El mal le ha matado. Matar es lo que el mal sabe hacer mejor. No va a creer lo que voy a contarle. Usted está demasiado aferrada a lo que se ve con los ojos. —Aceptó la bebida que le traía el camarero y cerró los ojos un momento como si rezara. Luego, se llevó la copa a los labios, despacio—. Pero tampoco lo ignorará. Es usted una policía. No quiero morir —dijo mientras depositaba la copa encima de la mesa.

Eso, pensó Eve, era la primera afirmación sensata que había oído. El miedo era bastante real, decidió, y esa noche no lo disimulaba. Durante el velatorio, Alice se había ocultado detrás de una máscara de control y tranquilidad.

Eve se dio cuenta de que lo había hecho por su familia.

—¿De quién tiene miedo, y por qué?

—Debo explicárselo. Todo. Tengo que sacarlo todo para expiarme. Mi abuelo la respetaba, así que he acudido a usted en su memoria. Yo no nací bruja.

—¿Ah, no? —repuso Eve con sequedad.

—Algunos lo hacen y otros, como yo, simplemente se sienten atraídos hacia ella. Yo me interesé en la brujería a causa de mis estudios, y cuanto más aprendía, más necesidad sentía de pertenecer a ello. Me sentía atraída por los rituales, por la búsqueda de equilibrio, de la felicidad, y por una ética positiva. No compartí mi interés con mi familia. No lo hubieran comprendido.

Bajó la cabeza y el pelo le cayó hacia delante como una cascada.

—Me gustaba mantener el secreto, y era joven; así que me parecía que la experiencia de participar en una celebración al aire libre era ligeramente escandalosa. Mi familia… —levantó la cabeza— son gente conservadora y yo sólo quería hacer algo atrevido.

—¿Una pequeña rebeldía?

—Sí, eso es. Si lo hubiera dejado en ese momento —murmuró Alice—, si de verdad hubiera aceptado mi iniciación en las artes de la brujería. Yo era débil y tenía un intelecto demasiado ambicioso. —Tomó la copa otra vez, para aligerarse la sequedad de garganta—. Quería saber. Quería comparar y analizar, casi como si fuera una tesis, el contraste entre la magia negra y la blanca. ¿Cómo podía yo conocer una sin comprender por completamente su contraria? Ésa era mi idea.

—Suena lógico.

—Una lógica falsa —insistió Alice—. Me engañaba a mí misma. El ego y el intelecto eran demasiado arrogantes. Yo quería estudiar las artes negras solamente a un nivel de conocimiento. Quería hablar con quienes habían escogido la otra vía y descubrir qué era lo que les había apartado de la luz. Eso me parecía excitante. —Sonrió, temblorosa—. Creí que sería excitante y, durante un tiempo, lo fue.

«Una niña —pensó Eve—, en un impresionante cuerpo de mujer. Brillante y curiosa, pero una niña, nada más.» Resultaba tristemente fácil sacar información de alguien tan joven.

—¿Así es cómo conoció a Selina Cross?

Alice empalideció e hizo un rápido gesto como de horquilla con los dedos índice y meñique.

—¿Cómo ha sabido de ella?

—He investigado un poco. No quería acudir aquí a ciegas, Alice. Como nieta de un policía, debería haber supuesto que lo haría.

—Debe tener miedo de ella. —Alice apretó los labios—. Guárdese de ella.

—Es una timadora y una traficante de segunda clase.

—No, es mucho más. —Alice volvió a tomar el amuleto entre las manos—. Créalo, teniente. Lo he visto. Lo sé. Querrá ir a por usted. Se va a convertir en su desafío personal.

—¿Cree que tuvo algo que ver en la muerte de Frank?

—Sé que fue así. —Los ojos se le llenaron de lágrimas y su tono azul se hizo más profundo. Una lágrima bien dibujada se le deslizó por la mejilla—. Por mi culpa.

Eve se inclinó hacia delante en un gesto de consuelo, en un intento de esconder el rostro lleno de lágrimas de las miradas.

—Hábleme de eso, hábleme de ella.

—La conocí hace casi un año. En la reunión del Día de Todos los Santos. La víspera. Estoy aquí para investigar, me dije. No me di cuenta de hasta qué punto me había metido en eso, hasta qué punto me sentía atraída por el poder, por la ambición del otro lado. Hasta entonces no había practicado ningún ritual, sólo había observado. Y fue cuando la conocí, y al que llaman Alban.

—¿Alban?

—Es su sirviente. —Alice levantó una mano y se cubrió los

labios con los dedos—. Todavía no puedo recordar con claridad lo que sucedió aquella noche. Ahora me doy cuenta de que me hechizaron. Oí tañer campanas y el canto del príncipe oscuro. Asistí al sacrificio de una cabra. Y compartí la sangre.

Volvió a bajar la cabeza avergonzada.

—La compartí, bebí, y me gustó. Aquella noche yo era el altar. Me encontraba atada a una piedra. No sé cómo fue ni quién lo hizo, pero no tenía miedo. Estaba excitada.

El tono de su voz bajó hasta convertirse casi en un susurro. La música cambió. Ya no se oían las cuerdas; ahora eran unas percusiones y unas campanas que tenían un tono casi sexual. Alice no levantó la vista.

—Todos los miembros del aquelarre me tocaron, me untaron el cuerpo con aceites y con sangre. Yo sentía los cantos dentro de mí, y el fuego era tan caliente. Entonces Selina se tumbó encima de mí. Ella… hizo cosas. Yo nunca había tenido ninguna experiencia sexual. Entonces, mientras ella se deslizaba hacia arriba sobre mi cuerpo, Alban se puso a horcajadas encima de mí. Ella me observaba. Él tenía las manos encima de los pechos de ella y estaba dentro de mí. Y ella me miraba a la cara. Yo quería cerrar los ojos, pero no podía. No podía. No podía dejar de mirarla a los ojos. Era como si fuera ella quien… quien estaba dentro de mí.

—Estaba usted drogada, Alice. Y abusaron de usted. No tiene nada de qué avergonzarse.

Alice levantó la mirada un momento y a Eve estuvo a punto de rompérsele el corazón.

—Entonces, ¿por qué me siento tan avergonzada? Yo era virgen, y sentí dolor, pero incluso de esa forma resultaba excitante. De forma insoportable. Y el placer fue enorme, monstruoso. Me utilizaron, y yo supliqué que me utilizaran otra vez. Y fui utilizada, por toda la asamblea. A la salida del sol me sentía perdida, me sentía una esclava. Me desperté en una cama, entre ellos; entre Alban y Selina. Me había convertido en su aprendiz. En su juguete.

Las lágrimas le caían por las mejillas. Volvió a tomar un trago.

—Sexualmente, no había nada que yo no les permitiera hacer conmigo. Alguien se lo contó a mi abuelo. Él nunca me dijo el nombre, pero sé que fue un brujo. Mi abuelo se encaró conmigo y yo me reí de él. Le advertí que se mantuviera lejos de mis asuntos. Creí que lo había hecho.

Sin decir nada, Eve deslizó su vaso de agua hacia ella. Agradecida, Alice lo tomó y lo vació.

—Hace unos cuantos meses, descubrí que Alban y Selina llevaban a cabo rituales sagrados. Volví de la universidad un día antes. Fui a su casa y oí los cantos ceremoniales. Abrí la puerta de la habituación de los rituales. Estaban allí, juntos y estaban realizando un sacrificio. —Le temblaban las manos—. Esta vez no se trataba de una cabra, sino de un niño. Un niño.

Eve apretó con fuerza la muñeca de Alice.

—¿Vio cómo asesinaban a un niño?

—Asesinato es una palabra demasiado suave para calificar lo que hicieron. —Horrorizada, ahora tenía los ojos secos—. No me pida que se lo cuente. No me pida eso.

Tendría que hacerlo, Eve lo sabía, pero podía esperar.

—Cuénteme lo que pueda.

—Vi… a Selina. El cuchillo ritual. La sangre. Los gritos. Le juro que era capaz de ver los gritos como unas manchas negras en el aire. Llegué demasiado tarde para impedirlo.

Volvió a mirar a Eve. Su mirada suplicaba que le creyera en eso.

—Llegué demasiado tarde para poder hacer nada por el niño, incluso aunque hubiera tenido el valor o la fuerza de intentarlo.

—Estaba usted sola y conmocionada —dijo Eve, con tacto—. La mujer estaba armada y el niño estaba muerto. No hubiera podido ayudarle.

Alice la miró durante un instante muy largo. Luego se cubrió el rostro con las manos.

—Intento creer que fue así. Lo intento con todas mis fuerzas. Vivir con esto me está destrozando. Hui. Simplemente, hui.

—No puede cambiarlo. —Eve mantuvo la mano encima de la muñeca de Alice, pero aflojó el contacto. Ella también había visto a una niña mutilada y había llegado demasiado tarde. No había huido, había matado. Pero la niña estaba muerta de cualquier manera—. No puede usted dar marcha atrás y cambiar lo que sucedió. Tiene que vivir con lo que ha sido.

—Lo sé. Isis me lo dice. —Alice inhaló con fuerza, temblorosa, y bajó las manos—. Estaban absortos en su trabajo y no me vieron. Rezo para que no me hayan visto. No acudí ni a mi abuelo ni a la policía. Estaba aterrorizada, mareada. No sé cuánto tiempo pasó, pero acudí a Isis, la alta sacerdotisa que me inició en la brujería. Ella me acogió; incluso después de lo que yo había hecho, me acogió.

—¿No le contó a Frank lo que había visto?

Alice parpadeó, inquieta, al notar el tono de voz de Eve.

—No en ese momento. Pasé un tiempo purificándome y reflexionando. Isis llevó a cabo unos cuantos rituales de limpieza y de curación de aura. Isis y yo creímos que era mejor que me recluyera durante un tiempo, que me concentrara en encontrar la luz, en expiar.

Eve se inclinó hacia ella y le dirigió una mirada dura e intensa.

—Alice, ¿usted vio cómo mataban a un niño y no se lo dijo a nadie excepto a la bruja que tenía a su lado?

—Soy consciente de lo que parece. —Le tembló el labio inferior y se lo mordió—. El ser físico de ese niño ya no podía recibir ninguna ayuda. No podía hacer nada por él excepto rezar para que su alma tuviera un buen tránsito hasta el plano siguiente. Tenía miedo de decírselo al abuelo. Tenía miedo de lo que él podía hacer y de lo que Selina pudiera hacerle a él. Cuando acudí a él el mes pasado, se lo conté todo. Ahora está muerto, y yo sé que ella es la responsable.

—¿Cómo lo sabe?

—La vi.

—Espere. —Eve entrecerró los ojos y levantó una mano—. ¿Vio cómo mataba a su abuelo?

—No, la vi fuera, bajo mi ventana. La noche en que él murió, yo miré hacia fuera y ella estaba de pie, debajo, mirando hacia arriba. Mirándome a mí. Mi madre me llamó para decirme que mi abuelo había muerto. Y Selina sonrió. Sonrió y me llamó con una seña. —Alice enterró el rostro entre las manos otra vez—. Ella envió sus fuerzas contra él. Utilizó su poder para detenerle el corazón. Ahora el cuervo acude cada noche a mi ventana y me mira con sus ojos.

Dios, pensó Eve, a dónde estaban llegando con eso.

—¿Un pájaro?

Alice puso las manos, temblorosas, encima de la mesa.

Ella cambia de forma. Puede tomar la forma que desee. Me he protegido tanto como he podido, pero mi fe quizá no sea suficientemente fuerte. Están tirando de mí, me están llamando.

—Alice. —Aunque continuaba sintiendo simpatía, Eve empezaba a perder la paciencia—. Es posible que Selina Cross haya tenido un papel en la muerte de su abuelo. Si descubrimos que no murió de causa natural, no fue una maldición; fue algo calculado, un simple asesinato. Si es así, habrá pruebas, un juicio y ella tendrá que enfrentarse a ello.

—No es posible encontrar lo que es sólo humo. —Alice negó con la cabeza—. No va a encontrar ninguna prueba de una maldición.

Ya era suficiente.

—En este momento, usted es testigo de un crimen. Quizá el único testigo, y si usted tiene miedo, puedo ofrecerle una casa que será segura. —Habló en tono neutro y rápido, en tono de policía—. Necesito que me haga una descripción del niño para que pueda contrastarla con las fichas de personas desaparecidas. Si dispongo de su declaración formal, podré conseguir una orden para registrar la habitación donde, supuestamente, usted fue testigo del asesinato. Necesito que me ofrezca detalles, buenos detalles. Horarios, lugares, nombres. Puedo ayudarla.

—No lo comprende —dijo Alice mientras negaba con la cabeza lentamente—. No me cree.

—Creo que usted es una mujer inteligente y curiosa que se ha relacionado más de la cuenta con gente indeseable. Y creo que usted está confundida y preocupada. Conozco a una persona con quien podría hablar y que puede ayudarla a solucionar las cosas.

—¿A una persona? —La mirada de Alice se enfrió y su tono fue duro—. ¿Una psiquiatra? Usted piensa que me imagino las cosas, que me las invento. —Todo su cuerpo tembló en cuanto intentó ponerse en pie—. No es mi mente lo que se encuentra en peligro, es mi vida. Mi vida, teniente Dallas, y mi alma. Si se enfrenta usted con Selina, me creerá. Y que las diosas le ayuden.

Dio media vuelta y salió precipitadamente dejando a Eve maldiciendo.

—Eso no ha tenido mucho éxito —comentó Roarke, aproximándose a ella.

—La chica está destrozada, pero está aterrorizada. —Eve exhaló con fuerza y se levantó—. Vámonos de aquí. —Le hizo un gesto a Peabody y se dirigió hacia la puerta.

Fuera, unos densos hilos de niebla se extendían por el suelo, sucios, entrelazándose como serpientes.

—Allí está —murmuró Eve al ver a Alice girar la esquina apresuradamente—. Se dirige hacia el sur. Peabody, síguela y asegúrate de que llega a casa sin problemas.

—La tengo. —Peabody partió a medio trote.

—Esa chica está hecha un desastre, Roarke. La han jodido de todas las formas posibles. —Disgustada, introdujo las manos en los bolsillos—. Seguramente hubiera podido manejar el tema mejor, pero no creo que sea de ninguna ayuda apoyar sus delirios. Encantamientos, maldiciones y brujas que cambian de forma. Jesús.

—Querida Eve. —Le dio un beso en la frente—. Mi pragmática policía.

—Por la forma en que lo decía, parecía que ella era la prometida de Satán. —Eve empezó a dirigirse hacia el coche refunfuñando, se dio media vuelta y volvió hacia atrás—. Voy a decirte cómo sucedió, Roarke. Ella quería jugar, quería meterse en lo oculto y se metió en asuntos realmente serios. Es una niña inocente y bonita; no hace falta una bola de cristal para verlo. Asistió a uno de sus encuentros, o como demonios se llamen, y la drogaron. Luego la violaron todos. Bastardos. Ella estaba drogada, conmocionada y era vulnerable a cualquier sugestión. Resulta fácil para una pareja de timadores profesionales convencerla de que forma parte de su culto. Se trata de hacer dos trucos de magia para tenerla fascinada. De utilizar el sexo para mantenerla a raya.

—Pero ha acudido a ti —murmuró Roarke mientras le acariciaba el pelo.

—Quizá lo ha hecho. Joder, ¿te fijaste en ella? Tiene un nombre apropiado. Parece esa niña del cuento. Probablemente cree en conejos que hablan. —Suspiró y realizó un esfuerzo por controlar la emoción—. Pero esto no es un cuento de hadas. Afirma haber asistido a un ritual en el que se ha cometido un asesinato. Un niño, dijo. Tengo que llevarla a Mira. Una psiquiatra debería poder hacerle distinguir la realidad de la fantasía. Pero creo que ese asesinato fue una realidad, y si mataron a un niño matarán a otros. La gente de esa clase son depredadores de los desvalidos.

—Lo sé. —Alargó las manos para aliviarle la tensión de los hombros—. ¿Te toca de cerca?

—No. No es como lo que me sucedió a mí. Ni a ti. —Pero sí había una resonancia tan fuerte que la enervaba—. Nosotros seguimos aquí, ¿no es verdad? —Puso una mano encima de la de él, pero continuaba con el ceño fruncido—. ¿Por qué no dejaría Frank registrado y archivado lo que ella le contó? ¿Por qué diablos se encargó él solo de esto?

—Quizá sí lo dejara archivado. Quizá se tratara de un archivo privado.

Ella parpadeó y le miró.

—¡Dios, cómo puedo ser tan lenta! —Le tomó el rostro con ambas manos y le dio un fuerte beso—. Eres brillante.

—Sí, lo sé. —De repente, una figura surgió de las sombras y subió por la rampa. Al darse cuenta, Roarke la apartó—. Un gato negro —dijo, tan incómodo como divertido—. Mala suerte.

—Sí, exacto. —Eve empezó a subir por la rampa e inclinó la cabeza al ver al gato al lado del coche de Roarke, que la miraba con unos brillantes ojos verdes—. No pareces hambriento, colega. Demasiado limpio y brillante para ser un gato callejero. Demasiado perfecto —observó—. Debe de ser un androide. —A pesar de ello se agachó y alargó la mano para acariciarlo. El gato bufó y arqueó la espalda. Le hubiera destrozado la mano si Eve no hubiera tenido los reflejos de esquivarle—. Vaya, eso es simpatía.

—Deberías saber que no debes alargar la mano a un animal desconocido… ni a un androide. —Se acercó al coche para marcar el código de la puerta mientras observaba los ojos brillantes del gato. Eve entró en el coche y él habló al gato en tono suave. El animal le bufó y se torció antes de saltar desde la rampa a la calle, donde la niebla lo engulló.

Roarke no hubiera sabido explicar por qué le había dado la orden en gaélico. Sencillamente, le había salido así. Aún se lo estaba preguntando cuando se sentó dentro del coche, al lado de Eve.

—Escucha, Roarke, no puedo contar con Feeney para que realice ningún trabajo en esto. Por lo menos, no hasta que el comandante me dé permiso. Es posible que deba acudir a la familia para tener acceso a los registros personales de Frank, pero si lo hago tendré que contarles algo.

—Y preferirías no hacerlo.

—Todavía no, en cualquier caso. Así que… ¿qué te parecería si utilizo tus… habilidades para acceder a la unidad personal de Frank y a sus archivos?

Más animado, empezó a dirigir el coche hacia la calle.

—Eso depende, teniente. ¿Conseguiré una placa?

Ella sonrió.

—No. Pero tendrás sexo con una policía.

—¿Podré escoger a la policía? —Sonrió al notar que Eve le daba un pellizco en el brazo—. Te escogería a ti. Probablemente. Y supongo que querrás que inicie mi pesquisa extraoficial esta noche.

—Ésa es la idea.

—De acuerdo, pero quiero el sexo primero. —Eve se rio—. ¿Por cuánto tiempo crees que Peabody estará ocupada? Era una broma —dijo rápidamente mientras ponía el piloto automático por si Eve se ponía violenta—. Pero tenía un aspecto muy atractivo esta noche.

Riendo, le agarró el puño al vuelo con una mano y llevó la otra hasta uno de sus pechos.

—Mira, amigo, ya te has metido en un buen lío antes de hacer esto. Iniciar un acto sexual en un vehículo en movimiento es una violación del código de la ciudad.

—Arréstame —le sugirió un instante antes de morderle el labio inferior.

—Quizá lo haga. Cuando haya terminado contigo. —Riendo, se deshizo de él y le apartó—. Y como consecuencia de esa observación chulesca acerca de mi ayudante, no habrá sexo hasta después de tus pesquisas.

Desconectó el piloto automático del coche y le dirigió una sonrisa perezosa.

—¿Qué te apuestas?

Eve respondió a su arrogancia con una mirada desafiante.

—Cincuenta créditos.

—Hecho.

Silbando, condujo a través de las puertas de hierro que conducían a casa.

Capítulo cuatro

—*P*ágame.

Eve se dio la vuelta sobre la espalda, se frotó el trasero desnudo y se preguntó si tendría alguna marca de la alfombra. Todavía temblorosa después del último orgasmo, volvió a cerrar los ojos.

—¿Qué?

—Cincuenta créditos. —Él se inclinó hacia delante y le dio un suave beso en el pecho—. Has perdido, teniente.

Eve abrió los ojos y observó aquel hermoso y satisfecho rostro. Estaban tumbados encima de la alfombra de la habitación privada de él y las ropas, por lo que podía recordar, estaban desparramadas por todo el suelo. El desparrame empezaba en las escaleras, donde él la había atrapado contra la pared y había… ganado la apuesta.

—Estoy desnuda —comunicó—, y normalmente no llevo créditos en…

—No me importa aceptar un pagaré. —Se levantó con elegancia, los músculos brillantes, y sacó una tarjeta de notas de su consola—. Aquí tienes —le dijo, acercándosela.

Ella la miró. Sabía que la dignidad estaba perdida, igual que los cincuenta créditos.

—Verdaderamente estás disfrutando con esto.

—Más de lo que te puedas imaginar.

Le frunció el ceño y encendió la tarjeta.

—Te debo, Roarke, cincuenta créditos, Dallas, teniente Eve. —Le lanzó la tarjeta—. ¿Satisfecho?

—Completamente. —Roarke pensó que guardaría esa tarjeta con el pequeño botón del traje gris que todavía guardaba de su primer encuentro—. Te amo, Dallas, teniente, por completo.

Eve no podía evitarlo. Se ablandó del todo. Fue la manera en que lo dijo, la manera en que la miró, lo que le aceleró el pulso y la hizo sentir que se deshacía.

—Ah, no, no es verdad. Con ese tipo de cosas es como consigues tus cincuenta. —Se alejó de él antes de que pudiera distraerla de cualquier forma—. ¿Dónde diablos están mis pantalones?

—No tengo la más mínima idea. —Él se dirigió hacia una de las paredes y pulsó un mecanismo. Se abrió un panel y extrajo una bata. Era de seda fina y Eve lo miró con expresión perspicaz.

Siempre le compraba cosas de esa clase, y siempre parecía que éstas encontraban su lugar en distintos puntos de la casa. El lugar adecuado.

—Eso no es ropa de trabajo.

—Podríamos hacerlo desnudos, pero perderías otros cincuenta. —Ella le arrebató la bata de las manos y él sacó otra—. Esto nos va a llevar bastante tiempo. Nos apetecerá un poco de café.

Mientras Eve se dirigía al AutoChef para preparar café, Roarke se instaló ante la consola. El equipo era de primera clase. El Servicio de Vigilancia Informática no podía localizarlo ni impedir que entrara en ningún sistema. A pesar de eso, rastrear un archivo personal que no se sabía si existía era como separar el grano de la paja.

—Encender —ordenó—. Lo más probable es que esté en la unidad de su casa, ¿no crees?

—Todo lo que pueda tener en la unidad de la Central lo habrá transferido, y las unidades oficiales registran cualquier archivo. Si quería ocultar algo, seguro que utilizó un sistema privado.

—¿Tienes la dirección de su casa? No importa —dijo, antes de que Eve pudiera responder—. La conseguiré. Datos, Wojinski, Frank… ¿Cuál es su rango?

—Sargento detective, destinado a Registros.

—Datos en pantalla, por favor.

Mientras los datos empezaban a aparecer, Roarke tomó el café que Eve le ofrecía. El TeleLink sonó y él hizo un gesto con los dedos de la mano.

—Responde, ¿quieres?

Fue una orden dada con la despreocupación de un hombre

que está acostumbrado a darlas. Automáticamente Eve se irritó, pero abandonó el enfado con la misma rapidez. Supuso que la situación requería que actuara como una ayudante.

—Residencia de Roarke. ¿Peabody?

—No contestaba su comunicador.

—No, yo... —Dios sabía dónde estaba, pensó—. ¿Qué sucede?

—Algo malo. Dallas, es algo malo. —Aunque lo dijo en tono firme, estaba pálida y el color de los ojos era demasiado oscuro—. Alice está muerta. No pude evitarlo. No pude llegar hasta ella. Ella...

—¿Dónde estás?

—En la calle Diez, entre Broad y la Siete. He llamado a los técnicos médicos, pero no había nada...

—¿Estás en peligro?

—No, no. Es sólo que no pude detenerla. Sólo pude mirar mientras...

—Protege la zona, oficial. Manda un comunicado a la Central. Me pongo en camino. Pide refuerzos y quédate ahí. ¿Comprendido?

—Sí, señor. Sí.

—Dallas, corto. Oh, Dios —murmuró cuando se hubo cortado la comunicación.

—Te llevo —le dijo, levantándose del suelo y poniéndole una mano en el hombro.

—No, éste es mi trabajo. —Rezó para que no hubiera sido culpa suya—. Te agradecería que te quedaras y consiguieras toda la información que te sea posible.

—De acuerdo, Eve. —Ahora puso ambas manos sobre los hombros de ella con firmeza antes de que marchara—. Mírame. No ha sido culpa tuya.

Ella le miró, y había dolor en la expresión de sus ojos.

—Le pido a Dios que no lo haya sido.

No se encontró con una multitud de gente. Eve se sintió agradecida de que fuera así. Eran más de las 2:00 de la madrugada, y sólo había unos cuantos mirones que se habían apostado detrás de las vallas. Vio a un taxista borracho en una esquina y a un hombre sentado a su lado, con la cabeza entre las manos, mientras un técnico médico hablaba con él.

En esa calle bañada por la lluvia, mal iluminada por el brillo de las luces de seguridad e inundada por nubes de niebla se encontraba Alice. Ahí estaba su cuerpo, tumbado de espaldas, los brazos y las piernas abiertas como en señal de bienvenida. La sangre, la de ella, había empapado el tejido transparente del vestido y había adquirido un tono oscuro.

Peabody estaba a su lado y ayudaba a uno de los agentes a levantar una pantalla de protección.

—Oficial Peabody. —Eve habló en tono suave y esperó a que Peabody se diera la vuelta, irguiera la espalda y se acercara a ella—. ¿Su informe?

—Seguí al sujeto hasta su residencia, siguiendo sus órdenes, teniente. La vi entrar en el edificio y a continuación vi que una luz se encendía en la segunda ventana del este, en la tercera planta. Por iniciativa propia decidí continuar la vigilancia durante quince minutos para asegurarme de que el sujeto permanecía dentro del edificio. No lo hizo.

Peabody se interrumpió y dirigió la mirada hasta el cuerpo. Eve dio un paso a un lado y le bloqueó la vista.

—Mírame cuando pasas el informe, oficial.

—Sí, señor —respondió Peabody—. El sujeto salió del edificio aproximadamente al cabo de diez minutos. Parecía agitada, miraba continuamente por encima del hombro mientras se dirigía hacia el oeste a paso rápido. Parecía que estaba llorando. Guardé la distancia habitual. Por eso no pude detenerla. —Peabody tuvo que detenerse para inhalar aire—. Mantuve la distancia habitual.

—Déjalo —la cortó Eve, tomándola por los hombros y sacudiéndola un poco—. Termina el informe.

La mirada de Peabody adquirió una expresión fría e inexpresiva al encontrarse con la de Eve.

—Sí, señor. El sujeto se detuvo de repente, y dio unos cuantos pasos hacia atrás. Dijo algo. Estaba demasiado lejos para entender qué dijo, pero tengo la impresión de que hablaba con alguien.

Repasó mentalmente cada uno de los pasos y siguió fielmente el hilo de los sucesos.

—Acorté un poco la distancia, por si el sujeto se encontraba en peligro. No vi a nadie en la calle, aparte del sujeto. Es posible que la niebla fuera una de las causas, pero no había nadie en la acera ni en la calle, que yo observara.

—¿Ella estaba allí, hablando con nadie? —preguntó Eve.

—Eso es lo que parecía, teniente. Ella estaba cada vez más agitada. Rogaba que la dejaran en paz. Sus palabras fueron «¿No habéis hecho suficiente, no os habéis llevado lo suficiente? ¿Por qué no me dejáis en paz?».

Peabody dirigió la mirada hacia la acera y lo volvió a ver todo. También lo oyó. Ese timbre de desesperación y de desamparo en el tono de voz de Alice.

—Me pareció escuchar una respuesta, pero no puedo asegurarlo. El sujeto hablaba demasiado alto y demasiado deprisa para que pueda hacer una declaración certera de eso. Decidí acercarme y darme a conocer.

Mientras miraba más allá de donde se encontraba Eve, un músculo de la mandíbula empezó a temblarle.

—En ese momento se acercó un taxi que venía en dirección este. El sujeto dio media vuelta y corrió hacia la calle, interponiéndose directamente en el camino del vehículo. El conductor intentó detenerse y esquivarla, pero fue incapaz de hacerlo y golpeó directamente al sujeto.

Hizo una pausa para tomar aire.

—Las condiciones del firme eran malas, aunque fueron un factor menor. Incluso en condiciones óptimas, soy de la opinión de que el conductor no hubiera sido capaz de evitar el choque.

—Comprendido. Continúa.

—Llegué hasta el cuerpo en cuestión de segundos y me pareció ver que ya estaba muerta. Llamé a los técnicos médicos y luego intenté contactar con usted a través de su comunicador. Al no tener éxito, utilicé el TeleLink portátil que llevo en la bolsa y la localicé en su casa para informarle de la situación. Siguiendo sus órdenes, mandé un comunicado a la Central y pedí un agente. Luego protegí la escena.

Llegar demasiado tarde era infernal, Eve lo sabía, y ningún tipo de simpatía podía borrar el amargo sentimiento de culpa. Así que no mostró ninguna.

—Muy bien, oficial. ¿Ése es el conductor?

Peabody continuaba con la vista clavada hacia delante. El tono de voz era hueco.

—Sí, teniente.

—Ocúpese de que se lleven su vehículo para ser analizado, luego hable con los técnicos médicos y averigüe si está en condiciones de realizar una declaración.

—Sí, señor. —Peabody apretó una mano en un puño. Hablaba en voz baja aunque vibrante por la emoción—. Usted tomó una copa con ella no hace ni una hora. Y no parece que le importe en absoluto.

Eve encajó el golpe y esperó a que Peabody se hubiera alejado para acercarse a Alice.

—Sí, me importa —murmuró—. Ése es el problema.

Abrió el equipo de campo y empezó a realizar su trabajo.

No era un homicidio. Técnicamente, Eve hubiera debido dejar el asunto en manos de Tráfico después de haber escuchado el informe de Peabody y la declaración del desolado taxista. Pero mientras observaba cómo el cuerpo de Alice era introducido en el vagón de la morgue supo que no tenía ninguna intención de hacerlo. Dirigió una última mirada a la escena. La lluvia casi había cesado y no acabaría de limpiar la sangre de la calle. Los pocos mirones que se habían reunido allí empezaban a dispersarse y a alejarse a través de las últimas cortinas de niebla para dirigirse a sus casas.

Una unidad de grúa que se había detenido en medio de la esquina estaba retirando el coche accidentado para llevarlo al complejo policial. Alguien diría que los accidentes eran algo demasiado frecuente. Eve pensó que también lo eran los asesinatos. Demasiado frecuentes.

—Has tenido una noche difícil, Peabody. Estás libre.

—Preferiría continuar de servicio, teniente, y controlar esto.

—No podrás ayudarla, ni a ella ni a mí, a no ser que seas capaz de pensar con objetividad.

—Soy capaz de hacer mi trabajo. Mis sentimientos son asunto mío.

Eve recogió su equipo de trabajo y dirigió una larga mirada a su ayudante.

—Sí, son asunto tuyo. Pero no dejes que se interpongan en mi camino. —Sacó la grabadora de la bolsa y se la ofreció a Peabody—. Grabando, oficial. Vamos a examinar la residencia del sujeto.

—¿Tiene intención de notificárselo a su pariente más cercano? ¿Señor?

—En cuanto hayamos terminado aquí.

Se dirigieron hacia el este, de vuelta al edificio de Alice. Eve pensó que la chica no había ido muy lejos, solamente se había alejado una manzana. ¿Qué era lo que la había hecho salir fuera? ¿Y qué era lo que la había hecho ponerse ante el taxi?

El edificio era una bonita construcción de piedra de tres pisos que había sido restaurada. Las puertas de la entrada tenían unos cristales tallados en forma de pavo real. La cámara de seguridad estaba en pleno funcionamiento y las cerraduras se abrían con el lector de manos. Eve las abrió con el código maestro y entró en un pequeño y aseado vestíbulo de suelos de falso mármol. El ascensor tenía unas puertas metálicas de color bronce y funcionaba con una eficiencia silenciosa.

Alice, pensó, tenía buen gusto y los suficientes recursos económicos para satisfacerlo. Había tres apartamentos en el tercer piso y Eve volvió a utilizar el código maestro para entrar.

—Dallas, teniente, Eve, y ayudante, Peabody, oficial, entrando en la residencia de la fallecida para llevar a cabo un examen estándar. Luces —ordenó. Pero la habitación continuó a oscuras y Eve frunció el ceño.

Peabody buscó alrededor de la puerta y pulsó un interruptor.

—Debía de preferir el control manual a la activación por voz.

Era una habitación abigarrada y colorida. Bonitos pañuelos y trozos de tela cubrían las sillas y las mesas. Tapices con unos atractivos desnudos y unos animales mitológicos colgaban de las paredes. Había velas por todas partes, en las mesas, en los estantes, en el suelo, además de cuencos repletos de piedras de colores, hierbas y pétalos de flores secos. Todas las superficies lisas mostraban unos brillantes objetos de cristal.

Una pantalla de relajación se encontraba encendida y mostraba un amplio campo con césped y flores silvestres suavemente mecidas por la brisa. El audio emitía cantos de pájaros.

—Le gustaban las cosas bonitas —observó Eve—. Y en cantidad. —Se acercó a la pantalla y observó los controles mientras asentía con la cabeza—. Encendió esto en cuanto entró. Quería relajarse, diría yo.

Dejando a Peabody ante la pantalla, se dirigió a la habitación contigua. Era un dormitorio pequeño, acogedor y abigarrado. El cubrecama mostraba unas lunas y unas estrellas bordadas. Un móvil de hadas de cristal colgado del techo bailaba con un tintineo musical bajo la brisa que entraba por la ventana abierta.

—Ésta debía de ser la ventana en la que viste encenderse la luz.

—Sí, señor.

—Así que encendió la pantalla y fue directamente al dormitorio. Probablemente quería cambiarse de ropa, quitarse el vestido empapado. Pero no lo hizo. —Eve se colocó en una zona donde había una alfombra que mostraba el rostro de un sol sonriente—. Está abigarrada, pero tiene su propio orden. No hay ninguna señal de pelea.

—¿Pelea?

—Dijiste que estaba agitada, que lloraba cuando salió. El programa campestre no la relajó, o no tuvo tiempo de relajarse.

—No se preocupó de apagarlo.

—No —asintió Eve—. No lo hizo. Existe la posibilidad de que hubiera alguien aquí cuando ella llegó. Comprobaremos los archivos de seguridad. —Abrió lo que parecía ser un vestidor y emitió un sonido de asentimiento—. Bueno, mira esto. Lo ha convertido en una especie de habitación. No hay muchas cosas aquí dentro. Grábalo.

Peabody se acercó y filmó la pequeña habitación de paredes blancas. El suelo era de madera y tenía un pentagrama pintado de blanco. Un anillo de velas blancas estaba colocado en una cuidada simetría alrededor de él. Encima de una pequeña mesa había una bola de cristal, un cuenco, un espejo y un cuchillo con un mango oscuro y una hoja roma y corta.

Eve olió el ambiente pero no notó ningún olor a humo ni a cera de velas.

—¿Qué crees que hacía aquí?

—Diría que es una especie de habitación para rituales, para meditación o para hacer encantamientos.

—Jesús. —Eve meneó la cabeza y dio un paso hacia atrás—. Dejemos esto de momento y vamos a comprobar su TeleLink. Si no había nadie aquí que la asustara, quizá sí recibiera una llamada que la hizo salir de nuevo. Ella entró primero en el dormitorio —murmuró Eve mientras se acercaba al pequeño TeleLink que había en la mesilla de noche—. Quizá tenía la intención de hacer brujería después de haberse cambiado de ropa y de haberse relajado un poco. No entró aquí en busca de algo para salir otra vez. Estaba preocupada, volvía a casa.

Eve activó el TeleLink y requirió la última llamada transmitida o recibida. La habitación se llenó de un lento canto rítmico.

—¿Qué diablos es esto?

—No lo sé. —Incómoda, Peabody se acercó.

—Volver a pasar la llamada —ordenó Eve.

«Escucha los nombres. Escucha los nombres y témeles. Loki, Belcebú, Baphomet. Soy la aniquilación. Soy la venganza. *In nomine Dei nostri Satanas Luciferi excelsi.* Venganza para ti que te has apartado de la ley. Escucha los nombres y teme.»

—Parar. —Eve se estremeció involuntariamente—. Belcebú. Eso es algo demoníaco, ¿no? Los bastardos estaban jugando con ella, la estaban atormentando. Y ella ya estaba al límite. No me extraña que huyera de aquí. ¿Dónde estabas, hijo de puta, dónde estabas? Localizar la última transmisión. Mostrar. —Apretó los labios mientras leía la información—. Diez con la Séptima, justo ahí abajo en la calle. Probablemente un TeleLink público. Cabrones. Ella iba directa hacia ellos.

—No había nadie allí. —Pero ahora Peabody observaba la furia en los ojos de Eve—. A pesar de la niebla y de la lluvia, yo hubiera visto si alguien la estaba esperando. No había nadie allí, excepto un gato.

A Eve el corazón le dio un desagradable vuelco.

—¿Un qué?

—Sólo un gato. Vi a un gato un momento, pero no había nadie en la calle.

—Un gato. —Eve se acercó a la ventana. De repente sentía la necesidad de inhalar una bocanada de aire fresco. Ahí, en la quietud, vio una larga pluma negra—. Y un pájaro —murmuró. Sacó unas pinzas y llevó la pluma a la luz—. En Nueva York todavía existe algún grajo, ¿verdad?

—Creo que sí.

—Guárdala —ordenó Eve—. Quiero que la analicen. —Se frotó los ojos como para disolver la fatiga—. La pariente más cercana es Brenda Wojinski, madre. Introduce ese dato para obtener la dirección.

—Sí, señor. —Peabody sacó su pequeño ordenador portátil y, se quedó inmóvil con él en la mano mientras sentía que la embargaba un sentimiento de vergüenza—. Teniente, me gustaría disculparme por mi anterior comentario y por mi comportamiento.

Eve sacó el disco del TeleLink y lo introdujo ella misma en una bolsa.

—No recuerdo ningún comentario, Peabody, ni ningún comportamiento insatisfactorio. —Miró a Peabody directamente a los ojos—. Mientras la cámara está encendida, filma otra vez el apartamento.

Comprendiendo, Peabody inclinó la cabeza.

—Soy consciente de que la cámara todavía está encendida, teniente. Quiero que quede grabado esto. Mostré insubordinación y estuve fuera de mi papel tanto a nivel profesional como personal.

«Maldita y rígida idiota», pensó Eve reprimiendo un juramento.

—No hubo ninguna insubordinación, que recuerde, oficial.

—Dallas. —Peabody dejó escapar un suspiro—. Por supuesto que la hubo. Yo me sentía asustada y me resultaba difícil manejar la situación. Una cosa es ver un cuerpo cuando ya está muerto, y otra es ver a una mujer que resulta lanzada al aire varios metros antes de aterrizar sobre el pavimento. Ella estaba bajo mi vigilancia.

—Me mostré dura contigo.

—Sí, señor, lo hizo. Y tenía que hacerlo. Yo creí que el hecho de que usted mantuviera la calma y fuera capaz de realizar su trabajo significaba que no le importaba lo que había sucedido. Estaba equivocada, y lo siento.

—Recibido. Ahora, grabe esto, Peabody. Usted siguió las órdenes, siguió el procedimiento habitual. No fue culpa suya lo que ha sucedido esta noche. No hubiera podido evitarlo. Ahora, olvídelo para que podamos descubrir por qué está muerta.

Y

Eve pensó que la hija de un policía sabía que cuando otro policía llamaba a la puerta a las cinco de la mañana era para traer las peores noticias. En cuando Brenda la hubo reconocido, Eve supo que no se equivocaba.

—Oh, Dios. Oh, Dios. ¿Mamá?

—No, no es su madre, señora Wojinski. —Sólo había una forma de hacerlo, Eve lo sabía, y era hacerlo con rapidez—. Es Alice. ¿Podemos entrar?

—¿Alice? —Parpadeó con ojos inexpresivos y se sujetó a la puerta para no perder el equilibrio—. ¿Alice?

—Creo que es mejor que vayamos dentro. —Con toda la amabilidad que le fue posible, Eve la tomó del brazo y atravesó la puerta—. Entremos y sentémonos.

—¿Alice? —repitió. El dolor apareció en su mirada. Las lágrimas le inundaron los ojos—. Oh no, no mi Alice. No mi niña.

Brenda perdió el equilibrio y habría caído al suelo si Eve no la hubiera sujetado con fuerza y la hubiera conducido rápidamente hasta el asiento más cercano.

—Lo siento, siento mucho esta pérdida, señora Wojinski. Ha habido un accidente muy temprano esta mañana y Alice ha muerto.

—¿Un accidente? No, ha cometido usted un error. Fue otra persona. No ha sido Alice. —Agarró con fuerza a Eve y la miró con ojos suplicantes—. No es posible que esté segura que ha sido mi Alice.

—Sí, lo es. Lo siento.

En ese momento se derrumbó. Enterró el rostro entre las manos y se dobló hacia las rodillas, encogiéndose en un ovillo.

—Voy a hacer un poco de té —murmuró Peabody.

—Sí, adelante. —Ésa era la parte del trabajo que le provocaba el mayor sentimiento de desvalimiento, que la hacía sentirse más impotente. No había ninguna solución ante ese dolor—. ¿Hay alguien a quien pueda llamar por usted? ¿Quiere que me ponga en contacto con su madre? ¿Su hermano?

—Mamá. Oh, Dios, Alice. ¿Cómo podremos soportarlo?

No había ninguna respuesta a eso, pensó Eve. A pesar de todo, lo soportarían. La vida lo exigía.

—Puedo ofrecerle un calmante o llamar a su médico, si lo prefiere.

—¿Mamá?

Mientras Brenda continuaba meciéndose hecha un ovillo, Eve levantó la mirada. El chico estaba en la puerta, tenía los ojos somnolientos, el pelo revuelto de la almohada y la mirada mostraba una expresión de confusión. Llevaba unos gastados pantalones de chándal con agujeros en las rodillas. El hermano de Alice, recordó Eve. Se había olvidado de él. Entonces el chico reconoció a Eve. Su mirada adquirió una repentina expresión de alerta y pareció demasiado adulto para su edad.

—¿Qué sucede? —preguntó—. ¿Qué ha pasado?

¿Cómo diablos se llamaba? Eve se esforzó en recordarlo sin éxito y decidió que en esos momentos no tenía importancia. Se puso en pie. Era un chico alto y aún tenía las marcas de las sábanas en las mejillas. Pero se mostraba preparado para oír lo peor.

—Ha habido un accidente. Lo siento, pero…

—Es Alice. —Le tembló la barbilla, pero mantuvo la mirada fija en los ojos de Eve—. Está muerta.

—Sí, lo siento.

Continuó mirándola mientras Peabody entraba con una taza de té y la dejaba con torpeza encima de la mesa.

—¿Qué tipo de accidente?

—Ha sido atropellada por un coche esta mañana.

—¿El coche ha huido?

—No. —Eve le miró con detenimiento, valorando cómo continuar—. Ella se interpuso en el camino de un taxi. El conductor no pudo parar. Estamos examinando el vehículo y la escena, pero hay un testigo que corrobora la declaración del conductor. No creo que fuera su culpa. No intentó huir y su expediente de conductor está limpio.

El chico se limitó a asentir con la cabeza con los ojos secos. El llanto de su madre llenaba la habitación.

—Yo me encargo de ella. Será mejor que nos dejen solos ahora.

—De acuerdo. Si tienen alguna pregunta, podrán localizarme en la Central de Policía. Soy la teniente Dallas.

—Sé quien es usted. Déjenos a solas ahora —repitió mientras iba a sentarse al lado de su madre.

Y

—El chico sabe algo. Quizá Alice se sintiera más cómoda hablando con él que con cualquier otro miembro de la familia. Eran de edad muy próxima. Los hermanos se pelean a menudo, pero confían el uno en el otro.

—No sé. —Eve encendió el coche y pidió un café—. ¿Dónde demonios vives, Peabody?

—¿Por qué?

—Te dejaré en casa. Será mejor que duermas un poco, preséntate en la Central a las once.

—¿Es eso lo que va usted a hacer? ¿Dormir un poco?

—Sí. —Posiblemente era una mentira, pero le resultaba útil a sus propósitos—. ¿Por dónde?

—Vivo en Houston.

Eve hizo una ligera mueca.

—Bueno, si hay que ser un inconveniente, es mejor serlo del todo. —Enfiló dirección sur—. ¿Houston? Peabody, eres una bohemia.

—Era la casa de mi prima. Cuando decidió trasladarse a Colorado y ponerse a tejer alfombras, la ocupé para mantener el alquiler.

—Una historia probable. Seguramente te pasas el tiempo libre en los bares de los poetas y en las salas de teatro.

—La verdad es que prefiero los bares de compañía. Se come mejor.

—Seguramente tendrías más sexo si no pensaras tanto en él.

—No. Ya lo he intentado también. —Bostezó de repente y con ganas—. Perdón.

—Tienes permiso. Cuando te presentes, comprueba el estado de la autopsia. Quiero estar segura de que no hay nada extraño en el informe de toxicología. Y quítate ese absurdo vestido.

Peabody se removió, incómoda, en el asiento.

—No es tan absurdo. A un par de chicos del Aquarian les gustó, eso me pareció. También a Roarke.

—Sí, lo mencionó.

Con la boca abierta, Peabody meneó la cabeza.

—¿Lo mencionó? ¿De verdad?

«La tontería —pensó Eve— a veces es un consuelo.»

—Dijo algo como que estabas muy atractiva. Así que le pegué. Por si acaso.

—Atractiva. Jesús. —Peabody se llevó una mano al pecho—. Tendré que investigar en el montón de ropa que mi madre me hizo. Atractiva. —Suspiró—. Roarke no tendrá ningún hermano, primos, tíos… ¿no?

—Que yo sepa, es único en su especie, Peabody.

Le encontró roncando. No en la cama, sino en el sofá de la zona de descanso del dormitorio principal. En cuanto ella entró en la habitación, él abrió los ojos.

—Has tenido una larga y dura noche, teniente. —Alargó una mano—. Ven aquí.

—Voy a darme una ducha y a tomar un poco de café. Tengo que hacer unas llamadas.

Roarke se había conectado al escáner de la policía y sabía exactamente con qué se había encontrado Eve.

—Ven aquí —repitió. Ella accedió aunque lo hizo con cierta resistencia. Él le apretó la mano—. ¿Hay alguna diferencia si haces las llamadas dentro de una hora?

—No, pero…

Roarke tiró de ella hasta que Eve se dejó caer en el sofá a su lado. La resistencia era leve y él consiguió que se acomodara a su lado enseguida. Le pasó un brazo por encima de los hombros y le dio un beso en el pelo.

—Duerme un poco —dijo en voz baja—. No tienes por qué agotarte.

—Era tan joven, Roarke.

—Lo sé. Déjalo, solamente un rato.

—¿La información? El archivo de Frank. ¿Has encontrado algo?

—Ya hablaremos después de que hayas dormido.

—Una hora. Solamente una hora.

Entrelazó los dedos de la mano con los de él y se sumergió en el sueño.

Capítulo cinco

*E*l sueño la ayudó. También la ayudó la ducha caliente y la comida que Roarke pidió. Eve se llevaba unos huevos a la boca mientras estudiaba los datos que él había encontrado.

—Es más un diario que un archivo de una investigación —decidió Eve—. Muchos comentarios personales y es obvio que estaba preocupado por Alice. «No estoy seguro de hasta qué punto han influido en sus ideas ni hasta qué punto le han hecho daño en sus sentimientos.» Pensaba como abuelo, no como policía. ¿Has sacado eso de la unidad de su casa?

—Sí. Lo tenía codificado con llave maestra. Sospecho que no quería que su mujer se tropezara con esto.

—Si lo tenía codificado, ¿cómo has conseguido acceder a ello?

Roarke extrajo un cigarrillo de una caja de madera tallada y lo observó con detenimiento.

—No creo que de verdad quieras que te lo cuente, no es así? ¿Teniente?

—No. —Eve tomó un pedazo de huevo con el tenedor—. Supongo que no. A pesar de todo, sus pensamientos íntimos y sus preocupaciones no nos van a resultar de gran ayuda. Tengo que saber qué es lo que descubrió y hasta dónde llegó en esa investigación privada antes de morir.

—Hay más cosas. —Roarke fue pasando más datos por la pantalla—. Aquí habla de seguir a Selina Cross y hace una lista de algunos de sus… socios.

—Pero aquí no hay nada. Sólo dice que sospecha de que ella trafica con sustancias ilegales. Cree que lleva a cabo unas inaceptables ceremonias en el club y, quizá, en su casa. Vigila a misteriosos individuos que van y vienen, pero lo sustenta todo en sus sentimientos. No hay hechos. Frank ha estado lejos de la calle durante demasiado tiempo. —Eve dejó el plato a un lado y se levantó—. Si no quería involucrar a la policía, ¿por qué no contrató a un detective privado para que realizara el trabajo pesado? ¿Qué es esto?

Con el ceño fruncido, se acercó a la pantalla.

Creo que ella me forzó a hacerlo. No puedo asegurarlo, pero es casi como si ahora me estuviera dirigiendo. Voy a tener que realizar un movimiento pronto. Alice está aterrorizada y me suplica que no me acerque a Cross ni a ella. La pobre niña pasa demasiado tiempo al lado de ese personaje, Isis. Quizá Isis sea una excéntrica inofensiva, pero no puede ser una buena influencia para Alice. Le he dicho a Sally que voy a trabajar hasta tarde. Esta noche voy a entrar. Cross pasa las noches de los jueves en el club. El apartamento debería estar vacío. Si consigo entrar y encuentro algo, algo que demuestre que Alice vio cómo asesinaban a un niño, podré informar de forma anónima a Whitney. Va a pagar por lo que ella y su asqueroso amante le han hecho a mi niña. De una forma u otra, va a pagar por ello.

—Dios, allanamiento nocturno, registro ilegal y tenencia. —Frustrada, Eve se pasó ambas manos por el pelo—. ¿En qué diablos pensaba? Tenía que saber que cualquier cosa que consiguiera no sería tenida en cuenta por un tribunal. Nunca podría pillarles de esa manera.

—Tengo la sensación de que no estaba pensando en un tribunal, Eve. Quería justicia.

—Y ahora está muerto. Y también lo está Alice. ¿Dónde está el resto?

Roarke buscó la última entrada.

Los sistemas de seguridad son muy sofisticados en este edificio, no he podido pasarlos. He estado demasiado tiempo alejado de la calle. Hubiera debido buscar a alguien que me ayudara con esto, después de todo. Tengo que hacer que esa bruja pague aunque sea lo último que haga.

—Eso es todo..., esta estrada fue archivada la noche anterior a la de su muerte. Quizá haya más, bajo otro código.

«Así que no se lo hizo pagar —pensó Eve—. Y no tuvo tiempo de conseguir ayuda. No tuvo tiempo suficiente.» Lo pensó sintiendo tanto alivio como tristeza. Esas entradas eran valiosas para demostrar que tanto Frank como Feeney estaban limpios.

—Pero no lo crees. No crees que haya nada más.

—No, no lo creo. Por supuesto, está la cuestión del tiempo. Y no era tan hábil con la informática —explicó Roarke—. Encontrar esto ha sido un juego de niños. A pesar de todo, lo miraremos. Dedicaré algún tiempo a ver si hay algo más. Pero tendrá que ser más tarde. Tengo unas cuantas reuniones esta mañana.

Ella se volvió y le miró. De pronto, se dio cuenta de que por unos momentos había olvidado que él no estaba trabajando con ella. Sus negocios se encontraban en una esfera muy distinta a la de ella.

—Tantos millones, tan poco tiempo.

—Es verdad. Pero esta noche podré buscar un poco más.

Ella sabía que él ni siquiera había echado un vistazo a la información de bolsa ni había atendido las llamadas que, invariablemente, recibía cada mañana.

—Te estoy robando mucho tiempo.

—Sí, por supuesto. —Él se acercó a la consola y se inclinó hacia delante—. Y el pago consistirá en un poco de tu tiempo, teniente. Uno o dos días fuera cuando ambos podamos permitírnoslo—. En ese momento, su sonrisa se desvaneció. Le tomó la mano y le pasó el dedo por el anillo de boda—. Eve, no me gusta meterme en tu trabajo, pero te pido que tengas un cuidado especial con este asunto.

—Un buen policía siempre tiene cuidado.

—No —dijo Roarke, mirándola a los ojos—. Ella no. Ella es valiente, es lista, está motivada. Pero no siempre tiene cuidado.

—No te preocupes. He manejado a gente peor que Selina Cross. —Le dio un suave beso—. Tengo que ir dentro y leer unos cuantos informes. Intentaré avisarte si veo que voy a estar hasta tarde.

—Hazlo —murmuró mientras la observaba salir de la habitación.

Roarke pensó que estaba equivocada. Dudaba mucho de que se hubiera enfrentado a alguien peor que Selina Cross. Y no tenía ninguna intención de dejar que lo hiciera sola. Tomó el TeleLink y llamó a su ayudante para que cancelara todos los viajes fuera de la ciudad y del planeta durante el próximo mes.

Tenía la intención de estar muy cerca de casa. Y de su esposa.

—No hay drogas —constató Eve mientras repasaba el informe de toxicología sobre Alice—. No hay alcohol. No se encontraba bajo los efectos de ninguna sustancia. Pero tú la oíste hablar con alguien que no se encontraba allí, y corrió a interponerse en el camino de un taxi que se acercaba. Estaba realmente asustada; los cantos de la llamada le provocaron terror. Sabían cómo alterarla, cómo manipularla.

—Cantar en un TeleLink no es ilegal.

—No. —Eve lo consideró un momento—. Pero sí es ilegal amenazar a través de un transmisor público.

—Eso se le aproxima —repuso Peabody—. Pero es sólo una falta.

—Es un comienzo. Si conseguimos demostrar que la transmisión venía de Selina Cross, la molestaremos un poco. De cualquier forma, creo que ha llegado el momento de que nos conozcamos. ¿Te apetece un breve viaje a los infiernos? ¿Peabody?

—Me muero por hacerlo.

—¿Y quién no? —Antes de que pudiera levantarse de la silla, Feeney entró en la oficina. Tenía una mirada sombría y no se había afeitado.

—¿Por qué eres la responsable del caso de Alice? Un accidente de tráfico. ¿Por qué demonios una teniente de Homicidios se está ocupando de una tragedia de tráfico?

—Feeney...

—Ella era mi ahijada. Ni siquiera me llamaste. Me enteré por las jodidas noticias.

—Lo siento. No lo sabía. Siéntate, Feeney.

Él se apartó en cuanto ella intentó tocarle el brazo.

—No necesito sentarme. Quiero respuestas, Dallas. Quiero unas cuantas respuestas.

—Peabody —murmuró Eve, y esperó hasta que su ayudante hubo salido y cerrado la puerta—. Lo siento, Feeney, no sabía que tú eras el padrino. Hablé con su madre y con su hermano, y simplemente di por entendido que ellos avisarían al resto de la familia.

—Brenda está bajo los efectos de los tranquilizantes —respondió Feeney—. ¿Qué diablos te esperabas? Ha perdido a su padre y a su hija en cuestión de días. Jamie tiene sólo dieciséis años. Cuando él llamó al médico, se ocupó de su madre y se comunicó con Sally, yo ya lo había escuchado en las noticias. Jesús, era sólo una niña.

Se dio media vuelta y se tiró del pelo.

—Yo la llevaba en hombros y le traía caramelos.

En eso consistía perder a alguien a quien se ama, pensó Eve. Y se sintió agradecida de amar a tan pocas personas.

—Por favor, siéntate, Feeney. No deberías haber venido aquí hoy.

—Te he dicho que no necesito sentarme. —Subió el tono de voz mientras se daba la vuelta para observarla—. Quiero una respuesta, Dallas. ¿Por qué estás al frente del accidente de Alice?

Eve no podía permitirse dudar ni un momento, no podía permitirse no mentirle.

—Peabody fue testigo —empezó, contenta de poder decirle eso—. Era su noche libre y había estado en el club. Presenció el accidente. Eso fue una gran conmoción, Feeney, y me llamó. Fue un gesto instintivo, supongo. Yo no estaba segura de qué había sucedido, así que reaccioné. Ya que yo lo había hecho y que disponía de toda la información, me encargué de informar a la familia. Me imaginé que sería más fácil para la familia si era yo quien lo manejaba. —Se encogió de hombros, y se sintió un tanto avergonzada de tener que utilizar a un viejo amigo—. Creí que era lo mínimo que podía hacer por Frank.

Feeney no apartó los ojos de su rostro ni un momento.

—¿Eso es todo?

—¿Qué más puede haber? Mira, acabo de recibir el informe de toxicología. Ella no consumía, Feeney. No estaba bebida. Quizá estaba un tanto preocupada por lo de Frank, o por otra cosa. No lo sé. Es posible que ni siquiera viera al maldito taxi. Era una noche muy pesada, de niebla y lluvia.

—El capullo corría mucho, ¿no?

—No. —No podía ofrecerle a nadie a quien culpar, no podía ni siquiera ofrecerle ese pequeño consuelo—. Él conducía por debajo del límite de velocidad. Tiene el expediente limpio, y también salió limpio del examen de drogas y alcohol. Feeney, ella se tiró delante de él y él no pudo hacer nada. Quiero que lo entiendas. Hablé yo misma con el conductor y he examinado la escena. No fue culpa suya. No fue culpa de nadie.

«Tiene que ser culpa de alguien», pensó él. No era posible que hubiera perdido a dos personas sin ningún motivo.

—Quiero hablar con Peabody.

—Dale un poco de tiempo, ¿vale? —Un fuerte sentimiento de culpa se añadió a la carga que ya llevaba encima—. Eso la ha trastornado de verdad. Me gustaría mucho que ella se concentrara en otra cosa hasta que se tranquilice un poco.

Feeney exhaló un largo suspiro, tembloroso. A pesar del dolor que sentía, estaba agradecido de que alguien de su confianza fuera quien se encargara de su ahijada.

—¿Cerrarás tú el caso, entonces? ¿Personalmente? ¿Y me darás toda la información?

—Lo cerraré, Feeney. Te lo prometo.

Él asintió con la cabeza y se frotó el rostro con ambas manos.

—De acuerdo. Siento haberte abordado de esta forma.

—No pasa nada. No importa. —Eve dudó un momento. Luego le puso una mano en el brazo y le dio un ligero apretón—. Vete a casa, Feeney. No es bueno que te quedes aquí hoy.

—Supongo que sí. —Apoyó la mano en la puerta—. Era encantadora, Dallas —dijo en voz baja—. Dios, no quiero ir a otro funeral.

Cuando Feeney salió, Eve se dejó caer en una silla. La tristeza, la culpa y la rabia se le anudaban en la garganta como cables de acero. Se levantó y tomó su bolsa. Se dijo que se encontraba en el estado de ánimo perfecto para conocer a Selina Cross.

—¿Cómo quieres que lo hagamos? —preguntó Peabody mientras se detenían delante de un elegante y viejo edificio del centro de la ciudad.

—De forma directa. Quiero que sepa que Alice habló conmigo, y que sospecho de ella por acoso, tráfico y conspiración de asesinato. Si tiene el más mínimo cerebro, se dará cuenta de que no tengo nada sólido. Pero le daré algo en qué pensar.

Eve salió del coche y recorrió el edificio con la vista. Observó unas ventanas de cristal tallado y unas gárgolas sonrientes.

—Vive aquí. No está en una mala situación económica. Vamos a tener que averiguar cómo consigue el dinero. Lo quiero todo grabado, Peabody. Y ten los ojos abiertos. Querré saber tus impresiones.

—Voy a darle una ahora mismo. —Peabody se ajustó la grabadora en la chaqueta del uniforme sin apartar la vista de la ventana más alta del edificio, un cristal grande y redondo tallado con una forma compleja—. Eso es otro pentagrama invertido. Un símbolo satánico. Y esas gárgolas no tienen un aspecto amistoso. —Sonrió con una expresión triste—. Si me lo pregunta, le diré que parecen hambrientas.

—Impresiones, Peabody. Intenta mantener la fantasía bajo mínimos.

Eve se acercó a la pantalla de seguridad.

—Por favor, comunique su nombre y el asunto.

—Teniente Eve Dallas y ayudante, del Departamento de Policía y Seguridad de Nueva York. —Mostró la placa—. Queremos ver a Selina Cross.

—¿Las espera?

—No creo que se sorprenda.

—Un momento.

Mientras esperaban, Eve observó la calle. Había mucho tráfico de peatones y de vehículos. Pero la mayoría caminaban por la otra parte de la calle y muchos de ellos miraban hacia el edificio con cierta expresión de alarma.

Extraño, no había ningún carrito ambulante ni ningún mendigo callejero a la vista.

—Se le permite la entrada, teniente. Por favor, diríjanse al ascensor uno. Ya está programado.

—Bien. —Eve levantó la vista y percibió una sombra de movimiento detrás de la ventana más alta—. Mantén una expresión oficial, Peabody —murmuró mientras se acercaban a las enrejadas puertas delanteras—. Estamos siendo observadas.

Las puertas y los cerrojos se abrieron. La luz del panel de seguridad parpadeó en verde.

—Mucho equipo informático para un edificio de apartamentos —comentó Peabody sin hacer caso del cosquilleo que notaba en el estómago antes de entrar detrás de Eve.

El vestíbulo era de tonos rojos, como si fuera una sala de visitas. Una serpiente de dos cabezas se alargaba sobre una alfombra de color rojo sangre, y las manchas doradas de los ojos brillaban frente a una figura vestida de negro que deslizaba un cuchillo de filo curvado por encima de la garganta de una cabra.

—Maravillosa pieza de arte. —Eve arqueó una ceja mientras Peabody pasaba con cuidado al lado de la serpiente—. La lana no muerde.

—Nunca se es demasiado cuidadoso. —Echó una mirada hacia atrás al entrar en el ascensor—. Odio las serpientes. Mi hermano las atrapaba en el bosque y siempre me perseguía con ellas. Siempre les he tenido fobia.

La subida fue rápida y suave, pero Eve tuvo tiempo de detectar otra cámara de seguridad en el pequeño ascensor de cristales oscuros. Las puertas se abrieron ante un espacioso vestíbulo de suelo de mármol negro. Dos asientos gemelos tapizados de terciopelo rojo y de brazos tallados en forma de lobos flanqueaban un arco a ambos lados. Un arreglo floral sobresalía de un cuenco con la forma de una cabeza de cerdo.

—Veneno —dijo Peabody en voz baja—, belladona, digital, tercianaria, peyote. —Se encogió de hombros al ver la atenta mirada de Eve—. Mi madre era una aficionada a la botánica. Puedo asegurarle que no es un arreglo floral común.

—El arreglo floral común es muy aburrido. ¿No es verdad?

Ese primer encuentro cara a cara con Selina Cross se produjo exactamente como ella había querido que se produjera. Ataviada con un vestido negro que llegaba hasta el suelo y con las uñas de los pies desnudos pintadas de un violento color rojo, posaba bajo el arco. Y sonreía.

Su piel era de una blancura de vampiro, y el brillante tono rojo en los labios, como de sangre fresca. Los ojos verdes brillaban, gatunos, desde ese alargado rostro de bruja que no era hermoso pero sí extrañamente atrayente. El pelo, completamente negro, le caía hasta la cintura.

La mano con que subrayó sus palabras brilló, cada uno de los dedos rodeado por un anillo. Una cadena de plata los unía todos y le caía en un intrincado nudo sobre el dorso de la mano.

—Teniente Dallas y oficial Peabody, ¿verdad? Una visita muy interesante en un día aburrido como el de hoy. ¿Me acompañan a mi... sala de visitas?

—¿Se encuentra a solas, señora Cross? Todo sería más sencillo si también pudiéramos hablar con el señor Alban.

—Oh, es una pena. —Se dio media vuelta, la seda murmuró, y se deslizó por debajo del arco—. Alban está ocupado esta mañana. Siéntense. —Hizo un gesto con la mano invitándolas a entrar a una amplia habitación repleta de muebles. Todos los asientos mostraban cabezas, pezuñas o picos de algún tipo de depredador—. ¿Puedo ofrecerles alguna bebida?

—Nos saltaremos los refrescos. —Eve escogió una silla que tenía los brazos de las patas de un perro de caza...

—¿Ni siquiera café? Ésa es su bebida, ¿no es así? —Se encogió de hombros y pasó la punta del índice por el pentagrama que lucía encima de la ceja—. Pero pónganse cómodas. —Con la misma estudiada elegancia, se sentó en un curvado asiento de patas como garras y pasó los brazos por encima del respaldo—. Bueno, ¿qué puedo hacer por ustedes?

—Alice Lingstrom ha muerto esta madrugada.

—Sí, lo sé. —Continuaba sonriendo con complacencia, como si estuvieran hablando del tiempo—. Podría decirles que he presenciado el accidente en mi bola de cristal, pero dudo que me creyeran. Por supuesto, no soy alguien que desprecie la tecnología y a menudo veo las noticias y otros programas en pantalla. Hace horas que esa información se ha hecho pública.

—Usted la conocía.

—Por supuesto; fue pupila mía durante un tiempo. Una pupila poco satisfactoria, debo decir. Alice acudió a usted para quejarse de mi tutela. —No lo dijo en tono de pregunta, pero hizo un silencio como si esperara una respuesta.

—Si lo que quiere decir es que me informó de que la habían drogado, de que sufrió abusos sexuales y de que fue testigo de una atrocidad, entonces sí, se quejó.

—Drogas, sexo, atrocidades. —Selina dejó escapar una carcajada deliberadamente—. Vaya imaginación que tenía nuestra pequeña Alice. Es una pena que no la utilizara para ampliar su visión. ¿Qué tal es su imaginación, teniente Dallas? —Hizo un gesto con la mano y un pequeño fuego empezó a bailar en una chimenea de mármol.

Peabody se sobresaltó y no consiguió ahogar un chillido, pero ninguna de las dos mujeres le hizo caso. Continuaban mirándose la una a la otra sin parpadear.

—¿O mejor la llamo Eve?

—No. Llámeme teniente Dallas. Hace un poco de calor para encender un fuego, ¿no cree? También es un poco temprano para hacer trucos de magia.

—Me gusta el calor. Tiene usted unos nervios templados, teniente.

—También tengo una baja tolerancia a los embaucadores, los traficantes y a los infanticidas.

—¿Yo soy todo eso? —Selina repiqueó con las afiladas uñas rojas sobre el respaldo del asiento. Fue el único signo de incomodidad ante la falta de respuesta de Eve—. Demuéstrelo.

—Lo haré. ¿Dónde se encontraba usted la noche pasada, entre la una y las tres de la madrugada?

—Estaba aquí, en mi habitación de rituales, con Alban y un joven novicio a quien llamamos Lobar. Estuvimos llevando a cabo una ceremonia sexual privada desde la media noche hasta casi el amanecer. Lobar es joven y… entusiasta.

—Querré hablar con ambos.

—Puede usted encontrar a Lobar cualquier noche entre las ocho y las once en nuestro club. En cuanto a Alban, no tengo su agenda, pero la mayoría de las noches está aquí o en el club. A no ser que usted crea en la magia, teniente, usted está desperdiciando su tiempo. Difícilmente hubiera podido estar aquí, follando con dos hombres muy complacientes, y al mismo tiempo estar fuera conduciendo a la pobre Alice a la muerte.

—¿Eso es lo que se considera usted, una maga? —Eve, con una sonrisa, dirigió la mirada hacia el fuego todavía encendido—. Eso no es otra cosa que un truco y un entretenimiento para la vista. Podría usted conseguir una licencia para hacer eso en la calle por dos mil al año.

Selina se incorporó en el asiento. Ahora tenía los ojos encendidos, como el fuego.

—Soy una alta sacerdotisa del señor oscuro. Somos legión y tengo poderes que la harían llorar.

—No lloro con facilidad, señora Cross.

«Ah, mal carácter —pensó Eve con satisfacción—. Y un orgullo extremadamente sensible.»

—No está usted frente a una impresionable chica de dieciocho años, ni ante su aterrorizado abuelo. ¿Quién de entre sus legiones llamó ayer a Alice y le puso un audio de cantos mágicos?

—No tengo ni idea de qué me está hablando. Y está empezando a aburrirme.

—La pluma negra en el alféizar de la ventana fue un buen toque. O una pluma simulada, diría yo, pero ella no lo hubiera distinguido. ¿Es usted aficionada a los robots de compañía?

Con gesto despreocupado, Selina se pasó una mano por el pelo.

—No tengo ningún interés en los animales de compañía.

—¿No? ¿No le interesan los gatos ni los cuervos?

—Qué típico resultaría eso.

—Alice creía que usted podía cambiar de forma —dijo Eve, observando la sonrisa de Selina—. ¿Le gustaría ofrecernos una demostración de ese pequeño talento?

Selina volvió a repiquetear las uñas. El tono de Eve resultaba tan insultante como un bofetón en la mejilla.

—No estoy aquí para ofrecerles un entretenimiento. Ni para recibir las burlas de su estrecha mentalidad.

—¿Así es como lo calificaría? ¿Ofrecía usted un entretenimiento a Alice con los gatos y los pájaros y los cantos mágicos a través del TeleLink? ¿Resultaba ella una amenaza tan importante para usted?

—Para mí ella no fue nada más que un desafortunado error.

—Usted fue vista vendiendo sustancias ilegales a Frank Wojinski.

El brusco cambio de tema hizo que Selina parpadeara, desconcertada. Sus labios dibujaron una sonrisa que no le llegó a los ojos.

—Si eso fuera verdad, usted no estaría aquí manteniendo esta conversación en mi casa, sino en una sala de interrogatorios. Soy una herbalista, tengo licencia, y muy a menudo vendo o intercambio sustancias totalmente legales.

—¿Cultiva usted sus plantas aquí?

—De hecho sí, y también destilo mis pociones y mis medicinas.

—Me gustaría verlas. ¿Por qué no me muestra su zona de trabajo?

—Necesitará una orden de registro, y ambas sabemos que no tiene motivos para conseguir una.

—Tiene usted razón. Supongo que fue por eso por lo que Frank no se molestó en conseguir una. —Eve se levantó y habló despacio—. Usted sabía que él iba detrás suyo, pero ¿sospechaba que él podía entrar aquí dentro? No vio eso en su bola de cristal, ¿verdad? —dijo Eve, notando que la respiración de Selina se hacía más corta y agitada—. ¿Qué pensaría si le dijera que él estuvo en su casa, y que documentó todo lo que vio y lo que encontró?

—No tiene nada. Nada. —Salina se puso en pie de un salto—. Era un hombre mayor de poco nervio y malos reflejos. Me di cuenta de que era un policía la primera vez que le vi seguirme. No estuvo nunca en mi casa. Él no le dijo nada mientras estaba vivo, y no puede decírselo ahora.

—¿No? ¿No cree usted en la posibilidad de hablar con los muertos, señora Cross? Yo me gano la vida con ello.

—¿Y cree usted que yo no sé reconocer una cortina de humo, teniente? —Los espectaculares pechos se apretaban contra el tejido del vestido mientras ella luchaba por bajar el ritmo de su respiración—. Alice era una niña tonta que creía ser capaz de flirtear con las fuerzas oscuras y, luego, volver corriendo a su patética magia blanca y a su pulcra y pequeña familia. Pagó el precio de su ignorancia y de su cobardía. Pero no de mi mano. No tengo nada más que decirle.

—Será suficiente por ahora. ¿Peabody? —Empezó a dirigirse al arco—. Su fuego se está extinguiendo, señora Cross —dijo en tono ecuánime—. Muy pronto no va a quedarle nada excepto un montón de cenizas.

Selina se quedó donde estaba, temblando de rabia. Cuando la puerta se hubo cerrado y los sistemas de seguridad se hubieron conectado de nuevo, apretó las manos en puños y chilló de rabia.

Un panel de la pared se deslizó a un lado. El hombre que

entró era alto y de piel dorada. El pecho mostraba unos músculos brillantes y bien dibujados. Encima del corazón llevaba el
tatuaje de un macho cabrío. Vestía una túnica negra abierta a la
altura del pecho y anudada alrededor de la cintura con un cordón plateado.

—Alban. —Selina corrió hasta él y le rodeó con los brazos.

—Ven aquí, mi amor. —Habló en tono profundo y tranquilizador. La mano con que le acarició el pelo mostraba un gran
anillo de plata tallado con la forma de un pentagrama invertido—. No debes permitir que tus chakras se desequilibren.

—A la mierda los chakras. —Ahora estaba llorando, sin
control, y le golpeaba como una niña atacada por una salvaje
rabieta—. La odio, la odio. Tiene que ser castigada.

Con un suspiro, él permitió que ella recorriera la habitación
airada, maldiciendo y rompiéndolo todo. Sabía que la rabia pasaría antes si se mantenía a un lado y le permitía sacarla.

—La quiero muerta, Alban. Muerta. Quiero que sufra ago-
nías, que chille pidiendo compasión, que sangre y se retuerza
y no deje de sangrar. Me ha insultado. Me ha desafiado. Se ha
reído de mí a la cara.

—No es creyente, Selina. No tiene la visión.

Exhausta, como siempre después de un estallido de rabia, se
dejó caer en el asiento.

—Polis. Les he odiado toda mi vida.

—Lo sé. —Él tomó una larga y delgada botella y le sirvió
un líquido denso y agrisado—. Tendremos que tener cuidado
con ella. Tiene un perfil muy alto. —Le pasó el cáliz—. Pero
pensaremos en algo, ¿no es así?

—Por supuesto que lo haremos. —Ella volvió a sonreír y
dio un lento trago de la pócima—. Algo muy especial. El señor
querrá algo… imaginativo, en este caso. —Ahora se rio con
una sonora carcajada, echando la cabeza hacia atrás. La policía
había sido la plaga de su vida… hasta que había descubierto un
poder mayor—. Haremos de ella una creyente, ¿no, Alban?

—Ella creerá.

Dio un largo trago y disfrutó de la agradable neblina que le
tranquilizaba las emociones. Dejó caer la copa.

—Ven aquí y tómame. —Con ojos brillantes, se deslizó
hasta el suelo—. Fuérzame.

Y cuando él cubrió el cuerpo de ella con el suyo, ella giró la cabeza y le clavó los dientes en el hombro hasta hacerle sangre.

—Hazme daño —le pidió ella.

—Con placer —repuso él.

Y cuando se separaron, él permaneció quieto a su lado. Ahora ella reviviría, lo sabía. Se calmaría y sería capaz de pensar.

—Llevaremos a cabo una ceremonia esta noche. Convoca a toda la congregación para una misa negra. Necesitamos poder, Alban. Ella no es débil y quiere destruirnos.

—No lo hará. —Con un gesto afectuoso, le acarició la mejilla—. No podrá. Después de todo, no es más que una policía sin pasado y con un futuro limitado. Pero tienes razón, por supuesto, llamaremos a la congregación. Llevaremos a cabo el ritual. Y, creo, ofreceremos una distracción a la teniente Dallas, o dos. No tendrá ni tiempo ni ganas de preocuparse mucho más por la pequeña Alice.

Una excitación nueva recorrió el cuerpo de Selina, una oscura ola que le inundó los ojos.

—¿Quién va a morir?

—Amor mío. —Él la alzó, le abrió las piernas y suspiró cuando las piernas de ella le rodearon—. Sólo tienes que elegir.

—La sacaste de quicio de verdad. —Peabody se esforzó en ignorar el ligero sudor de miedo que se le secaba en la piel mientras Eve conducía alejándose del edificio.

—Ésa era la idea. Ahora que sé que el autodominio no es su punto fuerte, ya me ocuparé de sacarla de quicio otra vez. Es todo ego —decidió Eve—. Imagínate, creerse que sucumbiríamos ante un truco de magia de segunda clase, como el del fuego.

—Sí. —Peabody consiguió esbozar una sonrisa poco convincente—. Imagínate.

Eve decidió no burlarse de su ayudante.

—Ya que estamos en el tema de las brujas, vamos a visitar a Isis y el Búsqueda Espiritual. —La miró de reojo. Bueno, quizá sí iba a burlarse un poco—. Siempre podrás comprar algún talismán o unas cuantas hierbas —le dijo en tono serio—. Ya sabes, para ahuyentar al mal.

Peabody se removió, incómoda, en el asiento. Sentirse tonta no era tan malo como tener miedo de una maldición.

—No crea que no lo haré.

—Cuando hayamos terminado con Isis, podemos llevarnos una pizza… con mucho ajo.

—El ajo es para los vampiros.

—Ah. Podemos hacer que Roarke nos ofrezca un par de sus armas antiguas. Con balas de plata.

—Hombres lobo, Dallas. —Divertida ahora, Peabody levantó los ojos al cielo—. Será usted de gran ayuda si tiene que protegernos contra la brujería.

—¿Qué es lo que se les hace a las brujas, entonces?

—No lo sé —admitió Peabody—. Pero estoy segura de que lo averiguaremos.

Capítulo seis

*I*r de compras no era algo que Eve considerara uno de los placeres de la vida. No era la típica que se iba a mirar escaparates ni que consultaba los catálogos por internet. Siempre que le era posible evitaba las tiendas y las boutiques de Manhattan. Temblaba con sólo pensar en visitar uno de los centros comerciales.

Eve pensó que esa manifiesta resistencia a consumir cualquier mercancía fue la razón por la que Isis la identificó como policía en cuanto pusieron el pie en Búsqueda Espiritual.

Como tienda, Eve pensó que era aceptable. No estaba interesada ni en cristales ni en cartas, ni en estatuas ni en velas, a pesar de que se mostraban de forma muy atractiva. La música de fondo era suave, era más un murmullo que una entonación, y la luz jugaba con los cantos de los cristales y las piedras pulidas formando bonitos arco iris.

Le pareció que el lugar tenía un aroma de bosque.

Ahora que se estaba desenvolviendo entre brujas, Eve pensó que Isis y Selina no podían ser más diametralmente opuestas. Selina era pálida y delgada, tenía un aspecto felino. Isis era como una exótica amazona con rizos de gitana de un flamante color rojizo, unos ojos redondos y negros y unas mejillas pronunciadas como de madera tallada. El color de piel era de un dorado suave, propio de una herencia racial mixta, y sus rasgos eran contundentes y generosos. Eve calculó que debía medir un metro ochenta y pesar unos setenta y siete kilos, distribuidos en un cuerpo de marcadas curvas.

Llevaba una túnica vaporosa y suelta de un blanco cegador ajustada con un cinturón con gruesas piedras engarzadas. El brazo derecho estaba envuelto en brazaletes de oro desde el codo hasta el hombro y las largas manos mostraban, por lo menos, una docena de brillantes anillos.

—Bienvenidas. —La voz le sentaba bien, tenía un extraño tono gutural. Les dirigió una sonrisa que tenía aspecto más de tristeza que de alegría—. La policía de Alice.

Eve arqueó una ceja mientras mostraba la placa. Pensó que tenía aspecto de policía. Y, desde que estaba con Roarke, su rostro se había visto en los medios de comunicación constantemente.

—Dallas. Usted es Isis, ¿no?

—Lo soy. Ustedes querrán hablar. Discúlpenme. —Se dirigió hacia la puerta. Eve observó que tenía la elegancia de una atleta. Colocó un viejo cartel escrito a mano que comunicaba que estaba cerrado, bajó una cortina que cubría el vidrio de la puerta y pasó un pestillo.

Se dio la vuelta y sus ojos brillaban con intensidad mientras les dirigía una sonrisa.

—Ustedes traen sombras oscuras a mi luz. Ella despide… un hedor tal. —Al ver la expresión de recelo de Eve, inclinó la cabeza—. Selina. Un momento.

Se dirigió hasta un estante ancho y empezó a encender unas velas y unos conos de incienso.

—Para purificar y para cobijar, para proteger y para defender. Usted tiene sus propias sombras, Dallas. —Dirigió una breve sonrisa a Peabody—. Y no hablo solamente de su ayudante.

—He venido para hablar de Alice.

—Sí, lo sé. Y está impaciente al verme con esta indumentaria. No me importa. Toda religión debe estar receptiva al cuestionamiento y al cambio. ¿Quieren sentarse?

Hizo un gesto hacia un rincón donde había dos sillas ante una mesa que mostraba unos símbolos tallados. Volvió a sonreír en dirección a Peabody.

—Puedo traer otra silla para usted.

—No se preocupe. Me quedo de pie. —No podía evitarlo: los ojos se le iban hacia todo lo que había en la habitación, observando los distintos objetos.

—Adelante, mire lo que quiera.

—No hemos venido de compras. —Eve se sentó y dirigió una mirada de advertencia a Peabody—. ¿Cuándo fue la última vez que vio o que habló con Alice?

—La noche en que murió.

—¿A qué hora?

—Creo que eran más o menos las dos de la madrugada. Ya estaba muerta —añadió Isis mientras juntaba las manos, grandes y bien formadas.

—La vio después de que muriera.

—Su espíritu vino a mí. Usted cree que esto es una tontería; lo comprendo. Pero yo sólo puedo decirle lo que ocurre, lo que ocurrió. Yo estaba dormida y me desperté. Ella estaba ahí, al lado de la cama. Yo supe que la habíamos perdido. Ella siente que ha fallado. Que se ha fallado a sí misma, a su familia, a mí. Su espíritu no encuentra la calma y está lleno de tristeza.

—Su cuerpo está muerto. Ésa es mi preocupación.

—Sí. —Isis tomó una piedra pulida de un color rosado de encima de la mesa y jugó con ella—. Incluso para mí, con mis creencias, me resulta difícil aceptar la muerte. Tan joven, tan brillante. —Sus grandes y oscuros ojos se humedecieron—. La quería mucho, como si fuera mi hermana pequeña. Su espíritu volverá, renacerá. Sé que volveremos a encontrarnos.

—Bien. Centrémonos en su vida. Y en esta muerte.

Isis parpadeó para contener las lágrimas y consiguió esbozar una rápida aunque genuina sonrisa.

—Qué aburrido que le debe parecer todo esto. Tiene usted una mente tan lógica. Quiero ayudarla, Dallas, por Alice. Por mí misma y quizá también por usted. La reconozco.

—Me doy cuenta.

—No, de otro tiempo. Otro lugar. Otro plano. —Abrió las manos—. La última vez que vi a Alice fue en el entierro de su abuelo. Se culpaba a sí misma y estaba decidida a expiar la culpa. Se había desviado durante un tiempo, se había perdido, pero tenía un corazón fuerte y brillante. Quería mucho a su familia. Y tenía miedo, un miedo desesperado, a Selina y a lo que ésta podía hacerle, a ella y a su alma.

—¿Conoce a Selina Cross?

—Sí. Nos hemos conocido.

—¿En esta vida? —preguntó Eve en tono seco, lo cual provocó una sonrisa en Isis.

—En esta vida y en otras. Ella no representa una amenaza

para mí, pero es peligrosa. Seduce a los débiles, a los que están confundidos, y a los que prefieren su camino.

—Afirma que es una bruja…

—No es una bruja. —Isis irguió la espalda y levantó la cabeza—. Quienes abrazan estas artes lo hacen en la luz y viven según un código que no se puede romper. Y no hacen daño a nadie. Ella utilizó el poco poder que tiene para llamar a lo oscuro, para explotar su violencia y su fealdad. Sabemos qué es el mal, Dallas. Ambas lo hemos visto. Sea cual fuere la forma que tome, su naturaleza básica no cambia.

—Estamos de acuerdo en esto. ¿Por qué le querría hacer daño a Alice?

—Porque podía hacerlo. Porque disfrutaría haciéndolo. No hay ninguna duda de que es responsable de su muerte. No le será fácil demostrarlo. Pero usted no abandonará. —Isis mantenía sus ojos fijos en los de Eve, y su mirada era profunda—. Selina se sentirá sorprendida y enojada por su tenacidad, su fuerza. La muerte resulta una ofensa para usted, y la muerte de una persona joven le rompe el corazón. Usted recuerda muchas cosas, pero no todo. Usted no nació como Eve Dallas, pero se ha convertido en ella, y ella se ha convertido en usted. Cuando usted defiende a los muertos los defiende de verdad y nada puede apartarla de ahí. La muerte de él era necesaria para su vida.

—Alto —ordenó Eve.

—¿Por qué la atormenta? —La respiración de Isis era lenta y profunda, sus ojos, oscuros y claros—. Fue una elección correcta. Se perdió la inocencia, pero la fuerza ocupó el lugar que le correspondía. Para algunas personas debe ser así. Usted la necesitará toda antes de que este círculo pase. Un lobo, un cerdo y un filo de plata. Fuego, humo y muerte. Confíe en el lobo, acuchille al cerdo y viva.

De repente, parpadeó con fuerza. Sus ojos se nublaron y se llevó una mano a la sien.

—Lo siento. No quería… —Dejó escapar un gemido suave y cerró los ojos—. Un dolor de cabeza. Punzante. Perdónenme un minuto. —Se puso en pie, temblorosa, y se dirigió hacia la parte trasera.

—Jesús, Dallas, esto está siendo muy extraño. ¿Tienes idea de qué estaba hablando?

«La muerte de él era necesaria para su vida.» Su padre, pensó Eve, reprimiendo un escalofrío. Una habitación fría, una noche oscura y la sangre en el cuchillo aferrado por la desesperada mano de una niña.

—No, son tonterías. —Tenía las manos húmedas y eso la ponía furiosa—. Esta gente se imagina que tienen que realizar algunos trucos de magia para mantener nuestro interés.

—Estudié en el Instituto Kijinsky, en Praga —dijo Isis mientras volvía a entrar en la habitación—. Y fui objeto de estudio. —Dejó a un lado una copa pequeña y esbozó una sonrisa mientras el dolor de cabeza empezaba a remitir—. Mis habilidades psíquicas se encuentran documentadas… para quienes necesiten consultarlas. Pero me disculpo, Dallas. No quería desviarme de esa forma. Es muy extraño que esto me suceda sin que pueda controlarlo de forma consciente.

Mientras hablaba volvió a sentarse y se arregló con elegancia las faldas de la túnica.

—Sería un absoluto infierno el ser capaz de conocer los pensamientos y los recuerdos de los demás sin tener ningún poder para controlarlo o bloquearlo. No me gusta penetrar en los pensamientos personales. Y eso es doloroso —añadió mientras se frotaba una sien—. Quiero ayudarla a llevar a cabo lo que Alice quería, para que ella pueda descansar. Y quiero, por motivos personales y egoístas, que Selina pague por aquello de lo que es responsable. Haré todo lo que pueda, lo que usted me permita hacer, para ayudarla.

La confianza no era fácil para Eve, y pensaba indagar minuciosamente el pasado de Isis. Pero de momento, la utilizaría.

—Cuénteme lo que sepa de Selina Cross.

—Sé que es una mujer que no tiene conciencia ni ninguna moralidad. Creo que usted la calificaría de sociópata, pero a mí me parece una palabra demasiado sencilla para definirla. Prefiero el término más directo de «mal». Es una mujer lista y tiene la habilidad de percibir la debilidad. Y en cuanto a su poder, aquello que ella pueda ver, leer o hacer, no puedo decirlo.

—¿Qué sabe de Alban?

—De él no sé nada. Ella le mantiene muy cerca. Creo que es su amante y que le encuentra útil. Si no fuera así, ya le habría eliminado.

—¿Y ese club?

Isis sonrió débilmente.

—No frecuento ese tipo de… establecimientos.

—¿Pero lo conoce?

—Una oye rumores, cotilleos. —Se encogió de hombros—. Ceremonias oscuras, misas negras, que beben sangre, que realizan sacrificios humanos. Violaciones, asesinatos, infanticidios, invocaciones a los demonios. —Suspiró—. Pero también es posible oír ese tipo de comentarios acerca de los brujos, hechos por quienes no comprenden sus artes y que cada vez que piensan en brujas se imaginan a unas arpías envueltas en túnicas y con ojos de salamandra.

—Alice afirmaba que había visto asesinar a un niño.

—Sí, y creo que lo vio. No pudo habérselo inventado. Se encontraba bajo los efectos de la conmoción cuando vino a verme. —Isis apretó los labios y emitió un tembloroso suspiro—. Hice lo que pude por ella.

—¿Como por ejemplo animarla a informar del incidente a la policía?

—Eso tenía que decidirlo ella. —Isis levantó la barbilla de nuevo y se enfrentó a la helada mirada de Eve—. Yo estaba más preocupada por su supervivencia emocional y espiritual. El niño ya se había perdido; yo esperaba salvar a Alice del mismo fatal destino. —Bajó la mirada, húmeda—. Y lamento amargamente no haber actuado de otra forma. Y que, al final, le fallara. Quizá fuera el orgullo. —Volvió a mirar a Eve—. Usted comprende el poder y la decepción que supone el orgullo personal. Creí que era capaz de manejarlo, que era lo bastante sabia, y estaba equivocada. Así que, Dallas, para expiar la culpa haré todo lo que usted me pida, pondré a su disposición todo el conocimiento y todo el poder que las diosas me han concedido.

—La información será suficiente. —Eve ladeó la cabeza—. Selina nos ofreció una pequeña demostración de lo que ella llama poder. Impresionó a Peabody.

—Me pilló desprevenida —dijo Peabody, mirando con desconfianza a Isis. No creía estar preparada para otra demostración. Ante la sorpresa de Peabody, y de Eve, Isis echó atrás su imponente cabeza y se rio. Fue como escuchar el sonido de unas boyas de plata en la niebla del mar.

—¿Debería invocar al viento? —Se reía mientras se apretaba el pecho con una mano—. Invocar a los muertos, prender un fuego helado. De verdad, Dallas, usted no cree en nada de esto, así que sería una pérdida de mi tiempo y mi energía. Pero quizá sí pueda interesarle presenciar uno de nuestros encuentros. Tendremos uno al final de la semana que viene. Podría arreglarlo.

—Lo pensaré.

—Usted se ríe de eso —dijo Isis en tono despreocupado—, pero la prenda que lleva en el dedo lleva el antiguo signo de la protección.

—¿Qué?

—Su anillo de boda, Dallas. —Sin abandonar su tranquila sonrisa, Isis levantó la mano de Eve—. Lleva tallado el viejo signo celta de la protección.

Asombrada, Eve observó el bonito signo tallado en el delgado anillo de oro.

—Es sólo un dibujo.

—Uno muy específico y muy poderoso, que ofrece protección a quien lo lleva de cualquier daño. —Divertida, arqueó las cejas—. Veo que no lo sabía. ¿De verdad la sorprende tanto? Su esposo tiene sangre celta y usted lleva una vida peligrosa. Roarke la ama mucho y usted lleva consigo un símbolo de su amor.

—Prefiero los hechos a las supersticiones —dijo Eve, levantándose.

—Tal como debe ser —asintió Isis—. Pero usted será bienvenida en nuestro próximo encuentro, si es que decide asistir. Roarke también será bienvenido. —Dirigió una sonrisa a Peabody—. Al igual que su ayudante. ¿Aceptaría un obsequio?

—Va contra las normas.

—Y las normas deben respetarse. —Levantándose, Isis se acercó a un mostrador y sacó un pequeño cuenco transparente de cantos gruesos—. Entonces quizá quieran comprar esto. Después de todo he perdido algún cliente al encerrarme para hablar con ustedes. Veinte créditos.

—Es justo. —Eve rebuscó en los bolsillos unos cuantos créditos—. ¿Qué es?

—Lo llamanos el cuenco de las preocupaciones. Es donde se

pone todo el dolor, toda la tristeza, todas las preocupaciones. Se deja a un lado y uno puede dormir en paz.

—Trato hecho. —Eve dejó los créditos encima del mostrador y esperó a que Isis envolviera el cuenco en un papel.

Eve volvió pronto a casa, lo cual era raro. Pensó que podría sumergirse en el trabajo en la quietud del despacho de su casa. Podría pasar de largo de Summerset con facilidad, se dijo mientras aparcaba al final del camino. El sirviente se limitaría a mirarla con desdén antes de ignorarla. Dispondría de un par de horas para repasar la información sobre Isis y contactar con la oficina de la doctora Mira para concertar una cita con la psiquiatra. Eve decidió que sería interesante que Mira opinara sobre personalidades como las de Selina Cross e Isis.

Pero aún no había atravesado la puerta de entrada cuando sus planes se desintegraron.

La música sonaba con fuerza en el recibidor de la entrada, como si fueran una serie de compactas explosiones nucleares. Resistiendo esa ola de ruido, Eve se tapó los oídos con ambas manos y gritó.

No necesitó que nadie le dijera que se trataba de Mavis. Nadie más que perteneciera a su círculo sería capaz de poner esas discordantes y estruendosas notas a esos decibelios. Cuando llegó a la puerta, el volumen todavía estaba más alto. Gritó las órdenes, pero su voz no alcanzó ni al control remoto ni al único ocupante de la habitación.

Sola y ataviada con una mínima tela de un brillante color magenta que imitaba los rizos que se le disparaban desde la cabeza, Mavis Freestone se encontraba tumbada en el sofá haciendo lo único que era imposible hacer en ese momento. Dormía como un bebé.

—Dios mío. —Ya que las órdenes de voz eran inútiles, Eve expuso los oídos y utilizó las manos para manipular la unidad de control—. ¡Basta, basta, basta! —Gritó mientras apretaba los botones. El ruido bajó a mitad de volumen y Eve emitió un gemido de alivio.

Los ojos de Mavis se abrieron al instante.

—Eh, ¿cómo va?

—¿Qué? —Eve meneó la cabeza para intentar sacarse de encima el eco de la música—. ¿Qué?

—Eso era un grupo nuevo que he pillado esta mañana. Mayhem. Bastante buenos.

—¿Qué?

Riendo, Mavis alargó su bonito y pequeño cuerpo y se acercó a un armario.

—Parece que te va a ir bien beber algo, Dallas. Debo haber estado colocada. He estado despierta hasta muy tarde estas últimas noches. Quería hablar contigo… de algunas cosas.

—Tus labios se mueven —observó Eve—. ¿Hablas conmigo?

—No estaba tan alto. Bebe algo. Summerset dijo que no pasaba nada si me quedaba un rato. No sabía cuándo volverías.

Por razones que a Eve se le escapaban, el estirado mayordomo parecía tener una especial debilidad por Mavis.

—Probablemente esté en su habitación componiendo odas a tus piernas.

—Eh, no es nada sexual. Es sólo que le gusto. Bueno. —Mavis brindó su vaso con el de Eve—. Roarke no está, ¿verdad?

—¿Con esta música estruendosa? —respondió Eve—. Imagínatelo.

—Bueno, está bien, porque quería hablarlo contigo. —Pero se sentó, con el vaso entre las manos, y no dijo nada.

—¿Cuál es el problema? ¿Tú y Leonardo os habéis peleado o algo?

—No, no. No puedes pelearte con Leonardo. Es demasiado dulce. Estará en Milán unos cuantos días. Algún negocio de moda.

—¿Por qué no has ido con él? —Eve se sentó y puso los pies enfundados en unas botas encima de la mesita de café.

—Tengo un bolo en el Down and Dirty. No voy a decepcionar a Crak después de que depositara la fianza por mí.

—Ajá. —Eve se acomodó y empezó a relajarse. La carrera de Mavis como artista, ya que resultaba difícil utilizar la palabra cantante para explicar los talentos de Mavis, iba hacia delante. Había sufrido algunos serios reveses, pero los había superado—. No me imaginaba que ibas a trabajar mucho más tiempo ahí. No, teniendo un contrato de grabación.

—Sí, bueno, ése es el tema. El contrato. Ya sabes que después de descubrir que Jess me estaba utilizando, igual que a ti y a Roarke, para sus juegos mentales, no creí que la demo que hice con él sirviera para algo.

—Era buena, Mavis. Impactante, única. Por eso fue elegida.

—¿Ah, sí? —Volvió a levantarse, una mujer pequeña de pelo salvaje—. Hoy he descubierto que Roarke es el propietario de la compañía discográfica que me ha ofrecido el contrato. —Dio un trago y se alejó unos pasos—. Ya sé que tenemos una larga historia, Dallas, muy larga, y aprecio que hayas puesto a Roarke al corriente de ello, pero no me siento bien con esto. Quería agradecértelo. —La miró con una expresión trágica y los ojos vidriosos—. Y decirte que voy a declinar.

Eve apretó los labios.

—Mavis, no sé de qué diablos me estás hablando. ¿Me estás diciendo que Roarke, el hombre que vive aquí, produce tu disco?

—Es su compañía. Eclectic. Lo produce todo, desde lo clásico a lo más nuevo. Es la compañía. Absolutamente fabuloso, por eso estaba tan emocionada con el contrato.

«Eclectic —pensó Eve—. La compañía.» Parecía muy propio de él.

—No sé nada de eso. No le pedí que hiciera nada, Mavis.

Ella parpadeó, asombrada, y se sentó despacio sobre el brazo de la silla.

—¿No lo hiciste? ¿De verdad?

—No se lo pedí —repitió Eve—, y él no me dijo nada. —Lo cual también era propio de él—. Tengo que decirte que si su compañía te ofrece un contrato es porque Roarke, o quien esté al cargo de eso, cree que te lo mereces.

Mavis respiró con lentitud. Ella había trabajado a base de sacrificios sin querer aprovecharse de ninguna amistad. Ahora dudaba.

—Quizá él lo apañó, como un favor.

Eve arqueó una ceja.

—Para Roarke, los negocios son los negocios. Yo diría que cree que le vas a hacer más rico. Y si lo ha hecho como un favor, cosa que dudo, entonces sólo deberás demostrarle que te lo mereces. ¿No es así, Mavis?

—Sí. —Dejó escapar un largo suspiro—. Voy a dejarles con la boca abierta, ya lo verás. —Sonrió ampliamente—. Quizá podrías venir al D and D esta noche. Tengo ciertos temas nuevos y Roarke podría echar otro vistazo a su última inversión.

—Tengo que pasar esta noche. Tengo trabajo. Tengo que ir al Dolabro.

Mavis sonrió.

—¿Para qué diablos tienes que ir ahí? Es un lugar horrible.

—¿Lo conoces?

—Sólo de oídas, y lo que se dice es peor que malo.

—Tengo que hablar con alguien de allí, que está vinculado con un caso en el que estoy trabajando. —Pensó unos instantes. No había nadie que pudiera tener más sintonía con lo poco habitual—. ¿Conoces a alguna bruja, Mavis?

—Sí, más o menos. Un par de camareras del Blue Squirrel estaban metidas en eso. Traté con algunas cuando estaba en el negocio.

—¿Crees en esas cosas? En cánticos y maldiciones y lectura de manos.

Mavis inclinó la cabeza a un lado y se quedó pensativa.

—Es una inmensa tontería.

—Nunca dejas de sorprenderme —decidió Eve—. Me imaginé que habrías estado metida en eso.

—Una vez llevé un garito. Guía espiritual. Yo era Ariel, la reencarnación de un hada. Te sorprendería saber cuántas personas no creyentes me pagaban para que entrara en contacto con sus parientes muertos o para que les viera el futuro.

Como demostración, echó la cabeza hacia atrás. Sus ojos se movieron con nerviosismo, dejó la boca relajada. Despacio, levantó los brazos con las palmas de las manos hacia arriba.

—Noto una presencia, fuerte, que busca algo, llena de tristeza. —Su voz adquirió un tono profundo y cierto acento extraño—. Hay unas fuerzas oscuras que trabajan contra ti. Se esconden de ti, esperan el momento de hacerte daño. Ves con cuidado.

Dejó caer los brazos y sonrió.

—Así que se les dice que deben confiar para conseguir protección frente a las fuerzas oscuras. Lo único que tienen que hacer es poner, digamos, unos mil en metálico, metálico es lo único que funciona, en un sobre. Cerrarlo. Hay que asegurarse de que lo cierran con la cera especial que les vas a vender. Entonces uno tiene que entonar un cántico y enterrar el sobre en un lugar secreto cuando es luna nueva. Después de que la luna haya terminado su ciclo, desentierras el sobre y se lo devuelves. Las fuerzas oscuras se habrán disuelto.

—¿Eso es todo? ¿Y la gente da el dinero, simplemente?

—Bueno, hay que estirarlo un poco, realizar cierta investigación para poder impresionarles con nombres y sucesos y cosas así. Pero básicamente sí. La gente desea creer.

—¿Por qué?

—Por que la vida puede ser asquerosa.

Sí, pensó Eve cuando estuvo sola de nuevo, suponía que podía serlo. La suya, ciertamente, lo había sido durante largos períodos de tiempo. Ahora vivía en una mansión con un hombre que, por alguna razón, la amaba. Ella no siempre comprendía esa vida que llevaba ni al hombre con quien la compartía, pero se iba acostumbrando. Así que, bien, de hecho, decidió no enterrarse en el trabajo y salir fuera, salir a la dorada tarde de otoño y dedicarse una hora de tiempo a sí misma.

Eve estaba acostumbrada a las calles y a las aceras, a los concurridos pasajes aéreos, a los atiborrados transportes públicos. Siempre se sentía impresionada por el vasto espacio de que Roarke disponía. Su territorio era como un parque perfectamente organizado, tranquilo y lujoso, de un rico follaje iluminado por la deslumbrante llama del atardecer. Los aromas eran los de las olorosas flores y la ligera fragancia ahumada del campo en octubre.

El cielo estaba casi libre de tráfico aéreo y el que había emitía incluso un elegante zumbido. En tierras de Roarke no se oía el estruendo de ningún airbus ni se veía ningún globo repleto de turistas.

El mundo que ella conocía, y el mundo que la conocía a ella, se encontraba más allá de las puertas y de los muros, sumido en una miserable oscuridad.

Allí Eve podía olvidarse de él durante un tiempo. Olvidar que Nueva York existía, con sus muertos y su rabia, y con su perpetua arrogancia. Necesitaba esa tranquilidad y ese aire puro. Mientras paseaba por el grueso césped verde, pensó en los extraños símbolos del anillo que llevaba en el dedo.

En el extremo norte de la casa había una glorieta de fino y elegante acero. Las enredaderas que la cubrían y que se descolgaban por ella mostraban unas flores de un rojo salvaje. Eve se había casado con él ahí, en una vieja ceremonia tradicional durante la cual se habían intercambiado votos y promesas. Una ceremonia. Un rito que incluía música, flores, testigos y palabras que se repetían una vez y otra, en un lugar y en otro, un siglo tras otro.

Así era como otras ceremonias habían sido preservadas y repetidas, como habían mantenido la creencia en ellas, para ostentar el poder. Desde Caín y Abel, pensó. Unos habían cultivado las tierras y otros habían cuidado sus rebaños. Y ambos habían ofrecido sus sacrificios. Unos habían sido aceptados y otros habían sido rechazados. Así era como, para algunos, habían nacido el bien y el mal. Porque cada uno necesitaba el desafío y el contrapeso que el otro le ofrecía.

Y así continuaba siendo. La ciencia y la lógica lo desaprobaban, pero los ritos continuaban llevándose a cabo, con sus inciensos y sus cánticos, con sus ofrendas y con el vino ingerido que simbolizaba la sangre.

Y con el sacrificio de los inocentes.

Molesta consigo misma, se frotó el rostro con las manos. Filosofar era una tontería y no tenía ninguna utilidad. El asesinato se realizaba con fuerzas humanas. Y eran las fuerzas humanas las que podían impartir justicia. Ésa era, después de todo, la balanza del bien y del mal.

Se sentó en el suelo, debajo del techo de flores de un rojo sangre, y respiró el caliente aroma de la tarde.

—Eso no es algo habitual en ti. —Roarke se le había acercado en silencio por detrás. Con tanto silencio que a Eve le dio un vuelco el corazón en cuanto él se sentó a su lado, sobre la hierba—. ¿Comunión con la naturaleza?

—Quizá he pasado demasiado tiempo dentro, hoy. —No pudo evitar una sonrisa al ver que él le ofrecía una de las flores rojas. Jugó con ella entre los dedos un momento y luego levantó la vista hacia él.

Relajado, el pelo negro hasta los hombros, se apoyó sobre los codos y cruzó las piernas a la altura de los tobillos. Eve pensó que Summerset se horrorizaría al ver las manchas de césped en ese caro y elegante traje. Roarke desprendía un aroma varonil y caro. Ella sintió una agradable sensación de deseo en el vientre.

—¿Un día logrado? —preguntó.

—Podremos poner el pan en la mesa uno o dos días más.

Eve jugó con las puntas de su pelo negro.

—No es por el dinero, ¿verdad? Es el hecho de hacerlo.

—Oh, sí es el dinero. —Le sonrió con la mirada—. Y el hecho de hacerlo. —Con un rápido movimiento que Eve pensó que debería haber previsto, Roarke le pasó la mano por la nuca y la atrajo hacia sí para darle un apasionado beso.

—Espera.

Pero no fue lo bastante rápida y acabó debajo de él.

—Ya lo hago.

Sus labios recorrieron, hambrientos, el cuello de ella. Eve sintió unos escalofríos que le atravesaban todo el cuerpo.

—Quiero hablar contigo.

—De acuerdo, tú habla mientras yo te quito estas ropas. Todavía llevas el arma —observó mientras le desabrochaba el arnés—. ¿Estás pensando en cargarte parte de la fauna?

—Esto va contra las ordenanzas de la ciudad, Roarke. —Notó que la mano de él se cerraba alrededor de uno de sus pechos y se la sujetó por la muñeca—. Quiero hablar contigo.

—Yo quiero hacer el amor contigo. Vamos a ver quién gana.

Eso debería haberla enojado. El hecho de que ya tuviera la camisa desabrochada y de que sintiera casi dolor en los pechos. Entonces los labios de él se cerraron alrededor de esa sensible zona y ella cerró los ojos de placer. Pero no iba a dejarle ganar con tanta facilidad.

Eve relajó el cuerpo, gimió y enredó los dedos de las manos en el pelo de él. Luego le acarició los hombros.

—La chaqueta —murmuró mientras daba un tirón de la prenda. En cuanto él se apartó para quitársela, ella le tuvo.

Era una norma básica del cuerpo a cuerpo. Nunca bajes la guardia. Agitando las piernas, le empujó y le sujetó con una rodilla sobre el pubis y un codo sobre el cuello.

—Eres una tramposa. —Calculó que podía deshacerse del codo, pero de la rodilla… Había cosas a las que un hombre no se arriesgaba. Mantuvo los ojos fijos en los de ella y, despacio, le acarició el torso desnudo con la punta de los dedos, dibujando un círculo alrededor de uno de sus pechos—. Admiro eso en una mujer.

—Eres fácil. —Le acarició suavemente el pezón con el pulgar. A ella se le aceleró la respiración—. Yo admiro eso en un hombre.

—Bueno, ahora ya me tienes. —Le desabrochó el cinturón y ella sintió que le temblaban los músculos del vientre—. Sé amable.

Ella sonrió y apartó el codo para entrelazar las manos por encima de la cabeza de él.

—No creo que lo sea. —Bajó la cabeza y tomó los labios de él con los suyos.

Notó que él contenía la respiración y sintió que la rodeaba con los brazos, que sus dedos la penetraban. Notó el gemido de él en su propio pulso.

—La rodilla —consiguió decir él.

—¿Mmm? —Ahora el deseo se había desatado y recorría sus cuerpos. Eve le tomó el cuello con los labios y los dientes.

—La rodilla, cariño. —Ella cambió de posición para atacarle el lóbulo de la oreja y estuvo a punto de acabar con su virilidad—. Es muy efectivo.

—Oh, lo siento. —Burlona, bajó la rodilla y el cuerpo, y permitió que él rodara encima de ella—. Lo olvidé.

—Una historia probable. Hubieras podido provocar un daño irreparable.

—Uau. —Con una sonrisa socarrona le desabrochó los pantalones—. Apuesto a que podemos hacer que eso mejore.

Le acarició y los ojos de él se oscurecieron. Sin dejar de mirarla a los ojos, se besaron. Ese beso, sorprendentemente tierno, enlazó la fuerza de la emoción con la fluidez del deseo.

El horizonte de cielo tenía el mismo color rojo salvaje que las flores que colgaban por encima de sus cabezas. Las sombras eran largas y suaves.

Eve oyó el canto de los pájaros y el susurro del viento que llegaba entre las hojas. El contacto de las manos de él en su cuerpo era como un milagro que ahuyentaba la fealdad y el dolor del mundo.

«Ella ni siquiera sabía que necesitaba que la tranquilizaran», pensó mientras la acariciaba y la tranquilizaba de tal forma que la excitación subía despacio, cálida y suave. Quizá tampoco él lo había sabido hasta que se abrazaron y se acariciaron de esa forma. El romance del aire y de la luz, la rendición gradual de una mujer fuerte le resultaban de una seducción gloriosa.

La penetró y observó su rostro cuando el primer orgasmo la invadió, sintió su cuerpo arquearse, temblar y relajarse mientras la penetraba y la llenaba.

Ella mantuvo los ojos abiertos. Sentía la misma fascinación por la intensidad de la mirada de él como por las sensaciones que recorrían todo su cuerpo como olas de plata. Eve se adaptó a su ritmo y cuando observó que esos oscuros ojos celtas se volvían nublados y opacos, le tomó el rostro con las manos y llevó su boca a la de él para saborear el prolongado gemido de alivio.

Él dejó caer su cuerpo encima del de ella y enterró el rostro en su pelo. Ella le rodeó con los brazos en un gesto cariñoso.

—Dejé que me sedujeras.

—Ajá.

—No quería herir tus sentimientos.

—Gracias. También lo has tolerado de forma estoica.

—Es el entrenamiento. Los polis tenemos que ser estoicos.

Él alargó el brazo, pasó la mano por encima del césped y recogió su placa.

—Su placa, teniente.

Ella hizo una mueca y le dio una palmada en el trasero.

—Sal de encima de mí. Pesas una tonelada.

—Si continúas hablándome con esa dulzura, Dios sabe lo que va a pasar.

Con gesto perezoso, se deslizó a un lado y se dio cuenta de que el cielo, nublado, había cambiado su color azul por un gris perla.

—Estoy hambriento. Me has distraído y ahora ya ha pasado la hora de la cena.

—Se va a pasar un poco más. —Ella se incorporó y empezó

a ponerse las ropas—. Ya has tenido tu sexo, colega. Ahora es mi turno. Tenemos que hablar.

—Podríamos hablar durante la cena. —Suspiró al ver que ella le dirigía una mirada fría—. O también podemos hablar aquí. ¿Cuál es el problema? —preguntó mientras le pasaba el dedo pulgar por el hoyuelo de la barbilla.

—Digamos que tengo algunas preguntas.

—Quizá yo tenga las respuestas. ¿Cuáles son?

—Para empezar... —Se interrumpió y exhaló con fuerza. Él estaba ahí sentado, semidesnudo y casi parecía un brillante y satisfecho gato—. Ponte algo de ropa encima, ¿vale? Si no, vas a distraerme. —Él sonrió y ella le tiró la camisa—. Cuando llegué a casa, Mavis me estaba esperando.

—Oh. —Él sacudió la camisa y observó el aspecto deplorable que tenía, pero se la puso de todas maneras—. ¿Por qué no se quedó?

—Tiene un bolo en el Down and Dirty. Roarke, ¿por qué no me dijiste que tú eres el propietario de Eclectic?

—No es un secreto. —Se puso los pantalones y le acercó el arnés del arma—. Soy propietario de unas cuantas cosas.

—Ya sabes de qué estoy hablando. —Eve se dijo a sí misma que sería paciente con ese tema porque era algo delicado para todos—. Eclectic le ha ofrecido un contrato a Mavis.

—Sí, lo sé.

—Ya sé que lo sabes —le respondió mientras le apartaba la mano con la que él intentaba acariciarle el pelo—. Maldita sea, Roarke, podrías habérmelo dicho. Habría estado preparada cuando ella me preguntó.

—¿Te hubiera preguntado qué? Es un contrato normal. Claro que querrá que un agente o un representante le eche un vistazo, pero...

—¿Lo hiciste por mí? —le interrumpió ella con los ojos clavados en el rostro de él.

—Si hice qué por ti.

Ahora Eve apretó los dientes.

—Ofrecerle un contrato de grabación a Mavis.

Él entrelazó los dedos de las manos y ladeó la cabeza.

—¿No estarás pensando en abandonar el cuerpo de policía para convertirte en agente de espectáculos, no?

—No, por supuesto que no. Yo…

—Bien, entonces no tiene nada que ver contigo.

—No dirás que te gusta la música de Mavis.

—«Música» es una palabra no aplicable al talento de Mavis.

—Entonces —Le puso el dedo índice sobre el pecho.

—A pesar de todo, ese talento es, creo, comercial. La intención de Eclectic consiste en producir y distribuir los trabajos de artistas comerciales.

Ella se recostó y se dio unos golpecitos en la rodilla con los dedos.

—Así que es una cuestión de negocios. Simplemente, negocios.

—Por supuesto. Me tomo los negocios muy en serio.

—Podrías estar camelándome —dijo ella al cabo de un instante—. Eres bueno en eso.

—Sí, lo soy. —Sonrió, complacido de ser uno de los pocos capaces de camelarla—. De cualquier manera, el trato ya está cerrado. ¿Eso es todo?

—No. —Ella suspiró con fuerza, se inclinó hacia delante y le dio un beso—. Gracias, de todas formas.

—Es un placer.

—Además, tengo que ir al Dolabro esta noche y encontrar a un tipo. —Observó el nerviosismo en los ojos de él, cómo apretaba la mandíbula—. Me gustaría que vinieras conmigo. —Tuvo que morderse la lengua para no reír al ver la mirada suspicaz que él le devolvía.

—¿Así de fácil? ¿Es un asunto de la policía y no vas a hacer un problema de eso?

—No, en primer lugar porque creo que puedes ser de ayuda. Y en segundo lugar porque me ahorra tiempo. Discutiríamos sobre ello y tú acabarías viniendo de todas formas. Así, si te pido que vengas y tú lo haces, aceptarás que yo esté al mando.

—Muy lista. —La tomó de la mano y la hizo ponerse en pie—. De acuerdo. Pero después de cenar. Me he saltado la comida.

—Una cosa más. ¿Por qué hiciste grabar unos signos celtas en mi anillo de boda?

La sorpresa le provocó un sobresalto que él disimuló rápidamente.

—¿Perdón?

—No, esta vez no has sido lo bastante rápido. —Se sintió muy complacida de haber detectado esa mínima y perfectamente encubierta sorpresa—. Una de nuestras brujas del vecindario los ha visto hoy.

—Comprendo. —Se dio cuenta de que le había pillado, así que en un intento de ganar un poco de tiempo le tomó la mano y examinó el anillo—. Es un diseño atractivo.

—No me tomes el pelo, Roarke. Soy una profesional. —Esperó hasta que él levantó la vista de nuevo—. Tú te lo crees, ¿verdad? Tú crees en todas esas tonterías.

—No es ése el tema. —Lo dijo con torpeza y ella frunció el ceño.

—Estás incómodo. —Levantó las cejas en señal de sorpresa y de diversión—. Tú nunca estás incómodo. Por nada. Eso es muy raro. Y bastante tierno.

—No estoy incómodo.

«Mortificado —pensó él—, pero no incómodo.»

—Sólo estoy…, no muy seguro de explicarme bien. Te amo —dijo, aplacando la risa que se le escapaba a Eve—. Tú arriesgas la vida, una vida que es esencial para mí, siendo quien eres. Eso… —acarició el anillo de boda con el pulgar— es un pequeño y muy personal escudo.

—Es encantador, Roarke. De verdad. Pero tú no crees de verdad en todas esas tonterías de magia.

Él levantó la mirada y sus ojos brillaron en la oscuridad en que se había sumido el anochecer. Como los de un lobo, pensó Eve. Y era en un lobo, recordó, en quien tenía que confiar.

—Tu mundo es relativamente pequeño, Eve. No se puede decir que esté totalmente aislado, pero es limitado. Tú no has presenciado la danza de un gigante, ni has sentido el poder de las tallas Orgham en el tronco de un árbol petrificado por el tiempo, ni has oído los susurros que cubren el suelo sagrado como una niebla.

Confundida, Eve meneó la cabeza.

—¿Qué es eso, una cosa irlandesa?

—Si tú quieres, aunque no es algo limitado a una única raza o cultura. Tú tienes los pies en el suelo. —Deslizó las manos por sus brazos, hasta sus hombros—. Eres casi brutal en tu obstinación y tu honestidad. Y digamos que yo he vivido una vida flexible. Te necesito, y utilizaré todo lo que tenga a mano para que estés a salvo. —Levantó la mano con el anillo hasta sus labios—. Digamos que es sólo una cuestión de precaución.

—De acuerdo. —Ésa era una nueva faceta de él que exigiría algo de tiempo para ser explorada—. ¿Pero no tendrás, digamos, una habitación secreta en la cual bailas y cantas desnudo?

Él disimuló una sonrisa.

—La tenía, pero la convertí en un estudio. Más versátil.

—Bien pensado. De acuerdo, vamos a comer.

—Gracias a Dios. —La tomó de la mano y la condujo hacia la casa.

Capítulo siete

*E*l Dolabro corría una lujosa cortina ante la depravación, como la sonrisa infantil de un político corrupto. Un vistazo fue suficiente para convencer a Eve de que hubiera preferido pasar las tardes en un antro de bajo nivel que oliera a licor rancio y a sudor más rancio todavía.

En los antros, nadie se preocupaba por disimular.

Unos palcos giratorios cubiertos con cristal ahumado y ribeteados de metal cromado dividían el piso principal en dos niveles, de tal forma que quienes preferían una vista elevada podían recorrer el espacio en círculo y observar lo que sucedía abajo. La barra central se abría en cinco puntas y cada una de ellas estaba poblada de clientes encaramados en unos altos taburetes que imitaban de forma optimista y exagerada distintas partes anatómicas.

Una pareja de mujeres que vestían unas micro faldas se encontraban sentadas con las piernas abiertas encima de dos penes enormes de un subido color carne y se reían de forma estrepitosa. Un tipo con la cabeza rapada comprobaba el estado de ambas mujeres deslizando las manos por encima de sus ajustadas blusas.

Todas las paredes estaban cubiertas de espejos que reflejaban unas parpadeantes luces rojas. Algunas de las mesas que rodeaban la pista de baile estaban aisladas para ofrecer cierta privacidad, y otras se encontraban rodeadas por unos cristales ahumados que solamente dejaban traslucir las siluetas de unas parejas en distintas posturas de fornicación que distraían a la multitud. La brillante laca negra que los recubría les confería un aspecto de pequeñas y oscuras piscinas.

Un grupo de rock tocaba con fuerza y habilidad desde una

plataforma elevada. Eve se preguntó que hubiera pensado Mavis al ver sus rostros pintados, sus pechos tatuados, y sus cueros acribillados con púas de metal plateado. Decidió que su amiga los habría calificado de magníficos.

—¿Nos sentamos o estudiamos el garito? —le murmuró Roarke en el oído.

—Vamos arriba —decidió ella—. Para tener una vista elevada. ¿Qué es ese olor?

Él subió a las escaleras mecánicas al lado de ella.

—Cannabis, incienso. Sudor.

Ella negó con la cabeza. Había algo debajo de esa mezcla, algo metálico.

—Sangre. Sangre fresca.

Él también lo notó. Esa densa nota de olor.

—En un lugar como éste, lo ponen en los ventiladores de aire para levantar los ánimos.

—Encantador.

Llegaron al segundo nivel. Ahí, en lugar de mesas y sillas, en el suelo había almohadas y unas gruesas alfombras encima de las cuales los clientes descansaban mientras tomaban distintas pócimas. Los que iban a la caza se inclinaban por encima de la barandilla para detectar a algún posible compañero y ocupar una de las habitaciones privadas.

Había docenas de esas habitaciones en ese nivel, todas ellas protegidas con unas pesadas puertas negras que lucían unas placas cromadas en las cuales se anunciaban con nombres como Perdición, Leviatán…, y con otros más directos como Infierno y Condena.

Se imaginaba perfectamente qué tipo de personalidad encontraba seductores esos nombres.

Ante su mirada, un hombre con los ojos turbios por el licor, empezó a lamer las piernas de su compañera. Su mano se introdujo debajo de la cortísima falda mientras ella se reía. Técnicamente, Eve hubiera podido detenerles por realizar el acto sexual en público.

—¿Qué sentido tendría? —comentó Roarke, leyéndole el pensamiento perfectamente. Lo dijo en tono tranquilo. Cualquiera que le hubiera visto habría pensado que era un hombre que se encontraba ligeramente aburrido en ese ambiente. Pero

Roarke estaba preparado para defenderse o para atacar, según fuera necesario—. Tienes cosas más interesantes que hacer que encerrar a una pareja caliente de Queens.

Ése no era exactamente el tema, pensó Eve mientras el hombre se desabrochaba la bragueta de los pantalones azules.

—¿Cómo sabes que son de Queens?

Antes de que él pudiera contestar, un hombre joven, atractivo, que lucía una mata de pelo rubio y que llevaba el torso desnudo se arrodillo al lado de la pareja. Fuera lo que fuese lo que dijo, hizo que la mujer se riera y, agarrándole, le diera un húmedo beso.

—¿Por qué no vienes tú también? —preguntó ella en un acento inconfundible—. Podríamos hacer un *ménage à trois*.

Eve arqueó una ceja ante aquella masacre de la expresión francesa. Vio que el gorila se apartaba y, con facilidad, conducía a la pareja fuera.

—Queens —dijo Roarke, pagado de sí—. Definitivamente. Y eso se ha hecho de forma muy suave. —Inclinó la cabeza mientras la pareja era conducida a través de una estrecha puerta—. Añadirán el precio de la habitación privada en la cuenta y no habrá pasado nada. —Se oyó una chillona risa femenina mientras el gorila salía de nuevo y cerraba la puerta—. Todo el mundo contento.

—Quizá no se encuentren en Queens por la mañana. El precio de una habitación privada en un lugar como éste tiene que hacer daño. Entonces... —Observó la multitud. Las edades eran variadas, desde muy jóvenes que seguramente habían entrado gracias a identificaciones falsas, hasta los muy maduros. Pero por lo que se deducía de las joyas, las ropas, el tono de la piel y los cuerpos que delataban visitas a los salones de belleza, la clientela pertenecía a una clase media alta.

—No parece que el dinero sea un problema aquí. He visto, por lo menos, a cinco acompañantes con licencia de lujo.

—Mi cuenta llega a diez.

Ella frunció el ceño.

—Doce gorilas con armas de mano de baja calidad.

—En esa cuenta estamos de acuerdo. —Le pasó un brazo alrededor de la cintura y se dirigieron hacia la barandilla. Abajo, la pista de baile se encontraba abarrotada, los cuerpos se frotaban de forma sugerente contra los cuerpos. Unas risas salvajes resonaban en los espejos de las paredes en el nivel superior.

El grupo estaba realizando su espectáculo. Las dos vocalistas femeninas estaban siendo atadas a unas cadenas plateadas con tiras de cuero. La música resonaba con una fuerte percusión. Los bailarines avanzaron, acercándose, ansiosos como la multitud ante un linchamiento. La participación del público se realizó cuando un hombre aceptó la invitación de desnudar a las mujeres de sus ligeras ropas. Debajo de ellas, ambas estaban desnudas excepto por unas brillantes estrellas que les cubrían los pezones y el pubis.

La multitud empezó a cantar y a aullar mientras él las cubría con un espeso aceite sin hacer caso de los gritos y las súplicas de piedad de ellas.

—Esto roza el límite —dijo Eve.

—Arte *performance*. —Roarke observó al hombre azotar a la primera vocalista con un látigo de terciopelo de nueve puntas—. A pesar de ello, está dentro de los límites de la ley.

—Simular el envilecimiento anima a que éste se realice de verdad. —Apretó la mandíbula al ver que uno de los miembros de la banda abofeteaba ligeramente a la segunda vocalista mientras las voces se levantaban en un ferviente dueto—. Se supone que hemos superado esta explotación de la mujer. Pero no es así. Nunca lo superamos. ¿Qué están buscando?

—Emociones. De las más baratas y viles. —Le acarició la base de la espalda. Ella sabía qué era que la ataran, que abusaran. No había nada artístico ni entretenido en ello—. No hay ninguna necesidad de ver esto, Eve.

—¿Qué es lo que les motiva a hacerlo? —preguntó—. ¿Qué es lo que hace que una mujer permita que la utilicen de esta forma, sea una simulación o sea realidad? ¿Por qué no le da una patada en los huevos?

—Tú no eres ella. —Le dio un beso en la frente y la hizo apartarse de ahí con firmeza.

La barandilla estaba abarrotada de gente que se esforzaba por ver el espectáculo.

Mientras realizaban un rápido recorrido por el piso superior, se les acercó una mujer vestida con una túnica lisa y negra.

—Bienvenidos al Piso del maestro. ¿Tienen reserva?

Eso era demasiado, pensó Eve. Sacó la placa.

—No estoy interesada en lo que venden aquí.

—Buena comida y buen vino —dijo la azafata después de una brevísima interrupción para observar la identificación policial—. Se dará cuenta de que estamos completamente dentro de la normativa, teniente. De todas formas, si desea hablar con el propietario.

—Ya lo he hecho. Quiero ver a Lobar. ¿Dónde puedo encontrarle?

—No trabaja en este nivel. —Con una sutileza y una discreción que hubiera hecho sentirse orgulloso al maestro más esnob, la azafata llevó a Eve hacia la escalera—. Si quiere usted dirigirse al piso principal, allí la recibirán y le prepararán una mesa. Contactaré con Lobar y le enviaré con usted.

—Bien. —Eve la observó y vio a una mujer atractiva de unos veinte años—. ¿Por qué hace esto? —le preguntó mientras observaba una de las pantallas desde donde una mujer chillaba y se retorcía mientras la ataban a una losa de mármol—. ¿Cómo puede hacer esto?

La azafata se limitó a mirar la placa de Eve y sonrió con dulzura.

—¿Cómo puede usted hacer eso? —repuso antes de alejarse.

—Estoy permitiendo que me afecte —admitió Eve mientras se dirigían al piso principal—. Soy capaz de hacerlo mejor.

El grupo continuaba tocando. Ahora la música era frenética. Pero la parte de espectáculo se limitaba a una enorme pantalla que llenaba la pared trasera del escenario. Eve solamente tuvo que echar un vistazo para comprender por qué. El club no tenía licencia para permitir el sexo en directo, pero esa pequeña inconveniencia era superada gracias al vídeo.

Las vocalistas femeninas todavía estaban atadas y cantaban a pleno pulmón sin perder el compás. Pero ahora estaban detrás del escenario, ante la cámara, con el hombre del público y otro hombre que no llevaba nada más que una máscara que reproducía la cabeza de un cerdo.

—Cerdos —fue todo lo que Eve tenía que decir. Entonces se encontró ante unos ojos brillantes y rojos.

—Su mesa está por aquí. —El hombre joven les sonrió, mostrando una brillante dentadura cuyos caninos habían sido tallados como afilados colmillos. Se dio la vuelta y la mata de pelo le cayó por encima de la espalda desnuda, negra, con reflejos rojos como llamas. Abrió la puerta de la cabina de privacidad de la mesa y entró delante de ellos.

—Soy Lobar. —Volvió a sonreír—. Les he estado esperando.

Habría sido guapo si no hubiera tenido esa afectación de los colmillos como los de un vampiro y esos ojos demoníacos. Tal y como estaba, a Eve le pareció que era como un niño grande vestido para la fiesta de Halloween. Si tenía la edad legal, no era por mucho. Su pecho era estrecho y sin pelo, los brazos eran delgados como los de una chica. Pero no le pareció que el tinte rojo de los ojos fuera lo que les restara inocencia. Era la mirada que había en ellos.

—Siéntate, Lobar.

—Claro. —Se dejó caer en una silla—. Tomaré una copa. Ustedes pagan —le dijo a Eve—. Ustedes quieren disponer de mi tiempo en horas de trabajo, así que tienen que pagar. —Marcó una selección en el menú electrónico y colocó la silla para poder ver la pantalla del escenario—. Un gran espectáculo esta noche.

Eve levantó la vista.

—Se podría trabajar un poco más el guión —repuso ella con sequedad—. ¿Tienes identificación, Lobar?

Él apartó los labios de los colmillos y levantó las manos con las palmas hacia arriba.

—No la llevo encima. A no ser que crea que tengo bolsillos secretos en la piel.

—¿Cuál es tu nombre legal?

Su sonrisa desapareció y sus ojos se mostraron, de repente, como los ojos mohínos de un niño.

—Es Lobar. Ése es quien soy. No tengo por qué responder a sus preguntas, ya lo sabe. Estoy cooperando.

—Eres un ciudadano modélico. —Eve esperó a que su bebida apareciera a través de la ranura de servicio. Otro espectáculo, pensó mientras observaba el humo que se elevaba del fangoso y gris líquido contenido en el vaso de grueso vidrio—. Alice Lingstrom. ¿Qué sabes de ella?

—No mucho, excepto que era una estúpida zorra. —Dio un

sorbo—. Estuvo por aquí un tiempo, luego se fue llorando. Por mí estuvo bien. El maestro no necesita a los débiles.

—El maestro.

Él dio otro sorbo y sonrió.

—Satán —dijo, saboreándolo.

—¿Crees en Satán?

—Claro. —Se inclinó hacia delante y alargó una mano de largas uñas pintadas de negro hacia Eve—. Y él cree en usted.

—Ten cuidado —murmuró Roarke—. Eres demasiado joven y tonto para perder una mano.

Lobar soltó una risa burlona, pero retiró la mano.

—¿Su perro vigilante? —le dijo a Eve—. Tu rico perro vigilante. Sabemos quién eres —añadió, fijando la mirada en Roarke—. Un tipo importante. No tienes ningún poder aquí. Y tampoco lo tiene tu zorra policía.

—No soy su zorra policía —dijo Eve en tono tranquilo mientras le dirigía una mirada de advertencia a Roarke—. Soy mi propia zorra policía. Y en cuanto al poder… —Se echó hacia atrás—. Bueno, tengo el poder de llevarte a la Central de Policía y meterte en la sala de interrogatorios. —Sonrió y recorrió con la mirada el pecho desnudo y los brillantes anillos en los pezones—. A los chicos les encantaría echarte un vistazo. Atractivo, ¿no es verdad, Roarke?

—Al estilo de aprendiz de demonio. Debes de tener a un… dentista interesante. —Se encontraban en una cabina privada, así que sacó un cigarrillo y lo encendió.

—Aceptaría uno de ésos —dijo Lobar.

—¿Ah, sí? —Encogiéndose de hombros, Roarke deslizó un cigarrillo sobre la mesa. Lobar lo recogió y le miró con expresión expectante. Roarke sonrió—. Lo siento. ¿Quieres fuego? Di por sentado que sacarías fuego por la punta de tus dedos.

—No hago trucos para profanos. —Lobar se acercó para inhalar desde el filtro del cigarrillo mientras Roarke encendía el mechero en el otro extremo—. Mire, usted quiere saber algo de Alice y yo no puedo ayudarla. No era mi tipo. Demasiado inhibida, y siempre haciendo preguntas. Claro que la follé un par de veces, pero fueron folladas en comunidad, ¿sabe? Nada personal.

—¿Y la noche en que fue asesinada?

Expulsó una bocanada de humo y tomó otra calada. Nunca

había probado tabaco de verdad antes y la cara droga le hacía sentir la cabeza ligera, relajado.

—No la vi. Estaba ocupado. Tuve una ceremonia privada con Selina y Alban. Ritos sexuales. Después, estuvimos follando la mayor parte de la noche.

Tomó otra calada profunda mientras sujetaba el cigarrillo como si fuera su primer canuto y luego sacó el humo por la nariz con expresión de placer.

—A Selina le gustan las folladas dobles, y cuando ha terminado le gusta mirar y hacérselo. Amanecía cuando tuvo suficiente.

—Y los tres estuvisteis juntos toda la noche. Nadie se marchó, ni siquiera durante unos minutos.

Él encogió los huesudos hombros.

—Ése es el punto con tres personas. No hay que esperar. —Bajó una mirada sugerente hasta los pechos de Eve—. ¿Quiere probarlo?

—No querrás solicitar a un policía, Lobar. Y a mí me gustan los hombres. No los chicos huesudos vestidos en ropajes absurdos. ¿Quién llamó a Alice y le puso la grabación? El cántico.

Él se mostró mohíno otra vez, con el orgullo herido. Pensó que si ella hubiera ido sola, él le habría enseñado unas cuantas cosas. Una zorra es una zorra siempre, a su criterio, con placa o sin placa.

—No sé de qué está hablando. Alice no era nada. Nadie daba nada por ella.

—Su abuelo sí.

—He oído que él también está muerto. —Los ojos rojos brillaron—. Viejo carroza. Poli de escritorio, sólo apretaba botones. No significa nada para mí.

—Suficiente con que sepas que era un policía —repuso Eve—. Un policía que se sentaba ante un escritorio. ¿Cómo sabes eso, Lobar?

Al darse cuenta de la equivocación, apagó lo que le quedaba del cigarrillo con gestos rápidos y violentos.

—Alguien debe de haberlo mencionado. —Mostró los colmillos al dirigirles una amplia sonrisa—. Probablemente lo hiciera Alice, mientras la estaba follando.

—Pues eso no dice mucho a favor de tu actuación, ¿no?, si

ella estaba hablando de su abuelo mientras tú estabas… follándola.

—Lo oí en alguna parte, ¿vale? —Tomó la bebida y dio un largo trago—. ¿Cuál es el jodido problema? Era viejo, de todas formas.

—¿Le habías visto alguna vez? ¿Aquí?

—Veo a mucha gente aquí. No recuerdo a ningún poli viejo. —Hizo un gesto con una mano—. Esto está así casi cada noche. ¿Cómo diablos voy a saber quién entra? Selina me contrató para que mantuviera a raya a los capullos ocasionales, no para que recordara las caras.

—Selina tiene un buen negocio aquí. ¿Continúa traficando? ¿Trafica para ti?

La mirada del chico tomó una expresión astuta.

—Yo obtengo el poder de mis creencias. No necesito sustancias ilegales.

—¿Has participado alguna vez en un sacrificio humano? ¿Has abierto en canal alguna vez a un niño para tu maestro, Lobar?

Él se terminó la bebida.

—Ésa es otra de las alucinaciones de los extraños. La gente como usted le gusta hacer que los satanistas parezcan monstruos.

—La gente como nosotros —murmuró Roarke, deslizando la mirada desde el pelo punteado de rojo hasta los anillos en los pezones—. Sí, es obvio que estamos cargados de prejuicios, mientras que cualquiera puede apreciar que solamente eres un devoto.

—Mire, es una religión, y en este país tenemos libertad de confesión. ¿Quiere hacernos tragar con su dios? Bueno, pues nosotros lo rechazamos. Le rechazamos a él y a todos sus credos para los débiles. Y nosotros mandaremos en el Infierno.

Se apartó de la mesa y se puso en pie.

—No tengo nada más que decir.

—De acuerdo. —Eve habló en voz baja, mirándole a los ojos—. Pero vas a pensar en ello, Lobar. Hay gente muerta. Alguien va a ser el siguiente. Es posible que seas tú.

A él le temblaron los labios, pero se controló.

—Es posible que sea usted —le contestó antes de salir dando un portazo.

—Que jovencito tan atractivo —comentó Roarke—. Estoy convencido de que va a ser una deliciosa adquisición para el Infierno.

—Quizá allí es donde vaya. —Eve echó un rápido vistazo alrededor y se metió el vaso vacío en la bolsa—. Quiero averiguar de dónde viene. Puedo examinar sus huellas digitales en casa.

—De acuerdo. —Se levantó y la tomó del brazo—. Pero yo quiero una ducha primero. Este sitio te deja algo horroroso pegado en la piel.

—No puedo discutirte eso.

—Robert Allen Mathias —declaró Eve, leyendo la información del monitor—. Cumplió los dieciocho hace seis meses. Nació en Kansas, hijo de Jonathan y Elaine Mathias, ambos diáconos baptistas.

—El hijo de un predicador —añadió Roarke—. Algunos se rebelan de maneras radicales. Parece que el pequeño Bobby lo ha hecho.

—Tiene un historial problemático —continuó Eve—. Tengo el informe de juventud aquí. Pequeños robos, allanamiento de morada, carencia de permisos, asaltos. Se escapó de casa cuatro veces antes de cumplir los trece años. A los quince, después de un viaje divertido que le llevó a robar un coche, sus padres consiguieron que resultara calificado legalmente como incorregible. Cumplió un año en la escuela estatal, que terminó mandándole a una institución estatal después de un intento de violación a una maestra.

—Bobby es una dulzura —murmuró Roarke—. Sabía que había una razón por la cual me entraban deseos de sacarle esos ojos rojos. No dejaban de mirarte los pechos.

—Sí. —Con un gesto inconsciente, Eve se pasó una mano por encima de ellos como para borrar algo asqueroso—. El perfil psicológico es bastante cercano a lo esperable. Tendencias sociópatas, falta de control, cambios violentos de humor. El sujeto abriga un profundo resentimiento no resuelto hacia sus padres y hacia las figuras de autoridad, especialmente las femeninas. Muestra al mismo tiempo miedo y resentimiento hacia las mujeres. Un nivel de inteligencia alto, un nivel de violencia alto. El sujeto muestra una completa falta de conciencia y un interés anormal en lo oculto.

—Entonces, ¿qué hace suelto por la calle? ¿Por qué no está en tratamiento?

—Porque así es la ley. Tienes que soltarle cuando cumple dieciocho años. Hasta que no puedas pillarle de adulto, está limpio. —Eve hinchó los carrillos y sacó el aire con fuerza—. Es un peligroso joven bastardo, pero no puedo hacer gran cosa. Corrobora la declaración de Selina acerca de la noche de la muerte de Alice.

—Ha recibido instrucciones para hacerlo —señaló Roarke.

—Y se sujeta a ella… a no ser que pueda hacerle hablar. —Se apartó de la mesa—. Tengo su dirección actual. Puedo comprobarla, llamar a su puerta. Ver si sus vecinos me pueden decir algo de él. Si pudiera pillarle con algo, meterle un poco de presión, creo que el pequeño Bobby cantaría.

—¿Y si no?

—Si no, continuaremos buscando. —Se frotó los ojos.

—Nos encontraremos con él. Tarde o temprano revelará su naturaleza: le romperá la cara a alguien, asaltará a alguna mujer, dará una patada en el culo equivocado. Entonces le meteremos en una jaula.

—Tu trabajo es horroroso.

—La mayor parte del tiempo —asintió Eve. Miró por encima del hombro—. ¿Estás cansado?

—Eso depende. —Miró hacia la pantalla donde aparecían los datos sobre Lobar. Tenía la imagen de Eve investigando, pasando las tranquilas horas de la noche nadando en ese barro. No intentó evitar un suspiro—. ¿Qué necesitas?

—A ti. —Eve notó que se ponía colorada en cuanto él arqueó una ceja en una expresión de curiosidad—. Sabes que es tarde, y ha sido un día largo. Supongo que pensaba en ello como en una especie de ducha. Algo que pudiera quitarme de encima el lodo. —Incómoda, dio media vuelta y miró a la pantalla—. Una estupidez.

Siempre le resultaba difícil pedirlo, pensó Roarke. Por algún motivo.

—No es la proposición más romántica que haya tenido nunca. —Le puso las manos en los hombros y le dio un ligero masaje—. Pero está lejos de ser una estupidez. Apagar —ordenó, y la pantalla se oscureció. Hizo girar la silla y obligó a Eve a ponerse en pie—. Ven a la cama.

—Roarke. —Le abrazó con fuerza. No podía explicar de qué manera ni por qué las imágenes que había visto esa noche le habían dejado una sensación de inquietud en el estómago. Con él, no la sentía—. Te amo.

Con una ligera sonrisa, Eve le miró a los ojos.

—Cada vez es más fácil decirlo. Creo que empieza a gustarme.

Roarke soltó una carcajada y le dio un beso en la mejilla.

—Ven a la cama —repitió— y dímelo otra vez.

El rito era antiguo, su objetivo, oscuro. Abigarrado y enmascarado, la congregación se había reunido en una cámara privada. El olor a sangre era fresco y fuerte. Las llamas que ardían sobre las velas negras titilaban y lanzaban sombras que se deslizaban por las paredes como arañas en busca de presas.

Selina decidió ofrecerse como altar y se encontraba tumbada, desnuda, con una vela quemando entre sus muslos y un cuenco con sangre sacrificial entre sus generosos pechos.

Sonrió al ver el cuenco plateado que rebosaba de billetes y créditos que los socios habían pagado por el privilegio de formar parte de ellos. La riqueza de ellos era ahora la de ella. El maestro la había salvado de una vida de escarbar para vivir y la había traído allí, la había llevado hasta el poder y la comodidad.

Ella había dado su alma con gusto por ambas cosas.

Esa noche habría más. Esa noche habría muerte, y el poder que emanaba de la carne rendida, el derramamiento de sangre. Ellos no lo recordarían, pensó. Ella había añadido droga al vino mezclado con sangre. Si se suministraba la droga adecuada, la dosis correcta, ellos harían y dirían todo lo que el maestro quisiera. Sólo ella y Alban sabrían que el maestro había pedido un sacrificio para su protección, y que esa demanda había sido felizmente satisfecha.

La congregación la rodeaba, los rostros ocultos, los cuerpos oscilantes, mientras la droga, el humo, los cantos les hipnotizaban. A su cabeza, Alban se encontraba de pie, con la cabeza de cerdo y el dolabro.

—Adoramos al único —dijo con su bonita y clara voz.

Y la congregación respondió:

—Satán es el único.

—Lo que es suyo es nuestro.

—Ave, Satán.

Mientras Alban alzaba el cuenco, sus ojos se encontraron con los de Selina. Tomó una espada y señaló con ella a los cuatro puntos cardinales. Los príncipes del Infierno fueron invocados. La lista era larga y de nombres exóticos. Las voces se elevaban en un murmullo. El fuego crepitaba en un recipiente ennegrecido que reposaba encima de una losa de mármol.

Ella empezó a gemir.

—Destruye a nuestros enemigos.

«Sí —pensó ella—. Destrúyelos.»

—Trae la enfermedad y el dolor a aquellos que quieren hacernos daño.

«Un gran dolor. Un dolor insoportable.»

Alban le puso una mano sobre su piel y ella empezó a gritar.

—Nosotros tomamos aquello que deseamos, en tu nombre. Muerte a los débiles. Fortuna a los fuertes.

Dio un paso hacia atrás y aunque tenía el derecho de tomar el altar en primer lugar, le dirigió un gesto a Lobar.

—Premio a los leales. Tómala —ordenó—. Dale tanto dolor como placer.

Lobar dudó un momento. El sacrificio hubiera tenido que haberse realizado antes. El sacrificio de sangre. La cabra debería haber sido llevada hasta allí y degollada. Pero miró a Selina y su mente inundada de drogas se apagó. Allí había una mujer. Zorra. Ella le miraba con unos ojos fríos y desafiantes.

Él iba a enseñarle, pensó. Le enseñaría que era un hombre. No sería como la última vez, en que ella le había utilizado y le había humillado.

Esta vez, él estaría al mando.

Tiró su túnica a un lado y dio un paso hacia delante.

Capítulo ocho

*E*l continuo sonido de una alarma hizo que Eve rodara a un lado y maldijera.

—No es posible que sea hora de levantarse. Acabamos de irnos a la cama.

—No lo es. Es el sistema de seguridad.

—¿Qué? —Se incorporó rápidamente—. ¿Nuestro sistema de seguridad?

Roarke ya había saltado de la cama y se estaba poniendo los pantalones. Le respondió con un gruñido. Con un gesto instintivo, Eve alargó la mano en busca de su arma primero y de las ropas después.

—¿Alguien está intentando entrar?

—Parece que alguien lo ha hecho. —Su voz sonaba muy tranquila. Todas las luces estaban apagadas todavía. Ella solamente podía ver su silueta gracias a la desigual luz de la luna que se filtraba por la claraboya. Y esa silueta mostraba el perfil inconfundible de un arma en la mano.

—¿De dónde diablos has sacado eso? Creí que estaban todas guardadas. Joder, Roarke, eso es ilegal. Déjala a un lado.

Con frialdad, cargó la antigua Glock de nueve milímetros.

—No.

—Joder, joder. —Ella tomó su comunicador y se lo metió en el bolsillo trasero de los vaqueros por puro hábito—. No puedes usar eso. Tengo que asegurarme…, es mi trabajo. Llama a la Central e informa de un posible intruso.

—No —repitió él mientras se dirigía hacia la puerta.

Ella le alcanzó con dos pasos.

—Si alguien se encuentra en el terreno o dentro de la casa, y si tú le disparas con eso, voy a tener que arrestarte.

—De acuerdo.

—Roarke. —Le agarró en cuanto él alargó la mano hacia la puerta—. Hay un procedimiento adecuado en situaciones como ésta, y existen razones para ello. Llama.

Su casa, pensó él. La casa de ambos. Su mujer, y el hecho de que ella fuera una policía no significaba nada en ese momento.

—¿Y no te sentirás como una tonta si se trata de un mal funcionamiento mecánico?

—Nada de lo tuyo funciona mal nunca —repuso ella, haciéndole sonreír a pesar de las circunstancias.

—Bueno, gracias. —Abrió la puerta y tras ella encontraron a Summerset.

—Parece que hay alguien en el terreno.

—¿Dónde está la abertura?

—Sección quince, cuadrante suroeste.

—Realiza una revisión completa del vídeo, conecta el sistema completo de seguridad de la casa en cuanto estemos fuera. Eve y yo vamos a comprobar los alrededores. —Con gesto ausente, le pasó una mano por la espalda—. Es una suerte vivir con una policía.

Ella miró el arma que él llevaba en la mano. Intentar desarmarle sería inútil. Y consumiría demasiado tiempo.

—Tendremos que hablar de esto —le dijo con los dientes apretados—. Lo digo de verdad.

—Por supuesto que sí.

Bajaron por la escalera el uno al lado del otro y atravesaron la casa, ahora en silencio.

—No han entrado —dijo él mientras hacía una pausa ante una puerta que conducía a un amplio patio—. La alarma por una brecha en la casa es distinta. Pero han saltado el muro.

—Lo cual significa que pueden estar en cualquier parte.

La luna estaba casi llena, pero las nubes eran gruesas y tapaban su luz.

Eve escudriñó en la oscuridad, los árboles por encima de sus cabezas, los enormes arbustos ornamentales. Todo ofrecía un escondite perfecto para espiar. O para realizar una emboscada. No oyó nada excepto el crepitar de las hojas mecidas por el viento.

—Tendremos que separarnos. Por Dios, no utilices esa arma

a no ser que tu vida corra peligro. La mayor parte de allanamientos de morada se realizan sin armas.

Pero ambos sabían que nadie pensaría en allanar la morada de un hombre como Roarke.

—Ten cuidado —le dijo él en voz baja antes de desaparecer en las sombras como el humo.

Eve se tranquilizó diciéndose que él era bueno. Podía confiar en que él manejaría bien la situación y a sí mismo. Utilizando la tenue y cambiante luz de la luna como guía, se dirigió hacia el oeste y empezó a recorrer el terreno en círculos.

La quietud era casi amenazadora. Casi no podía oír sus propios pasos en el espeso césped. Detrás de ella, la casa se levantaba en la oscuridad, una estructura formidable de piedra vieja y cristal vigilada por un mayordomo huesudo y esnob, pensó.

Sonrió. Le hubiera encantado ver que un ladrón desprevenido se tropezaba con Summerset.

Al llegar al muro, buscó alguna brecha. El muro tenía dos metros y medio de altura y casi un metro de grosor y se encontraba rodeado de cable eléctrico para desanimar a cualquier cosa que pesara más de nueve kilos. Las cámaras de seguridad se encontraban situadas a cada trescientos metros. Eve maldijo al darse cuenta de que las luces parpadeaban en color rojo en lugar de verde.

Apagadas. Hijo de puta. Con el arma fuera y a punto, dio un rodeo hacia el sur.

Roarke realizó su propio recorrido en silencio, entre los árboles. Había comprado esa propiedad ocho años antes, la había hecho remodelar y rehabilitar según sus indicaciones. Había supervisado personalmente el diseño y la instalación del sistema de seguridad. Ése era, en un sentido estricto, su primer hogar, el lugar que había elegido para asentarse después de muchos años de vagabundeo. Bajo su fría actitud de control mientras se deslizaba entre las sombras, Roarke estaba hirviendo de furia por el hecho de que su hogar hubiera sido invadido.

La noche era fría, clara y silenciosa como una tumba. Se preguntó si estaría enfrentándose a un ladrón muy atrevido. Podría tratarse de algo tan sencillo como eso. O podía ser algo, o alguien, mucho más peligroso. Un profesional contratado por un competidor en los negocios. Un enemigo, y él no se había abierto camino hasta donde había llegado sin hacerlos. Especialmente dado que muchos de sus intereses se habían encontrado en el otro lado de la ley.

El objetivo también podía ser Eve. Ella también había hecho enemigos. Enemigos peligrosos. Echó un vistazo por encima del hombro y dudó. Entonces se dijo a sí mismo que no debía seguir a su esposa. No conocía a nadie mejor equipado para ocuparse de sí mismo.

Pero fue ese momento de duda, esa necesidad instintiva de protección que dio un giro a su suerte. En cuanto se detuvo entre las sombras, oyó un tenue movimiento. Roarke sujetó el arma con firmeza, dio un paso hacia atrás y un paso a un lado. Y esperó.

La figura se movía despacio, agachada. A medida que la distancia entre ambos se acortaba, Roarke fue capaz de oír el sonido de una respiración agitada. Aunque no podía distinguir los rasgos, pensó que era un hombre, quizá de un metro cincuenta y cinco de estatura, y de complexión delgada. No pudo ver ningún arma y, pensando en las dificultades que Eve tendría para explicar por qué su esposo había retenido a un intruso con un arma prohibida, se guardó la Glock en la parte trasera de los pantalones.

Se preparó, deseando que fuera un encuentro cuerpo a cuerpo, y en cuanto la figura avanzó furtivamente se abalanzó sobre ella. Roarke puso un brazo alrededor de un cuello, elevó un puño preparado para propinar una callada y pequeña venganza, cuando se dio cuenta de que no era un hombre sino un chico.

—Eh, tú, hijo de puta, déjame. Te voy a matar.

Un chico muy rudo y muy asustado, pensó Roarke. La lucha fue breve y unilateral. Roarke solamente tardó unos segundos para inmovilizar al chico contra el tronco de un árbol.

—¿Cómo diablos has entrado? —preguntó Roarke.

La respiración del chico era sibilante, y tenía el rostro tan blanco como el de un fantasma. Roarke oía el sonido de la garganta del chico cada vez que tragaba.

—Usted es Roarke. —Dejó de forcejear e intentó esbozar una sonrisa burlona—. Tiene un sistema de seguridad bastante bueno.

—Me gusta pensar que es así.

«No es un ladrón —decidió Roarke—, pero ciertamente es atrevido»

—¿Cómo has conseguido traspasarlo?

—Yo... —Se interrumpió y abrió mucho los ojos mirando más allá de los hombros de Roarke—. ¡Ahí detrás!

Con una suavidad que el chico apreciaría más tarde, Roarke se dio la vuelta sin soltarle.

—Tenemos a nuestro intruso, teniente.

—Ya lo veo. —Ella bajó el arma y ordenó a su corazón que volviera a su ritmo normal—. Jesús, Roarke, es sólo un chico. Es... —Se calló y entrecerró los ojos—. Yo conozco a este chico.

—Entonces quizá puedas presentarnos.

—Tú eres Jamie, ¿verdad? Jamie Lingstrom. El hermano de Alice.

—Buen ojo, teniente. ¿Ahora quiere decirle que deje de estrangularme?

—Creo que no. —Se guardó el arma y se acercó—. ¿Qué diablos estás haciendo, entrando en una propiedad privada en medio de la noche? Eres el nieto de un policía, por Dios. ¿Es que quieres acabar en un correccional?

—Yo no soy su problema ahora, teniente Dallas. —Realizó un valiente intento de parecer duro, pero la voz le tembló—. Tiene a un cuerpo muerto al otro lado del muro. Muerto de verdad —dijo, y empezó a temblar.

—¿Has visto a alguien, Jamie? —preguntó Roarke en tono tranquilo.

—No. A nadie. Ya estaba ahí cuando llegué. —Aterrorizado ante la posibilidad de que su estómago protestara y le humillara, Jamie tragó con fuerza otra vez—. Se lo enseñaré.

Si era un truco, Eve pensó que era bueno. No podía arriesgarse.

—De acuerdo. Vamos. Y si intentas escapar, colega, voy a acabar contigo.

—No tendría ningún sentido, ya que me he tomado tantas molestias para entrar, ¿no cree? Por aquí. —Sentía las piernas como si flotaran, pero esperaba sinceramente que ninguno de los dos se diera cuenta de que le temblaban las rodillas.

—Me gustaría saber cómo has entrado —dijo Roarke mientras se dirigían a la puerta principal—. ¿Cómo conseguiste traspasar el sistema de seguridad?

—Juego un poco con la informática. Una afición. Tiene un sistema de alto nivel. El mejor.

—Eso creía.

—Supongo que no desconecté todas las alarmas. —Jamie giró la cabeza e intentó esbozar otra débil sonrisa—. Ustedes sabían que yo estaba ahí.

—Has entrado —repitió Roarke—. ¿Cómo?

—Con esto. —Jamie sacó del bolsillo un aparato que cabía en la palma de la mano—. Es un interceptor. He estado trabajando en esto un par de años. Lee la mayoría de sistemas —empezó, y frunció el ceño en cuanto Roarke se lo quitó de la mano—. Cuando se conecta esto —continuó mientras se inclinaba para señalar—, realiza un escáner de los chips y abre un programa de clonación. Entonces sólo es cuestión de decodificar el programa paso a paso. Se tarda un tiempo, pero es bastante eficiente.

Roarke observó el mecanismo. No era más grande que uno de los juegos electrónicos que se fabricaban en una de sus compañías. Por supuesto, el aspecto era incómodamente familiar.

—Has adaptado una unidad de juego para que sea un interceptor. Tú solo. Uno que lee y clona e inhabilita mi sistema de seguridad.

—Bueno, la mayor parte de él. —Los ojos de Jamie se nublaron, molesto—. Debo de haber olvidado algo, una de las copias, quizá. Su sistema debe de ser mega estupendo. Me gustaría verlo.

—No en esta vida —dijo Roarke, y se metió la unidad en el bolsillo.

En cuanto llegaron a las puertas, desactivó los sistemas y las abrió manualmente mientras le dirigía una dura mirada al chico ante el intento de éste de mirar por encima de su hombro.

—Impresionante —comentó Jamie—. No creo que hubiera podido pasar por aquí. Por eso he pasado por encima del muro. He necesitado una escalera.

Roarke se limitó a cerrar los ojos.

—Una escalera —dijo, a nadie en particular—. Ha subido por una escalera. Encantador. ¿Y las cámaras?

—Oh, las he inhabilitado desde el otro lado de la calle. La unidad tiene un alcance de novecientos metros.

—Teniente. —Roarke agarró a Jamie por el cuello de la camisa—. Quiero que le castiguen.

—Más tarde. Bueno, ¿dónde está ese cuerpo que se supone que has visto?

La sonrisa engreída desapareció del rostro del chico.

—A la izquierda —le dijo, empalideciendo de nuevo.

—Vigílalo, Roarke. Quédate aquí.

—Le tengo —contestó Roarke—, pero no pienso quedarme atrás. —Empujó a Jamie a través de las puertas y respondió a la mirada de Eve con una expresión tranquila—. Es casa de ambos y problema de ambos.

Ella pronunció algo desagradable en voz baja y giró a la izquierda. No tuvo que ir muy lejos. No estaba escondido, no estaba disimulado.

El cuerpo se encontraba desnudo y atado a algo de madera en forma de estrella. No, se dio cuenta de que era un pentagrama invertido, de tal forma que la cabeza, con los ojos de muñeco muerto y con la garganta abierta, colgaban por encima de la ensangrentada acera.

Los brazos se encontraban abiertos y las piernas formaban una uve. El centro del pecho era un revoltijo de sangre ennegrecida y de vísceras. El agujero era más grande que el puño de un hombre.

Eve dudó que los forenses encontraran el corazón cuando abrieran el cuerpo para la autopsia.

Oyó un sonido ahogado detrás y se dio la vuelta. Vio que Roarke cambiaba la sujeción del chico y se interponía para ocultarle esa visión.

—Lobar —fue lo único que dijo.

—Sí. —Ella se acercó un paso. Fuera quien fuese quien le hubiera sacado el corazón, también le había clavado un cuchillo con un trozo de papel en el pubis.

ADORADOR DEL DIABLO
ASESINO DE NIÑOS
CONSÚMETE EN EL INFIERNO

—Llévate al chico dentro, ¿quieres, Roarke? —Echó un vistazo a la escalera plegable que se encontraba apoyada contra el muro—. Y deshazte de eso. Deja al chico con Summerset ahora. No puedo dejar la escena. —Se dio la vuelta. Su expresión era neutra, impasible. Expresión de policía—. ¿Me traerías mi equipo de campo?

—Sí. Vamos, Jamie.

—Sé quién es. —Los ojos de Jamie se inundaron de lágrimas y éste se las enjuagó con rabia—. Es uno de los bastardos que mataron a mi hermana. Espero que se pudra.

La voz se le rompió al final de la frase, y Roarke le pasó un brazo por los hombros.

—Lo hará. Vamos dentro. Deja que la teniente haga su trabajo.

Roarke dirigió a Eve una última mirada antes de levantar a peso la escalera y conducir a Jamie a través de las puertas.

Con los ojos clavados en el cuerpo, Eve sacó el comunicador.

—Comunicado; Dallas, teniente Eve.

—Comunicado, recibido.

—Informo de un homicidio, pido refuerzos. —Ofreció la información necesaria y luego volvió a guardar el comunicador. Se dio la vuelta y miró hacia el otro lado de la ancha y tranquila calle, hacia las oscuras y cambiantes sombras del enorme parque. Al este, el cielo se deshacía de las últimas capas de la noche y las estrellas, en ese momento, se apagaban.

La muerte había aparecido otras veces en su vida y lo haría de nuevo. Pero alguien tendría que pagar por el hecho de que hubiera aparecido en su casa.

Se volvió cuando Roarke llegó no sólo con su equipo de campo sino también con su chaqueta de piel.

—Hace frío en cuanto se aproxima el amanecer —le dijo, mientras se la ofrecía.

—Gracias. ¿Jamie está bien?

—Él y Summerset se están mirando con mutuo desagrado y desconfianza.

—Sabía que me gustaría este chico. Puedes ir dentro y hacer de moderador —le dijo mientras sacaba el sellador y se impregnaba las manos y las botas—. Ya he informado.

—Me quedo.

Eve ya se imaginaba que lo haría, así que no discutió.

—Entonces, sé de alguna utilidad y graba la escena. —Sacó la grabadora del equipo y se la pasó. Le tomó una mano—. Lo siento.

—Eres demasiado lista para sentir algo de lo que no eres responsable. No le han matado aquí, ¿verdad?

—No. —Confiada de que Roarke podía hacerle de ayudante mientras Peabody llegaba, Eve se acercó al cuerpo otra vez—. No hay suficiente sangre. Se ha desangrado por la yugular. Ésa es probablemente la causa de la muerte. Descubriremos que las otras heridas se han realizado después de la muerte. En cualquier caso, habría salpicaduras por todas partes. Estaríamos nadando en sangre. ¿Está activada la grabadora?

—Sí.

—Víctima identificada como Robert Mathias, conocido como Lobar. Hombre blanco, de dieciocho años de edad. El examen visual preliminar indica que la muerte ha sido causada por un instrumento afilado que le ha cortado la garganta. —Reprimiendo cualquier sentimiento excepto lo que había aprendido en el entrenamiento, Eve sacó un lápiz luminoso y examinó la herida del pecho—. Agresiones adicionales incluyen una herida en el pecho, probablemente infligida por la misma arma. El órgano no se encuentra en la escena. Necesito primeros planos aquí —le dijo a Roarke.

Sacó unos instrumentos del equipo para calibrar.

—La herida del cuello tiene una longitud de unos dieciséis centímetros y una profundidad de unos cinco centímetros. —Rápidamente y de forma competente, Eve midió y grabó los datos del resto de las heridas—. Un cuchillo de empuñadura negra tallada ha sido dejado en el cuerpo en el área del pubis para sujetar lo que parece ser una nota generada por ordenador sobre papel tratado.

Oyó el sonido de las sirenas que se acercaba.

—Los agentes —le dijo a Roarke—. Ellos protegerán la escena. No hay mucho tráfico por aquí a esta hora de la noche.

—Afortunadamente.

—El cuerpo ha sido atado con tiras de cuero a una estructura de madera con forma de pentagrama. La pequeña cantidad de sangre y la forma que ésta ha tomado indican que la víctima ha sido asesinada y mutilada en otro lugar y transportada hasta la escena. Hay que examinar el perímetro de seguridad. Existe la posibilidad de una brecha en la propiedad privada más allá del sistema de seguridad de la puerta y del muro. El cuerpo ha sido descubierto aproximadamente a las 4:30 de la madrugada por la teniente Eve Dallas y Roarke, residentes.

Se dio la vuelta y se alejó en cuanto el primer coche giraba por la esquina.

—Quiero que coloquen una pantalla de privacidad. Ahora. Bloqueen la calle en un perímetro de seiscientos metros. No quiero a ningún mirón aquí. No quiero a los jodidos medios de comunicación. ¿Entendido?

—Señor. —Los dos agentes salieron del coche y se dirigieron al camión. Sacaron la pantalla.

—Voy a estar aquí unos momentos —le dijo a Roarke. Le quitó la grabadora y se la dio a uno de los agentes —. Puedes ir dentro y vigilar un poco al chico. —Con expresión cansada, observó a los policías montar la escena—. Debería llamar a su madre o algo. Pero no quiero que se marche hasta que no haya hablado con él otra vez.

—Me ocuparé de eso. Cancelaré mis citas del día. Estaré ahí.

—Eso sería lo mejor. —Eve iba a tocarle, lo deseaba, pero se dio cuenta de que tenía las manos llenas de sangre, así que las bajó de nuevo—. Sería de gran ayuda si pudieras mantenerle ocupado, que le quitaras todo esto de la cabeza de momento. Joder, Roarke, esto es doloroso.

—Un asesinato ritual —murmuró él y, comprensivo, le puso una mano sobre la mejilla—. Pero ¿qué bando lo ha hecho?

—Supongo que voy a pasar mucho tiempo interrogando a brujos. —Exhaló un suspiro y frunció el ceño en cuanto vio a Peabody que bajaba por la calle a paso acelerado—. ¿Dónde diablos está tu vehículo, oficial?

Llevaba el uniforme tan apretado que ponía en riesgo su vida, pero tenía el rostro arrebolado y respiraba con agitación.

—No tengo vehículo, teniente. Utilizo el transporte de la ciudad. La parada más cercana se encuentra a cuatro manzanas de aquí. —Dirigió una mirada a Roarke como si eso fuera su responsabilidad personal—. La gente rica no utiliza el transporte público.

—Bueno, pues pide un maldito vehículo —ordenó Eve—. Iremos dentro en cuanto terminemos aquí —le dijo a Roarke, y se dio la vuelta—. El cuerpo está al otro lado de la pantalla. Toma la grabadora que tiene uno de los agentes. No me fío de sus ojos, y le tiemblan las manos. Quiero las medidas del charco de sangre y fotos de las heridas, desde todos los ángulos. No creo que los de registro encuentren gran cosa aquí, pero no quiero arriesgar nada. Realizaré los preliminares de la hora de la muerte. El forense se encuentra de camino.

Roarke la observó alejarse, atravesar la pantalla, e imaginó que ya había terminado con él.

Encontró a Jamie dentro de la casa, vigilado por un irritado Summerset.

—No se te va a permitir recorrer la casa libremente —le espetaba Summerset—. No vas a tocar nada. Si rompes una sola pieza de loza o ensucias un solo hilo de cualquier tejido, recurriré a la violencia.

Jamie continuaba caminando arriba y abajo del adornado y pequeño salón.

—Bueno, ahora ya estoy temblando. Has conseguido meterme el temor de Dios en el cuerpo, viejo.

—Tus modales continúan perdiéndote —comentó Roarke en cuanto entró en la habitación—. Alguien debería haberte enseñado a tener un poco de respeto hacia tus mayores.

—Sí, bueno, alguien debería haberle enseñado a su perro vigilante a ser educado con los invitados.

—Los invitados no boicotean los sistemas de seguridad, ni saltan por encima de los muros, ni merodean en la propiedad privada. Tú no eres un invitado.

Jamie se mostró abatido. Era difícil mantener la postura ante esos fríos ojos azules.

—Quería ver a la teniente. No quería que nadie lo supiera.

—La próxima vez, utiliza el TeleLink —sugirió Roarke—. Gracias, Summerset. Yo me ocupo de esto.

—Como desee. —Summerset le dirigió a Jamie una última mirada fulminante y luego salió, con la espalda tiesa, de la habitación.

—¿Dónde ha encontrado al conde Aburrido? —preguntó Jamie dejándose caer sobre una silla—. ¿En la morgue?

Roarke se sentó en el brazo del sofá y sacó un cigarrillo.

—Summerset se puede comer a un enano como tú para desayunar —le dijo, tranquilo, mientras encendía el cigarrillo—. Le he visto hacerlo.

—Claro. —A pesar de todo, Jamie dirigió una mirada cautelosa hacia la puerta. Nada en esa casa era como lo había imaginado, así que no iba a menospreciar al mayordomo—. Hablando de desayuno, ¿tiene algo de comer por ahí? Hace horas que no he comido nada.

Roarke exhaló una bocanada de humo.

—¿Ahora quieres que te alimente?

—Bueno, ya lo sabe. De todas formas tenemos que quedarnos por aquí. Así que podemos comer.

Un pequeño caradura, pensó Roarke, no sin cierta admiración. Sólo la juventud, se dijo, podía tener apetito después de ver lo que había visto al otro lado del muro.

—¿Y qué tienes en mente? Crepes, tortilla, quizá unos cuencos de cereales bañados de azúcar.

—Pensaba en una pizza, quizá en una hamburguesa. —Esbozó una sonrisa de triunfo—. Mi mamá es una fanática de la nutrición natural. Sólo comemos mierda natural en casa.

—¿Son las cinco de la mañana y quieres una pizza?

—La pizza entra bien en todo momento.

—Quizá tengas razón. —Pensó que él también podría comer un poco, después de todo—. Vamos a ello, entonces.

—Esto es como un museo —dijo Jamie mientras seguía a Roarke hasta el vestíbulo de luminosas pinturas y antigüedades lustrosas—. Lo digo en el buen sentido. Debe de ser muy rico.

—Debo de serlo.

—La gente dice que usted toca cualquier cosa y los créditos salen volando.

—¿Eso dicen?

—Sí, y que usted no lo consiguió todo exactamente por el lado bueno, ¿sabe? Pero al estar con una poli como Dallas, uno tiene que ser legal.

—Uno pensaría eso —murmuró Roarke, y atravesó una puerta en dirección a la cocina.

—Uau. Lo último. ¿Tiene a gente que…, esto…, cocina cosas a mano y todo eso?

—Se sabe que sucede. —Roarke observó al chico pasearse y jugar con los controles del refrigerador bajo cero—. Pero no va a suceder esta mañana. —Se acercó a un enorme AutoChef—. ¿Qué será, entonces, pizza o hamburguesa?

Jamie sonrió.

—¿Ambas cosas? Probablemente podría beberme tres litros de Pepsi.

—Empezaremos con una lata. —Roarke programó el Auto-Chef y se dirigió hasta el refrigerador—. Siéntate, Jamie.

—Helado. —Pero no dejó de mirar a Roarke mientras se dirigía hacia el banco del desayuno.

Después de unos momentos, Roarke pidió dos latas y las sacó de la ranura de servicio en cuanto aparecieron.

—Querrás llamar a tu madre —le dijo—. Puedes utilizar el TeleLink de aquí.

—No. —Jamie puso ambas manos debajo de la mesa y se las frotó contra los vaqueros—. Está colocada. No puede manejarlo. Alice. Está bajo los efectos de los tranquilizantes. Nosotros…, el funeral es esta noche.

—Comprendo. —Roarke dejó correr el tema, porque lo comprendía. Le ofreció la bebida a Jamie y luego sacó una enorme pizza con el queso hirviendo del AutoChef. La dejó, junto con la hamburguesa que salió a continuación, encima de la mesa.

—Primera categoría. —Con el apetito de la juventud, Jamie agarró la hamburguesa y le dio un mordisco—. ¡Tío, tío, es carne! —dijo, con la boca llena—. ¡Es carne!

Tuvo que hacer un sobreesfuerzo por no sonreír.

—¿Prefieres de soja? —le preguntó Roarke en tono educado—. ¿Vegetal?

—De ninguna manera. —Jamie se limpió la boca con el dorso de la mano y sonrió—. Realmente bueno. Gracias.

Roarke sacó dos platos y un cuchillo. Se puso a trabajar la pizza.

—Supongo que el allanamiento de morada abre el apetito.

—Yo siempre tengo hambre. —Sin ninguna vergüenza, Jamie pasó el primer trozo de pizza a su plato—. Mamá dice que son los dolores del crecimiento, pero es sólo que me gusta comer. Ella está obsesionada de verdad por los alimentos, así que tengo que buscarme comida de verdad. Ya sabe cómo son las madres.

—No, la verdad es que no lo sé. Creo en tu palabra. —Dado que él nunca había sido tan joven como Jamie, ni tan inocente, tomó un trozo de pizza y se preparó para disfrutar observando cómo el chico devoraba el resto.

—Los padres están bien. —Jamie se encogió de hombros mientras alternaba entre la pizza y la hamburguesa—. No veo a mi padre, no lo he visto en unos cuantos años. Tiene una vida en Europa, en la Comunidad Morningside, a las afueras de Londres.

—Una zona residencial estructurada y programada —añadió Roarke—. Muy aseada.

—Sí. Y muy aburrida. Incluso el césped está programado. Pero a él le gusta, a él y a su astuta nueva mujer, su tercera ya. —Encogió un hombro y dio un sorbo a la Pepsi—. No le gusta mucho el rollo de ser padre. A Alice eso le preocupaba mucho. Yo, puedo tomarlo o dejarlo.

No, pensó Roarke, no lo creía. Las heridas estaban ahí. Era curioso lo profundas y permanentes que eran las heridas que uno de los padres podía infligir a un niño.

—¿Tu madre no ha vuelto a casarse?

—No. No está por el tema. Se quedó muy mal cuando él se largó. Yo tenía seis años. Ahora tengo dieciséis, y todavía cree que soy un niño. Tuve que insistir semanas para que me dejara sacarme el carné de conducir. Pero está bien. Sólo está… —Se interrumpió y bajó la mirada hasta el plato como si se preguntara cómo había ido a parar la comida allí—. No se merece esto. Hace todo lo que puede. No se merece eso. Quería mucho al abuelo. Estaban muy unidos. Y ahora Alice. Alicer era rara de verdad, pero ella…

—Era tu hermana —dijo Roarke en voz baja—. Tú la querías.

—No debería haberle pasado a ella. —Levantó la mirada despacio y miró a Roarke con una especie de furia terrorífica—. Cuando los encuentre, a quienes le han hecho daño, les voy a matar.

—Es mejor que tengas cuidado con lo que dices, Jamie. —Eve entró. Tenía los ojos ensombrecidos y el rostro pálido a causa del cansancio. Aunque había tenido cuidado, todavía llevaba unas manchas de sangre en los vaqueros—. Y será mejor que dejes a un lado cualquier idea de venganza y que dejes la investigación a la policía.

—Han matado a mi hermana.

—Todavía no ha sido determinado que tu hermana haya sido víctima de un homicidio. —Eve se dirigió hacia el Auto-Chef y lo programó para café—. Y tú ya tienes bastantes problemas —añadió antes de que él pudiera decir nada— sin que me fastidies más.

—Sé listo —le dijo Roarke en cuanto vio que Jamie abría la boca otra vez—. Cállate.

Peabody estaba de pie, en silencio. Observó al chico y sintió una pequeña punzada en el estómago. Tenía un hermano de su edad. Con esto en mente, esbozó una sonrisa.

—Pizza para desayunar —dijo, con una alegría voluntaria—. ¿Hay más?

—Sírvete tú misma —la invitó Roarke mientras daba unos golpecitos en el banco a su lado—. Jamie, ésta es la oficial Peabody.

—Mi abuelo la conocía. —Jamie la estudió con ojos cautelosos y atentos.

—¿Ah, sí? —Peabody tomó una porción de pizza—. Creo que no le conocía. Pero había oído hablar de él. Todo el mundo en la Central sintió mucho su muerte.

—Él había oído hablar de usted. Me dijo que Dallas la estaba moldeando.

—Peabody es una policía —intervino Eve—, no un trozo de arcilla. —Molesta, tomó la última porción de pizza y le dio un mordisco—. Está fría.

—Fría está buenísima. —Peabody le guiñó un ojo a Jamie—. No hay nada mejor que una pizza fría para desayunar.

—Come mientras puedas. —Siguiendo su propio consejo, Eve dio otro mordisco—. Va a ser un día largo. —Clavó los ojos en Jamie—. Empezando ahora. Hasta que tengas a un tutor o a un representante presente, no puedo grabar tu declaración ni interrogarte de forma oficial. ¿Lo entiendes?

—No soy idiota. Y no soy un niño. Puedo…

—Puedes quedarte callado —le interrumpió Eve—. Con o

sin representación, sí puedo meterte en un correccional por allanamiento. Si Roarke decide presentar cargos…

—Eve, de verdad…

—Tú cállate también. —Se volvió hacia él con una expresión de cansancio y frustración—. Esto no es un juego, es un asesinato. Y los medios de comunicación ya están fuera, huelen la sangre. No vas a ser capaz de dar un paso fuera de tu casa sin que te salten encima.

—¿Crees que eso me preocupa?

—Me preocupa a mí. Y me preocupa infinitamente. Mi trabajo no tiene que llegar hasta aquí. No debe hacerlo. —Se calló y se volvió de nuevo.

Se dio cuenta de que era eso lo que la mortificaba por dentro y que le hacía perder el control. Había sangre en su propia casa, y era ella quien la había traído ahí.

Un poco más tranquila, volvió a girarse.

—Eso es todo por ahora. Tienes que explicar algunas cosas —le dijo a Jamie—. ¿Quieres hacerlo aquí o en la Central después de que haya llamado a tu madre?

Él no dijo nada durante unos instantes, simplemente la miró como si estuviera valorando la situación. Eve se dio cuenta de que tenía la misma mirada que cuando le había dicho que su hermana estaba muerta. Era una mirada muy adulta, muy controlada.

—Sé quién es el tipo muerto. Su nombre es Lobar y es uno de los bastardos que mataron a mi hermana. Le vi.

Capítulo nueve

Los ojos de Jamie tenían una expresión fiera, furiosa. Eve mantuvo los suyos fijos en los de él mientras depositaba las palmas de las manos encima de la mesa y se inclinaba hacia delante.

—¿Me estás diciendo que viste cómo Lobar mataba a tu hermana?

Jamie habló como si masticara cada una de las palabras, y las palabras fueran amargas.

—No. Pero lo sé. Sé que fue uno de ellos. Le vi con ella. Les vi a todos.

—Le tembló la barbilla y la voz se le quebró, lo cual recordó a Eve que solamente tenía dieciséis años. Pero sus ojos continuaban no teniendo edad—. Una noche entré. En ese apartamento del centro de la ciudad.

—¿Qué apartamento?

—El de la temible Selina y el capullo de Alban. —Encogió un hombro, pero fue un movimiento más nervioso que jactancioso—. Vi cómo aparecía uno de los demonios. —La mano con que tomó la Pepsi para dar el último trago no tenía tan buen pulso como antes.

—¿Te dejaron presenciar la ceremonia?

—No me dejaron hacer nada. No sabían que yo estaba ahí. Podría decirse que me facilité la entrada por mí mismo. —Dirigió una rápida mirada a Roarke—. Su sistema de seguridad no es tan bueno como el suyo.

—Buenas noticias.

—Has sido un chico muy ocupado, Jamie —dijo Eve—. ¿Piensas hacer carrera como ladrón?

—No. —No sonrió—. Voy a ser policía. Como usted.

Eve exhaló con fuerza y se frotó el rostro con las manos.

Se sentó.

—Los polis que convierten en hábito entrar ilegalmente en los sitios acaban en el otro lado de la jaula.

—Tenían a mi hermana.

—¿La retenían en contra de su voluntad?

—Le jodieron el coco. Es lo mismo.

Una zona delicada, pensó Eve. Ella no podía hacer que el tiempo hiciera marcha atrás y evitar que el chico entrara en propiedad privada. Su abuelo había sido un policía firme, recordó, y había intentado hacer lo mismo. Solamente que el chico lo había conseguido.

—Voy a hacerte un favor porque tu abuelo me gustaba. Vamos a dejar esto fuera del informe. En cuanto al informe, tú nunca has estado aquí. Nunca has entrado aquí dentro. ¿Entiendes?

—Claro. —Encogió un hombro—. Lo que quiera.

—Dime qué fue lo que viste. No exageres y no especules.

Jamie sonrió un poco.

—El abuelo siempre decía esto.

—Exacto. Si quieres ser un policía, hazme un informe.

—De acuerdo. Guay. Alice estaba en la Ciudad de los Raros, ¿vale? Había estado perdiendo clases y diciendo que iba a dejarlo. Mamá estaba realmente destrozada con eso. Creía que se trataba de un chico, pero yo sabía que no era así. No porque ella me lo dijera. Ella dejó de hablar conmigo.

En ese momento se calló. Sus ojos se habían oscurecido y tenían una expresión triste. Entonces meneó la cabeza, suspiró y continuó.

—Pero yo sabía que Alice habría estado soñando despierta, tonta y distraída si hubiera sido por un chico. Pero con esto, era diferente. Yo creí que había empezado a probar. Sustancias ilegales. Yo sabía que mi madre había hablado con mi abuelo y que él había hablado con Alice, pero nadie conseguía nada. Así que pensé en comprobarlo por mí mismo. La seguí un par de veces. Pensé que sería una buena práctica. Vigilancia. Nunca me descubrió. Ninguno de ellos lo hizo. Mucha gente es incapaz de ver a un chico y, si lo hacen, creen que son unos idiotas inofensivos.

Eve mantuvo una mirada dura clavada en su rostro.

—No creo que tú seas inofensivo, Jamie.

Los labios del chico dibujaron una sonrisa burlona. Se dio cuenta de que la afirmación de Eve no había sido exactamente halagadora.

—Así que la seguí hasta ese club. El Dolabro. La primera vez tuve que esperar fuera. No estaba preparado. Ella entró sobre las diez y salió aproximadamente a las doce, con esa tropa de necrófilos.

Volvió a sonreír al ver que Eve arqueaba una ceja.

—De acuerdo. El sujeto abandona el lugar en compañía de tres individuos, dos hombres y una mujer. Ya tiene usted sus descripciones, así que solamente diré que fueron posteriormente identificados como Selina Cross, Alban y Lobar. Y se dirigieron hacia el este, a pie, y entraron en un edificio de multiapartamentos propiedad de Selina Cross. El investigador observó que las luces se encendían en la ventana más alta. Después de valorar las posibilidades, el investigador decidió entrar en el edificio. La seguridad fue pasada con un esfuerzo mínimo. ¿Puedo tomar otra Pepsi?

Sin decir nada, Roarke tomó la lata vacía y la introdujo en la ranura de reciclaje. Le dio otra al chico.

—Dentro había mucho silencio —continuó Jamie mientras la abría—. Como un cementerio. Oscuro. Yo tenía una pequeña linterna, pero no la utilicé. Subí la escalera, traspasé el lector de manos y las cámaras. Los cerrojos no eran tan difíciles. Me imagino que no creían que nadie tuviera el atrevimiento de llegar tan lejos sin una invitación, ¿sabe? Entré y el lugar estaba vacío. No podía entenderlo. Les había visto entrar, había visto la luz, pero el lugar estaba vacío. Así que miré por ahí. Tenían alguna cosa secreta ahí. Y olía… a pasado. Como a incienso y a mierda de esas tiendas, pero diferente. Sólo a pasado. Me encontraba en uno de los dormitorios. Hay una estatua extraña ahí. Ese tipo con la cabeza de cerdo y el cuerpo de hombre con una polla realmente monstruosa y tiesa.

Se calló y se sonrojó un poco al recordar que estaba hablando con unas mujeres, además de con unas policías.

—Lo siento.

—He visto pollas tiesas otras veces —dijo Eve en tono tranquilizador—. Continúa.

—De acuerdo. Así que estaba como mirándola y ese tipo entró. Yo pensé «mierda, me han atrapado», pero no me vio. Sacó algo de un cajón, se dio la vuelta y salió. Ni siquiera miró en mi dirección. —Jamie meneó la cabeza, dio un largo trago, como si volviera a experimentar ese miedo—. Yo llegué a la puerta justo en el momento en que él atravesaba la pared. Un panel secreto —explicó con una rápida sonrisa—. Creí que estaban viendo viejos vídeos. Dejé pasar un par de minutos y entré detrás de él.

Al oír esto, Eve se limitó a llevarse las manos al rostro.

—Entraste detrás de él.

—Sí, estaba teniendo bastante suerte. Había esa escalera, estrecha. Creo que era de piedra. Se oía música. No era exactamente música, eran más como voces, una especie de murmullo. Y ese olor a pasado era más fuerte. La escalera daba un giro y ahí estaba la habitación. Como la mitad de esta, con paredes cubiertas de espejos. Muchas velas y muchas estatuas con cuernos. Hay mucho humo. Hay algo en el humo porque siento la cabeza ligera. Intento no respirar profundamente.

Bajó la vista hasta la bebida que tenía en la mano. Se dio cuenta de que esa parte era difícil. Más difícil de lo que había creído.

—Hay una plataforma elevada, todo tallada. Se pronuncian algunas palabras, creo, pero no puedo comprenderlas. Alice está tumbada ahí. Está desnuda. Los tres están de pie a su lado y dicen algo. Cantando, creo, pero no puedo entenderles. Le están haciendo cosas y se las hacen unos a otros.

Tuvo que tragar saliva otra vez. Su rostro estaba pálido y las mejillas se veían encendidas.

—Tienen como juguetes sexuales y ella… les deja hacer. A ambos. Les deja hacérselo mientras esa zorra de la Cross mira. Alice sólo les deja…

Sin darse cuenta, Eve alargó una mano y le tomó la suya. Dejó que el chico se la apretara con fuerza.

—No pude quedarme ahí. Estaba mareado de ver eso, y el humo, los sonidos. Tuve que salir. —Tenía los ojos húmedos al levantar la mirada—. Ella no les hubiera dejado hacerle eso si no le hubieran jodido el coco. No era una guarra. No lo era.

—Lo sé. ¿Se lo dijiste a alguien?

—No pude. —Se pasó el dorso de la mano por el rostro—. Eso habría matado a mamá. Yo quería pegar a Alice. Estaba tan enojado. Pero no pude. Estaba avergonzado de haberla visto de aquella forma, supongo. Mi hermana.

—No pasa nada.

—Volví al club un par de noches después y entré.

—¿Te dejaron entrar?

—Conseguí una identificación falsa. En lugares como ése, no les importa que parezcas tener doce años mientras tengas una identificación que diga otra cosa. El sistema de seguridad es más fuerte ahí. Tienen escáneres, tanto electrónicos como humanos, en todas partes. Vi a Alice con ese gusano de Lobar. Subieron las escaleras hasta el nivel de lujo. No puede entrar, pero me acerqué lo suficiente para ver que habían desaparecido otra vez. Así que me imaginé que debía de haber una habitación allí. Como la del apartamento. Estaba trabajando en una estrategia para entrar ahí con el local cerrado cuando Alice les abandonó. Se trasladó con ese personaje de Isis un tiempo, consiguió su propio espacio y un trabajo. Y no volvió más al club ni al apartamento. —Exhaló un suspiro—. Yo pensé que se había corregido, que se había dado cuenta de lo gusanos que eran. Me hablaba un poco.

—¿Te contó algo de la gente con quien se había estado relacionando?

—En verdad, no. Sólo me dijo que había cometido un error, un error terrible. Que estaba como poniendo a tono, limpiando, ese jodido cerebro que tenía. Yo sabía que estaba asustada, pero ella habló con mi abuelo, así que creí que las cosas volverían a suavizarse otra vez. ¿Le mataron ellos también?

—No hay ninguna prueba de eso. No voy a hablarlo contigo —dijo Eve al ver que le clavaba esos ojos de expresión acosada en los suyos—. Y tú no vas a hablar de esto con nadie. No vas a acercarte ni al club ni al apartamento otra vez. Si lo haces y lo descubro, y lo descubriré, te voy a poner una pulsera de seguridad y no vas a ser capaz de eruptar sin que un escáner lo registre.

—Es mi familia.

—Sí, lo es. Y si quieres ser un policía, es mejor que aprendas que si no eres capaz de ser objetivo, no puedes hacer tu trabajo.

—Mi abuelo no hubiera sido objetivo —dijo Jamie en voz baja—. Y ahora está muerto.

No tenía respuesta para eso, así que Eve se puso en pie.

—Ahora el problema consiste en sacarte de aquí y en esconder tu relación con esto a los medios de comunicación. Ellos están vigilando la puerta.

—Siempre existe una alternativa —comentó Roarke—. Yo me encargo.

Eve no tenía ninguna duda de que podría hacerlo y asintió con la cabeza.

—Tengo que cambiarme de ropa y bajar hasta la Central. Peabody. —Dirigió una significativa mirada en dirección a Jamie—. Quédate ahí.

—Sí, señor.

—Quiere decir que me hagas de perro guardián —dijo Jamie en cuanto Eve y Roarke hubieron abandonado la cocina.

—Sí. —Pero Peabody le dedicó una sonrisa amistosa—. ¿Quieres otra Pepsi?

—Supongo que sí.

Ella se levantó para manipular la ranura del refrigerador y se sirvió una taza del magnífico café de Roarke.

—¿Cuánto tiempo hace que quieres ser policía?

—Desde que tengo memoria.

—Yo también.

Y Peabody se preparó para darle conversación.

—Le sacaré por aire —le dijo Roarke mientras él y Eve se lavaban y se cambiaban en el dormitorio.

—¿Por aire?

—Hace algún tiempo que tenía intención de sacar el mini helicóptero a dar un pequeño paseo.

—Esta zona no tiene permiso para mini helicópteros.

Roarke disimuló inteligentemente una carcajada imitando un estallido de tos.

—Di eso otra vez cuando lleves la placa encima.

Eve dijo algo para sí misma y se puso una camisa limpia.

—Llévale a casa, ¿vale? Te lo agradecería. El chico tiene suerte de estar vivo.

—Es un chico con recursos, brillante y obstinado. —Roarke sonrió mientras tomaba el interceptor y lo admiraba—. Si yo hubiera tenido uno como éste a su edad…, ah, cuántas posibilidades.

—Lo has hecho bastante bien con tus dedos mágicos.

—Es verdad. —Se introdujo el interceptor en el bolsillo. Iba a hacer que uno de sus ingenieros lo estudiara y, posiblemente, lo reprodujera—. Me temo que la juventud de hoy en día no aprecia la satisfacción del trabajo manual. Si el joven Jamie cambiara de opinión sobre el cuerpo de policía, creo que podría encontrarle un buen lugar en mi pequeño mundo.

—Ni siquiera lo menciones. Le corromperías.

Roarke tomó su delgada unidad de muñeca de oro y se la sujetó.

—Lo hiciste muy bien con él. Estuviste firme sin ser fría. Un buen estilo autoritario, aunque maternal.

Eve parpadeó, sorprendida.

—¿Eh?

—Eres buena con los niños. —Él sonrió al verla palidecer—. Me quedé maravillado.

—Contrólate. Contrólate de verdad —le advirtió mientras se colocaba el arnés del arma—. Me voy a la Central primero, escribiré el informe e informaré a Whitney de los datos que no van a aparecer en él. Oficialmente, el nombre de Jamie no va a estar relacionado con esto. Estoy segura de que, si es necesario, los dos podréis encontrar un cuento plausible para su madre.

—Un juego de niños —dijo Roarke con expresión jactanciosa.

—Ajá. De mi observación preliminar, Lobar fue asesinado a las 0:30 h. Eso sería una hora después de que dejáramos el club. Es difícil decir cuánto tiempo estuvo colocado contra la puerta, pero diría que no más de quince minutos antes de que Jamie tropezara con él. No es probable que quienes dejaron a Lobar colgando ahí se quedaran cerca. Pero si lo hicieron, y vieron a Jamie, él podría ser un objetivo. Quiero tener al chico bajo vigilancia, y hasta que Whitney no me deje libre, no puedo utilizar a un policía.

—¿Quieres que ponga a uno de mis empleados de máxima confianza con él?

SOLEMNE ANTE LA MUERTE

—No, pero eso es lo que voy a pedirte que hagas. —Se volvió hacia el espejo y se pasó los dedos por el pelo en sustitución de un peine—. He traído esto a casa, demasiados aspectos de esto. Lo siento.

Él se acercó a ella, le hizo darse la vuelta y le tomó el rostro con ambas manos.

—No puedes separar lo que haces de lo que eres. No espero ni quiero que lo hagas. Lo que te llega a ti, me llega a mí. Eso es lo que espero y lo que quiero.

—El último caso que me llegó estuvo a punto de matarte. —Le sujetó las muñecas y se las apretó—. Te necesito tanto. Es culpa tuya.

—Exactamente. —Bajó la cabeza y la besó—. Eso es lo que quiero también. Vete a trabajar, teniente.

—Voy. —Caminó hacia la puerta, se detuvo y echó un vistazo hacia atrás—. No quiero oír a los de tráfico decir que mi esposo estaba atravesando el cielo con su mini helicóptero.

—No lo oirás. Mis propinas son demasiado buenas.

Eso la hizo reír mientras se dirigía hacia abajo para recoger a Peabody encontrarse con los medios de comunicación. No había acabado de entrar en su vehículo cuando oyó un rugido ronco procedente de un motor caro.

Con una ligera mueca, miró en dirección este y vio el elegante mini helicóptero de cabina de cristal tintado y hélice plateada dar círculos tranquilamente —e ilegalmente— antes de alejarse a toda velocidad.

—¡Uau! Vaya máquina. ¿Es de Roarke? ¿Ha subido ahí? —Peabody estiró el cuello para intentar obtener una última vista—. Éste sí que es rápido.

—Cállate, Peabody.

—Nunca he subido en uno privado. —Con un suspiro, Peabody se volvió a aposentar en el asiento—. Hace que las unidades de tráfico parezcan comida para perro.

—Antes te sentías intimidada cuando te decía que te callaras.

—Ésos eran los buenos tiempos. —Con una sonrisa, Peabody se cruzó de piernas—. Manejó usted al chico muy bien, teniente.

Eve levantó la vista hacia el cielo, exasperada.

—Sé como interrogar a un testigo que coopera, Peabody.

—No todo el mundo es capaz de manejar a un adolescente. Son brutales y frágiles. Éste ha visto más cosas que cualquier otro.

—Lo sé. —Igual que ella a la misma edad, pensó Eve. Quizá por eso le comprendía—. Prepárate Peabody. Los tiburones nos están rodeando.

Peabody hizo una mueca ante el montón de periodistas que se amontonaban al otro lado de la puerta. Había minicams, grabadoras y todos tenían una mirada hambrienta.

—Jesús, espero que me pillen el lado bueno.

—Difícil, ya que estás sentada encima de él.

—Gracias. Lo he estado trabajando. —Automáticamente, Peabody cambió la sonrisa por una expresión neutra y profesional—. No veo a Nadine —murmuró.

—Está por aquí. —Eve pulsó el control remoto de las puertas—. Furst no se perdería esto.

Eve lo sincronizó de tal forma que las puertas se abrieron un segundo antes de que el morro del coche tocara el hierro. Los periodistas se precipitaron hacia delante, rodearon el coche, levantaron las cámaras y dispararon sus preguntas. Uno o dos fueron lo bastante atrevidos o estúpidos para poner un pie en propiedad privada. Eve tomó nota y subió el volumen de los altavoces exteriores al máximo.

—La investigación está en curso —anunció—. Habrá una declaración oficial por la tarde. Cualquier representante de los medios de comunicación que traspase esta propiedad no sólo será denunciado sino que se le negará cualquier tipo de información.

Cerró las puertas tras un montón de pies apresurados.

—¿Dónde diablos están los agentes que se quedaron aquí?

—Probablemente se los han comido vivos, a estas alturas. —Peabody observó a un periodista que se apretujaba contra un lado del parabrisas—. Éste es más o menos guapo, teniente. Intente no hacerle daño en la cara.

—Es cosa suya. —Eve continuó conduciendo. Alguien le dio un golpe en el parachoques y maldijo. Luego se oyó un ligero golpe y un grito fuerte.

—Eso son diez puntos, por el pie —comentó Peabody, íntimamente excitada—. A ver si puede darle a esa de ahí. La mujer de piernas larguísimas y vestido verde. Eso serían cinco puntos más.

Un periodista que colgaba del parabrisas se escurrió hacia abajo en cuanto Eve giró el volante.

—Ha fallado. Bueno, no se puede ganar siempre.

—Peabody. —Eve meneó la cabeza, apretó el acelerador y se dirigió hacia el centro de la ciudad—. A veces me preocupas.

Quería ver primero a Whitney, pero no se sorprendió al encontrar a Nadine que la esperaba emboscada en la rampa interior del primer nivel de la Central.

—Una noche movida, Dallas.

—Exacto, y todavía estoy ocupada. Habrá una rueda de prensa por la tarde.

—¿Puedes darme algo ahora? —Nadine se abrió paso a codazos hasta la rampa. No era una mujer voluminosa, pero sí escurridiza. Una no conseguía ser una de las presentadoras más famosas de la ciudad sin haber realizado unos cuantos movimientos rápidos—. Sólo una cata, Dallas. Algo que le pueda ofrecer a mi público en mi programa de las diez en punto.

—Un tipo muerto —dijo Eve escuetamente—, la identificación se reserva hasta que sus allegados sean notificados.

—Así que sabes quién es. ¿Has conseguido alguna pista acerca de quién le abrió la garganta?

—Mi opinión profesional es que debió de ser alguien que disponía de un objeto afilado —repuso Eve con sequedad.

—Ajá. —Nadine entrecerró los ojos—. Corre el rumor de que se dejó un mensaje en la escena. Y que se trata de un asesinato ritual.

«Malditas filtraciones.»

—No puedo hacer comentarios al respecto.

—Espera un minuto. —En la parte superior de la rampa, Nadine tomó a Eve del brazo—. Si quieres que guarde algo, sabes que lo haré. Dame algo y déjame hacer mi trabajo.

Confiar en los medios de comunicación era un asunto arriesgado, pero Eve había confiado en Nadine otras veces. Para beneficio de ambas. Como herramienta de investigación, Eve sabía que Nadine era un instrumento afinado.

—Si hubiera sido un asesinato ritual, cosa que no ha sido demostrada y que no se debe difundir, mi siguiente paso sería reunir toda la información pertinente relativa a los cultos existentes y a sus miembros, registrados o no registrados, en la ciudad.

—Existen todo tipo de cultos, Dallas.

—Entonces será mejor que te ocupes de ello. —Soltó el brazo de un tirón antes de dejarle caer otra migaja de información—. Es curioso, «culto» debe de ser la raíz lingüística de «oculto». O quizá sea solamente una coincidencia.

—Quizá lo sea. —Nadine saltó a la rampa descendente—. Te lo haré saber.

—Eso fue muy limpio —decidió Peabody.

—Esperemos que siga siéndolo. Voy a por Whitney. Quiero que averigües los nombres de cada uno de los uniformes que se encontraban en la escena esta mañana. Quiero tener una charla sobre seguridad interna con cada uno de ellos.

—Uf.

—Exacto —dijo Eve, y se dirigió hacia el ascensor.

Whitney no la hizo esperar. En cuanto tomó asiento en su oficina, Eve se dio cuenta de que no parecía que él hubiera dormido más que ella la noche anterior.

—Asuntos Internos está metiendo las narices en el asunto Wojinski. Me están presionando para llevar a cabo una investigación oficial.

—¿Puede usted mantenerlos a raya?

—No, más allá del cambio de turno de hoy.

—Mi informe podría resultar de ayuda. —Sacó un disco de la bolsa—. No hay ninguna evidencia de que el sargento detective Wojinski estuviera consumiendo sustancias ilegales. Hay señales de que estaba siguiendo su propia pista tras Selina Cross. Sus razones eran de índole personal, comandante, pero incluso en el Departamento de Asuntos Internos las comprenderían. Tengo la declaración de Alice grabada y totalmente transcrita en el informe. En mi opinión, había sido drogada y su... inocencia, explotada. Fue utilizada sexualmente. Se vio involucrada en el culto instaurado por Selina Cross y Alban.

Y cuando rompió con ellos, fue amenazada y estaba aterrorizada. Al final, acudió a Frank.

—¿Por qué se separó de ellos?

—Aseguró que presenció el asesinato ritual de un niño.

—¿Qué? —Los nudillos de las manos aparecieron blancos en cuanto se levantó ante la mesa—. ¿Fue testigo de un asesinato, informó de ello a Frank y él no realizó ningún informe?

—Ella esperó un tiempo antes de decírselo, comandante. No había ninguna prueba que apoyara sus afirmaciones. No puedo demostrarlas ahora. Pero puedo decir que Alice creía haber presenciado el asesinato. Y que temía por su vida. También creía que era responsable de la muerte de su abuelo. Ella creía que él había sido asesinado a causa de la investigación privada de Selina Cross. Ella aseguraba que Selina Cross tiene un conocimiento de experta acerca de los elementos químicos y que, básicamente, envenenó a Frank.

.—No tenemos lo suficiente para demostrar un juego sucio.

—Todavía no. Alice estaba segura de que sería la siguiente, y murió la misma noche en que realizó su declaración. También afirmaba que Cross podía adoptar cualquier forma.

—¿Perdón?

—Creía que Cross podía adoptar cualquier forma que deseara. De un cuervo, por ejemplo.

—¿Creía que Cross se podía convertir en un cuervo y volar? Jesús, Dallas, los chicos del Departamento de Asuntos Internos van a estar encantados con esto.

—No hace falta que sea real para que ella lo creyera. Era una jovencita que estaba aterrorizada, y a quien esa gente atormentaba. Encontré una pluma negra en el alféizar de su ventana la noche en que murió…, una pluma falsa, y encontré un mensaje amenazante en su TeleLink. La estaban atormentando, comandante. No hay ningún error ahí. Quizá él lo hizo de forma equivocada, pero era un buen policía. Murió siendo un buen policía. El Departamento de Asuntos Internos no va a cambiar eso.

—Nos aseguraremos de que no lo hagan. —Guardó el disco—. De momento, esto se va a quedar aquí.

—Feeney…

—No en este momento, teniente.

No estaba dispuesta a que se la sacara de encima como si fuera una mosca, así que apretó la mandíbula.

—Comandante, mi investigación en este momento no revela ninguna conexión en absoluto entre la investigación del sargento detective Wojinski y el capitán Feeney. No puedo encontrar ninguna prueba de que Feeney manejara ninguno de los registros de Frank.

—¿De verdad cree que Feeney dejaría alguna prueba, Dallas?

Ella mantuvo la mirada.

—Yo lo sabría si él hubiera tenido algo que ver. Él está de luto tanto por su amigo como por su ahijada, y no sabe nada aparte de la versión oficial sobre el tema. No sabe nada, comandante, y tiene derecho a saberlo.

Eso iba a costarles caro, Whitney lo sabía. A todos ellos. Pero no podía evitarse.

—No puedo tener en consideración sus derechos personales, teniente. Créame, el Departamento de Asuntos Internos no lo hará. Toda la información aquí es reservada. Es un tema difícil. Tendrá usted que manejarlo.

Eve sintió un cosquilleo en el estómago, pero asintió con la cabeza.

—Lo manejaré.

—¿Qué relación tiene esto con el cuerpo que fue dejado fuera de su casa esta mañana?

Sin otra opción, Eve se aferró a su deber y ofreció la información.

—Robert Mathias, conocido como Lobar, hombre blanco, de dieciocho años. Mi informe de la causa de la muerte es una herida en la garganta, pero el cuerpo también fue mutilado. La víctima era miembro del culto de Selina Cross. También le interrogué la noche anterior en su lugar de trabajo. En un club llamado Dolabro, propiedad de Cross.

—La gente con la que usted habla acaba muerta muy pronto, Dallas.

—Él era una coartada para Cross la noche en que Alice fue asesinada. Para ella y para Alban. Lo corroboró durante el interrogatorio. —Abrió la bolsa—. No fue asesinado en el exterior de mi casa, su cuerpo fue depositado allí de manera que indicaba un crimen ritual.

Dejó una de las fotos del muerto encima del escritorio de Whitney.

—El arma del crimen es, probablemente, el cuchillo que el cuerpo tenía clavado en el pubis. Es un dolabro, un cuchillo ritual. Se supone que los brujos mellan el filo para utilizarlo sólo como carácter simbólico. —Sacó otra foto, un primer plano de la nota—. Parece que el mensaje indica que el asesinato fue cometido por un enemigo de la Iglesia de Satán.

—La Iglesia de Satán —dijo Whitney. La foto del muerto no le provocaba ningún mareo, pero le fatigaba. Había visto demasiados muertos—. El colmo del oxímoron. A alguien le desagradaron sus prácticas y le sacó fuera.

—La escena fue montada así. Es posible, y tengo un par de pistas que pueden ir en esa dirección.

Él levantó la vista de la foto.

—Cree que Cross tuvo algo que ver con esto. Habría ejecutado a su propia coartada.

—Sería capaz de ejecutar a su propia progenie si la tuviera. Creo que es lista —continuó Eve—. Y creo que está loca. Consultaré con Mira este aspecto. Pero también creo que obtuvo un gran placer en hacerlo, además de restregármelo por la cara. Ya no le necesitaba. Tengo su declaración.

Whitney asintió con la cabeza y empujó las fotos hacia Eve.

—Hable con ella otra vez. Y con ese Alban.

—Sí, señor. —Ella guardó las fotos—. Todavía hay más. Es algo… delicado.

—¿Qué?

—He omitido cualquier referencia a ello en el informe oficial. He alterado ligeramente las horas. Según el informe, Roarke y yo nos despertamos a causa de la alarma que se disparó cuando el cuerpo fue colocado contra el muro. Pero extraoficialmente no descubrimos el cuerpo desde el principio. Fue Jamie Lingstrom quien lo hizo.

—Jesús —dijo Whitney después de un largo minuto. Se presionó los ojos con los dedos—. ¿Cómo fue?

Eve se aclaró la garganta y le ofreció un rápido y conciso resumen de todo lo que sucedió después de que sonara la alarma. Acabó con lo que Jamie le dijo en la mesa del desayuno.

—No sé cuánto de todo esto quiere usted contar al Departamento de Asuntos Internos. La declaración de Jamie corrobora la afirmación de Alice de que Frank estaba intentando atrapar a Cross.

—Filtraré todo lo que pueda. —Continuó frotándose los ojos—. Primero su nieta, luego su nieto.

—Creo que le asusté lo suficiente para que se mantenga a raya.

—Dallas, los adolescentes son difíciles de asustar. He pasado por ahí.

—Quiero que tenga un poco de protección, además de cierta vigilancia. Me he ocupado de ello, según mi criterio, de forma privada.

Whitney arqueó una ceja.

—¿Quiere decir que Roarke se ha ocupado de ello?

Eve entrelazó los dedos de las manos.

—El chico estará vigilado.

—Lo dejaremos así. —Se recostó en la silla—. ¿Un interceptor casero, ha dicho usted? ¿El chico ha montado uno que consiguió traspasar la primera línea del sistema de seguridad de esa fortaleza donde vive usted?

—Eso parece.

—¿Y dónde está? No se lo habrá devuelto.

—No soy idiota —dijo ella como si le hubieran dado una palmada en la mano—. Lo tiene Roarke. —Y mientras terminaba la frase, y la idea, su entrenamiento la abandonó lo suficiente como para que se le escapara una mueca.

—Lo tiene Roarke. —A pesar de la situación, Whitney echó la cabeza hacia atrás y se rio—. O eso es increíble. Le ha dado usted la llave del corral de las gallinas al lobo. —Se dio cuenta de la mirada de ella y ahogó otra carcajada—. Sólo intentaba aportar un toque más ligero, teniente.

—Sí, señor. Ja, ja. Lo recuperaré.

—No se ofenda, Dallas, pero si acepta apuestas, tengo cien que apostaré por Roarke. En cualquier caso, y extraoficialmente, el departamento aprecia su ayuda y cooperación.

—Me disculpará si no comunico eso. Sólo se le subiría a la cabeza. —Dándose cuenta de que la entrevista había terminado, se levantó—. Comandante, Frank estaba limpio. El Departamento de Asuntos Internos lo confirmará. Si su muerte fue por causas naturales o inducida, va a ser algo difícil de establecer. Necesitaría al capitán Feeney.

—Sabe que no necesita a Feeney en esto, Dallas, no en la investigación. Aprecio sus sentimientos, pero esto va a quedar así hasta nueva orden. Es posible que un día se encuentre usted en una silla —le dijo, y observó que ella arqueaba una ceja, sorprendida—. Las decisiones difíciles se encontrarán en esta silla, a su lado. Dar órdenes desagradables es exactamente igual de frustrante como recibirlas. Manténgame informado.

—Sí, señor.

Eve salió. Sabía que no quería su silla, ni su rango, ni sus responsabilidades.

Capítulo diez

Su primera obligación consistía en informar a los familiares de Lobar. Una vez lo hubo hecho, Eve pasó unos momentos pensando en la familia. No les había importado. El rostro de la mujer que había aparecido en pantalla había permanecido inexpresivo, como si Eve la hubiera informado de la muerte de un desconocido en lugar de la del hijo a quien había dado a luz y a quien había criado. Le había dado las gracias educadamente, no había hecho ninguna pregunta y aceptó que los restos fueran enviados a su casa en cuanto estuvieran listos.

Le darían, había dicho ella, un decente entierro cristiano.

Eve pensó que habrían hecho lo mismo por una mascota de la familia.

¿Qué es lo que petrifica los sentimientos hasta este punto?, se preguntó Eve. Si es que había algún sentimiento, para empezar. ¿Qué era lo que hacía que una madre sintiera tanto dolor, como la de Alice, mientras que otra recibía la noticia de la muerte de su hijo sin derramar una lágrima?

¿Qué había sentido su propia madre en su nacimiento? ¿Se había sentido feliz, o simplemente se había sentido aliviada de que ese intruso de su cuerpo durante nueve meses hubiera por fin salido de su cuerpo?

Ella no tenía ningún recuerdo de su madre, ni de ninguna borrosa figura femenina en toda su vida. Sólo de su padre, del hombre que la había arrastrado de un lugar a otro, que la había encerrado en habitaciones. Que la había violado. Y los recuerdos de él, después de tantos años de negarlos, eran demasiado vívidos.

Quizá el destino de algunas personas consiste en sobrevivir sin una familia, pensó. O, simplemente, en sobrevivir a ella.

Sus pensamientos eran oscuros, así que llamó a la doctora

Mira con una mezcla de sentimientos. Después de que consiguiera intimidar a la ayudante de Mira, tomó su bolsa, llamó a Peabody y salió.

La expresión recelosa de Peabody en cuanto aparcaron delante del apartamento de Selina no le pasó inadvertida, pero no le hizo caso. Empezaba a llover, una lluvia desagradable y sorprendentemente fría que se descolgaba de un cielo que se había vuelto plomizo de repente. El viento soplaba y corría a lo largo de la calle, mordiendo la piel desprotegida que encontraba a su paso.

En la acera opuesta, un hombre se apresuraba abrigado debajo de un paraguas negro en dirección este. Entró rápidamente en una tienda que mostraba un cráneo sonriente y las palabras El Arcano pintadas en la puerta.

—Un día perfecto para hacerle una visita a la criada de Satán. —Peabody se esforzó en mostrar una alegría falsa y, subrepticiamente, tocó una ramita de pericón que llevaba en el bolsillo. Se lo había aconsejado su madre para protegerse de la magia negra. La leal y valiente Peabody había descubierto que, después de todo, creía en las brujas.

Soportaron la misma rutina con el sistema de seguridad, sólo que la espera resultó más larga y más desagradable en cuanto la lluvia empezó a caer con más fuerza. Unos feos rayos tintados de un rojo sangre atravesaban el cielo.

Eve miró hacia arriba y luego bajó la vista hasta su ayudante. Su sonrisa fue dura y fría.

—Sí, perfecto.

Fueron salpicando agua por el vestíbulo, en el ascensor y hasta la entrada del apartamento de Selina Cross.

Y fue Alban quien les dio la bienvenida.

—Teniente Dallas. —Les ofreció una elegante mano como esculpida, adornada con un único y grueso anillo de plata—. Soy Alban, el compañero de Selina. Creo que ella se encuentra meditando en este momento. No me gustaría molestarla.

—Déjela meditar. Con usted será suficiente por el momento.

—Bien, entonces entren y siéntense por favor. —Sus ademanes eran sofisticados, casi formales, y poco congruentes con el mono de cuero negro descubierto en el pecho que llevaba—. ¿Puedo ofrecerles algo para beber? Quizá un té para quitarles el frío. Un cambio de tiempo interesante.

—Nada. —Eve pensó que prefería un chute de Zeus a cualquier cosa que pudiera haber en esa casa.

La oscuridad le sentaba bien, decidió Eve. Esa luz malsana, el enfermizo susurro del viento y de la lluvia en la ventana. Y ahí estaba Alban, con ese bonito rostro de rasgos de poeta y un cuerpo como el de un dios guerrero. Un perfecto ángel caído.

—Me gustaría saber cuál era su paradero la noche pasada entre las tres cero cero y las cinco cero cero.

—¿Las 3:00 y las 5:00? —Parpadeó como si hubiera tenido que traducir la expresión horaria—. La noche pasada o esta madrugada. Bueno, aquí. Creo que volví del club un poco antes de las dos. No hemos salido hoy, todavía.

—¿Hemos?

—Selina y yo. Tuvimos una reunión de la congregación, que terminó sobre las tres. La terminamos un poco antes porque Selina no se encontraba muy bien. Normalmente nos demoramos un poco, o continuamos con algún pequeño ritual privado.

—Pero no lo hicieron la noche pasada.

—No. Tal y como le he dicho, Selina no se encontraba muy bien, así que nos fuimos pronto a la cama. Temprano para nosotros —explicó, con una sonrisa—. Somos personas noctámbulas.

—¿Quién asistió a esa reunión de la congregación?

La sonrisa dio paso a una expresión seria, casi concentrada.

—Teniente, la religión es un asunto privado. Y, a pesar de ello, hoy en día una religión como la nuestra se encuentra perseguida. Nuestros miembros prefieren discreción.

—Uno de sus miembros fue asesinado de forma muy poco discreta, la noche pasada.

—No. —Se levantó, despacio, sin soltarse del brazo de la silla como si se sintiera poco estable sobre sus pies—. Sabía que había sucedido algo horrible. Ella estaba tan inquieta… —Inhaló aire profundamente como si se preparara tanto física como mentalmente—. ¿Quién?

—Lobar. —Selina pronunció el nombre en cuanto atravesó el estrecho arco de la puerta. Se la veía mortalmente pálida y sus ojos de gato estaban ensombrecidos. Llevaba el pelo negro suelto y un amplio mechón le caía entre los generosos pechos—.

Fue Lobar —repitió—. Lo acabo de ver ahora, en el humo. Alban. —Se llevó una mano a la cabeza y trastabilló un poco.

—Vaya un espectáculo —murmuró Eve en cuanto Alban atravesó la habitación para sujetarla—. Lo vio en el humo. —Eve ladeó la cabeza—. Muy útil. Quizá yo misma debería echar un vistazo a ese humo para ver quién le cortó el cuello.

—No hay nada en el humo para usted excepto su propia ignorancia. —Apoyándose en Alban, Selina caminó despacio hasta el sofá. Se sentó con un susurro de ropajes y levantó la mano hacia Alban—. Estoy bien.

—Amor mío. —Se llevó la mano de ella a los labios—. Te traeré un tranquilizante.

—Sí, sí, gracias.

Ella bajó la cabeza mientras él salía silenciosamente. Oh, le resultaba muy difícil reprimir su sonrisa gatuna, detener las gloriosas imágenes que se le aparecían en la mente: el ritual, el sacrificio, la sangre.

Sólo ella y Alban conocían esa excitación, el poder que emanó del momento en que Lobar fue ofrecido al maestro.

Solamente ella comprendía por entero la emoción de llevar a cabo ese sacrificio de su propia mano. Se estremeció un momento a causa del oscuro placer que le producían esos recuerdos. Cómo los ojos de Lobar se habían cruzado con los suyos, el frío contacto del dolabro en la mano. Luego, la caliente fuente de sangre en cuanto hizo uso de él.

Selina estuvo a punto de desmayarse al imaginar el impacto que debió de haber sufrido Eve al encontrar a Lobar colocado de forma tan cuidadosa en la puerta de su propio santuario. Se llevó la mano hasta los labios un momento, como reprimiendo un sollozo. Alban era un genio, pensó, porque solamente un genio podía haber pensado en un acto tan irónico.

—Las visiones pueden ser tanto una bendición como una maldición —continuó hablando en tono de cansancio—. Yo prefiero considerarlas una bendición incluso cuando me producen tristeza. Lobar es una gran pérdida.

—Está poniendo mucho énfasis, ¿no es así?

Selina levantó la cabeza repentinamente y sus ojos brillaron más con odio que con dolor.

—No se burle de mis sentimientos, Dallas. ¿Cree que el hecho de que posea este poder significa que no los tengo? Yo siento, experimento, sangro —añadió, y, en un rapidísimo movimiento, se arañó la palma de una mano con sus largas y letales uñas. La sangre manó oscura y roja.

—No era necesaria una demostración —dijo Eve en tono despreocupado—. Sé que puede sangrar. Lobar lo hizo, ciertamente.

—Su garganta. Sí, eso es lo que he visto en el humo. —Alargó una mano en dirección a Alban en cuanto éste entró con un cuenco de plata en las manos—. Pero había más. Algo más. —Tomó el cuenco y se lo llevó a los labios—. Mutilación. Oh, cómo nos detestan.

—¿Quién?

—Los débiles y los blancos.

Sacó un trozo de tela negra del bolsillo y se lo dio a Alban. Éste levantó la mano herida y se la llevó a los labios. Con rápida eficiencia le envolvió la mano herida. Selina no le dedicó ni una mirada.

—Aquellos quienes miran a nuestro maestro con odio —continuó—. Y más, aquellos que practican la magia de los tontos.

—Así que, en su opinión, se trata de un asesinato por religión.

—Por supuesto. No tengo ninguna duda. —Se terminó de tomar la bebida tranquilizante y dejó el cuenco a un lado—. ¿La tiene usted?

—Unas cuantas. Pero tengo que llevar a cabo la investigación con los procedimientos anticuados. No puedo invocar al diablo y pedirle una consulta. Lobar estuvo aquí la noche pasada.

—Sí, casi hasta las tres. Él habría recibido la señal muy pronto. —Selina suspiró mientras acariciaba despreocupadamente el brazo de Alban con las uñas—. Uno de sus últimos actos fue el de unir su cuerpo con el mío.

—Usted tuvo sexo con él la pasada noche.

—Sí. El sexo es una parte importante de nuestros rituales. Yo le escogí la noche pasada. —Volvió a estremecerse debido a que la elección había sido suya. Y el acto también—. Algo debe de habérmelo dicho.

—Un pajarito, quizá. Un pajarito grande y negro. —Eve

observó a Alban con una ceja arqueada—. Entonces, para usted no representa ningún problema mirar mientras otros hombres realizan el acto sexual con su... compañera. La mayoría de los hombres son un poco posesivos. Quizá abriguen resentimientos poco sanos.

—No creemos en la monogamia. La encontramos limitadora y tonta. El sexo es placer, y nosotros no restringimos nuestros placeres. El sexo en común en un hogar privado o en un club con licencia no está contra sus leyes, teniente. —Sonrió—. Estoy seguro de que usted misma lo practica.

—¿Le gusta mirar, Alban?

Él arqueó las cejas.

—¿Es una invitación? —Al oír la rápida risa de Selina, se volvió y le tomó la mano—. Bueno, ahora ya te sientes mejor.

—El dolor se pasa, ¿no es así, Selina?

—Debe pasar —asintió ella con un gesto de cabeza en dirección a Eve—. La vida es para vivirla. Usted buscará a quien lo ha hecho y quizá le encuentre. Pero el castigo de nuestro maestro es mucho más grande y mucho más terrible que cualquiera de los que usted pueda inventar.

—Su maestro no es mi preocupación. El asesinato sí lo es. Dado que usted tiene un interés en el fallecido, quizá me permita echar un vistazo aquí.

—Consiga una orden y será bienvenida. —El tranquilizante le había nublado la vista, pero su voz fue lo suficientemente fuerte cuando se puso en pie—. Es usted más tonta de lo que en principio pensé si cree que tuve algo que ver con esto. Él era uno de los nuestros. Era leal. Va contra la ley hacer daño a un miembro leal del culto.

—Y él habló conmigo la pasada noche en una cabina privada. ¿Le ha dicho el humo qué fue lo que me contó, Selina?

Los ojos de ella se oscurecieron.

—Tendrá que buscar otras aguas donde echar el anzuelo, Dallas. Estoy cansada, Alban. Muéstrales el camino de salida. —Se alejó hacia el arco.

—No podemos hacer nada por usted, teniente. Selina necesita descansar. —Miró en dirección al arco con una expresión de preocupación—. Tengo que acostarla.

—Le ha adiestrado, ¿no es así? —Un ligero desdén se desprendió del tono de Eve. Se levantó—. ¿Usted también hace trucos?

Él meneó la cabeza en un gesto de tristeza.

—Mi devoción hacia Selina es algo personal. Ella tiene poderes, y los poderosos tienen necesidades. Yo satisfago a sus necesidades, y me siento agradecido. —Caminó hasta la entrada del apartamento y les abrió la puerta—. Nos gustaría recibir el cuerpo de Lobar cuando sea posible. Tenemos nuestra propia ceremonia para los muertos.

—También su familia, y ellos están antes que ustedes.

—¿Qué sabemos de este tal Alban? —preguntó Eve en cuanto se encontraron fuera, bajo la lluvia.

—Casi nada. —Peabody entró en el coche e, inmediatamente, se sintió más cómoda. Sabía que era tonto esperar no tener que volver nunca más a ese edificio, pero lo esperaba de todas formas—. Nada de su vida anterior, casi no tiene pasado. Si su nombre de nacimiento no era el de Alban, no aparece.

—Hay más. Siempre hay más.

«En absoluto», pensó Eve mientras repicaba con los dedos en el volante. Una vez había investigado a otro sospechoso y no había encontrado casi nada. El único nombre que aparecía era Roarke.

—Busca otra vez —le ordenó, y arrancó—. Es curioso, ¿no? —continuó mientras Peabody conectaba su unidad de información—. Casi no hay tráfico en esta manzana. Giramos la esquina… —Lo hizo e inmediatamente se encontró con un reconfortante atasco de tráfico bajo la lluvia. La gente se apresuraba en las aceras y en las rampas, se amontonaba en las puertas de los comercios. Dos conductores de carritos que se encontraban en esquinas opuestas se acurrucaban debajo de unos toldos andrajosos y se miraban el uno al otro con el ceño fruncido.

—La gente tiene instintos de los que no son conscientes. —Todavía poco menos que incómoda, Peabody miró hacia atrás, como si esperara que alguna cosa no del todo humana se arrastrara detrás de ellas—. Hay algo malo en ese edificio.

—Es de ladrillo y cristal.

—Sí, pero los lugares tienden a adoptar la personalidad de la gente que vive en ellos.

Delante de ellas, un coche giró la esquina y tocó la bocina ante un mar de gente que atravesaba la calle a pesar de la luz roja. Se dedicaron insultos tanto verbal como gráficamente. Alguien escupió.

Unas sucias nubes de vapor salían por los ventiladores del metro y se mezclaban, densas, con el humo que despedía un desvencijado Glida Grill que, obviamente, no cumplía el reglamento y que se abría paso como podía entre la masa de húmeda humanidad. Un nivel por encima de sus cabezas, una rampa automática se detuvo en seco y provocó un aluvión de maldiciones y de quejas en los pasajeros.

Por encima de ellos, un globo de turistas difundía a todo volumen las ventajas de vivir en un urbano país de las maravillas.

Peabody suspiró profundamente, aliviada al encontrarse de nuevo en medio de la arrogante y atiborrada Nueva York que conocía.

—Por ejemplo, la propiedad de Roarke —continuó—. Es enorme, y elegante, e intimidante, pero también resulta sexy y misteriosa. —Peabody se encontraba demasiado ocupada manejando la unidad y no percibió la mirada divertida que Eve le dirigió—. ¿La casa de mis padres? Es abierta y cálida, y un poco desordenada.

—¿Y tu casa, Peabody? ¿Cómo es?

—Temporal —dijo ella con convicción—. Dallas, la unidad de tu coche no coopera en esto. Debería ser posible enviar la información a… —Se interrumpió en cuanto Eve se inclinó hacia delante para dar un golpe al salpicadero, encima de la pantalla del coche. En ella apareció una imagen parpadeante—. Eso está un poco mejor —dijo Peabody, y pidió una búsqueda de Alban.

Alban, no se conoce nombre alternativo, nacido el 22 de marzo de 2020, Omaha, Nebraska.

—Curioso —interrumpió Eve—, no tiene aspecto de haber sido alimentado a base de maíz.

El ordenador continuó después de emitir lo que parecía ser un hipo:

Número de identificación 31666-LRT-99. Padres desconocidos. Estado civil, soltero. No se le conoce medio de subsistencia. No se encuentran datos financieros.

—Interesante. Parece que está sangrando a Selina. Antecedentes penales, todos los arrestos.

No existen antecedentes penales.

—¿Estudios?

Desconocido.

—Nuestro chico ha borrado los registros, o ha hecho que alguien los borrara —le dijo Eve a Peabody—. Uno no llega a tener casi los cuarenta años sin generar más información que ésta. Tiene contactos en algún lugar.

Malhumorada, Eve pensó que necesitaba a Feeney. Éste podría hacerle cosquillas al ordenador y sacarle alguna información adicional. En lugar de eso, tendría que acudir a Roarke y añadir otro nudo a su vínculo con el tema.

—Bueno, mierda. —Aparcó delante del Búsqueda Espiritual y frunció el ceño al ver el cartel de cerrado en la puerta—. Vete a echar un vistazo, Peabody. Quizá esté dentro.

—¿Tiene un paraguas o un escudo de agua?

Eve arqueó una ceja.

—¿Intentas ser graciosa?

Peabody se limitó a suspirar y salió del coche. Chapoteó bajo la lluvia y miró por las ventanas del local. Volvió al coche temblando, negó con la cabeza empapada y gruñó en cuanto Eve le señaló con el pulgar el apartamento que se encontraba encima de la tienda. Resignada, Peabody recorrió penosamente la fachada y subió por una inestable escalera metálica. Al cabo de un momento estuvo de vuelta, chorreando agua.

—No contesta —le dijo a Eve—. Seguridad mínima. A no ser que se tenga en cuenta el pericón que tiene encima de la puerta de entrada.

—¿Tiene un perico? Qué pesadez.

—No es un perico. —A pesar de tener empapado el pelo y

el uniforme, Peabody se permitió una buena carcajada—. Es una planta. Pericón, hierba de San Juan. —Divertida, sacó su ramita del bolsillo—. Como ésta. Ofrece protección. Protege del mal.

—¿Llevas plantas en el bolsillo, oficial?

—Lo hago ahora. —Peabody volvió a guardar la ramita en el bolsillo—. ¿Quiere un trocito?

—No, gracias. Prefiero confiar en mi arma para protegerme del mal.

—Yo considero esto como mi amuleto.

—Si te funciona, está bien. —Eve observó la zona—. Vamos a probar en ese café, al otro lado de la calle. Quizá sepan por qué tiene cerrado en un día laborable.

—Quizá tengan un café decente —dijo Peabody, sorbiendo con fuerza por la nariz dos veces—. Si pillo un resfriado, me suicido. Tardo semanas en sacar a uno solo de esos parásitos.

—Quizá necesites llevar encima una planta para protegerte de los gérmenes comunes.

Dejándolo ahí, Eve salió del coche, cerró las puertas y atravesó corriendo la calle hacia el café Olé.

La decoración estilo mexicano no estaba mal, decidió. Los colores brillantes, cargados de color naranja, le daban un aspecto soleado en medio de ese día gris. Quizá quedaba un poco lejos de la maravillosa villa que Roarke tenía en la costa oeste de México, pero tenía cierto atractivo estrafalario con esas flores de plástico y esos toros de papel maché. Por los altavoces sonaba una alegre música de mariachis.

Estaba lleno de gente, fuera por la lluvia o fuera por el ambiente. Eve observó el local y se dio cuenta de que la gente de las mesas no se encontraban deglutiendo platos de enchilada. La mayoría se acurrucaba ante unas pequeñas tazas de algo que mostraba un lejano parecido al café de soja demasiado hervido.

—Están a punto de jugarse los campeonatos de béisbol, ¿no es así, Peabody?

Peabody volvió a sorber por la nariz.

—¿Béisbol? Supongo que sí. El juego de pelota es mi fuerte.

—Ajá. Me parece que aquí hay una carrera de banderines. Es el partido principal. Imagino que un montón de dinero va a cambiar de manos.

Peabody empezaba a sentir la cabeza espesa, lo cual era mala señal, pero todavía mantenía cierta capacidad de comprensión.

—Cree que es un centro de apuestas.

—Sólo es una corazonada. Quizá podamos utilizarla.

Se acercó a la barra y se encontró con un hombre de mirada acosada. Tenía cierta estatura, era de piel oscura y de ojo desconfiado.

—Para tomar aquí o para llevar.

—Ninguna de las dos cosas —empezó ella, pero lo pensó mejor al oír que Peabody sorbía por la nariz otra vez—. Un café, para ella. Y un par de respuestas.

—Tengo café. —Se dio media vuelta y vertió un líquido denso y oscuro en una taza no más grande que un dedal—. No tengo respuestas.

—Quizá debería escuchar primero las preguntas.

—Señora, dirijo este establecimiento. Sirvo café. No tengo tiempo de mantener una conversación. —Depositó la taza en la barra con un golpe y se habría alejado si Eve no le hubiera sujetado por la muñeca—. ¿Cómo van las apuestas hoy?

Miró a un lado y a otro antes de hacerlo directamente a Eve. Pero ya había visto el uniforme de Peabody.

—No sé de qué está hablando.

—¿Sabe qué? Si yo y mi colega nos quedamos aquí unas cuantas horas, tendrá que tirar su negocio a la papelera. Personalmente, me importa bien poco su negocio, ninguno de sus negocios. Pero podría hacerlo. —Sin soltarle la muñeca, giró la cabeza y miró directamente a dos hombres que se encontraban sentados ante la barra.

Tardaron menos de diez segundos en decidir que preferían beberse el café en otra parte.

—¿Cuánto tiempo cree que tardaría en vaciar este local?

—¿Qué quiere? Pago mi contribución. Estoy cubierto.

Eve le soltó. La enojaba descubrir que ese hombre tenía la protección de la policía. No la sorprendía, pero la enojaba.

—No voy a interferir en eso a no ser que usted me irrite. Hábleme de la tienda del otro lado de la calle. Búsqueda Espiritual.

Él sonrió con una expresión de burla y de evidente alivio. Ella no le buscaba a él. Se sintió con ganas de cooperar, así que volvió a llenar la taza de Peabody y limpió la barra con un trapo. Él dirigía un local limpio.

—¿La bruja? No viene aquí. No bebe café, si me sabe comprender.

—Hoy tiene cerrado.

—¿Sí? —Entrecerró los ojos, como escudriñando a través de la ventana—. No tiene cerrado habitualmente.

—¿Cuándo la vio por última vez?

—Mierda. —Se rascó la nuca—. Vamos a ver. Creo que la vi ayer. ¿A la hora de cerrar? Sí, sí, ella cierra sobre las seis, y yo estaba limpiando las ventanas de delante. Hay que hacer el mantenimiento de las ventanas en esta ciudad. La porquería les salta encima.

—Supongo que sí. Ella cerró sobre las seis. ¿Luego qué?

—Salió con ese tipo con quien vive. Caminando. No utilizan el transporte.

—¿No la ha visto hoy?

—Ahora que lo menciona, supongo que no. Vive ahí arriba, ya sabe. Yo vivo al otro lado de la ciudad. Mantengo separados el negocio y mi vida personal, ése es mi lema.

—¿Alguna de su gente viene aquí alguna vez?

—No. Alguno de sus clientes, sí. Y alguno de los míos va ahí a buscar suerte. Nos llevamos bien. Ella no es un problema. Incluso le compré a mi mujer un regalo de cumpleaños ahí. Un bonito brazalete de piedras de colores. Un poco abusivo de precio, pero a las mujeres les gustan las cosas brillantes.

Tiró el trapo a un lado y no hizo caso a una petición de café proveniente del otro extremo de la barra.

—¿Qué? ¿Tiene problemas? Ella está en mi libro blanco. Quizá es rara, pero no es mala.

—¿Qué sabe de la chica que trabajaba con ella? Una chica joven, de unos dieciocho. Rubia.

—¿Esa chica misteriosa? Sí, la veía a menudo llegar y marcharse. Siempre miraba por encima del hombro, ésa, como si alguien fuera a saltarle encima.

«Alguien lo hizo», pensó Eve.

—Gracias. Si ve que Isis vuelve hoy, llámeme. —Le pasó una tarjeta por encima del contador junto con unos créditos por el café.

—Ningún problema. No me gustaría que se metiera en problemas. No está mal por ser una chiflada. Eh. —Levantó el índice en cuanto Eve iba a darse la vuelta—. Hablando de chiflados, vi a uno hace un par de noches cuando estaba cerrando.

—¿Qué clase de chiflado?

—Sólo un tipo. Bueno, podría haber sido una mujer. No lo podría asegurar porque iba envuelto en esa túnica negra, con capucha y todo. Estaba ahí de pie en la esquina y observaba la tienda. Sólo estaba ahí mirando. Me puso los pelos de punta. Caminé en dirección contraria. El doble hasta la estación de autobús, pero no me gustaba la sensación. ¿Y sabe qué? Miré hacia atrás y ya no había nadie allí. Nadie, excepto un maldito gato. Extraño, ¿eh?

—Sí —murmuró Eve—. Extraño.

—Yo vi un gato —empezó a decir Peabody mientras se dirigían al coche— en la calle cuando mataron a Alice.

—Hay muchos gatos en esta ciudad.

Pero Eve recordaba el gato de la rampa. Brillante, negro y maligno.

—Ya buscaremos a Isis más tarde. Quiero ver al forense antes de ofrecer las declaraciones a los medios. —Abrió el coche mientras Peabody sorbía por la nariz otra vez—. Quizá él tenga algo para ese resfriado.

Peabody se frotó la nariz con la mano.

—Prefiero que nos detengamos en una farmacia, si no le importa. No quiero que el doctor Muerte me trate hasta que sea absolutamente necesario.

Cuando estuvo de vuelta en su oficina, y mientras Peabody se ponía un uniforme seco y se suministraba una dosis legal que le había costado una fortuna, Eve estudió el informe de la autopsia de Lobar.

La hora de la muerte que Eve había anotado en su informe preliminar era correcta, así como la causa. Por supuesto, pensó, era difícil que una abertura enorme en la garganta y un cráter en el pecho pasaran inadvertidos. Y, eso era curioso, se habían encontrado restos de alucinógenos, de un estimulante y de un ofuscador mental, todos ellos de variedades ilegales, en la sangre.

Así que había muerto sexualmente satisfecho y colocado. Eve pensó que algunos dirían que no era una mala cosa. Pero ninguno de ellos hubieran aceptado que les cortaran la garganta con un cuchillo. Tomó el arma embolsada y la observó. No había huellas, por supuesto; no se esperaba que hubiera. No había sangre excepto la de la víctima. Observó la curvada empuñadura negra y estudió esos símbolos y letras que no le decían nada. Parecían antiguos y extraños, pero no creía que le ayudaran a encontrar ai propietario. La hoja se encontraba dentro de los límites de la legalidad y no requería registro.

A pesar de todo, comprobaría en las tiendas de antigüedades, la de cuchillos y, suponía, también en las tiendas de brujas. Eso le llevaría semanas, pensó con disgusto, y era difícil que la condujera a ninguna parte.

Todavía tenía veinte minutos antes de enfrentarse a los medios de comunicación, así que se colocó ante su máquina y empezó. No había terminado de introducir la descripción del arma cuando Feeney entró y cerró la puerta.

—Me he enterado de que has tenido un despertar difícil esta mañana.

—Sí. —Se le retorció el estómago, no por el recuerdo de lo que había encontrado en su casa, sino por saber que tenía que sopesar cada palabra con él—. No es el tipo de paquete que me gusta recibir.

—¿Necesitas ayuda en eso? —Sonrió con expresión voluntariosa—. Estoy buscando algo que hacer.

—Lo tengo todo cubierto de momento, pero ya te lo haría saber.

Él se acercó a la estrecha ventana y luego volvió hacia la puerta. Se le veía agotado, pensó Eve. Muy cansado. Muy triste.

—¿Cuál es la historia? ¿Conocías al chico?

—La verdad es que no. —Oh, Dios, ¿qué hacer ahí?—. Hablé con él una vez acerca de un caso en el que estaba trabajando. No resultó. Es posible que supiera más de lo que me dijo. Va a ser difícil averiguarlo ahora. —Inhaló con fuerza y se odió a sí misma—. Supongo que se trata de alguien que quería asestarme un golpe, a mí o a Roarke. La mayoría de los polis pueden mantener su casa tranquila. Yo no puedo. —Se encogió de hombros.

—Es el precio que pagas por estar con una figura pública.

¿Eres feliz? —le preguntó de forma abrupta mientras la miraba a la cara.

—Claro. —Eve se preguntó si la culpa se habría pegado en su frente como una luz de neón.

—Bien. Bien. —Él dio unos cuantos pasos más por la habitación mientras agitaba la bolsa de cacahuetes que siempre llevaba en el bolsillo y que no parecían apetecerle ya—. Es difícil trabajar y conseguir una vida personal decente. Frank lo consiguió.

—Lo sé.

—El funeral de Alice es esta noche. ¿Vas a poder asistir?

—No lo sé, Feeney. Lo intentaré.

—Me destroza, Dallas. Me ha destrozado de verdad. Mi esposa está con Brenda ahora. Está desgarrada. Totalmente desgarrada. No podía soportarlo más, así que vine aquí. Pero no me puedo concentrar.

—¿Por qué no vuelves a casa, Feeney? —Se levantó y alargó la mano hacia su brazo—. Vete a casa. Quizá tú y tu mujer podáis iros lejos unos días. Tienes tiempo ahora. Vete lejos de esto.

—Quizá. —Tenía los ojos tristes y unas profundas ojeras—. ¿Pero a dónde se puede ir para huir de lo que está ahí en todo momento?

—Mira, Roarke tiene una casa en México. Es fantástica. —Estaba despistando, y lo sabía. Se sentía desesperada por ofrecerle algo—. Tiene unas vistas monstruosas y está completamente equipada. Tiene que estarlo. —Consiguió sonreír—. Es de Roarke. Lo arreglaré con él. Puedes ir ahí y llevar a tu familia.

—Llevar a la familia. —Lo repitió con lentitud y sintió que la idea resultaba reconfortante—. Quizá lo haga. Parece que uno nunca tenga tiempo para estar con la familia. Lo pensaré —decidió—. Gracias.

—No es nada. Es Roarke. Ahí está. —Se volvió hacia la mesa—. Perdona, Feeney, tengo que acabar esto para realizar las declaraciones ante la prensa.

—Claro. —Se esforzó en sonreír para ella—. Sé cómo te gusta esto. Te haré saber si utilizaré la casa.

—Sí, vale. —Clavó la vista en la pantalla hasta que él salió. Había cumplido las órdenes, se dijo a sí misma. Había hecho lo correcto.

Entonces, ¿por qué se sentía como una traidora?

Capítulo once

Consiguió llegar al final del funeral, y estaba agradecida de que Roarke asistiera con ella. Resultaba demasiado familiar, el mismo salón, los mismos olores, mucha de la misma gente.

—Odio esto —murmuró Eve—. La muerte saneada.

—Es reconfortante.

Eve dirigió la vista hacia donde Brenda se encontraba. Acompañada por su madre y su hijo, las lágrimas le bajaban por las mejillas. Tenía el aspecto delicado de quien ha sido fuertemente medicado.

—¿Lo es?

—Casi —se corrigió él, y la tomó de la mano—. Para algunos.

—Cuando llegue mi turno, no hagas esto. Recicla los órganos y quema el resto. Acaba pronto.

Él sintió que se le encogía el corazón y le apretó la mano con fuerza.

—No.

—Lo siento. Acostumbro a tener ideas morbosas en lugares como éste. Bueno. —Recorrió la habitación con la mirada hasta que vio a Isis—. Ahí está mi bruja.

Roarke miró hacia donde ella miraba y observó a la imponente mujer de pelo llameante que llevaba una simple túnica de un puro color blanco. Se encontraba de pie ante el féretro, al lado de un hombre a quien ella sacaba una cabeza en altura. Éste vestía un traje sencillo, casi conservador, también blanco. Tenían los dedos de las manos entrelazados.

—¿Y el hombre que está con ella?

—No le conozco. Quizá es un miembro de su secta o lo que sea. Vamos a comprobarlo.

Atravesaron la habitación por acuerdo tácito y se colocaron

al lado de la pareja. Eve miró primero a Alice, al joven rostro ahora tranquilo. La muerte conseguía de alguna manera relajar los rasgos. Después del trauma que habían sufrido.

—No está aquí. —Isis habló en voz baja—. Su espíritu todavía busca la paz. Yo esperaba…, esperaba encontrarla aquí. Siento no haberla visto hoy, Dallas. Nos encontrábamos recogidos en memoria de Alice.

—Tampoco estaba en casa.

—No. Nos reunimos en otro lugar para llevar a cabo nuestra propia ceremonia. El hombre del otro lado de la calle me ha dicho que me ha estado buscando. —Sus labios dibujaron una ligera sonrisa—. Estaba preocupado por si la policía me seguía. Tiene buen corazón, a pesar de que está un tanto desequilibrado.

Dio un paso hacia atrás para presentar al hombre que estaba a su lado.

—Éste es Chas. Mi compañero.

Gracias al entreno, Eve mantuvo la mirada neutra, pero estaba sorprendida. Él resultaba tan ordinario como espectacular era Isis. Llevaba el pelo decolorado y era muy delgado. Tenía un cuerpo casi frágil, estrecho en los hombros y de piernas cortas. Su rostro, cuadrado y anodino, no era del todo vulgar gracias a un par de sorprendentes y bonitos ojos de un gris profundo. Al sonreír lo hacía con una dulzura que pedía una sonrisa como respuesta.

—Siento conocerles en circunstancias tan tristes. Isis me ha dicho que usted es un alma fuerte y obstinada. Veo que tenía razón, como siempre.

Eve casi no pudo evitar un parpadeo de sorpresa al oír su voz. Ésta era una voz de barítono, profunda y de textura cremosa, que cualquier cantante de ópera hubiera deseado. Se dio cuenta de que no apartaba la vista de sus labios mientras él hablaba, imaginando que eran los de un muñeco de ventrílocuo. No era una voz que se esperara en ese cuerpo y ese rostro.

—Necesito hablar con ambos lo antes posible. —Miró a su alrededor, deseando encontrar un lugar tranquilo donde situarse y llevar a cabo una entrevista. Tendría que esperar—. Éste es Roarke.

—Sí, lo sé. —Isis le ofreció la mano—. Nos hemos encontrado antes.

—¿Ah, sí? —Su sonrisa fue de una educada curiosidad—. No puedo creer que me haya olvidado de haber conocido a una mujer bonita.

—En otro tiempo, en otro lugar. —Mantuvo los ojos en los de él—. En otra vida. Usted salvó la mía, una vez.

—Eso fue sabio por mi parte.

—Sí, lo fue. Y amable. Quizá algún día vuelva usted a hacer una visita a ese condado de Cork y vea una pequeña piedra que baila sola en un campo de barbecho… y recuerde. —Se sacó una cruz de plata que llevaba colgada del cuello y se la dio—. Usted me dio un talismán entonces. Parecida a esta cruz celta. Supongo que es por eso que la llevo esta noche. Para cerrar el círculo.

Sintió el metal en la mano más caliente de lo que debería estar, y eso le despertó algo entre las nubes de la memoria. Pero no se esforzó en recordar.

—Gracias. —Se la guardó en el bolsillo.

—Un día le devolveré el favor que me hizo. —Se dirigió a Eve—: Hablaré con usted cuando usted quiera. ¿Chas?

—Por supuesto, en cualquier momento que sea adecuado para usted, teniente Dallas. ¿Asistirá a nuestra ceremonia? Nos gustaría mucho compartirla con usted. Pasado mañana, a la noche. Tenemos un pequeño espacio en las afueras. Es tranquilo e íntimo y, si el tiempo acompaña, es perfecto para llevar a cabo rituales al aire libre. Espero que usted…

Se interrumpió y sus impresionantes ojos se oscurecieron. Todo su delgado cuerpo se tensó en un gesto que Eve reconoció como de ponerse en guardia.

—Él no es uno de los nuestros —dijo.

Ella miró alrededor y vio a un hombre que vestía un traje negro. Tenía el rostro muy pálido, enmarcado por una mata de pelo negro. El traje era caro, su piel se veía macilenta, y todo le daba una apariencia de enfermedad y fracaso.

Empezó a dirigirse hacia el féretro y vio al grupo que se encontraba ahí. Dio un repentino giro, se alejó a toda prisa.

—Voy a comprobarlo.

Ella caminaba a toda prisa cuando Roarke la alcanzó.

—Vamos a comprobarlo.

—Sería mejor que te quedaras dentro con ellos.

—Me quedo contigo.

Ella se limitó a dedicarle una mirada de frustración.

—No me cortes el vuelo.

—No soñaría en hacerlo.

El hombre casi corría al llegar a la puerta de salida. Eve sólo tuvo que tocarle un brazo para hacerle saltar de espanto.

—¿Qué? ¿Qué es lo que quiere? —Dio media vuelta y presionó la puerta para abrirla. Salió a la noche lluviosa—. No he hecho nada.

—¿No? Pues tiene aspecto de culpable para ser un hombre inocente, ¿no es verdad? —Le sujetó el brazo con fuerza para impedir que huyera—. Quizá debería usted mostrarme alguna identificación.

—No tengo por qué mostrarle nada.

—No es necesario —dijo Roarke con suavidad. Ahora le había visto mejor—. Thomas Wineburg, ¿verdad? De Wineburg Financial. Ha pillado a un tipo mortífero, teniente. Un banquero. De tercera generación. ¿O es de cuarta?

—De quinta —dijo Wineburg mientras se esforzaba por dirigir una mirada despectiva ante lo que su familia calificaría de dinero nuevo y no del todo decente—. Y no he hecho nada para que me acosen un oficial de policía y un criminal de las finanzas.

—Yo soy la policía —decidió Eve mirando a Roarke—. Tú debes ser el criminal de las finanzas.

—Sólo está enojado porque no utilizo su banco. —Roarke le dirigió una sonrisa de lobo—. ¿No es verdad, Tommy?

—No tengo nada que decirle.

—Bien, entonces puede hablar conmigo. ¿A qué viene tanta prisa?

—Yo… tengo una cita que había olvidado. Es muy tarde.

—Entonces un par de minutos más no tendrán importancia. ¿Es usted amigo de la familia de la fallecida?

—No.

—Ah, ahora lo pillo, sólo quería pasar una noche lluviosa en un funeral. He oído que es lo último para los solteros.

—Yo… me he equivocado de dirección.

—No lo creo. ¿Qué ha venido a ver? ¿O a quién?

—Yo… —Abrió mucho los ojos al ver que Isis y Chas se acercaban—. Aléjense de mí.

—Lo siento, Dallas. Nos empezamos a preocupar al ver que no volvías. —Isis dirigió sus exóticos ojos hacia Wineburg—. Su aura es oscura y densa. Juega usted sin tener ninguna creencia. Juega con un poder que está más allá de su fuerza. Si no cambia de camino, se va a condenar a sí mismo.

—Manténganla lejos de mí. —Forcejeando para que Eve le soltara, Wineburg se encogió.

—No le está haciendo ningún daño. ¿Qué sabe de la muerte de Alice, Wineburg?

—No sé nada. —La voz le temblaba—. No sé nada de nada. Me equivoqué de dirección. Tengo una cita. No puede usted retenerme.

No, no podía hacerlo, pero sí podía aterrorizarle.

—Puedo llevarle a la Central y jugar con usted un rato hasta que su representante consiguiera llegar ahí. ¿No sería divertido?

—No he hecho nada. —Para sorpresa de Eve, y cierto disgusto, empezó a sollozar como un niño—. Tiene que dejarme ir. No soy parte de esto.

—¿Parte de qué?

—Era sólo sexo. Eso es todo. Sólo por sexo. No sabía que alguien iba a morir. Sangre por todas partes. Por todas partes. Dios Santo. No lo sabía.

—¿Dónde? ¿Qué es lo que ha visto?

Él continuó sollozando y cuando Eve iba a cambiar la posición de la mano, él le clavó el codo en el vientre lanzándola violentamente contra Roarke de tal forma que ambos cayeron al suelo.

Ya se maldeciría más tarde por haberse dejado pillar con la guardia baja. Pero en esos momentos, Eve se levantó como pudo y se esforzó por inhalar aire y salir tras él.

Hijo de puta. Pero sólo pudo pensarlo. La había dejado sin respiración y no podía jurar en voz alta ni gritar ninguna orden de alto.

Eve llevaba la mano hasta su arma en el momento en que él entraba en un aparcamiento subterráneo y se perdía en un bosque de vehículos.

—Mierda. —Había conseguido inhalar suficiente aire para pronunciar esa palabra. Roarke llegó corriendo a su lado—. Vete.

Maldita sea, probablemente no va armado, pero está claro que tú no lo estás. Notifica esto si es que quieres hacer algo.

—El día en que yo permita que un insignificante banquero me haga caer de culo y se marche con tranquilidad todavía no ha llegado. —Se alejó, rodeó uno de los vehículos sin hacer caso del ceño fruncido de ella.

Las luces de seguridad eran cegadoras, pero los lugares donde esconderse eran infinitos. El eco de pasos apresurados resonaba con fuerza en el suelo, el techo y las paredes. Siguiendo su instinto, Eve se dirigió hacia la izquierda.

—Wineburg, no te estás ayudando a ti mismo. Ya tienes un asalto a una oficial. Si sales sin que tenga que buscarte, quizá te dé una oportunidad.

Se agachó y pasó por un estrecho espacio entre dos coches. Miró debajo de ellos, detrás de ellos, y continuó.

—Roarke, quédate quieto un minuto, maldita sea, para que pueda localizarle. —Los ecos se apagaron un poco y le permitieron esforzarse por escuchar algo y aventurarse un poco más a la izquierda corriendo. Decidió que él debía de dirigirse hacia arriba con la esperanza de salir por el piso superior.

Subió corriendo la primera rampa. De repente oyó unos pasos que resonaban detrás de ella. Se dio media vuelta y apuntó con el arma.

—Debería de haberlo sabido —fue lo único que dijo en cuanto Roarke pasó de largo. Continuó hacia delante—. Se dirige hacia arriba —dijo en voz alta—. Si continúa, se va a acorralar a sí mismo. Lo único que ese idiota tiene que hacer es detenerse y quedarse agachado. Haría falta un jodido pelotón para encontrarle aquí.

—Está asustado. Cuando uno está asustado, huye. —Miró a Eve y se sintió ridículamente divertido al llegar a la siguiente rampa—. Algunos lo hacen.

Entonces los pasos dejaron de oírse. Eve agarró a Roarke para que no se moviera del sitio y contuvo el aliento en un esfuerzo por oír algo.

—¿Qué es eso? —susurró—. ¿Qué diablos es ese sonido?

—Cánticos.

—Jesús —exclamó con un vuelco del corazón en cuanto un grito de terror rasgó el aire. Salió corriendo. Parecía que el grito continuaba interminablemente, agudo, inhumano y horrible. Luego todo quedó en silencio. Sacó su comunicador sin aminorar el paso—. Oficial necesita ayuda. Oficial necesita ayuda, aparcamiento, Cuarenta y cinco con Segunda. Dallas, teniente Eve siguiendo a… Mierda.

—Central, Dallas, teniente Eve, por favor, dígalo de nuevo.

No se preocupó de observar al cuerpo tumbado en medio un charco de sangre que se iba acrecentando en el suelo de cemento. Un único vistazo a los aterrorizados ojos abiertos y a la empuñadura tallada del cuchillo clavado en el corazón fueron suficientes para determinar la causa de la muerte.

Wineburg había recorrido el camino equivocado.

—Necesito refuerzos inmediatamente. Tengo un homicidio. El perpetrador o los perpetradores posiblemente todavía se encuentren en las instalaciones. Envíen todas las unidades posibles a esta dirección para rodear la zona y para realizar una búsqueda. Necesito un equipo de campo y a mi ayudante.

—Recibido. Las unidades están de camino. Corto.

—Tengo que mirar —le dijo a Roarke.

—Comprendido.

—No tengo mi amuleto, si no, te lo daría. Necesito que te quedes aquí con el cuerpo.

Roarke bajó la vista hasta Wineburg y sintió un aguijonazo de pena.

—No va a ir a ninguna parte.

—Necesito que te quedes aquí —repitió ella—. En caso de que vuelvan por aquí, no te hagas el héroe.

Él asintió con la cabeza.

—Tú tampoco.

Eve echó un último vistazo al cuerpo.

—Joder —dijo en tono de cansancio—. Debería haberle sujetado mejor.

Se alejó despacio, observando los coches y los rincones, pero sin mucha esperanza.

Él la había visto trabajar otras veces, la había observado y admiraba el ambiente de eficiencia y concentración que creaba alrededor de los muertos. Roarke se preguntaba si ella comprendía del todo por qué lo hacía, o cómo era capaz de, mientras examinaba a un cuerpo sin vida con esa objetividad cortante, ver a través de esos ojos tristes. Nunca se lo había preguntado. Dudaba de que lo hiciera nunca.

La observó ordenar a Peabody que grabara la escena desde un ángulo distinto, la vio hacerle una señal a uno de los uniformes... obviamente era un novato que no se sentía muy bien. Roarke imaginó que, al mandarle fuera del lugar a realizar alguna tarea, le daba la oportunidad de marearse en privado.

Algunos de ellos nunca se acostumbraban ni a la sangre ni al olor de las vejigas y de las tripas que se relajaban con la muerte.

Las luces eran brillantes, no tenían piedad. La herida del corazón había sangrado profusamente. Ella había escogido un vestido negro y tacones para el funeral. Ahora estaba arrodillada al lado del cuerpo, arrastrando las medias en el asfalto y quitando el arma del cuerpo una vez que la escena había sido convenientemente grabada.

Lo guardó en una bolsa de pruebas, pero antes lo observó. La empuñadura era de un marrón profundo, posiblemente de algún tipo de cuerno. Pero no había forma de no percibir el parecido con el que había sido dejado en el último asesinato. Un dolabro. El cuchillo de los rituales.

—Mal asunto.

Roarke asintió con un gruñido en cuanto Feeney llegó hasta él. El hombre tenía un aspecto frágil, poco característico de él. Eve tenía razón en estar preocupada por él.

—¿Sabes algo de esto? Yo no he conseguido gran cosa excepto que Dallas estaba hablando con él fuera, que él corrió y que ha acabado muerto.

—Eso es. Parecía nervioso por algo. Parece que tenía razones para estarlo. —No había nada de que pudiera hablar con él, así que cambió de tema—: Espero que aceptes la propuesta de Eve sobre la casa de México.

—Lo comentaré con mi esposa. Te lo agradezco. —Se encogió de hombros—. Supongo que ella no me necesita. Debería irme a casa. —Pero observó la escena un minuto más. A pesar de la fatiga, sus ojos delataban al policía que era—. Un asunto jodido. Fue un cuchillo parecido el que se encontró en el cadáver de tu casa la otra noche, ¿no?

—El otro tenía la empuñadura negra. De algún tipo de metal, creo.

—Sí, bueno… —Se balanceó un momento sobre los pies—. Es mejor que me vaya a casa.

Se dirigió hacia donde se encontraba Eve, con cuidado de no acercarse demasiado y contaminar la zona con sus zapatos. Ella levantó la vista, distraída, mientras se limpiaba la sangre de las manos cubiertas de selladora.

Y le observó alejarse hasta que se perdió de vista.

Se levantó y se pasó las manos, no del todo limpias todavía, por el pelo.

—Metedlo en la bolsa —ordenó, y se caminó hasta Roarke—. Voy a ir a la Central para hacer el informe ahora que todavía lo tengo fresco en la cabeza.

—De acuerdo. —La tomó del brazo.

—No, tú deberías irte a casa. Ya me llevará alguien del equipo.

—Yo te llevo.

—Peabody…

—A Peabody puede llevarla alguien del equipo. —Sabía que ella necesitaba unos minutos para soltar presión. Presionó uno de los botones de su unidad de muñeca para llamar al conductor.

—Me siento idiota yendo a la Central en una limusina —dijo ella.

—¿De verdad? Yo no. —La acompañó fuera del aparcamiento y luego hasta la fachada de la sala del funeral. La limusina apareció por una esquina—. Siempre puedes aguantar la respiración —le sugirió mientras entraba en el coche detrás de ella—. Y yo puedo tomarme un coñac. —Se sirvió uno de un decantador de cristal y, conociendo a Eve, programó un café.

—Bueno, ya que vamos de esta manera, puedes contarme lo que sabes de Wineburg.

—Uno de esos irritantes tipos ricos y mimados.

Ella tomó el café caliente y sabroso que le había servido en una fina taza de porcelana y dirigió una mirada a Roarke, a su elegante limusina y a su caro coñac, larga y fría.

—Eres rico.

—Sí. —Sonrió—. Pero ¿mimado? Ciertamente no. —Agitó

suavemente el coñac sin dejar de sonreír—. Eso es lo que hace que no sea irritante.

—¿Eso crees? —El café la ayudaba a mantener los circuitos en funcionamiento—. Así que era un banquero. Dirigía Wineburg Financial.

—Difícilmente. Su padre todavía está sano y fuerte. Ese pececillo habría sido más bien el mimado. El tipo tenía alguna tarea inútil que realizar, un título absurdo y una gran oficina. Se tragaba su cuenta de gastos, movía los papeles de sitio y recibía a su maquillador una vez a la semana.

—De acuerdo, no te gustaba.

—La verdad es que no le conocía. —Tomó un perezoso trago del coñac—. Es esa clase de tipo. No tengo ningún asunto con Wineburg. Al principio de mi... carrera necesitaba cierto apoyo para un par de proyectos. Proyectos legales —añadió ante la mirada especuladora de Eve—. Ellos no me dejaron atravesar la puerta. No llegaba al nivel de sus clientes. Así que fui a otra parte, conseguí el apoyo y gané. La organización Wineburg se lo tomó mal.

—Así que son una institución conservadora y familiar.

—Exactamente.

—Hubiera resultado muy incómodo que su favorito... ¿Sería él como un favorito?

—Si existe algo así como un favorito menor, supongo que sí.

—Si él hubiera estado metido en el satanismo, eso seguramente no habría sido bien recibido en la empresa.

—Haría que la mesa de directivos empalidecieran de la impresión. Y, familia o no, este pequeño Wineburg hubiera sido despedido con una patada en el culo.

—No parece ser el tipo de persona que se arriesgaría a ello, pero uno nunca sabe. Sexo, dijo. Sólo por el sexo. Hubiera podido ser uno de los que lo hicieron con Alice. Entonces o es culpable, o tiene curiosidad y asiste al funeral. Lo que sí estaba es asustado. Vio algo, Roarke. Vio cómo asesinaban a alguien. Lo sé. Si le hubiera traído a la Central, se lo hubiera sacado. Lo hubiera conseguido en diez minutos.

—Parece que alguien más pensó lo mismo.

—Alguien que se encontraba justo ahí. En el lugar. Observándole. Presenciando el funeral.

—Quizá observándote a ti —terminó Roarke—. Lo cual es más probable.

—Espero que continúen observando porque dentro de poco voy a darme la vuelta y les voy a saltar al cuello. —Levantó la vista en cuanto la limusina llegaba a la fachada de la Central de Policía. Salió sintiéndose ligeramente incómoda y esperando que no hubiera ningún policía por ahí fuera. Sería el objetivo de burlas durante días—. Nos vemos en casa. En un par de horas.

—Te espero.

—No seas ridículo. Vete a casa.

Él se limitó a recostarse y ordenó que se encendiera la pantalla para ver la última información de bolsa.

—Te espero —repitió, y se sirvió otro coñac.

—Cabeza dura —dijo ella mientras salía. Oyó que alguien la llamaba e hizo una mueca de desagrado.

—Uau, Dallas, ¿es que vas a dignarte a trabajar con nosotros, los pobres, un ratito?

—Que te den, Carter —respondió, y se apresuró a entrar antes de que la risa de ellos la obligara a romperle la cara a alguien.

Al cabo de una hora estaba de vuelta, cansada hasta los huesos y totalmente enojada.

—Carter lo ha anunciado por todas partes que mi carruaje me estaba esperando. Qué idiota. No sé si darle una patada en el culo a él o a ti.

—Dásela a él —sugirió Roarke mientras le pasaba un brazo alrededor.

Había mudado de humor de trabajo a humor de placer, y se había puesto una vieja película de vídeo en la pantalla.

Eve notó el aroma de tabaco caro en el aire y deseó que eso la hubiera irritado. Pero le resultaba reconfortante, igual que su brazo y la vieja película en blanco y negro.

—¿Qué es?

—Bogart y Bacall. La primera película juntos. Ella tenía diecinueve años, creo. Aquí está el argumento.

Eve estiró las piernas y escuchó cómo Bacall le pedía a Boggie si sabía silbar. Sonrió.

—Simpático.

—Es una buena película. Algún día tenemos que verla entera. Estás tensa, teniente.

—Quizá.

—Tendremos que arreglarlo. —Se volvió y sirvió un líquido de un color pajizo en un vaso—. Bebe.

—¿Qué es?

—Vino, sólo vino.

Ella lo olió, suspicaz. Él era capaz de mezclarlo, lo sabía.

—Tenía intención de trabajar un poco al llegar a casa. Necesito tener la cabeza despejada.

—Tienes que parar en algún momento. Relájate. Tu cabeza estará despejada por la mañana.

Tenía cierta razón. Tenía demasiada información en la cabeza, y ninguna de ella resultaba de ayuda. Cuatro muertos por el momento, y ella no se encontraba más cerca. Quizá si se detenía unas cuantas horas lo vería todo con mayor claridad.

—Quien se cargó a Wineburg lo hizo con rapidez y en silencio. Y fue listo, fue a por el corazón. Si cortas la garganta como a Lobar, tienes sangre por todo el cuerpo. Si apuñalas el corazón, todo se acaba rápidamente con un follón mínimo.

—Ajá. —Él empezó a masajearle la nuca. Siempre era donde se le acumulaba la tensión.

—¿Qué íbamos, treinta, cuarenta segundos por detrás de él? Rápido, realmente rápido. Si Wineburg ha caído, puede haber otro. Tengo que conseguir la lista de miembros. Tiene que haber una forma. —Dio un sorbo de vino—. ¿De qué hablabais tú y Feeney?

—México. Deja de preocuparte.

—De acuerdo, de acuerdo. —Apoyó la cabeza hacia atrás y cerró los ojos durante lo que le pareció ser un segundo. Pero cuando volvió a abrirlos ya cruzaban las puertas y aparcaban delante de la casa—. ¿Me he dormido?

—Unos cinco minutos.

—Era sólo vino, ¿verdad?

—Absolutamente. La siguiente parte de nuestro programa es un baño caliente.

—Un baño no es… —Se lo pensó otra vez mientras entraban en la casa—. La verdad es que suena bastante bien.

Al cabo de diez minutos, mientras el agua caía en la bañera

y giraba en los surtidores, le sonaba incluso mejor. Pero arqueó una ceja al ver que Roarke empezaba a desvestirse.

—¿Para quién es el baño, para mí o para ti?

—Para nosotros. —Le dio una palmada en el trasero y la empujó hacia delante.

—De acuerdo, entonces. Voy a darte la oportunidad de que me digas todo eso de salvar la vida a una mujer bonita.

—Ajá. —Él se introdujo en el agua llena de espuma, de cara a ella—. Oh, no se me puede hacer responsable de unos actos que acaecieron en una vida anterior—. Le pasó otra copa de vino que había tenido la previsión de llenar—. Ahora, ¿puedo?

—No lo sé. ¿No dice la teoría que uno repite las cosas, o que aprende de ellas, o no? —Mantuvo el vaso en alto y se sumergió completamente. Salió a la superficie con un suspiro—. ¿Crees que fuisteis amantes o algo?

Pensativo, deslizó un dedo por la pierna de Eve.

—Si entonces tenía el aspecto que tiene ahora, eso espero.

Ella le dirigió una sonrisa amarga.

—Sí, supongo que te gusta el tipo grande, hermoso y exótico, entonces y ahora. —Encogiéndose de hombros, dio otro trago de vino y jugó con el pie de la copa—. Casi todo el mundo piensa que te desviaste de tus gustos conmigo.

—¿Casi todo el mundo?

Ella bebió el resto del vino y dejó la copa a un lado.

—Claro. Pillo la onda cada vez que tengo que pasar el rato con alguno de esos socios ricos y engreídos que tienes. No les puedes culpar por preguntarse qué fue lo que te sucedió. Yo no soy grande, ni hermosa ni exótica.

—No, no lo eres. Delgada, encantadora y fuerte. Es increíble que me dignara a mirarte dos veces.

Eve se sintió ridícula y se sonrojó. Él podía provocarle ese sentimiento sólo con mirarla.

—No busco piropos —dijo.

—Y a mí me sorprende que te importe lo más mínimo lo que cualquiera de mis socios piense de nosotros.

—No me importa. —Mierda, se había metido ahí de cuatro patas—. Sólo estaba haciendo un comentario. El vino hace que se me desate la lengua.

—Me molesta, Eve. —Su tono fue de una frialdad peligrosa. Fue una advertencia que ella reconoció—. Criticas mi gusto.

—Olvídalo. —Volvió a sumergirse y salió de repente en cuanto notó que las manos de él la agarraban por la cintura—. Eh, ¿qué estás haciendo? —Parpadeó para quitarse el agua de los ojos y vio que los suyos parecían ciertamente molestos—. Escucha…

—No, escucha tú. O mejor todavía. —Apretó los labios contra los de ella, caliente, hambriento, ansioso, con tanta fuerza que ella se arqueó un poco hacia atrás—. Vamos a pasar a la tercera fase de nuestro programa un poco antes de tiempo —le dijo mientras la dejaba inhalar el aire—. Y voy a demostrarte por qué estoy contigo, teniente. Con precisión. Yo no cometo errores.

Ella le frunció el ceño a pesar de que sentía que el pulso le latía con fuerza.

—Ese tono arrogante no funciona conmigo. Te dije que era el vino.

—No vas a poder culpar al vino de lo que voy a hacerte —le prometió. Inclinó las manos para acariciar con el pulgar esa sensible zona entre muslo y pubis—. No vas a decir que es el vino cuando yo te haga gritar.

—No voy a gritar. —Pero echó atrás la cabeza y un gemido se le escapó de la garganta—. No puedo respirar si me haces esto.

—Entonces no respires. —La levantó hasta que sus pechos quedaron por encima del agua y sus manos estuvieron ocupadas debajo. Se sumergió y tomó entre los dientes ese punto sensible.

—Voy a poseerte. Vas a dejarme.

—No quiero que me poseas, a no ser que yo también te posea.

Pero en cuanto ella le rodeó con sus brazos, él la acarició hasta hacerla llegar a la cumbre. Su cuerpo se retorció y sus brazos cayeron, relajados.

—Ahora no. —Él se sintió súbitamente ansioso de poseerla, tal cual estaba, relajada, abierta y aturdida.

—¿Cómo lo haces? —preguntó ella con voz débil y poco inteligible.

Él estuvo a punto de reírse a pesar de que el deseo empezaba a resultar doloroso. Sin decir nada, se puso en pie y la levantó. Ella abrió los ojos mientras él la sacaba de la bañera.

—Te quiero en la cama —le dijo—. Te quiero húmeda, por fuera y por dentro. Quiero sentir temblar tu cuerpo cuando te toco. —La dejó encima de la cama y apretó los labios contra el cuello de ella—. Y quiero saborearte.

Eve se sentía ebria, demasiado débil para controlar, demasiado dócil para sentirse sorprendida bajo esas manos que volvían a ocuparse de su cuerpo. Se retorció, intentó agarrarse a él pero él se escurrió hacia abajo, por encima de su cuerpo, las manos incansables, la boca hambrienta. Eve no pudo contenerse. Ahora todo su cuerpo estaba tenso, los puños apretados a punto de golpear. Se corrió de forma abrupta, violenta, y ni siquiera oyó sus propios gritos.

Él tomaba todo aquello que deseaba. Todo. Sentía su propio pulso latir con más fuerza, sentía la sangre más caliente, cada vez que la llevaba al siguiente clímax. Ambos estaban empapados por el sudor.

Cuando la necesidad de sentirse dentro de ella le resultó insoportable, la levantó y le abrió las piernas hasta que éstas le rodearon por la cintura. En cuanto los brazos de ella le hubieron rodeado y notó su cuerpo tembloroso contra el suyo, la tomó por las caderas y la penetró con un profundo empujón.

Su boca buscó sus pechos y notó el salvaje y ronco latido de su corazón bajo la carne tierna. Y cuando ella volvió a llegar al clímax y le envolvió con su cuerpo como si éste fuera de un acero forrado de seda, él se contuvo.

—Mírame. —La obligó a arquear la espalda y la observó mientras su cuerpo se estremecía y sus labios temblaban. La excitación subió de nuevo y él la penetró más hondo—. Mírame, Eve. —La acarició con las manos, siguiendo cada una de sus curvas de nuevo sin dejar de empujar, despacio, constante. Respiraba con dificultad. Su control pendía de un fino hilo cargado de electricidad.

Ella abrió los ojos, turbios, de mirada densa, pero le miró.

—Eres la única —le dijo y se tumbó encima de ella—. Eres la única.

Su boca buscó la de ella, hambrienta y abierta, mientras se vaciaba dentro de su cuerpo.

Y

Por primera vez, él se durmió primero. Ella se quedó tumbada en la oscuridad, escuchando su respiración, disfrutando del calor del cuerpo de él mientras su propio cuerpo se enfriaba. Él estaba dormido, así que ella le acarició el pelo.

—Te quiero —murmuró—. Te quiero tanto, que me siento tonta.

Con un suspiro, se acomodó, cerró los ojos e intentó vaciar la mente.

A su lado, Roarke sonrió en la oscuridad.

Él nunca se dormía primero.

Capítulo doce

*E*n su elevada oficina, en el centro de la ciudad, Roarke se encontraba en la última reunión de la semana. Tal como se había programado inicialmente, él debería de haber concluido sus asuntos en Rotterdam, pero lo había arreglado para llevar a cabo la reunión holográficamente para permanecer cerca de casa. Cerca de Eve.

Se encontraba sentado a la cabecera de la brillante mesa de reuniones y sabía que su imagen se encontraba ante una mesa similar a un océano de distancia. Su ayudante estaba sentada a su izquierda y le iba ofreciendo las copias sobre papel que necesitaban su aprobación y su firma. Su traductor se encontraba situado a su derecha, como refuerzo por si surgía algún problema con el programa idiomático de los auriculares del ordenador.

El equipo directivo de ScanAir ocupaba el resto de los asientos. O lo hacían sus imágenes. Había sido un año muy bueno para Roarke Enterprises y filiales. Pero ni este año ni los anteriores habían sido buenos para ScanAir. Roarke les estaba haciendo el favor de comprar la empresa.

Por la expresión pétrea de algunos de esos rostros holográficos se conocía que no se sentían del todo agradecidos.

La empresa necesitaba un saneamiento, lo cual significaba que algunos de los cargos más privilegiados deberían sufrir un ajuste de salario y responsabilidad. Algunos serían eliminados por completo. Roarke ya había elegido a algunos hombres y mujeres que deseaban ser reubicados en Rotterdam, lo cual permitía que el perfil de la empresa adoptara la forma adecuada.

Mientras la traducción del contrato generada por el ordenador sonaba en sus oídos, él observaba los rostros y el lenguaje corporal. De vez en cuanto comentaba con su traductor algún detalle de la sintaxis.

Roarke ya conocía cada una de las frases, cada una de las palabras correspondientes a las condiciones del contrato de compra. No iba a pagar lo que el equipo directivo deseaba. Ellos habían esperado que el examen que Roarke realizó de la compañía no averiguara algunas de las dificultades financieras más delicadas y más escondidas.

Él no podía culparles por ello. Hubiera hecho lo mismo. Pero sus exámenes siempre eran completos y lo descubrían todo.

Firmó con su nombre cada una de las copias, añadió la fecha y pasó los contratos a su ayudante para que, como testigo, los sellara. Ella se levantó y los introdujo en el fax por láser. Al cabo de unos segundos, la copia se encontraba al otro lado del océano y era firmada por la otra parte.

—Felicidades por su retiro, señor Vanderlay —dijo Roarke en tono agradable en cuanto las copias contrafirmadas le fueron devueltas por fax—. Espero que lo disfrute.

Recibió un breve asentimiento de cabeza y una parca afirmación formal como respuesta. Los hologramas desaparecieron.

Roarke se recostó en el respaldo, divertido.

—La gente no siempre se siente agradecida cuando uno les ofrece grandes cantidades de dinero, ¿verdad, Caro?

—No, señor. —Pulcra, con el pelo de un blanco sorprendente y un corte fantástico, se levantó y tomó la copia sobre papel y el disco de la grabación para archivarlos. El elegante vestido de color tierra mostraba unas piernas bien formadas—. Todavía estarán menos agradecidos cuando usted haya convertido ScanAir en un éxito financiero. Dentro de un año, diría.

—Diez meses. —Se dirigió al traductor—. Gracias, Petrov, sus servicios han sido impagables, como siempre.

—Ha sido un placer, señor. —Era un androide, creado por una de las ramas científicas de Roarke. Esbelto, vestía un traje oscuro de excelente corte. Tenía un rostro atractivo que no llegaba a resultar llamativo, y sus rasgos, de mediana edad, habían sido creados para inspirar confianza. Algunos ejemplares de esta línea habían sido contratados por Naciones Unidas.

—Deme una hora, Caro, antes de la próxima reunión. Tengo algunos asuntos personales que atender.

—Tiene usted una comida a la una con los directivos de Sky Ways para hablar de la absorción de ScanAir y de las estrategias de publicidad.

—¿Aquí o fuera?

—Aquí, señor, en el comedor principal. Aprobó usted el menú la semana pasada. —Sonrió—. Por si acaso.

—Exacto. Lo recuerdo. Estaré ahí. —Atravesó la puerta lateral que conducía a su oficina. Antes de sentarse a la mesa, activó los cerrojos. No era algo estrictamente necesario. Caro nunca entraría sin anunciarse, pero era bueno ser cauteloso en ciertas áreas. El trabajo que quería realizar no podía quedar registrado. Hubiera preferido hacerlo en casa, pero iba justo de tiempo. Igual, pensó, que Eve.

Ante la unidad de escritorio, encendió el interceptor que bloqueaba cualquier intromisión del Servicio de Vigilancia Informática. La ley desaprobaba cualquier piratería informática y las multas eran exorbitantes.

—Ordenador, información sobre los miembros, Iglesia de Satán, rama de la ciudad de Nueva York, bajo la dirección de Selina Cross.

Procesando… Esta información está protegida bajo la ley de privacidad religiosa. Petición rechazada.

Roarke se limitó a sonreír. Siempre le gustaban los desafíos.

—Bueno, creo que podemos hacerte cambiar de opinión al respecto.

Preparado para disfrutar, se sacó la americana del traje, se subió las mangas de la camisa y se puso manos a la obra.

En el centro, Eve se paseaba por la agradable oficina de la doctora Mira, diseñada para resultar tranquilizadora. Eve nunca se sentía del todo relajada ahí. Confiaba en el juicio de la doctora Mira; siempre lo había hecho. Recientemente había empezado a confiar en la doctora a un nivel personal. Tanto como eso era posible. Pero eso no la hacía relajarse.

Mira sabía más sobre ella que cualquier otra persona. Más, sospechaba Eve, incluso que ella misma. Encontrarse con alguien que tenía esa clase de conocimiento íntimo sobre uno no resultaba relajante.

Pero no había ido allí para hablar de asuntos personales, recordó Eve. Estaba allí para hablar de un crimen.

Mira abrió la puerta y entró. Le sonrió, despacio, con calidez y de forma muy personal. Siempre estaba tan… perfecta, decidió Eve. Nunca demasiado acicalada, nunca descuidada, nunca dejaba de parecer competente. Hoy, en lugar del traje habitual, Mira eligió un sencillo vestido color calabaza con una chaqueta a juego de un solo botón que, igual que el vestido, le llegaba hasta las rodillas. Los zapatos tenían un color ligeramente más oscuro y lucían unos delgados tacones que, para Eve, siempre resultaban una elección sorprendente para una mujer.

Mira le ofreció ambas manos en un gesto de afecto que enorgulleció y, al mismo tiempo, agradó a Eve.

—Me alegro de ver que vuelve a encontrarse en forma, Eve. ¿Ningún problema con la rodilla?

—¿Eh? —Eve bajó la vista con el ceño ligeramente fruncido al recordar la herida que había sufrido al cerrar un caso recientemente—. No, los forenses hicieron un buen trabajo. Me había olvidado de ello.

—Un efecto colateral de su trabajo. —Mira se acomodó en la silla—. Diría que es un poco como el nacimiento de un niño.

—¿Perdón?

—La habilidad para olvidar el dolor, el trauma que sufren el cuerpo y la mente, y continuar haciendo lo mismo de nuevo. Siempre he creído que las mujeres son buenas policías y buenas médicos porque tienen una resistencia inherente en ese sentido. ¿Quiere sentarse, tomar un té y contarme qué puedo hacer por usted?

—Le agradezco que haya encontrado un hueco para recibirme. —Eve se sentó, pero no dejaba de moverse, inquieta—. Se trata de un caso en el que estoy trabajando. No puedo darle muchos detalles. Existe un bloqueo interno.

—Comprendo. —Mira programó el té—. Dígame lo que pueda.

—El sujeto es una mujer joven, dieciocho años, muy brillante y, por lo visto, muy impresionable.

—Es una edad de explorar. —Mira acercó dos delicadas tazas de porcelana de un té humeante y oloroso y le ofreció una a Eve.

Eve se lo bebería, pero no le gustaba especialmente.

—Supongo. La chica tiene familia. Una familia cercana. Aunque el padre se encuentra fuera de escena, hay una familia numerosa…, abuelos, primos, ese tipo de cosas. Ella no estaba…, está —se corrigió Eve— sola.

Mira asintió con la cabeza. Eve sí lo había estado, pensó, brutalmente sola.

La chica siente interés por las religiones y las culturas antiguas, y las estaba estudiando. Durante el pasado año desarrolló cierto interés por lo oculto.

—Ajá. Eso también es bastante típico. La juventud, a menudo, explora distintos credos y creencias para encontrar y fundamentar los suyos propios. Lo oculto, con su mística y sus posibilidades, les resulta muy atractivo.

—Acabó involucrándose con el satanismo.

—¿Como aficionada?

Eve frunció el ceño. Había esperado que la doctora Mira mostrara cierta sorpresa o cierta desaprobación. En lugar de eso, sorbía el té con una atenta sonrisa en los labios.

—Si eso significa que jugaba con ello, yo diría que se involucró con mayor profundidad.

—¿Se inició?

—No sé qué representa eso.

—Dependiendo de la secta de qué se trate, habría unas ligeras variaciones. En general, representa pasar un período de espera, hacer los votos y recibir una marca física en el cuerpo, generalmente en, o cerca de, los genitales. El iniciado es aceptado en la congregación con una ceremonia. En ella se dispone un altar, un altar humano, probablemente una mujer, en medio de un círculo. Los príncipes del Infierno serán invocados mientras el iniciado o los iniciados se arrodillan. El simbolismo incluiría llamas, humo, el sonido de una campana, tierra de una tumba, preferiblemente la de un niño. Se les ofrecería agua o vino mezclado con orina para beber. Luego la alta sacerdotisa o sacerdotisas marcarían al iniciado con el cuchillo ritual.

—El dolabro.

—Sí. —Mira sonrió, como una profesora complacida ante una buena estudiante—. Y aunque es ilegal, si la congregación puede hacerlo, sacrifican a una cabra joven. En algunos casos la sangre se mezcla con vino y se bebe. Una vez hecho esto, la congregación practica sexo. El altar es utilizado por todos o por muchos de ellos. Se considera tanto un deber como un placer.

—Lo cuenta como si hubiera estado ahí.

—No, pero se me permitió observar una ceremonia. Fue bastante fascinante.

—Yo no creo en esas cosas. —Sorprendida, Eve dejó la taza a un lado—. Invocar al diablo.

Mira arqueó una ceja bien dibujada.

—Yo creo en el bien y en el mal, Eve, y de ninguna manera descarto la posibilidad de que exista un bien último o un mal último. En mi profesión, y en la suya, nos encontramos demasiadas veces con ambos extremos para descartarlo.

Los hombres hacían el mal, pensó Eve. El mal era humano. Pero ¿adorar el mal?

—Aquellos que eligen centrar sus vidas, podríamos decir sus almas, en este credo, generalmente lo hacen por la libertad que les ofrece, por su estructura y por su ensalzamiento del egoísmo. Otros se sienten seducidos por la promesa de poder. Y muchos por el sexo.

«Era sólo por el sexo.» Eve recordó que eso era lo que Wineburg había dicho, sollozando, antes de morir.

—Tu mujer joven, Eve, posiblemente se sintiera atraída al principio por las ideas. El satanismo tiene siglos de antigüedad y, al igual que la mayoría de religiones paganas, bebe del cristianismo. ¿Por qué sobrevive y, en algunas épocas, incluso prospera? Está lleno de secretos y de pecados y de sexo. Sus rituales son misteriosos y son muy elaborados. Ella debía de sentirse desubicada y, al provenir de una vida familiar protectora, se encontraba por edad y situación deseando rebelarse contra el sistema.

—La ceremonia que ha descrito se parece a una que ella me describió. Pero ella la chica sólo había empezado a observar y fue utilizada sexualmente. Era virgen y fue, sospecho, drogada.

—Entiendo. Siempre existen sectas que divergen de las leyes establecidas por la sociedad. Algunas son peligrosas.

—Ella tenía pérdidas de memoria, lagunas en el tiempo, y mostró una devoción rayana a la esclavitud hacia dos de los miembros. Se apartó de su familia y de sus estudios. Hasta que presenció el asesinato ritual de un niño.

—El sacrifico humano es una práctica vieja, una práctica deplorable. —Mira sorbió delicadamente—. Si había drogas en todo eso, es posible que la hubieran convertido en una adicta, dependiente con respecto a esas personas. Eso explicaría las pérdidas de memoria. Doy por entendido que el asesinato que presenció le produjo una gran conmoción y la apartó del culto y de sus rituales.

—Estaba aterrorizada. No acudió a su familia, no informó del incidente. Fue en busca de una bruja.

—¿Una bruja de magia blanca?

Eve apretó los labios.

—Hizo lo que podría llamarse un cambio de camisa religioso. Empezó a encender velas blancas en lugar de velas negras. Y vivía sumida en el terror, afirmaba que uno de los miembros de la congregación podía convertirse en cuervo.

—Cambio de forma. —Pensativa, Mira se levantó para programar más té—. Interesante.

—Ella creía que la matarían, que habían matado a alguien cercano a ella, aunque esa muerte, de momento, se considera oficialmente provocada por causas naturales. No tengo ninguna duda de que la atormentaban, de que encontraron una manera de jugar con sus alucinaciones y sus miedos. Creo que parte de ello provenía de su propio sentimiento de culpa y de vergüenza.

—Quizá tenga razón. Las emociones influyen en el intelecto.

—Pero ¿hasta qué punto? —preguntó Eve—. ¿Lo suficiente para que empezara a ver cosas que no existen? ¿Lo suficiente para que huyera de una alucinación y se interpusiera en el camino de un coche y se matara?

Mira volvió a sentarse.

—Así que está muerta. Lo siento. ¿Está usted muy segura que huía de una ilusión?

—Un observador entrenado se encontraba en la escena. No había nada allí. Excepto —añadió Eve con una mueca— un gato negro.

—Lo típico. Eso solo ya hubiera podido ser suficiente para empujarla más allá del límite. Incluso aunque el gato hubiera sido colocado allí para asustarla, le resultaría difícil que lo calificaran de homicidio.

—Jugaron con su mente, la drogaron, posiblemente utilizaron la hipnosis. La atormentaron con trucos y transmisiones a través del TeleLink. Entonces le dieron el último empujón. Y haré que eso se sepa.

—Llevar una religión, especialmente una religión no reconocida por la masa, ante un juzgado no va a ser fácil.

—No me importa la facilidad. La gente que se encuentra tras ese culto es sucia. Y creo que han matado a cuatro personas durante las dos últimas semanas.

—Cuatro. —Mira hizo una pausa y dejó la taza—. El cuerpo que fue colocado cerca de su casa. Los detalles en los medios de comunicación eran muy someros. ¿Está conectado con eso?

—Sí. Era un iniciado y le cortaron la garganta con un dolabro. Dejaron allí el cuchillo, clavado en el pubis con una nota que condenaba el satanismo. Lo ataron a un pentagrama invertido.

—Mutilación y asesinato. —Mira frunció los labios—. Si fueron miembros de la brujería, eso está muy lejos de su talante. Va en contra de su credo.

—La gente hace cosas que se encuentran lejos de su talante constantemente —dijo Eve con impaciencia—. Pero en este momento, sospecho de un miembro o unos miembros de su propio culto. Otro hombre fue asesinado la noche pasada con un dolabro. Hemos conseguido que no lo comunicaran en los informativos de la mañana, pero los medios hablarán de ello dentro de un par de horas. Yo estaba en la escena del crimen. Le estaba persiguiendo. No corrí lo suficiente.

—¿Le mataron deprisa, sin ningún ritual? ¿Mientras un oficial de la policía le perseguía? —Mira negó con la cabeza—. Un acto desesperado o arrogante. Si fue cometido por las mismas personas, muestra que están ganando confianza.

—Y quizá están desarrollando un gusto por ello. La sangre es adictiva. Quiero saber cuáles son las debilidades del tipo de persona que dirige un culto como ése. Tengo a una mujer con un largo expediente de sexo ilegal y tráfico de drogas. Bisexual. Es la cabeza del club y vive bien. Su compañero es un hombre de buena constitución que le hace de sirviente. A ella le gusta mostrarse —añadió Eve, recordando el truco del fuego—. Afirma ser clarividente. Es irritable, tiene un temperamento voluble.

—Es probable que el orgullo sea la primera debilidad. Si ella se encuentra en una posición de poder y autoridad, seguramente se tomará mal las faltas de respeto. ¿Es clarividente?

—¿Me lo pregunta en serio?

—Eve. —Mira suspiró suavemente—. Las habilidades psíquicas existen, y siempre han existido. Los estudios lo han confirmado.

—Sí, sí. —Eve hizo un gesto de mano que lo descartaba—. El Instituto Kijinsky, para empezar. Tengo un informe detallado sobre la magia blanca del instituto. Afirman que ella se sale de la media.

—¿Y usted no está de acuerdo con el Instituto Kijinsky?

—¿Bolas de cristal y lectura de manos? Usted es una científica.

—Sí, lo soy, y como tal acepto que la ciencia es flexible. Cambia a medida que aprendemos más cosas acerca del universo y de aquello que lo habita. Muchos científicos respetados creen que hemos nacido con lo que podemos llamar un sexto sentido, o un sentido más alto, si lo prefiere. Algunas personas lo desarrollan, algunas personas lo reprimen. La mayoría de nosotros lo conserva a cierto nivel. Podríamos llamarlo instintos, corazonadas, intuiciones. Usted misma confía en eso.

—Yo confío en las pruebas, en los hechos.

—Usted tiene corazonadas, Eve. Y su intuición es una herramienta muy afinada. Y la de Roarke. —Sonrió al ver que Eve fruncía el ceño—. Un hombre no llega tan alto siendo tan joven sin un fuerte instinto que le indique cuál es la actuación correcta y el momento correcto. La magia, si quiere usted utilizar el término romántico, existe.

—¿Me está diciendo que cree en la telepatía y en las maldiciones?

—Puedo intuir lo que le pasa por la cabeza en este momento. —Mira se rio y se terminó el té—. Usted está pensando que estoy cargada de tonterías.

Los labios de Eve dibujaron una sonrisa a pesar de ella.

—Se acerca bastante.

—Permítame que le diga lo siguiente, dado que creo que es parte del motivo que la ha traído aquí. La magia, blanca o negra, ha existido desde los comienzos de la humanidad. Y allí donde hay poder, hay beneficio y hay abusos. Eso también forma parte de la naturaleza de la humanidad. No podemos, a pesar de toda nuestra destreza científica y técnica, destruir lo uno sin dañar lo otro. El poder necesita ser mantenido, al igual que las creencias, y por eso tenemos nuestras ceremonias y nuestros rituales. Necesitamos su estructura, su consuelo y sí, el misterio que implican.

—No tengo ningún problema con las ceremonias y los rituales, doctora Mira. A no ser que traspasen la línea de la ley.

—Estoy de acuerdo. Pero la ley también puede ser flexible. Cambia, se adapta.

—El asesinato sigue siendo el asesinato. Tanto si se comete con una piedra afilada como con un rayo láser. —Eve tenía los ojos oscuros, fieros—. Aunque se lleve a cabo con humo y espejos. Encontraré al culpable y ninguna magia del mundo va a detenerme.

—No. —Un pequeña y aguda punzada de miedo, que podría haberse calificado de corazonada, atenazó a Mira—. Estoy de acuerdo con esto también. Usted no está desprovista de poder, Eve, y enfrentará su poder con el de ellos. —Unió las manos—. Puedo ofrecerle un análisis más detallado tanto del satanismo como de la brujería, si es que le puede resultar de ayuda.

—Me gustaría saber con qué me estoy enfrentando. Se lo agradecería. ¿Podría realizar un perfil del miembro típico de ambos cultos?

—No existe un miembro típico, igual que no existe un miembro típico de la fe católica ni del budismo, pero puedo generalizar acerca de ciertos tipos de personalidad que se sienten atraídas por lo oculto. ¿La bruja a quien acudió la mujer joven también es sospechosa?

—No es la sospechosa principal, pero es sospechosa. La venganza puede ser una fuerte motivación, y si los satanistas continúan dando muerte clavando un cuchillo ritual en los órganos vitales, no descarto la venganza. —Incapaz de resistirse,

Eve se pasó la lengua por encima de los dientes—. Pero supongo que sería más probable que les echara una maldición.

—Observe las uñas y el pelo de las víctimas, o de las que pueda haber a partir de ahora. Si se ha echado una maldición, es probable que encuentre señal de que han sido cortados recientemente.

—¿Sí? Lo haré. —Eve se levantó—. Le agradezco la ayuda.

—Tendré el informe mañana.

—Fantástico. —Empezó a dirigirse hacia la salida, pero se detuvo un momento—. Parece que sabe mucho de todo esto. ¿Es la clase de cosa que se estudia en psiquiatría?

—Hasta cierto punto sí, pero tengo un interés más personal y lo he estudiado exhaustivamente. —Sonrió—. Mi hija es una bruja.

Eve se quedó boquiabierta.

—Oh. —¿Qué diablos podía decir ahora?—. Bueno, supongo que eso lo explica. —Incómoda, introdujo las manos en los bolsillos—. ¿Vive por aquí?

—No, vive en Nueva Orleans. Le parece un lugar menos restrictivo. Quizá yo no sea del todo objetiva sobre este tema, Eve, dadas las circunstancias, pero creo que le parecerá que es una fe bonita, muy ligada a la tierra y muy generosa.

—Seguro que sí. —Eve se dirigió a la puerta—. Mañana por la noche presenciaré un encuentro.

—Ya me contará qué le ha parecido. Y si tiene alguna pregunta que yo no pueda responder, estoy segura de que mi hija estará encantada de hablar con usted.

—Se lo haré saber. —Se dirigió hacia el ascensor y emitió un largo suspiro. La hija de Mira era una bruja, por Dios. Eso era un buen embrollo.

Se encaminó hacia le Central con la intención de encontrarse Peabody para, luego, dirigirse a la casa de Wineburg. Quería echar un vistazo a su estilo de vida, a sus archivos y a sus registros personales. Tenía el presentimiento de que un bobo como él habría guardado alguna lista personal con nombres y direcciones.

El lugar ya había sido exhaustivamente registrado, según el

procedimiento rutinario, y no había aparecido nada que tuviera un interés especial. Pero quizá ella tendría suerte.

Se encontró con Peabody en cuanto entró.

—En mi vehículo, quince minutos. Quiero ver mis mensajes y hacer un par de llamadas.

—Sí, señor. Teniente…

—Más tarde —le dijo Eve, breve, mientras se alejaba a toda prisa. No pudo ver la mueca de Peabody.

La razón de ella se encontraba en su oficina.

—¿Feeney? —Se sacó la chaqueta y la tiró encima de una silla—. ¿Has decidido ir a México? Tendrás que llamar a Roarke para hablar de los detalles. Él debe de…

Se interrumpió en cuanto Feeney se levantó y cerró la puerta. Sólo necesitó ver su cara un momento para darse cuenta.

—Me has mentido. —Había un temblor en su voz que se debía tanto al dolor como a la rabia. Pero sus ojos eran inexpresivos y fríos—. Me has mentido. Yo confié en ti. Has estado investigando a Frank a mis espaldas. Por encima de su cadáver.

No tenía ningún sentido negarlo, y menos pedirle cómo lo había sabido. Sabía que lo descubriría.

—Tenía que ser una investigación interna. Whitney quería que yo le dejara limpio, y eso es lo que he hecho.

—Y una mierda, una investigación interna. Nadie estaba más limpio que Frank.

—Ya lo sé, Feeney. Yo estaba…

—Pero investigaste. Entraste en sus registros y lo hiciste de espaldas a mí.

—Así es como tenía que ser.

—Tonterías. Yo te entrené. Todavía llevarías uniforme si yo no te hubiera colocado aquí. Y me has apuñalado por la espalda. —Se acercó a ella un paso, los puños apretados a ambos lados del cuerpo.

Ella hubiera preferido que los utilizara.

—Tienes abierto un informe sobre Alice, posible homicidio. Ella era mi ahijada, ¿y no me has dicho que crees que algún hijo de puta la ha matado? Me has apartado de la investigación, me has mentido. Me has mirado a los ojos y me has mentido.

Eve sentía el estómago frío.

—Sí.

—¿Piensas que ella fue drogada, violada y asesinada y no me has dicho nada?

Eve se dio cuenta de que él había accedido a los informes, las grabaciones. Habían sido sellados y codificados, pero eso no podía haberlo detenido si él se había olido algo. Y él se olió algo la noche anterior ante el cuerpo de Wineburg.

—No podía —le dijo con voz inexpresiva—. Incluso aunque no me hubiera encontrado cumpliendo órdenes, no podía. Tú estabas demasiado cerca de eso. No podías ayudar de forma objetiva en la investigación, ya que tu familia estaba relacionada con ello.

—¿Qué diablos sabes tú de la familia? —explotó.

Eve se sobresaltó. Hubiera preferido los puños.

—¿Órdenes? —continuó él, con una amargura en el tono de voz que le embargó por completo—. ¿Jodidas órdenes? ¿Ése es tu estilo, Dallas? ¿Ése es el motivo por el que me has tratado como si fuera un tonto novato? «Tómate unas vacaciones, Feeney. Utiliza la bonita casa de mi rico esposo en México.» —Rió, burlón—. Eso te hubiera venido muy bien, ¿verdad? Me habrías quitado de en medio, me habrías enviado lejos y te hubieras quitado un estorbo del camino porque ahora ya no te sirvo de nada.

—No, Dios, Feeney…

—He llamado a muchas puertas por ti. —Su voz adoptó un tono tranquilo de repente. Eve sintió que le quemaba la garganta—. Yo confiaba en ti. Te hubiera hecho costado en cualquier momento, en cualquier lugar. Pero ya no. Eres buena, Dallas, pero eres fría. Vete al infierno.

Ella no dijo nada cuando él salió dejando la puerta abierta. No podía decir nada. Él había dado en el clavo. La había fulminado.

—Dallas. —Peabody atravesó la puerta corriendo—. No pude…

Eve la cortó en seco levantando un dedo y dándole la espalda. Despacio, respirando despacio y de forma constante, se tranquilizó. Incluso en ese momento le dolía el estómago. Todavía sentía su olor en la habitación. Esa absurda colonia que su mujer siempre le compraba.

—Vamos a realizar un registro adicional en la casa de Wineburg. Recoge tu equipo.

Peabody abrió la boca, pero la cerró de nuevo. Aunque hubiera sabido qué decir, no creía que Eve lo recibiera bien.

—Sí, señor.

Eve se dio la vuelta. Sus ojos eran inexpresivos, fríos, de expresión contenida.

—Pongámonos en marcha.

Capítulo trece

*E*ve estaba del peor de los humores cuando llegó a casa. Había registrado la casa de Wineburg de arriba abajo, había recorrido todos los pasos que los del registro ya habían dado. Durante tres horas, ella y Peabody habían registrado armarios y cajones, habían repasado archivos y habían comprobado las grabaciones de los TeleLink.

Encontró dos docenas de trajes oscuros idénticos; zapatos tan brillantes que había visto la mueca de su propio rostro en ellos; una colección de discos de música increíblemente aburrida. Aunque él tenía una caja fuerte, el contenido no había resultado de ninguna inspiración. Dos mil en metálico y otros diez en créditos, así como una exhaustiva colección de videos de pornografía dura que podían ofrecer algún dato sobre la personalidad del tipo. Pero no encontraron ninguna pista sólida que les pudiera conducir hasta el asesino.

Él no tenía ningún diario personal, y su agenda mostraba horas y fechas, pero poca cosa acerca del tema de esos encuentros, fueran personales o profesionales. Sus registros financieros estaban ordenados y eran precisos, tal y como era de esperar de un hombre para quien el dinero era una ocupación. Todos los gastos y los ingresos se encontraban cuidadosamente anotados. Unos cambios de grandes cantidades de créditos a metálico realizadas cada dos meses, de forma regular, durante los dos últimos años habían ofrecido a Eve una clara idea de cómo Selina conseguía vivir tan bien. Pero habían sido registrados como gastos personales.

Tampoco la regularidad de unas citas a altas horas de la noche durante los dos últimos años, bimensuales y siempre en la misma fecha que constaba en las retiradas de dinero, fue suficiente para establecer una sólida conexión con el culto de Selina Cross.

La tal señora no aparecía en ninguna parte.

Él estaba divorciado, no tenía hijos y vivía solo.

Así que Eve llamó a las puertas, habló con los vecinos. Se enteró de que Wineburg no había sido un tipo sociable. Raramente tenía visitas y ninguno de sus vecinos había tenido la curiosidad suficiente ni admitía haberle prestado la atención suficiente para ser capaz de ofrecer una descripción de esos raros visitantes.

Eve se fue sin nada excepto una sensación desagradable en el estómago y un mayor sentimiento de frustración. Sabía, y no tenía ninguna duda al respecto, que Wineburg había formado parte del culto de Cross y que había pagado un alto precio, primero monetariamente y luego con su vida, por ese privilegio. Pero Eve no estaba más cerca de poder demostrarlo y no estaba concentrada como era debido en el asunto que tenía entre manos.

Mientras se dirigía sola a casa, el rostro enojado de Feeney y sus amargas palabras se le aparecían continuamente. La frustración coincidía con la tristeza.

Sabía que había hecho algo peor que decepcionarle. Le había traicionado haciendo precisamente aquello que él le había enseñado a hacer. Ella había cumplido órdenes, se había comportado como un policía. Había hecho su trabajo.

Pero no se había comportado como una amiga, pensó mientras notaba unos aguijonazos de tensión en las sienes. Había elegido entre dos lealtades y al final el trabajo le había ganado al corazón.

Él la había calificado de fría. Al recordarlo, apretó los ojos con fuerza. Había sido fría.

El gato se acercó a ella en cuanto Eve atravesó la puerta. Se interpuso entre sus piernas mientas ella entraba en el vestíbulo. Eve continuó caminando y soltó un juramento al tropezar con él. Summerset apareció por una de las puertas.

—Roarke ha intentado ponerse en contacto con usted.

—Sí. Bueno, he estado ocupada. —Apartó a *Galahad* con un gesto impaciente con el pie—. ¿Está aquí?

—Todavía no. Le encontrará en su oficina.

—Hablaré con él cuando llegue a casa. —Quería tomar algo fuerte y que le enturbiara la cabeza. Pero se dio cuenta del peligro y la debilidad que había en ese deseo, así que alejó del salón en dirección contraria—. No estoy disponible para nadie más, ¿comprendido?

—Por supuesto —repuso Summerset, rígido.

Mientras ella se alejaba, Summerset se agachó y tomó al gato entre los brazos, gesto que nunca habría realizado en caso de que hubiera habido alguien que pudiera haberle visto.

—La teniente está muy triste —murmuró Summerset—. Quizá deberíamos hacer una llamada.

Galahad ronroneó y estiró el cuello como gesto de placer bajo los largos y huesudos dedos de Summerset. Ese mutuo afecto constituía su pequeño secreto.

Eso habría sorprendido a Eve, aunque ella no estaba pensando en ninguno de los dos. Subió las escaleras, atravesó la puerta que conducía a la piscina y el jardín y entró en el gimnasio. El ejercicio físico, lo sabía, aliviaba la inquietud emocional.

Con la cabeza en blanco, se puso el mono negro y la camiseta. Programó la unidad corporal para que le hiciera hacer una brutal serie de abdominales y de ejercicios de resistencia. Apretó los dientes mientras la metálica voz de la máquina le ordenaba que se agachara, se levantara, se estirara, aguantara y repitiera.

Al cabo de un rato ya había sudado bastante, así que cambió la máquina por la de aeróbic. La unidad combo la hizo subir por una dura pendiente, bajarla y subir corriendo una interminable escalera. Lo había programado para variar un poco y notó que el cambio de textura en el suelo, cambiando entre las simulaciones de asfalto, de arena, de césped y tierra, resultaba interesante pero no conseguía aliviarle el dolor en el estómago.

Con un terco sentimiento de dolor se dio cuenta de que podía correr, pero no podía huir de él.

El corazón le latía con fuerza, el traje estaba empapado de sudor, pero sus emociones continuaban tan frágiles como el cristal. Lo que necesitaba era golpear algo, así que se puso los guantes.

Nunca había probado al contrincante androide. Era uno de los nuevos juguetes de Roarke. La unidad tenía un peso medio. Un metro ochenta y tres, unos ochenta y seis kilos y una firme musculatura. Una buena envergadura, pensó Eve mientras lo observaba con las manos apoyadas en las caderas.

Marcó el código y se oyó un ligero zumbido de los circuitos. La unidad abrió unos oscuros ojos de expresión educada.

—¿Desea un encuentro?

—Sí, amigo, quiero un encuentro.

—Boxeo, kárate coreano o japonés, tae-kwon-do, kung-fu, pelea callejera. Los programas de autodefensa también son posibles. El contacto es opcional.

—Un puro cuerpo a cuerpo —respondió mientras daba un paso atrás y empezaba a moverse—. Cuerpo a cuerpo completo.

—¿Límite de tiempo en los asaltos?

—Joder, no. Continuaremos hasta que uno de los dos caiga, amigo. Y quede fuera de combate. —Le invitó a comenzar con un gesto del dedo índice.

—Comprendido. —La unidad se autoprogramó con un zumbido—. La supero en peso, aproximadamente, en unos treinta y un kilos. Si lo prefiere, el programa dispone de una opción para minus...

Ella le propinó rápido un puñetazo de abajo arriba en la barbilla que le hizo echar la cabeza hacia atrás.

—Ahí está mi minusvalía. Vamos.

—Como desee. —Flexionó las rodillas igual que hizo ella y empezaron a caminar en círculos el uno delante del otro—. No ha indicado si desea algún tipo de intervención vocal en el programa. Provocaciones, insultos... —Se precipitó unos pasos hacia atrás en cuanto ella le clavó el pie en el vientre—. También dispone de cumplidos y de exclamaciones de dolor.

—Por Dios, ¿vas a venir a por mí?

Lo hizo con tanta fuerza y agilidad que trastabilló hacia atrás y casi perdió el equilibrio. Esto, decidió ella mientras ejecutaba un rápido giro y le golpeaba con el dorso de la mano, estaba mucho mejor.

Él paró su siguiente golpe, cambió el peso de pierna y le rodeó la garganta con el brazo. Eve plantó ambos pies en el suelo con firmeza, le dio un codazo y le hizo volar por encima de su hombro. Él se levantó, rápido como un rayo, antes de que ella pudiera inmovilizarle.

El puño enguantado de él dio contra su plexo solar con firmeza, haciendo que ella exhalara todo el aire de los pulmones y que un agudo dolor le estallara en la cabeza. Se dobló hacia delante y se precipitó de cabeza contra la parte interior de la pierna de él.

Cuando Roarke entró al cabo de diez minutos, vio a su mujer volar por los aires y caer sobre la colchoneta. Arqueó una ceja y se apoyó en la puerta para observar.

Eve no había tenido tiempo de ponerse en pie cuando el androide ya estaba encima de ella, así que ella le agarró por uno de los muslos, se lo retorció, le empujó y tiró de él. Su cabeza estaba vacía ahora, un vacío negro. La respiración pesada, notaba el gusto metálico de la sangre en la boca.

Se precipitó contra su contrincante como una tormenta de granizo, fría e implacable. Cada uno de los golpes, de los puñetazos y de las patadas que daba o recibía le provocaban un estremecimiento de rabia fría y primitiva en todo el cuerpo. Tenía los ojos llenos de violencia y sus puños, dirigidos contra la cabeza, no tuvieron piedad y consiguieron que el androide retrocediera cada vez más.

Con el ceño fruncido, Roarke se incorporó. La respiración de Eve era sibilante ahora, casi sollozante, pero no se detuvo. Cuando el androide trastabilló y cayó de rodillas, Eve se precipitó encima de él para matarle.

—Fin del programa —ordenó Roarke, y sujetó el tenso brazo de su mujer antes de que diera un puñetazo contra la cabeza del androide—. Vas ha estropear la unidad —le dijo en tono tranquilo—. No está diseñada para llegar a la muerte.

Ella se inclinó hacia delante, apoyó las manos sobre las rodillas e intentó recuperar la respiración. Lo veía todo rojo, rojo de rabia, y necesitaba tranquilizarse.

—Lo siento. Creo que me he dejado llevar. —Miró al androide que continuaba arrodillado, con la boca abierta y los ojos perdidos, como los de una muñeca—. Voy a abrir el programa de diagnóstico.

—No te preocupes de eso. —Roarke quiso que ella se diera la vuelta hacia él, pero Eve se apartó y atravesó la habitación en busca de una toalla—. ¿Tenías ganas de una pelea?

—Supongo que deseaba golpear algo.

—¿Yo te vendría bien? —Sonrió un poco.

Hasta que ella apartó la toalla del rostro. La rabia había desaparecido de él. Lo único que le quedaba en los ojos era tristeza.

—¿Qué sucede, Eve? ¿Qué ha pasado?

—Nada. Ha sido un día difícil. —Tiró la toalla a un lado y se dirigió a la unidad de enfriamiento para sacar una botella de agua mineral—. Ahora mismo la casa de Wineburg está hecha un desastre. Allí no hay nada que pueda ayudarnos. El registro no encontró nada en el aparcamiento tampoco. No esperaba que se encontrara nada. He hurgado un poco más en Cross y en Alban el Magnífico. Tuve una consulta con Mira. Su hija es una bruja. ¿Te lo puedes creer?

Roarke pensó que no era el trabajo lo que le provocaba esa dolorosa infelicidad que se le notaba en los ojos.

—¿Qué sucede?

—¿Eso no es suficiente? Va a ser difícil conseguir una opinión objetiva de Mira si su hija está metida en la hechicería. Además, está Peabody. Ha pillado un jodido resfriado y tiene la cabeza tan llena de mocos que tengo que decir las cosas dos veces antes de que lo entienda.

Eve se dio cuenta de que estaba hablando demasiado deprisa. Las palabras le salían atropelladamente y no se sentía capaz de detenerlas.

—Va a resultar de una gran ayuda, todo el día farfullando y sorbiendo mocos de esa manera. Los medios de comunicación han hablado de Wineburg y del hecho de que tú y yo estuviéramos en la escena. Mi TeleLink está pinchado. Hay filtraciones por todas partes. Feeney ha descubierto que se lo he estado ocultando todo.

«Ah —pensó Roarke—. De eso se trata.»

—¿Fue muy duro contigo?

—¿Por qué no debería haberlo sido? —Elevó la voz, en un intento de ocultar el dolor con un tono de rabia—. No debería haber confiado en mí. Le mentí, en su cara.

—¿Qué otra opción tenías?

—Siempre hay otra opción. —Ella contuvo las palabras, lanzó la botella medio vacía contra la pared, llenándolo todo de agua—. Siempre hay otra opción —repitió—. Yo escogí la mía.

Sabía lo que sentía por Frank, por Alice, pero le mantuve alejado. Cumplí las órdenes.

Notaba que el dolor era cada vez más agudo, que la amenazaba con derramarse igual que el agua se había derramado de la botella. Luchó por contenerlo.

—Tenía razón, en todo lo que me dijo. En todo. Hubiera podido decírselo, aparte.

—¿Eso es lo que se te enseñó a hacer? ¿Eso es lo que él te enseñó?

—Él ha hecho de mí lo que soy —dijo con furia—. Estoy en deuda con él. Debería haberle dicho lo que sucedía.

—No. —Dio un paso hacia ella y la sujetó por los hombros—. No, no podías hacerlo.

—Habría podido hacerlo —le gritó—. Debería haberlo hecho. Ojalá lo hubiera hecho. —Se derrumbó. Se tapó la cara con las manos y se derrumbó—. Oh, Dios, ¿qué voy a hacer ahora?

Roarke la abrazó. Ella lloraba muy pocas veces, era un último recurso, y sus lágrimas siempre resultaban imparables.

—Necesita tiempo. Es un policía, Eve. Una parte de él ya lo comprende. La otra parte necesita ponerse al nivel.

—No. —Le sujetó de la camisa con los puños apretados—. La forma en que me miró… Le he perdido, Roarke. Le he perdido. Te juro que preferiría haber perdido la placa.

Él esperó mientras el llanto se desataba como una tormenta, mientras todo su cuerpo temblaba. Tenía emociones tan fuertes, pensó, mientras la mecía y notaba que ella cerraba y abría los puños sobre su espalda. Ella se había pasado la vida conteniendo las emociones, así que cuando estallaban lo hacían con mayor fuerza.

—Mierda. —Exhaló un largo y tembloroso suspiro. Le dolía la cabeza y la garganta—. Odio hacer esto. No ayuda.

—Más de lo que piensas. —Le acarició el pelo y luego le tomó el mentón para obligarla a levantar la cabeza—. Necesitas comida y una noche de buen sueño para hacer lo que tienes que hacer.

—¿Qué es lo que tengo que hacer?

—Cerrar el caso. Una vez lo hayas hecho, podrás dejar todo esto atrás.

—Sí. —Se apretó las mejillas, calientes y húmedas, con ambas manos—. Cerrar el caso. Eso es lo principal. —Exhaló con fuerza—. Ése es mi maldito trabajo.

—Es justicia. —Le acarició el hoyuelo del mentón con el pulgar—. ¿No es así?

Ella levantó la mirada hasta él, los ojos enrojecidos, hinchados, exhaustos.

—Ya no lo sé.

Ella no comió y él no la presionó. Él había experimentado el dolor en su vida, y sabía que la comida no era la respuesta. Había valorado la posibilidad de intimidarla para que tomara un tranquilizante. Eso, lo sabía, hubiera sido un asunto feo. Así que se alegró cuando ella decidió irse pronto a la cama. Él le dio una excusa, algo sobre una conferencia telefónica.

Desde su oficina, la observó por el monitor hasta que ella dejó de dar vueltas en la cama y se durmió. Lo que tenía que hacer no le supondría más de una o dos horas. No creía que ella se despertara antes de eso y pudiera echarle de menos.

Nunca había estado en casa de Feeney. El edificio de apartamentos resultaba confortablemente viejo, era sólido y no era pretencioso. Roarke pensó que iba a juego con ese hombre. Dado que no quería arriesgarse a que le negara la entrada, esquivó el timbre de seguridad y los cerrojos de la entrada.

Eso iba a juego consigo mismo.

Atravesó el minúsculo vestíbulo y percibió el ligero olor de una reciente exterminación de insectos. Aunque aprobaba el acto, le desagradaba que quedara ese recordatorio, así que tomó nota para solucionarlo.

Después de todo, era el propietario del edificio.

Entró en un ascensor y pidió la tercera planta. Cuando salió al pasillo de la tercera planta se dio cuenta de que la alfombra necesitaba ser reemplazada. Pero el pasillo estaba bien iluminado y el minúsculo piloto de la cámara de seguridad parpadeaba eficientemente. Las paredes estaban limpias y eran lo bastante gruesas para amortiguar todo ruido excepto un ligero rumor de vida procedente del otro lado de cada una de las puertas.

Unas suaves notas musicales, una rápida carcajada, una inquieta vigilia de un recién nacido. La vida, pensó Roarke, una vida agradable. Llamó el timbre de la puerta de Feeney y esperó.

Miró la pantalla de la puerta con expresión sobria y no apartó la mirada cuando la irritada voz de Feeney le llegó a través del interfono.

—¿Qué diablos quiere? ¿Está visitando los barrios bajos?

—No creo que este edificio sea propio de un barrio bajo.

—Cualquier cosa lo es, comparada con el lugar donde usted vive.

—¿Quiere hablar de la diferencia en nuestras residencias a través de la puerta o va a invitarme a pasar?

—Le invito a que me diga qué es lo que quiere.

—Ya sabe por qué estoy aquí. —Arqueó una ceja con una expresión estudiadamente insultante—. Supongo que tiene las pelotas suficientes para verme cara a cara, ¿no es así, Feeney?

Tal y como había esperado, eso tuvo el efecto adecuado. La puerta se abrió. Feeney se quedó de pie en ella, bloqueando la entrada con su cuerpo compacto y con un gesto como preparado para la guerra. Su arrugado rostro brillaba de furia.

—No es asunto suyo.

—Por el contrario. —Roarke permaneció donde estaba y habló en tono tranquilo—. Es un asunto muy mío. Pero no creo que sea asunto de sus vecinos.

Apretando la mandíbula, Feeney dio un paso hacia atrás.

—Entre, diga lo que tenga que decir y lárguese.

—¿Su mujer está en casa? —preguntó Roarke en cuanto Feeney hubo cerrado la puerta de un golpe a sus espaldas.

—Tiene una de esas reuniones de mujeres, esta noche. —Feeney bajó la cabeza, y Roarke pensó que era como un toro preparado para embestir—. Si quiere atacarme, adelante. No me importará nada propinarle unos puñetazos en ese bonito rostro que tiene.

—Dios mío, ella es igual que usted. —Meneando la cabeza, Roarke dio unos pasos por la sala de estar. Decidió que resultaba hogareña. No del todo aseada. La pantalla estaba encendida y emitía un partido de béisbol, pero el sonido estaba apagado. El bateador hizo un saque y la pelota voló en silencio—. ¿Cómo van?

—Los Yankees ganan por uno, principio del séptimo. —Se dio cuenta de que estaba a punto de ofrecer una cerveza a Roarke, así que se puso tenso de nuevo—. Ella se lo ha contado, ¿verdad? Se lo ha contado todo sin dudarlo.

—No tenía órdenes de no hacerlo. Y creyó que yo podría ser de ayuda.

«Él puede ser de ayuda —pensó Feeney con amargura—. Su rico y elegante marido puede resultar de ayuda, pero no su antiguo entrenador, no su ex compañero. No el hombre que ha trabajado a su lado con orgullo y, mierda, afecto, durante diez años.»

—Eso no significa que no siga usted siendo un civil. —Le miró con ojos cansados y resentidos—. Usted ni siquiera conocía a Frank.

—No, yo no. Pero Eve, sí. Y le importaba.

—Fuimos compañeros, Frank y yo. Éramos amigos. Familia. Ella no tenía que haberme dejado de lado. Eso es lo que pienso y eso es lo que le he dicho.

—Estoy seguro de que lo ha hecho. —Roarke se apartó de la pantalla y miró a Feeney directamente a los ojos—. Fuera lo que fuese lo que le haya dicho, le ha roto el corazón.

—He herido sus sentimientos un poco. —Feeney se alejó y tomó una botella de cerveza medio vacía. A pesar de la densa niebla que la furia había puesto ante sus ojos, sí había percibido la desolación en los ojos de Eve. Y se había forzado a no sentir nada al respecto—. Lo superará. —Dio un largo trago, aunque sabía que el sabor de la cerveza no le quitaría el sabor amargo de la garganta—. Hará su trabajo. Sólo que ya nunca más lo va a hacer conmigo.

—He dicho que le ha roto el corazón. Lo he dicho de verdad. ¿Cuánto hace que la conoce, Feeney? —Roarke habló en un tono de mayor dureza que exigía su atención—. ¿Diez años, once? ¿Cuántas veces la ha visto derrumbarse? Supongo que podría contarlas con los dedos de una mano. Bueno, yo la he visto derrumbarse esta noche. —Respiró conscientemente. La rabia no era la respuesta a esa situación, para ninguno de los dos—. Si quería usted destrozarla, lo ha conseguido.

—Le dije cómo estaban las cosas, eso es todo. —La culpa ya empezaba a hacer aparición. Depositó la botella sobre la mesa con un golpe, decidido a alejarla—. Los policías se apoyan mutuamente, confían los unos en los otros, porque si no, no tienen nada. Ella ha estado investigando a Frank. Podría habérmelo dicho.

—¿Es eso lo que usted le habría aconsejado que hiciera? —Roarke esperó unos instantes—. ¿Es ése el tipo de policía en que usted la ayudó a convertirse? No fue usted quien se encontró en la oficina de Whitney, quien recibió las órdenes y quien hizo el trabajo —continuó sin darle tiempo a responder— y sufriendo por ello.

—No. —Sintió una nueva oleada de amargura—. No fui yo. —Se sentó, puso el volumen y observó esa vieja contienda en la pantalla.

«Terco, bastardo irlandés de cabeza dura», pensó Roarke tanto con impaciencia como con simpatía.

—Usted me hizo un favor una vez —empezó Roarke—. Cuando yo empezaba con Eve y la herí porque malinterpreté una situación. Usted me hizo ponerme en el buen camino, así que voy a hacerle un favor similar.

—No quiero sus favores.

—Los tendrá de todas maneras. —Roarke se sentó en una cómoda silla. Dio un trago de la botella casi vacía de Feeney—. ¿Qué sabe usted de su padre?

—¿Qué? —Sorprendido ahora, Feeney giró la cabeza y le miró—. ¿Qué diablos tiene que ver con esto?

—Tiene todo que ver con ella. ¿Sabía usted que él la pegó, la torturó y la violó repetidamente hasta que ella tuvo ocho años?

Un tic se despertó en la mejilla de Feeney mientras él volvía a dirigir su atención a la pantalla. Sabía que la habían encontrado en un callejón cuando tenía ocho años, que la habían pegado y que habían abusado sexualmente de ella. Eso estaba en los informes, y él nunca trabajaba con nadie sin conocer la información oficial. Pero no sabía que había sido su padre quien lo había hecho. Lo había sospechado, pero no lo sabía. Sintió que el estómago se le retorcía y apretó los puños.

—Lo siento. Ella nunca me lo comentó.

—No lo recuerda desde siempre. O, mejor dicho, se negaba a recordarlo. Todavía tiene pesadillas, recuerdos.

—No tiene ningún motivo para contarme esto.

—Probablemente, ella diría lo mismo, pero se lo cuento de todas formas. Ella se convirtió en quién es por su propio esfuerzo y usted la ayudó. Ella hubiera corrido cualquier riesgo por usted, y usted lo sabe.

—Los policías apoyan a los policías. Así es este trabajo.

—No estoy hablando del trabajo. Ella le quiere, y no es alguien que quiera con facilidad. Es difícil para ella sentir eso y demostrarlo. Una parte de ella siempre está preparada para ser traicionada, para recibir un golpe. Usted ha sido su padre durante diez años, Feeney. No se merece que la destrocen otra vez.

Roarke se puso de pie y, sin añadir nada más, se fue.

Solo, Feeney se pasó las manos por el rostro, por el pelo grueso y pelirrojo, y las dejó caer sobre su regazo.

Eran las 06:15 h cuando Eve se dio la vuelta y parpadeó bajo la luz que se colaba por las ventanas. Roarke prefería despertarse con la luz del día. A no ser que ella se escabullera de la cama o que se metiera en ella después de él, no tenía la oportunidad de correr las pantallas de privacidad.

Se sentía pesada y decidió que era por el exceso de sueño, así que empezó a salir de la cama.

Roarke alargó un brazo y la sujetó.

—Todavía no. —Tenía la voz densa y los ojos todavía cerrados. Tiró de ella para que se tumbara de nuevo.

—Estoy despierta. Puedo iniciar el día temprano. —Se revolvió en la cama—. Hace casi nueve horas que estoy en la cama. Ya no puedo dormir más.

Él abrió un ojo, lo suficiente para ver que ella tenía aspecto de haber descansado.

—Eres una detective —le dijo—. Estoy convencido de que si investigaras el tema descubrirías que existen otras actividades que pueden llevarse a cabo en la cama además de dormir.

Sonrió y se colocó encima de ella.

—Permíteme que te ofrezca la primera pista.

Eve no hubiera debido sentirse sorprendida de que él ya estuviera duro, ni de que ella se sintiera tan instantáneamente

SOLEMNE ANTE LA MUERTE

preparada para él. La penetró, despacio, suavemente, profundamente, y observó que el sueño desaparecía de sus ojos.

—Creo que ya me he dado cuenta. —Levantó las caderas y se unió al ritmo de él.

—Eres tan rápida. —La acarició debajo de la mandíbula con los labios—. Me gusta este punto —murmuró—. Y este otro —añadió mientras sus manos trepaban por sus costillas y le acariciaban los pechos.

La excitación fue dulce, simple, y la hizo suspirar.

—Hazme saber cuándo hay algo que no te guste.

Ella le rodeó con los brazos y con las piernas. Él era muy sólido, muy cálido; el rítmico latido del corazón de él sobre el suyo resultaba muy reconfortante. El placer crecía momento a momento, le hacía sentir la cabeza flotando y le atravesaba todo el cuerpo.

—Córrete para mí. —Le mordisqueó los labios y le introdujo la lengua en la boca. Quería lamer, chupar—. Córrete —repitió—. Despacio.

—Bueno… —La respiración de Eve ya era entrecortada, se le atascaba en la garganta—. Ya que me lo pides tan bien.

El clímax la atravesó en una larga y lenta oleada. Ella le sintió seguirla en el clímax, atrapado en la misma corriente, y apretó su mejilla contra la de él.

—¿Eso ha sido como una galleta? —le preguntó

—¿Mm?

—Ya sabes: «Cómete una galleta y te sentirás mejor». —Le puso las manos a ambos lados del rostro y le obligó a levantarlo mientras él ser reía—. ¿Estabas haciéndome sentir mejor?

—Por supuesto, eso espero. Ha funcionado conmigo. —Bajó la cabeza para besarla—. Te deseaba. Siempre te deseo.

—Es curioso que los hombres seáis capaces de despertar con el cerebro en la polla.

—Eso hace que seamos lo que somos. —Todavía riendo, la hizo tumbarse encima de él y le dio una palmada en el culo—. Vamos a darnos una ducha. Voy a darte otra galleta.

Treinta minutos más tarde, ella salió de la ducha y se metió en la cabina secadora. Él tenía la habilidad de cambiar rápi-

damente de humor y podía pasar de mostrarse primero perezoso, luego divertido, y finalmente excitado y ansioso de un
sexo caliente y apasionado. Todo eso en un breve espacio de
tiempo por la mañana.

Eve se sentía exhausta y apoyó una mano contra la pared
mientras el aire caliente soplaba a su alrededor. Cuando él salió
de la ducha, ella levantó el índice en una señal de advertencia.

—Mantente lejos de mí. Si me sujetas de nuevo, voy a tener que tumbarte al suelo. Lo digo de verdad. Tengo trabajo.

Él canturreó mientras se secaba con una toalla.

—Me gusta hacerte el amor por la mañana. La única manera de que te despiertes rápidamente es que recibas una llamada de la Central o que yo te seduzca.

—Ahora ya estoy despierta. —Salió de la cabina y se pasó
una mano por el pelo. Guardando cierta distancia, tomó su
ropa—. Vete a ver las noticias de la bolsa o algo.

—Eso voy a hacer. Querrás desayunar —añadió mientras
salía de la habitación—. Voy a pedirlo.

Ella empezó a decirle que no tenía hambre. No la tenía.
Pero sabía que sin combustible no podría acabar el día.

Cuando entró en la habitación, le encontró poniéndose una
camisa y con la mirada concentrada en el monitor de sobre-
mesa donde se leían los titulares de la información financiera.
Ella pasó por su lado, entró en el vestidor y escogió unos sen-
cillos pantalones de color gris.

—Siento haber perdido el control ayer.

Él levantó la mirada y se dio cuenta de que ella le daba la
espalda mientras se ponía una camiseta.

—Estabas preocupada. Tenías derecho a estarlo.

—De todas maneras, te agradezco que no me hicieras sentir como una idiota.

—¿Cómo te sientes ahora?

Ella se encogió de hombros.

—Tengo un trabajo que hacer. —Había llegado a esa con-
clusión justo antes de quedarse dormida—. Voy a hacerlo.
Quizá… Bueno, quizá si lo hago bien Feeney no me odiará
tanto cuando todo esto haya terminado.

—Él no te odia, Eve. —Al notar que ella no contestaba,
Roarke abandonó el tema. Ya había programado la comida en

el AutoChef—. Creo que unos huevos con jamón serán lo mejor esta mañana.

Retiró el café y lo llevó hasta la mesa de la zona de descanso.

—Son lo mejor en cualquier mañana. —Ella esbozó una sonrisa decidida y se acercó para tomar la comida.

Él ordenó a la pantalla que conectara con el Canal 75 mientras ella engullía los huevos.

Eve frunció el ceño al ver que la periodista, acicalada como una muñeca china a las siete de la mañana, recitaba la información sobre el homicidio de Wineburg.

«A pesar de que la teniente Eve Dallas, miembro de la división de homicidios del Departamento de Policía y Seguridad de Nueva York, se encontraba en la escena, solamente a unos metros del lugar del asesinato, la policía no ha encontrado pistas sólidas. La investigación continúa. Ésta es la segunda muerte por apuñalamiento que está relacionada con la teniente Dallas durante los últimos días. Cuando se le ha preguntado si ambos casos están relacionados, Dallas se ha negado a realizar ningún comentario.»

—Un niño de diez años que tuviera problemas con la vista sería capaz de ver que están conectados, por Dios. —Había comido el desayuno con gestos automáticos y ahora apartó el plato a un lado—. Esa bruja de la Cross se estará riendo en su maldita casa.

Se levantó y empezó a dar vueltas. Roarke se lo tomó como una buena señal. Mientras estuviera enfadada no sentiría lástima de sí misma. Tomó una mermelada de fresas para acompañar el cruasán.

—Voy a pillarla, te lo juro por Dios, voy a pillarla. Por todos ellos. Necesito conectar a Wineburg con ella. Si soy capaz de hacerlo, podré acosarla un poco más. Quizá no sea suficiente para conseguir una orden de registro, pero podré pisarle los talones.

—Bien, entonces. —Roarke se limpió los dedos con una servilleta de lino de un pálido color azul y la dejó a un lado—. Quizá pueda ayudarte en eso.

—¿Qué? Estoy pensando.

—Entonces no interrumpiré el hilo de tus pensamientos

con la lista de miembros del culto de Cross. —Sonriendo un poco, se dio unos golpecitos en la palma de la mano con un disco y esperó a que ella le mirara.

—¿La lista? ¿Tienes la relación de miembros? ¿Cómo lo has conseguido?

Él ladeó la cabeza.

—No querrás saberlo de verdad, ¿no es así?

—No —repuso ella inmediatamente—. No, supongo que no. Solamente dime que él aparece en ella. —Cerró los ojos un instante—. Simplemente dime que Wineburg está en esa lista.

—Por supuesto que está.

Ella sonrió ampliamente.

—Te quiero.

Roarke le dio el disco.

—Ya lo sé.

Capítulo catorce

$\mathcal{F}$eeney quería ver primero a Whitney. Así que lo hizo pronto por la mañana y de forma personal. Ellos dos también habían recorrido juntos un largo camino, pensó Feeney mientras aparcaba delante de la casa de dos pisos en las afueras de la ciudad. Él había estado en esa casa varias veces en actos sociales. A la esposa de Whitney le encantaba organizar fiestas.

Ahora no se encontraba con muchas ganas de socializar, mientras subía por el camino empedrado que conducía hasta la casa entre un vecindario que empezaba a despertar. Unos metros más abajo, un perro ladraba de forma monótona y en tono agudo. Ese ladrido no tenía nada que ver con el timbre metálico de un robot, sino que tenía la vibración de la piel y la sangre. Feeney meneó la cabeza y pensó que era el tipo de perro que se cagaba en el jardín y que se rascaba las pulgas.

Las hojas moteaban toda la calle, muchas de ellas reseguían en fila india los límites de los jardines. Unos jardines que, en un vecindario como ése, eran como una religión.

A Feeney no le gustaba esa vida en las afueras, en la que uno tenía que rastrillar, podar y regar o contratar a alguien para que rastrillara, podara y regara. Él había formado a su familia en la ciudad y utilizaba los parques públicos. Diablos, uno tenía que pagar por ellos de todas formas. Se encogió de hombros. No se sentía del todo cómodo en ese silencio de la mañana.

Anna Whitney contestó a su llamada y, aunque no era posible que ella esperara una visita a esa hora de la mañana, ya se encontraba vestida con un pulcro mono. El pelo, brillante, lucía un corte elegante y el maquillaje era sutil pero perfecto.

Esbozó una sonrisa de bienvenida. A pesar de que su mirada expresó sorpresa y curiosidad, ella era la esposa de un policía así que no hizo preguntas.

—Feeney, qué agradable verte. Entra, por favor, y tómate un café. Jack se está tomando la segunda taza en la cocina.

—Siento molestarte en casa, Anna. Necesito robarle unos minutos al comandante.

—Por supuesto. ¿Cómo está Sheila? —le preguntó mientras le acompañaba por el vestíbulo en dirección a la cocina.

—Está bien.

—Tenía muy buen aspecto la última vez que la vi. Su nuevo estilista es fantástico. Jack, tienes compañía para el café. —Entró en la cocina con paso ágil y observó primero la sorpresa y luego la interrogación en la mirada de su esposo. Se dio cuenta de que era mejor que les dejara solos—. Os dejo que charléis. Tengo que hacer un millón de cosas esta mañana. Feeney, dale recuerdos a Sheila.

—Lo haré, gracias. —Esperó hasta que la puerta se hubo cerrado sin apartar la mirada de Whitney—. Joder, Jack.

—Esto deberíamos hablarlo en la oficina, Feeney.

—Quiero hablarlo contigo. —Feeney le señaló con un dedo—. Con alguien a quien hace veinticinco años que conozco. Con alguien que conocía a Frank. ¿Por qué me has apartado de esto? ¿Por qué le ordenaste a Dallas que me mintiera?

—Ésa fue mi decisión, Feeney. La investigación debía llevarse a cabo en completa discreción.

—Y yo no formaba parte de esa discreción.

—No. —Whitney juntó sus grandes manos—. No tenías que saberlo.

—Frank y yo criamos juntos a nuestros hijos. Alice era mi ahijada. Frank y yo fuimos compañeros durante cinco malditos años. Nuestras esposas son como hermanas. ¿Quién demonios eres tú para decidir que no tengo por qué saber que está siendo investigado?

—Tu comandante —respondió brevemente Whitney mientras empujaba la taza de café a un lado—. Y las razones que acabas de exponer son las mismas que me hicieron tomar esa decisión.

—Me dejaste a un lado. Sabes perfectamente que mi departamento debería haber estado ahí. Necesitas registros.

—Los registros eran parte del problema —dijo Whitney en tono tranquilo—. No había ningún registro de ningún problema de corazón en los informes médicos, ni ningún registro de ningún contacto, ni personal ni profesional, entre él y ningún traficante conocido.

—Frank no tenía nada que ver con las sustancias ilegales.

—No hay registros —continuó Whitney—. Y su amigo más cercano es el mejor detective informático de la ciudad.

Feeney abrió mucho los ojos en una expresión de sorpresa y su rostro adquirió un tono rojizo.

—¿Crees que borré los registros? ¿Hiciste que Dallas me investigara?

—No, no creo que borraras los registros, pero no podía ignorarlo ya que tenía a los de Asuntos Internos encima. ¿A quién habrías elegido para que hiciera el trabajo, Feeney? —preguntó Whitney con un gesto de impaciencia—. Yo sabía que la teniente Dallas sería concienzuda y cuidadosa, y que se esforzaría para que tú y Frank quedarais limpios. Yo sabía que ella tiene… contactos… que pueden acceder a esos registros.

Inundado por la emoción, Feeney dirigió la mirada, a través de la brillante ventana, hacia el patio de césped pulcramente rastrillado y sus magníficas cascadas de flores.

—La pusiste en una situación difícil, Jack, en una situación delicada. ¿Es eso lo que sucede cuando tú estás al mando? ¿Pones a tu tropa contra el paredón?

—Sí, eso es lo que sucede. —Whitney se pasó una mano por el pelo, oscuro y canoso a la vez—. Uno hace lo que es necesario y vive con eso. Tenía a los de Asuntos Internos detrás. Mi prioridad era que Frank quedara fuera de sospecha y proteger a su familia ante cualquier otro revés. Dallas era mi mejor apuesta. Tú la formaste, Feeney, tú sabes que era mi mejor apuesta.

—Yo la formé —asintió Feeney con una sensación de náusea.

—¿Qué habrías hecho tú? —preguntó Whitney—. Voy a ser directo, Feeney. Tienes a un policía muerto que ha sido visto comprando sustancias ilegales a un tipo sospechoso de ser traficante que está siendo vigilado. Había restos de droga en su cuerpo cuando murió. Tu instinto te dice que de ninguna manera, de ninguna manera podía él estar metido en eso. Y quizá también te lo dice el corazón porque le recuerdas de cuando ambos erais novatos. Pero Asuntos Internos no tiene instinto y no tiene corazón. ¿Qué hubieras hecho tú?

Feeney había pasado la noche en vela pensando en ese asunto, en cada uno de sus aspectos. Meneó la cabeza.

—No lo sé. Lo que sí sé es que no deseo tu trabajo, comandante.

—Tienes que estar loco para desear este trabajo. —El ancho rostro de Whitney adquirió una expresión más relajada—. Dallas ha trabajado mucho para que Frank quedara limpio, y te dejó fuera de sospecha a ti antes de que transcurrieran las primeras veinticuatro horas. Casi no lleva una semana en esto y casi ya ha despejado un camino. Gracias a sus informes hemos conseguido contener a los de Asuntos Internos. No les gusta que Frank investigara por su propia cuenta, pero han bajado la presión.

—Eso está bien. —Feeney introdujo las manos en los bolsillos y se dio media vuelta—. Ella es buena. Dios, Jack, le di fuerte.

Whitney frunció el ceño.

—Deberías haber venido a hablar conmigo. Ir a por ella estaba fuera de lugar, Feeney. Yo le di las órdenes.

—Me lo tomé de forma personal. Lo convertí en algo personal. —Recordó cómo ella le había mirado, su rostro pálido, sus ojos inexpresivos. Había visto a gente con esa mirada anteriormente. Víctimas que estaban acostumbradas a recibir un puñetazo en la cara—. Tengo que arreglarlo con ella.

—Llamó un par de minutos antes de que vinieras. Está investigando una pista nueva. En casa.

Feeney asintió con la cabeza.

—Me gustaría disponer de un par de horas de tiempo para asuntos personales.

—Las tienes.

—Y quiero incorporarme en esto.

Whitney se sentó y pensó un momento.

—Eso dependerá de Dallas. Ella es la responsable del caso. Ella escoge a su equipo.

—Contesta el TeleLink, ¿quieres, Peabody? —Eve continuó repasando los datos de la pantalla mientras el TeleLink no dejaba de sonar con insistencia. Era increíble cuántos de esos nombres reconocía gracias a los registros sociales, políticos y profesionales. Dudaba que hubiera reconocido a tantos un año antes, pero estar con Roarke le había ampliado el horizonte—. Médicos, abogados —dijo—. Dios, este tipo ha cenado aquí. Y creo que Roarke durmió con esta mujer. Esta bailarina. Triunfó en Broadway y tiene unas piernas kilométricas.

—Es Nadine —anunció Peabody, sin saber si Eve hablaba consigo misma o si quería compartir esa información. —Sorbió por la nariz y añadió farfullando y con voz rasposa—: Furst.

—Perfecto. —Eve ocultó los datos de pantalla por si acaso y se dirigió al TeleLink—. Bueno, Nadine, ¿qué historia tienes?

—Tú eres la historia, Dallas. Dos personas muertas. Conocerte resulta peligroso.

—Pues tú todavía respiras.

—De momento, sí. Pensé que quizá te interesaría cierta información que se me ha cruzado. Podemos hacer un intercambio.

—Cuéntame lo tuyo y quizá yo te cuente lo mío.

—Una exclusiva, cara a cara, en tu casa, sobre la investigación de ambas puñaladas en la emisión de mediodía.

Eve ni siquiera se inmutó.

—Una exclusiva, cara a cara, sobre el estado de mi investigación, en mi oficina, para la emisión de mediodía.

—El primer cuerpo fue encontrado en tu casa. Quiero entrar.

—Se encontró fuera, en la acera, y no vas a entrar.

Nadine resopló y puso mala cara. Sabía que no podría hacer cambiar de opinión a Eve.

—Quiero la emisión de mediodía.

Eve miró el reloj, calculó y lo pensó un momento.

—Avisaré de que te permitan la entrada en mi oficina. Tiempo de llegada, once cuarenta y cinco. Si puedo, estaré ahí. Si no…

—Mierda, necesitamos cierto tiempo de preparación. Quince minutos no…

—Es suficiente, Nadine, para alguien tan bueno como tú. Asegúrate de que tu información vale la pena.

—Asegúrate de que no pareces una harapienta —le contestó Nadine—. Hazte algo en el pelo, por Dios.

En lugar de responder, Eve cortó la comunicación.

—¿Por qué la gente tiene esta obsesión con mi pelo y mi ropa? —Se pasó la mano por el cabello con mal humor.

—Mavis me ha dicho que te has retrasado para tu última sesión con la estilista. Leonardo está desolado.

—¿Has estado con Mavis?

—He ido un par de veces a verla actuar. —Se sonó la nariz con fuerza. Los medicamentos eran pura mierda, decidió—. Me gusta verla.

—No he tenido tiempo para una sesión de estilismo —dijo Eve—. Me lo corté yo misma hace un par de días.

—Sí, me doy cuenta. —Al ver la mirada de Eve, Peabody sonrió con expresión amable—. Se ve muy bien, señor.

—Y una mierda. —Eve cargó los datos en pantalla—. Y si has terminado de criticar mi aspecto, quizá te apetezca repasar unos cuantos nombres de éstos.

—Reconozco a algunos. —Peabody se inclinó por encima del hombro de Eve—. Louis Trivaine: un abogado célebre. Saca de apuros a las estrellas. Marianna Bigsley: carne de departamento de ventas y cazadora de hombres profesional. Carlo Mancinni: gurú de tratamientos estéticos, médico; uno tiene que ser muy rico para que él considere siquiera la posibilidad de llevar a cabo un tratamiento de escultura corporal.

—Reconozco los nombres, Peabody. Quiero sus antecedentes, datos personales, financieros, médicos, cualquier arresto. Quiero saber los nombres de sus esposas, niños y animales de compañía. Quiero saber cuándo y cómo entraron en contacto con Cross y por qué decidieron que Satán era un tipo simpático.

—Van a hacer falta días para eso —dijo Peabody con una expresión compungida que a Eve le recordó la de Feeney—. Aunque los pasáramos por el CIRAC.

Eve no dijo nada. El Centro Internacional de Recursos sobre Actividad Criminal era uno de los motivos de orgullo y felicidad de Feeney.

—Si pudiera pillar a alguien del Departamento de Informática para que me ayudara, podríamos reducir el tiempo a la mitad. Quizá menos. —Peabody encogió un hombro—. Bueno, ¿por dónde quiere que empiece?

—Tenemos el tema de Wineburg, así que profundiza ahí, y en Lobar, Robert Mathias. Luego, empieza por el principio de la lista. Yo empezaré por el final, hacia arriba. Busca retiradas de grandes cantidades de dinero a intervalos regulares. Será me-

jor que hayamos encontrado lo que buscamos cuando llegue-
mos a la mitad.

Entrecerró los ojos un momento, pensativa. Los datos financieros del culto de Selina estarían protegidos por la Ley de Privacidad y por su condición de religión registrada. A pesar de ello,
existía una posibilidad, muy ligera, de que ella hubiera cometido
la bravuconada de realizar ingresos en su cuenta personal.

Eso era un asunto muy fácil de comprobar. Por otro lado,
había que ver si las cantidades permanecerían constantes una
vez hubiera tenido acceso a ellas, y para hacerlo, necesitaba a
Roarke.

Decidió que esperaría uno o dos días. Una vez hubieran
comprobado cuánto dinero se sospechaba que estuviera engro-
sando la cuenta de Selina, lo reconsideraría.

Sería difícil que la Fiscalía considerara esas contribuciones
a una organización religiosa como una extorsión, pero sería
una forma de empezar.

—Con el nombre de Wineburg relacionado con el culto de
Cross, podré interrogarla. Creo que lo conseguiremos, diría,
sobre las once y media.

—Tiene la emisión con Nadine a las 11.45.

—Sí. —Eve sonrió con ganas—. Eso funcionará.

—Oh.

—No es culpa mía que una periodista entrometida descu-
bra que estoy interrogando a Selina Cross, que sepa que soy la
responsable de la investigación de dos homicidios recientes y
que, luego, sume dos y dos.

—Y lo incluya en su emisión.

—Quizá eso dé una sacudida a algunos de esos elegantes y
prominentes satanistas. Algunas personas tienden a hablar mucho cuando se asustan. Si me consigues esa información, les
daré una sacudida más fuerte.

—Me inclino ante usted.

—Ahórratelo hasta que compruebe que funciona. Utiliza
esta unidad. Yo puedo utilizar una de las de Roarke para dar los
primeros pasos. Ordenador, copiar disco, imprimir una copia.
—Levantó la vista al notar movimiento en la puerta y se quedó
inmóvil—. Detener —murmuró, y se preparó para enfrentarse
al siguiente golpe de Feeney.

—Peabody. —Le dirigió una tímida mirada con ojos faltos de sueño—. Necesito unos momentos con tu teniente.

—¿Señor? —Aunque se levantó, esperó las instrucciones de Eve.

—Tómate un descanso, Peabody. Tómate un café.

—Sí, señor. —Se dirigió hacia fuera, consciente de la tensión que se respiraba en el ambiente.

Eve no dijo nada. Se puso de pie. Se dio cuenta de que todo su cuerpo se había dispuesto para recibir el siguiente golpe, y no para defenderse. Hizo el esfuerzo de que su mirada tuviera una expresión vacía. Pero el brazo con que se apoyaba en la mesa estaba temblando. Lo observó un momento, avergonzada y sorprendida, de que él le provocara ese estado.

—Tú... esto... Summerset, dijo que podía subir. —Hacía calor en la habitación, pero no se sacó el gastado abrigo. Introdujo las manos en los bolsillos—. Ayer estuve fuera de lugar. Ir a por ti estuvo fuera de lugar. Estabas haciendo tu trabajo.

Vio que a ella le temblaban los labios, como si fuera a decir algo o a emitir algún sonido. Pero los cerró y no dijo nada. Feeney se dio cuenta de que parecía que le hubieran dado una paliza.

«Le ha roto el corazón.»

«Su padre la pegó, la torturó, la violó.»

«Usted ha sido su padre durante diez años.»

¿Cómo demonios se suponía que tenía que manejar eso? ¿Y cómo podría ignorarlo?

—Lo que dije... No debería haberlo hecho. —Sacó las manos de los bolsillos para frotarse el rostro con fuerza—. Jesús, Dallas, lo siento.

—¿Lo dijiste de verdad? —Lo dijo antes de poder contenerse. Levantó una mano, se dio la vuelta y fijó la mirada a través de la ventana.

—En esos momentos quería que fuera verdad. Estaba enojado. —Cruzó la habitación en dirección a ella. Movía las manos en un gesto inútil—. No tengo excusa —empezó. La tocó, pero apartó los dedos de su hombro cuando ella hizo un gesto de rechazo—. No tengo excusa —volvió a decir después de inhalar con fuerza—. Y tú tienes derecho a apartarte de mí. Golpeé con fuerza donde no debería haber pegado.

—Ahora no confías en mí. —Eve se pasó el dorso de la mano

por la mejilla, avergonzada al notar una lágrima que se deslizaba por ella.

—Eso es una tontería, Dallas. No hay nadie en quien confíe más. Mira, joder, hace falta un disparo con láser para que yo me disculpe incluso ante mi propia esposa. Te estoy diciendo que lo siento. —Impaciente ahora, la tomó del brazo y la obligó a darse la vuelta. Eve se quedó inmóvil. Tenía los ojos brillantes por las lágrimas, pero éstas, gracias a Dios, no se deslizaron por sus mejillas—. No te pongas mujercita conmigo, Dallas. Ya no puedo castigarme más de lo que lo he hecho. —Levantó la barbilla y se la señaló con un dedo—. Adelante, un puñetazo. No diremos nada de que has golpeado a un superior.

—No quiero golpearte.

—Mierda, tengo un rango superior al tuyo. Te he dicho que me des un puñetazo.

Una sonrisa quiso aparecer en el rostro de Eve. Feeney tenía un aspecto muy fiero. Esos ojos de camello brillantes de furia y de frustración.

—Quizá cuando te hayas afeitado. Esta barba me destrozaría los nudillos.

Feeney sintió que una sensación de alivio le inundaba al ver la ligera sonrisa en los labios de Eve.

—Te estás reblandeciendo. Vivir esta vida con ese rico irlandés hijo de puta.

—Ayer por la noche destrocé a un androide. Uno de los mejores de Roarke.

—¿Sí? —Feeney sintió que le embargaba un ridículo sentimiento de orgullo.

—Imaginé que eras tú.

Él sonrió, sacó la bolsa de almendras caramelizadas de su bolsillo y se la ofreció.

—Los detectives informáticos no necesitan utilizar los puños. Utilizan el cerebro.

—Tú me enseñaste a utilizar ambas cosas.

—Y a cumplir las órdenes —añadió, fijando su mirada en los ojos de ella otra vez—. Me hubiera avergonzado de ti si hubieras olvidado eso. Actuaste correctamente, Dallas, por Frank, por el Departamento. Por mí —dijo, y observó que inmediatamente a Eve se le volvían a llenar los ojos de lágrimas—. No hagas eso —le pidió con la voz temblorosa—. No empieces con esa tontería. Es una orden.

Eve se pasó el dorso de la mano por debajo de la nariz.

—No estoy haciendo nada.

Él esperó un momento, lo justo para asegurarse de que ella no iba a avergonzarles a los dos. En cuanto los ojos de ella se hubieron secado, Feeney asintió con un gesto que era tanto de alivio como de aprobación.

—Bien. —Sacudió la bolsa que tenía en la mano—. Y ahora, ¿vas a dejar que participe en esto?

Ella abrió la boca y volvió a cerrarla.

—He visto a Whitney —le comunicó. Feeney se dio cuenta de que quería sonreír. Ésa era la policía que él había formado. Sólida, fuerte y directa—. Me lo comí en la misma cocina de su casa.

—¿De verdad? —Ella arqueó las cejas—. Me hubiera gustado verlo.

—El problema fue que, al final, tuve que estar de acuerdo con él. Escogió al mejor policía para el trabajo. Sé que te has esforzado para sacar a los de Asuntos Internos fuera de esto y para que Frank quedara limpio. Y yo —añadió—. Y sé que has estado trabajando para descubrir quién le hizo eso a él y a Alice. —Tuvo que respirar, porque todavía le dolía—. Quiero estar dentro, Dallas. Voy a decírtelo con claridad, necesito sacarme eso del estómago. Whitney dijo que dependía de ti.

Eve sintió que toda la tensión se aliviaba. Podía ofrecerle eso, hacerlo por los dos.

—Pongámonos a trabajar.

Eve estaba tan satisfecha de poder interrogar a Selina Cross que no fue capaz de prever que su abogado sería Louis Trivaine, lo cual era obvio. Les dirigió una sonrisa a ambos mientras cerraba la puerta de la Habitación de Entrevistas A.

—Señora Cross, le agradezco su cooperación. Señor Trivaine.

—Eve...

—Teniente Dallas —le corrigió ella, dejando de sonreír—. No estamos en un encuentro social.

—Ustedes dos se conocen. —La mirada de Selina era fría y clavó los ojos en su abogado.

—Su representante conoce a mi esposo a nivel social. Yo conozco a unos cuantos abogados de la ciudad, señora Cross. Esto no afecta a mi trabajo ni el suyo. Vamos a grabar la entrevista.

Eve encendió la grabadora y recitó la información pertinente. Después de leerle sus derechos, se sentó.

—Usted ha hecho uso de su derecho a disponer de un abogado, señora Cross.

—Por supuesto que lo he hecho. Usted ya me ha acosado dos veces, teniente Dallas. Prefiero que esta vez quede todo grabado.

—Yo también. —Eve sonrió—. Usted conocía a Robert Mathias, conocido también como Lobar.

—Él era Lobar —la corrigió Selina—. Ése era el nombre que él eligió.

—«Era» es el tiempo verbal adecuado, dado que ahora se encuentra en una nevera de la morgue. Al igual que Thomas Wineburg. ¿Le conocía?

—No creo haber tenido ese placer.

—Bueno, eso resulta interesante. Él era un miembro de su congregación.

Selina hizo un gesto de rechazo en cuanto su abogado se le acercó para hablar con ella.

—No se puede esperar que recuerde el nombre de todos los miembros de mi iglesia, Dallas. Somos… —Puso las manos encima de la mesa—. Legión.

—Quizá esto le refresque la memoria. —Eve abrió una carpeta, sacó una foto y la dejó encima de la mesa. Las fotos de un muerto siempre eran horribles.

Selina la observó con una ligera sonrisa. Con el dedo índice resiguió el rastro de la sangre roja.

—No puedo asegurarlo. Nos encontramos a oscuras. —Levantó la mirada hasta Eve—. Es nuestra forma de hacerlo.

—Yo sí puedo asegurarlo. Tanto él como Lobar pertenecían a su culto, y ambos fueron asesinados con el tipo de cuchillo que se utiliza en sus rituales.

—Sí, un dolabro. No somos la única religión que utiliza un instrumento así en sus ceremonias. Creo que, después de esta violencia y esta persecución a miembros de mi iglesia, la policía debería de preocuparse por protegernos en lugar de señalarnos con el dedo.

—Yo creía que ustedes tenían su propia protección. ¿Es que su maestro no protege a los suyos?

—Sus burlas solamente muestran su ignorancia.

—Tener sexo con un delincuente de dieciocho años de edad muestra la de usted. ¿Tuvo sexo con Wineburg, también?

—Ya le he dicho que no estoy segura de conocerle. Pero si le hubiera conocido, es probable que hubiera tenido sexo con él.

—Selina. —Trivaine la cortó con tono firme—. Está usted provocando a mi cliente, teniente. Ya ha declarado que no puede identificar a esta víctima.

—Ella le conocía. Ambos le conocían. Era un chivato. ¿Sabe lo que es un chivato en argot policial, señora Cross? Un informador. —Eve se levantó, se inclinó hacia delante, acercando su cuerpo a Selina—. ¿Estaba usted preocupada por lo que él podía haberme contado? ¿Es ése el motivo por el cual hizo usted que muriera? ¿Le estaba siguiendo? —Dirigió una breve mirada de soslayo hacia Trivaine—. Quizá usted haga seguir a todos sus... fieles.

—Yo veo lo que quiero ver en el humo.

—Sí, en el humo. La versión ocultista del chafardeo. Fue arriesgado para Wineburg acudir al funeral. ¿Por qué cree usted que él quería ver a Alice? ¿Se encontraba él ahí la noche en que ella fue drogada y violada? ¿Le permitió usted que la poseyera?

—Alice era una iniciada. Una iniciada muy voluntariosa.

—Era una niña. Una niña confundida. A usted le gusta atraer a los jóvenes, ¿no es así? Resultan mucho más interesantes que los tontos y bajitos como Wineburg. Sus cuerpos firmes, sus mentes maleables. La gente como Wineburg y como el distinguido consejero que nos acompaña le sirven solamente por el dinero. Pero los que son como Alice, son tan tiernos. Tan sabrosos.

Selina levantó los ojos de gruesas y oscuras pestañas y le dirigió una expresión satisfecha.

—Lo era. Ella gozaba y los demás gozaban de ella. No hizo falta atraerla, Dallas. Ella vino a mí.

—Ahora está muerta. Tres muertes. Sus miembros deben

de empezar a sentirse nerviosos. —Eve dirigió una ligera sonrisa a Trivaine—. Yo lo estaría.

—El martirio no es algo nuevo, Dallas. La gente ha sido asesinada a causa de su fe durante siglos. Y, a pesar de ello, la fe sobrevive. Sobreviviremos. Triunfaremos.

Eve sacó otra fotografía y la depositó en la mesa con un golpe seco.

—Él no sobrevivió —dijo Eve en tono suave—. ¿No es así, Selina?

—Su muerte es un símbolo. No le olvidaremos.

—¿Posee usted un dolabro?

—Poseo unos cuantos, por supuesto.

—¿Como éste? —Sacó otra foto, un primer plano del arma que dejaron clavada en el cuerpo de Lobar. La sangre se había adherido a la hoja.

—Tengo unos cuantos —repitió Selina—. Algunos parecidos a éste, como es de esperar. Pero no reconozco éste en particular.

—Se encontraron restos de alucinógenos en el cuerpo de Lobar. Usted utiliza drogas en los rituales.

—Hierbas, y algunos químicos. Todo legal.

—No todo lo que se encontró en el cuerpo de Lobar está en la lista de sustancias legales.

—No puedo hacerme responsable de lo que la gente elige tomar.

—Él había estado con usted la noche en que murió. ¿Estaba tomando?

—Había tomado el vino ritual. Si tomó alguna otra cosa, lo hizo sin mi conocimiento.

—Usted tiene antecedentes de tráfico de sustancias.

—Y pagué mi deuda a la llamada sociedad. No tiene usted nada contra mí, teniente.

—Tengo tres cuerpos. Y son de los suyos. Tengo a un policía muerto, y él estaba detrás de usted también. La estoy encerrando, Selina, poco a poco.

—Aléjese de mí.

—¿O?

—¿Sabe usted lo que es el dolor, Dallas? —La voz de Selina adquirió un tono grave y denso—. ¿Conoce usted el dolor que se instala en el estómago como si fueran gotas de ácido? Uno suplica que se le alivie, pero ningún alivio le llega. El dolor se convierte en agonía, y la agonía casi en placer. El dolor se hace tan intenso, tan inefable que si se pusiera un cuchillo a mano uno se atravesaría gustosamente las tripas para detenerlo.

—¿Sí? —repuso Eve en tono frío—. ¿De verdad?

—Yo puedo ofrecerle eso. Puedo ofrecerle dolor.

Eve sonrió, y su sonrisa fue lenta y seria.

—Esto pertenece a la categoría de amenazas a un oficial de policía. Y eso le va a hacer pasar algún tiempo en una jaula hasta que su abogado consiga sacarla de ahí.

—Zorra. —Furiosa por haber sido atrapada con tanta facilidad y con tan poco esfuerzo, Selina se puso en pie—. No puede usted arrestarme por esto.

—Por supuesto que puedo. Selina Cross, queda usted arrestada por amenazar verbalmente con dañar físicamente a un oficial de policía.

Ella fue rápida, pero los reflejos de Eve eran más rápidos. Detuvo el primer golpe que Selina le dirigió. Pero el segundo la pilló en el cuello, con esas largas uñas negras y letales. Eve olió su propia sangre y se permitió propinarle un codazo contra la barbilla.

Sus oscuros ojos quedaron en blanco un momento y luego adquirieron un aspecto vidrioso.

—Parece que podemos añadir resistencia a la autoridad. Abogado, va a tener las manos llenas de trabajo durante las próximas horas.

Él no había movido ni un solo músculo. Trivaine continuaba sentado con la mirada fija en las fotografías de los muertos. Cuando Feeney abrió la puerta y apareció con un agente detrás de él, Eve asintió con la cabeza.

—Enciérrala —ordenó—. Amenazas verbales y resistencia.

Selina trastabilló un poco cuando Eve la hizo ir hacia el agente. Pero sus ojos se clavaron en el rostro de Eve con una expresión de malignidad hirviente. Empezó a hablar en un tono bajo, como un cántico que se elevó y cayó de forma casi musical. Cuando el agente la hizo salir de la habitación, giró la cabeza hacia atrás y dirigió una última mirada por encima del hombro.

Eve se llevó los dedos al cuello y observó con disgusto que éstos se mancharon de sangre.

—¿Entendiste qué estaba diciendo?

Feeney sacó un pañuelo y se lo ofreció.

—Parecía latín, un poco maltratado. Mi madre me hizo estudiarlo cuando era un niño. Tenía la fantasía de que yo me convirtiera en sacerdote.

—Mira a ver si puedes entender algo de lo que ha dicho en la grabación. Quizá podamos añadir algún otro cargo. Mierda, esto duele. La entrevista ha terminado —añadió antes de introducir la hora y la fecha—. Trivaine, ¿quiere usted hablar conmigo?

—¿Qué? —Levantó la vista, tragó saliva y negó con la cabeza—. Iré a ver a mi cliente en cuanto la hayan anotado en el registro de entrada. Estos cargos no durarán mucho.

Eve le mostró los dedos llenos de sangre.

—Oh, creo que sí van a durar. Mírelos bien, Louis. —Dio un paso hacia él y le puso los dedos debajo de la nariz—. Podría ser usted la próxima vez.

—Voy a ver a mi cliente —repitió él. Todavía estaba pálido cuando abandonó la habitación a toda prisa.

—Esa zorra está loca —comentó Feeney.

—Dime algo que no sepa.

—Te odia a muerte —dijo, contento de sentirse en equipo de nuevo—. Pero eso también lo sabes. Te ha hecho un vudú.

—¿Eh?

—Te ha maldecido. —Le guiñó un ojo—. Cuando empieces a sentir retortijones, dímelo. Empiezas a estar cerca de ella.

—Todavía no lo suficiente —murmuró Eve—. Pero mi apuesta va por el abogado. Pongámosle un hombre, Feeney. No quiero que muera antes de que hable. Fue la forma en que miró la fotografía de Lobar. Conmoción, y luego algo parecido al reconocimiento. —Meneó la cabeza—. No le perdamos. —Miró el reloj y emitió un murmullo de satisfacción—. Justo a tiempo de aparecer en la emisión de mediodía de Nadine.

—Tienes que ir a que te miren el cuello. Tiene mal aspecto.

—Luego. —Se dirigió hacia la puerta con rapidez. A Nadine no le pasaría desapercibida esa herida. Tampoco al ojo de la cámara.

Y

—¿Qué demonios te ha pasado? —preguntó Nadine. Dejó de caminar arriba y abajo y observó el reloj.

—Un pequeño problema durante un interrogatorio.

—Has llegado al límite, Dallas. Tenemos dos minutos antes de entrar. No tienes tiempo de limpiarte.

—De acuerdo. Entraremos tal como estamos.

—Mide el sonido y el nivel de luz —dijo Nadine a la operadora de cámara. Sacó un espejo de mano y se retocó el rostro mientras se sentaba—. Parece de mujer —añadió—. Unas largas y horribles uñas, cuatro surcos.

—Sí. —Eve se pasó el pañuelo manchado de sangre por la herida—. Si alguien tiene curiosidad, puede consultar el registro de entrada y conseguir los datos.

Nadine la miró con una expresión perspicaz.

—Supongo que alguien podría hacerlo —repuso—. No has hecho nada con tu pelo.

—Me lo he cortado.

—Quiero decir algo positivo. Entramos en treinta. ¿Lista, Suzanna?

La operadora hizo un signo de aprobación con la mano.

—La sangre fresca se ve estupendamente. Buen toque.

—Bueno, gracias. —Eve se sentó y apoyó el tobillo enfundado en la bota sobre la rodilla de la otra pierna—. Vamos a hacerlo breve, Nadine. Todavía no he escuchado lo que tienes que decirme.

—Ahí va un avance. ¿Quién es hijo del infame asesino en serie David Baines Conroy, que se encuentra actualmente cumpliendo cinco cadenas perpetuas, sin opción a fianza, en la Estación Penal Omega de máxima seguridad?

—¿Quién?

—Cinco —dijo Nadine en tono dulce, encantada de haber captado toda la atención de Eve—, cuatro, tres... —Acabó de contar con los dedos de la mano, por debajo del nivel de encuadre de la cámara. Entró y miró a cámara con expresión sobria.

—Buenas tardes, aquí Nadine Furst, presentando el informativo de mediodía con una entrevista en exclusiva a la teniente de homicidios Eve Dallas en su oficina de la Central de Policía...

Eve estaba preparada para las preguntas. Conocía bien el estilo de Nadine, demasiado bien para dejarse impresionar por la información que le había dejado caer segundos antes de entrar. Tal y como había esperado Nadine, contestó con brevedad, con precisión, siendo consciente de que a cada segundo subía la audiencia del Canal 75 y del informativo de Nadine.

—El Departamento está actuando con la convicción de que los casos están conectados, tal y como indican las pruebas. Aunque se encontraron distintas armas en las escenas de los crímenes, todas son del mismo estilo.

—¿Podría usted describir las armas?

—No puedo hacer ningún comentario al respecto.

—Pero eran cuchillos.

—Eran instrumentos afilados. No puedo entrar en más detalles. Hacerlo pondría en peligro la investigación, en estos momentos.

—La segunda víctima. Usted le estaba persiguiendo en el momento en que murió. ¿Por qué?

Eve estaba preparada para eso y ya había decidido que utilizaría esa pregunta en beneficio propio.

—Thomas Wineburg había dicho que tenía información que resultaría de utilidad a la investigación.

—¿Qué información?

«Diana», pensó Eve, pero mantuvo fija la mirada.

—No tengo autorización para divulgarlo. Solamente puedo decir que hablamos, y que se puso nervioso y huyó. Le perseguí.

—Y fue asesinado.

Nadine, molesta ante el aviso a través del auricular de que se estaba terminando el tiempo, llevó la entrevista al cierre.

—Estamos. ¿Suzanna? —Nadine se limitó ha hacer un gesto en dirección a la puerta y la operadora salió—. Confidencialmente —empezó.

—No. Tu turno.

—De acuerdo. —Nadine se recostó en el respaldo y cruzó las bonitas piernas—. Charles Forte adoptó legalmente el nombre de soltera de su madre hace doce años, después de que su padre fuera condenado por degollar ritualmente a cinco personas. Se cree que mató a un número ingente de personas, pero nunca ha sido demostrado. Los cuerpos nunca fueron encontrados.

—Conozco la historia de Conroy. No sabía que tenía un hijo.

—Eso se mantuvo en secreto. La ley de Privacidad. La familia ya estaba fuera. La madre se divorció y se mudó cinco años antes de que pillaran a Baines. El niño tenía dieciséis años cuando ella se lo llevó. Veintiuno cuando su padre fue juzgado y condenado. Mis fuentes afirman que su hijo asistió cada día al juicio.

Eve pensó en el pequeño y modesto hombre que había conocido en el funeral de Alice. Hijo de un monstruo. ¿Qué parte de ello se heredaba por vía sanguínea? Pensó en su propio padre y casi tembló.

—Gracias. Si de ahí sale algo, estaré en deuda contigo.

—Sí, lo estarás. Tengo muchos datos sobre los cultos de esta ciudad. Nada tan dramático como esto, pero es posible que conduzca a alguna parte. Mientras tanto, ya que has interrogado a alguien tan enojado como para que intente cortarte la yugular, debo suponer que tienes un sospechoso.

Eve observó las uñas de sus manos. Supuso que alguien podría opinar que ya llevaba retraso en la manicura.

—No puedo hacer ningún comentario sobre esto. Ya sabes, Nadine, no se aceptan cámaras en el registro de entrada.

—Es una pena. Gracias por esta cuña, Dallas. Estaremos en contacto.

—Sí. —Eve la observó salir de la habitación y no tenía ninguna duda de que Nadine investigaría en el registro de entrada. Y de que el nombre de Selina Cross se difundiría por todas partes antes de que el informativo del mediodía terminara.

«En conjunto —pensó— no ha sido una mala mañana.»

Con una mueca de dolor, rebuscó en los cajones con la esperanza de encontrar un botiquín de primeros auxilios.

Capítulo quince

—*N*o voy a pasar por casa. —Eve llamó a Roarke mientras el ordenador realizaba una búsqueda de todos los datos sobre David Baines Conroy—. ¿Podrías pasarte por aquí sobre las 18:00? Podemos ir en coche a la fiesta de las brujas.

Roarke arqueó una de sus elegantes cejas.

—Mientras no sea en tu vehículo. —Frunció el ceño e hizo un gesto con la mano—. Acércate un poco más a la pantalla. ¿Y ahora qué? —preguntó.

—¿Qué quieres decir con «y ahora qué»? Tengo trabajo.

—No, me refiero a tu cuello.

—Ah, eso. —Eve se llevó los dedos a la herida, aún abierta. No había encontrado el botiquín de primeros auxilios—. Una ligera diferencia de opinión. Yo gané.

—Por supuesto. Ponte algo, teniente. Podré estar ahí sobre las 18:30. Podemos comer de camino.

—De acuerdo. ¿Comer de camino? Un momento. No vengas con la limusina.

Él se limitó a sonreír.

—A las 18:30.

—Lo digo de verdad, Roarke, no… —Eve resopló en cuanto la pantalla se apagó—. Mierda. —Con un suspiro, volvió a concentrarse en el ordenador.

El CIRAC era una abundante fuente de información. Eve repasó rápidamente los datos, deteniéndose en los hechos relacionados con David Baines Conroy.

Divorciado, un hijo, varón, Charles, nacido el 22 de enero de 2005, custodia otorgada a la madre, Ellen Forte.

Una sorpresa, pensó Eve. Normalmente a los asesinos en serie no se les otorgaba la custodia de los menores.

—Vamos a por ello —murmuró Eve—. Cargos y condenas.

Acusado y condenado, asesinato en primer grado, muerte y tortura, violación póstuma y desmembramiento de Doreen Harden, hembra de raza mixta. Edad, veintitrés. Condenado a cadena perpetua, máxima seguridad, sin opción a fianza.

Acusado y condenado, asesinato en primer grado, violación, muerte y tortura y desmembramiento de Emma Tangent, hembra de raza negra. Edad, veinticinco. Condenado a cadena perpetua, máxima seguridad, sin opción a fianza.

Acusado y condenado, asesinato en primer grado, sodomía, violación, tortura y desmembramiento de Lowell McBride, varón blanco. Edad, dieciocho. Condenado a cadena perpetua, máxima seguridad, sin opción a fianza.

Acusado y condenado, asesinato en primer grado, violación, tortura y desmembramiento de Darla Fitz, hembra de raza mixta. Edad, veintitrés. Condenado a cadena perpetua, máxima seguridad, sin opción a fianza.

Acusado y condenado, asesinato en primer grado, sodomía, violación póstuma, tortura y desmembramiento de Martin Savoy, varón de raza mixta. Edad, veinte. Condenado a cadena perpetua, máxima seguridad, sin opción a fianza.

Actualmente cumpliendo condena en la Estación Penal Omega.

Sospechoso de doce asesinatos más, casos abiertos. Pruebas insuficientes para presentar cargos. Datos de los responsables de la investigación, disponibles previa petición.

—Lista de los responsables de las investigaciones —ordenó Eve, y observó cómo los datos iban apareciendo en pantalla—. Te moviste un poco, ¿eh, Conroy? —comentó al darse cuenta de que los detectives de las investigaciones estaban diseminados por todo el país.

Ella todavía era una adolescente cuando Conroy era el protagonista de los noticiarios. Recordaba los secuestros, las familias desoladas que suplicaban a Conroy que les dijera dónde encontrar los restos de sus seres queridos, los policías de expresión abatida ofreciendo sus declaraciones, y al mismo Conroy, su rostro tranquilo y perforado por dos oscuros y malignos ojos.

Eve recordaba que le llamaban el diablo. El anticristo. Ésa era la palabra que utilizaban una y otra vez para designarle, para intentar, quizá, diferenciarle de los seres humanos.

Pero había sido un ser humano como otro en el momento de concebir un hijo. Un hijo. Y ese hijo se encontraba en esos momentos en su lista de sospechosos. Quizá, sólo quizá, se había concentrado demasiado en Selina Cross.

El hijo se sentía atraído por el poder, pensó Eve. La brujería estaba relacionada con el poder, ¿no era así? Él conocía, por lo menos, a una de las víctimas. Y dos de ellas habían sido asesinadas con un cuchillo. Conroy había sido muy hábil con el cuchillo.

También había afirmado ser el instrumento de un dios, recordó Eve mientras repasaba los datos. Sí, ahí, en una de sus declaraciones. Eve lo seleccionó.

—Ofrecer audio de esto.

En proceso...

Soy una fuerza que está más allá de vosotros.

La voz de Conroy retumbó con una elegante dicción, casi musical. Eve recordó que la voz de su hijo era igual de atractiva.

Soy el instrumento del dios de la venganza y el dolor. Lo que realizo en su nombre es imponente. Temblad ante mí, porque nunca seré derrotado. Soy legión.

—Eres mierda —le corrigió Eve. Legión. Cross había utilizado la misma palabra. Interesante... ¿Había sido Conroy un aficionado al satanismo, a la brujería? ¿Se había sentido su hijo atraído en el mismo sentido? ¿Cuánto sabía Charles Forte del trabajo de su padre? ¿Y qué sentía al respecto?—. Ordenador, búsqueda sobre Charles Forte, en esta ciudad, anteriormente con el nombre de Charles Conroy, hijo de David Baines Conroy, toda la información.

En proceso...

Mientras la información iba apareciendo en pantalla, Eve, repicando con los dedos sobre la mesa, pensaba. La madre había llevado a su hijo a Nueva York, lo cual significaba que el chico había tenido que hacer el viaje de vuelta para asistir al juicio. Había realizado ese esfuerzo, probablemente, a pesar de las objeciones de su madre. Abandonó los estudios superiores en la segunda etapa. Estudió farmacia. Muy interesante. Trabajó en clonación de sustancias y en fabricación. Se movió bastante. Igual que su querido padre. Luego se instaló en Nueva York, copropietario de Búsqueda Espiritual.

Eve se apoyó en el respaldo y, con gesto inconsciente, se frotó la herida del cuello. Ningún matrimonio, ningún hijo, ningún arresto. Eve siguió una corazonada.

—Datos médicos.

Charles Forte, seis años de edad, una mano rota. Seis años de edad, contusiones leves, hematomas en abdomen. Siete años de edad, quemaduras de segundo grado, en antebrazos. Siete años de edad, contusiones y tibia fracturada.

La lista continuaba en su época de infancia con una constancia que provocó náuseas a Eve.

—Detener. ¿Probabilidad de maltratos?

Probabilidad del noventa y ocho por ciento.

—¿Por qué diablos no le recogieron?

Los registros médicos indican que los tratamientos se llevaron a cabo en distintos hospitales de distintas ciudades durante un período de diez años. No existe ningún registro de petición de investigación por parte de la Agencia de Prevención de Maltratos a Menores.

—Idiotas. Idiotas. —Se frotó el rostro con ambas manos y se apretó la frente a causa del dolor de cabeza que empezaba a sentir. Todo eso le resultaba demasiado familiar—. Relación de tratamientos psiquiátricos o de perfiles psicológicos disponibles.

El sujeto ingresó en la Clínica Miller de forma voluntaria como paciente externo. El médico que consta en los registros es Ernest Renfrew, desde febrero de 2045 hasta septiembre de 2047. No hay más datos.

—De acuerdo, esto es suficiente para empezar. Guardar los datos, archivo Forte, Charles, caso número 34299-H. Referencia cruzada con Conroy. Desconectar cuando esté completo.

Eve levantó la vista al notar que Feeney sacaba la cabeza por la puerta.

—Cross acaba de salir.

—Bueno, era demasiado bueno para que durara.

—¿Has hecho que alguien te mirara esos arañazos de gata?

—Ahora lo haré. ¿Tienes un minuto?

—Claro.

—David Baines Conroy.

Feeney silbó y se puso cómodo sobre la esquina del escritorio.

—Eso fue hace tiempo. Un hijo de puta enfermo. Despedazaba a sus víctimas cuando había terminado con ellas. Guardaba los miembros en una nevera portátil. Tenía un camión y viajaba por ahí. Predicando.

—¿Predicando?

—Bueno, ésa no es la palabra exacta. Se mostraba como una especie de anticristo. Mucha tontería sobre la anarquía, la libertad de buscar el placer carnal, de abrir las puertas del infierno. Ese tipo de cosas. Me imagino que pilló a muchas de sus víctimas en la carretera. Acompañantes con licencia, itinerantes. Por lo menos, tres de las que le adjudicaron eran acompañantes con licencia. Las putas siempre han sido un objetivo fácil para los locos.

—Se le halló capaz de enfrentarse a un juicio.

—Pasó los exámenes. Legalmente, estaba cuerdo. En realidad era un auténtico loco.

—Tenía familia.

—Sí, sí, es verdad. —Feeney cerró los ojos en un intento de recordar—. Yo todavía trabajaba en Homicidios, entonces, y no había un policía en todo el planeta que no se sintiera implicado de forma personal en ese caso. Nunca actuó aquí, que sepamos, pero recuerdo que tenía una esposa. Una pequeña mujer pálida y nerviosa. Le abandonó, antes de que le pillaran, me parece. Y había un hijo. Escalofriante.

—¿Por qué?

—Tenía los ojos de su padre. Excepto que parecían muertos, ¿sabes qué quiero decir? Recuerdo que pensé que algún día le perseguiríamos a él. Tras los pasos de su padre. Luego se acogieron a la Ley de Privacidad y nunca nadie volvió a saber nada de ellos.

—Hasta ahora. —Eve mantuvo la mirada—. Esta noche veré al hijo de Conroy. En una congregación de brujas.

Roarke llegó con la limusina. Eve tenía la certeza de que lo haría, solamente para molestarla. Eve hubiera continuado enojada si no hubiera visto el AutoChef bien provisto al estilo italiano.

Se estaba comiendo unos *manicotti* antes de que atravesaran el puente Jacqueline Onassis. Pero rechazó la copa de borgoña que él iba a servirle.

—Estoy de servicio —le dijo con la boca llena.

—Yo no. —Él dio un trago y la observó—. ¿Por qué no te has controlado esto? —le preguntó mientras le pasaba los dedos por el cuello con suavidad.

—He estado muy liada.

—Eso es algo que todavía tenemos que explorar. —Le dirigió una amplia sonrisa al ver que ella se reía—. Es sólo una idea. He pillado la reemisión de tu cara a cara con Nadine de camino a la Central. Me sorprende que accedieras a ello.

—Fue un trato. Yo me llevé mi parte. —Eve se inclinó hacia delante y subió la pantalla entre ellos y el conductor—. Será mejor que te lo cuente antes de que nos sumemos a la fiesta de esta noche.

Eve le explicó la nueva pista que estaba siguiendo y luego se llevó a la boca una de las enormes aceitunas de la bandeja de entrantes.

—Le hace ganar unos cuantos puestos en la lista de sospechosos —concluyó.

—¿A causa de los pecados de su padre?

—A veces la cosa funciona así.

SOLEMNE ANTE LA MUERTE

Él no dijo nada en ese momento. Ambos tenían motivos para sentirse incómodos ante esa teoría.

—Tú lo sabrás mejor, teniente, pero ¿no resulta igual de probable que esas circunstancias le hayan empujado en la dirección opuesta?

—Él conocía a Alice, tiene conocimientos de sustancias químicas. Se hallaron restos de sustancias químicas en el cuerpo de su abuelo, y ella había sufrido alucinaciones. Las otras dos víctimas fueron asesinadas en rituales. Forte pertenece a un culto. No puedo ignorar todo eso.

—Me pareció muy poco homicida.

Eve seleccionó un pimiento de la bandeja de entrantes.

—Una vez atrapé a una viejecita que hubiera podido ser la abuela preferida de cualquiera. Recogía gatos callejeros y cocinaba pasteles para los niños del vecindario. Tenía las ventanas llenas de geranios. —Le había gustado, así que tomó otro pimiento—. Había atraído a media docena de niños a su apartamento y alimentó a los gatos con sus órganos internos antes de que la pilláramos.

—Una historia encantadora. —Roarke introdujo el plato en la ranura de almacenaje—. Comprendido. —Se llevó una mano al bolsillo y sacó el amuleto que Isis le había dado la noche anterior. Se lo puso a Eve.

—¿Para qué es eso?

—Te queda mejor a ti que a mí.

Ella le dirigió una mirada recelosa.

—Tonterías. Te estás volviendo supersticioso.

—No, no es verdad —le mintió, y dejó el plato de ella junto al suyo antes de empezar a desabrocharle la camisa.

—Eh, ¿qué estás haciendo?

—Matar el tiempo. —Su mano, sensible y rápida, se introdujo debajo de la tela y le acarició los pechos—. Tardaremos una hora en llegar ahí en coche.

—No voy a tener sexo en la parte trasera de una limusina —le dijo—. Es…

—Delicioso —terminó él antes de sustituir sus manos con su boca.

Ϋ

Eve se sentía verdaderamente relajada en el momento en que la limusina entraba en un estrecho camino rural. Los árboles eran frondosos, las estrellas brillaban en el cielo y la oscuridad era absoluta. Los árboles se arqueaban por encima del camino y formaban una especie de túnel. Una sombra atravesó la carretera a gran velocidad y se internó en el bosque, y Eve percibió unos brillantes ojos dorados que debían de ser los de un zorro.

—¿Feeney y Peabody todavía van detrás de nosotros?

—Ajá. —Roarke volvió a ponerse la camisa dentro de los pantalones—. Eso parece. Te estás poniendo esto al revés —le dijo en tono suave y sonriente.

—Diablos. —Eve volvió a quitarse la camisa, le dio la vuelta y volvió a intentarlo—. No estés tan satisfecho. Sólo he fingido que me gustaba.

—Querida Eve. —Le tomó la mano y se la besó—. Eres demasiado buena conmigo.

—Dímelo a mí. —Se sacó el amuleto y lo sujetó por encima de la cabeza de él—. Llévalo tú. —Antes de que Roarke objetara algo, ella le tomó el rostro con ambas manos—. Por favor.

—De todas formas, tú no crees en él.

—No. —Se lo ocultó debajo de la camisa y le dio unos golpecitos en el pecho—. Pero creo que tú sí. ¿El conductor sabe dónde vamos?

—Las indicaciones que Isis nos dio están programadas en el coche. —Consultó el reloj—. Según mis cálculos, ya estamos casi ahí.

—Parece que estamos en ninguna parte, a mi parecer. —Miró a través de la ventana. No se veía nada más que oscuridad, árboles y más oscuridad—. Preferiría estar en mi territorio. Es difícil de creer que exista esta nada a menos de dos horas de Nueva York.

—Eres tan urbanita.

—¿Y tú no?

Él se encogió de hombros.

—El campo es un lugar interesante de visitar por unos cortos períodos de tiempo. La tranquilidad facilita el descanso.

—A mí me pone de los nervios. —El coche tomó otro camino—. Y todo me parece igual. No hay… acción —decidió—. Pero si te metes en Greenwich Park o en Central Park, te en-

SOLEMNE ANTE LA MUERTE

contrarás con cualquier asaltador o traficante. Quizá una puta sin licencia, un par de pervertidos.

Ella miró hacia atrás y vio que él le sonreía.

—Qué.

—La vida contigo tiene tanta… emoción.

Ella soltó un bufido burlón.

—Sí, como si todo hubiera sido gris en tu pequeño mundo antes de que yo apareciera. Todo ese vino, mujeres y dinero. Debe de haber sido bastante aburrido.

—El *ennui* —dijo él con un suspiro— era inenarrable. Hubiera sucumbido a él si tú no hubieras intentado colgarme uno o dos asesinatos.

—Fue nuestro día de suerte. —Eve divisó un brillo de luces a través de los árboles en cuanto el coche empezó a subir una pendiente pronunciada y llena de baches—. Gracias a Dios. Parece que la fiesta ha empezado hace rato.

—Intenta no burlarte. —Roarke le dio un golpecito en la rodilla—. Eso resultaría ofensivo para nuestros anfitriones.

—No voy a burlarme. —Pero ya lo estaba haciendo—. Quiero tus impresiones. No sólo de Forte, de todo el mundo. Y si resulta que reconoces alguna cara, házmelo saber.

Eve sacó un pequeño aparato de su bolsa y se lo guardó en el bolsillo.

—¿Una micro grabadora? —Roarke chasqueó la lengua—. Creo que eso es ilegal. Por no decir poco respetuoso.

—No sé de qué estás hablando.

—E innecesario —añadió. Le mostró la muñeca y se dio un golpecito en el reloj de muñeca—. Ésta es mucho más eficiente. Y sé de lo que hablo. Yo fabrico ambas marcas. —Sonrió mientras el coche aparcaba al borde de un pequeño claro—. Creo que ya hemos llegado.

Eve vio primero a Isis. Era imposible no verla. La túnica lisa y blanca que llevaba parecía brillar en la oscuridad como una luna. El largo pelo, suelto, caía sobre sus hombros. Se había ceñido a la frente una tira dorada engarzada con piedras preciosas. Llevaba los grandes y delgados pies descalzos.

—Sean bendecidos —les dijo y, para desconcierto de Eve, le dio un beso en cada mejilla. Saludó a Roarke de la misma forma y luego volvió a dirigirse a Eve—. Está herida. —Antes de que Eve pudiera responder, le pasó los dedos por las heridas—. Veneno.

—¿Veneno? —Eve tuvo una visión de unas largas uñas empapadas de un líquido de lenta actuación que, en esos momentos, viajaba por su corriente sanguínea.

—No un veneno físico, sino espiritual. Noto a Selina en esto. —No apartó sus ojos de los de Eve mientras apoyaba la mano sobre el hombro de ella—. Esto no va a funcionar. Mirium, por favor, recibe a nuestros invitados —le pidió a una pequeña mujer de piel morena en el mismo instante en que el coche de Feeney, parecido a una ratonera, aparecía saltando sobre los baches del camino—. Chas va a echarle un vistazo a la herida.

—Está bien. Ya veré a un médico por la mañana.

—No creo que eso sea necesario. Por favor, ven por aquí. No es sano tener esto de parte de ella aquí.

La condujo alrededor del claro. Eve vio un círculo formado por velas blancas. La gente, de pie alrededor de él, charlaba como si se encontraran en una fiesta en el centro de la ciudad. Los vestidos eran variados. Vestidos largos, trajes, faldas largas y cortas.

Veinte personas en total, según sus cuentas, de unas edades que abarcaban desde los dieciocho a los veinte años, y de razas y sexos distintos. No parecía haber un tipo específico de persona. Cerca de ellos había unas neveras, lo cual explicaba que muchas de esas personas estuvieran tomándose una copa. Las conversaciones tenían un tono sordo, puntuadas por unas risas ocasionales.

En cuanto se aproximaron a él, Chas, de pie ante una mesa plegable, se dio media vuelta. Llevaba un simple traje de color azul y unos zapatos del mismo tono. Sonrió al darse cuenta de la mirada suspicaz que Eve dirigía a la mesa.

—Herramientas de brujos.

Unas cuerdas rojas, un cuchillo de empuñadura de color blanco. Un dolabro, pensó Eve. Había más velas, un pequeño gong de cobre, un látigo, una espada brillante, unas botellas de colores, tazones y tazas.

—Interesante.

—Es un viejo ritual que requiere herramientas antiguas. Pero estás herida. —Dio un paso hacia ella con la mano levantada, pero se detuvo en cuanto ella le dirigió una mirada fría de advertencia—. Disculpa. Debe de dolerte.

—Chas es un curandero. —Isis sonrió con expresión de desafío—. Considera esto como una demostración. Después de todo, has venido a observar, ¿no es así? Y tu compañero lleva protección.

Eve pensó, notando el agradable peso de su arma, que ella también llevaba protección.

—De acuerdo, adelante con la demostración. —Ladeó la cabeza en un gesto de invitación para que Chas le examinara las heridas.

Notó sus dedos sorprendentemente fríos, sorprendentemente agradables, sobre la piel magullada. Eve mantuvo los ojos fijos en los de él, observó cómo enfocaban la herida y cómo la recorrían.

—Tiene suerte —murmuró él—. El resultado no ha tenido el efecto esperado. ¿Puede relajar la mente un momento? —Levantó la vista y miró a Eve a los ojos—. La mente y el cuerpo son una misma cosa —dijo en tono tranquilo y agradable—. Una guía al otro, el uno cura al otro. Permítame que le alivie esto.

Eve creyó sentir una sensación de calidez desde el punto donde él la tocaba con los dedos hasta la cabeza, recorriéndole todo el cuerpo. En seguida, el dolor se disolvió. Alerta, todo su cuerpo se tensó. Eve vio que él sonreía.

—No voy a hacerle daño.

Se dio la vuelta, tomó una botella de color ámbar, le quitó el tapón y vertió un líquido claro de un olor floral sobre la palma de su mano.

—Esto es un bálsamo, una vieja receta que lleva unas adiciones modernas. —Le untó con suavidad la zona donde Selina la había arañado—. Esto la va a sanar y ya no va a notar más incomodidad.

—Usted conoce sus sustancias, ¿no es así?

—Esto es una base de hierbas. —Sacó un pañuelo del bolsillo y se limpió los dedos—. Pero sí, las conozco.

—Me gustaría hablar con usted sobre este tema. —Esperó un instante, mirándole con amabilidad—. Y sobre su padre.

Eve se dio cuenta de que había dado en el blanco al notar cómo sus pupilas se dilataban e, inmediatamente, se contraían.

En ese instante, Isis se interpuso entre ambos con una expresión furiosa en el rostro.

—Ha sido usted invitada a venir aquí. Este lugar es sagrado. No tiene ningún derecho…

—Isis. —Chas le tocó el brazo—. Ella tiene una misión. Todos la tenemos. —Miró a Eve y pareció recomponerse—. Sí, hablaré con usted, cuando lo desee. Pero éste no es un lugar donde traer tristeza. La ceremonia está a punto de empezar.

—No voy a retenerle.

—¿Le resultaría conveniente mañana, a las nueve en punto, en Búsqueda Espiritual?

—De acuerdo.

—Discúlpeme.

—¿Siempre paga la amabilidad con dolor? —le preguntó Isis en tono furioso en cuanto Chas se hubo alejado. Entonces meneó la cabeza y dirigió la mirada hacia Roarke—. Están ustedes invitados a observar, y esperamos que usted y sus acompañantes mostrarán el respeto debido ante nuestro ritual esta noche. No se les permite penetrar en el círculo mágico.

En cuanto se hubo alejado, Eve introdujo las manos en los bolsillos.

—Bueno, ahora tengo a dos brujas enojadas conmigo.

Levantó la vista al notar que Peabody llegaba apresuradamente a su lado.

—Es una iniciación —susurró Peabody—. Me lo ha dicho ese imponente brujo que lleva el traje italiano. —Con una sonrisa, dirigió la vista hacia un hombre de pelo color de bronce y sonrisa deslumbrante que se encontraba al otro lado del claro—. Jesús, hace que una mujer se plantee la conversión.

—Contrólate, Peabody. —Eve asintió con la cabeza en dirección a Feeney.

—Mi santa madre rezaría media docena de oraciones esta noche si supiera dónde estoy. —Esbozó una sonrisa para encubrir el nerviosismo que sentía—. Un lugar jodidamente siniestro. Aquí no hay más que una gran nada.

Roarke suspiró y rodeó a Eve por la cintura.

—Cortados por el mismo patrón —murmuró antes de girar la cabeza en cuanto el rito empezó.

La mujer joven a quien Isis había llamado Mirium estaba de

pie fuera del círculo de velas y dos hombres le ataron las manos y le cubrieron los ojos. En ese momento, todo el mundo, excepto los observadores, estaba desnudo. A la luz de la luna, la piel de los cuerpos brillaba blanca y dorada. Desde la profundidad del bosque llegaban unos cantos de pájaros.

Nerviosa, Eve se llevó la mano debajo de la chaqueta y sintió el peso del arma.

Las cuerdas rojas sirvieron para atar a la iniciada. En cuanto le ataron las piernas, Chas habló:

—Los pies ni atados ni libres.

Habló con un sentimiento de alegría y reverencia inconfundible.

Curiosa, Eve observó cómo se formaba el círculo, cómo se iniciaba el ritual. El humor general era de felicidad, tenía que admitirlo. Sobre su cabeza, la luna despedía su luz y confería un tinte plateado a los árboles. Unos búhos chillaron, un sonido extraño que le penetró en lo más profundo. Nadie hacía caso a los cuerpos desnudos. No había ningún toqueteo disimulado ni ninguna mirada disimulada, tal y como se habría dado en cualquier club de sexo de la ciudad.

Chas tomó el dolabro. Eve llevó la mano a su arma en cuanto vio que él lo levantaba por encima de la cabeza de la postulante. Entonces Chas habló y su voz se elevó en la densa brisa.

—Tengo dos contraseñas —respondió Mirium—. Amor perfecto y confianza perfecta.

Él sonrió.

—Todos aquellos que también las tengan serán doblemente bienvenidos. Voy a darte una tercera para que atravieses esta puerta.

Ofreció el cuchillo a un hombre que se encontraba de pie a su lado y luego le dio un beso a Mirium. Eve pensó que lo hizo igual que un padre besaría a su hija. Chas caminó alrededor de la postulante, la abrazó y luego la empujó con suavidad hacia el interior del círculo. Detrás de ellos, el segundo hombre dibujó algo en el aire con la punta de la hoja del dolabro.

En esos momentos se elevaron unos cantos, y Chas condujo a Mirium alrededor del círculo. Muchas manos la hicieron dar vueltas en un juego de niños. Se oyó un timbre sonar tres veces.

Chas se arrodilló, dijo algo, besó los pies de la postulante, sus rodillas, su vientre justo encima del pubis, sus pechos y luego sus labios.

Eve pensó que eso podía haber sido un gesto sexual, pero había sido más... amoroso que eso.

—¿Impresiones? —le preguntó en un susurro a Roarke.

—Agradable y poderoso. Religioso. —Llevó una mano hasta la mano de Eve, que todavía sujetaba el arma, y se la apartó de ella con suavidad—. E inofensivo. Sexual, ciertamente, pero en un sentido muy equilibrado y respetuoso. Y sí, reconozco a una o dos personas.

—Quiero nombres.

El ritual continuaba y Eve se llevó la mano al cuello en un gesto inconsciente. Notó que tenía la piel suave, no desgarrada, y que ya no le dolía.

Mientras bajaba la mano, Chas la miró a los ojos. Y volvió a sonreír.

Capítulo dieciséis

*B*úsqueda Espiritual no estaba abierto cuando Eve llegó con Peabody. Pero Chas estaba ahí, esperando en la acera mientras sorbía de una humeante taza reciclada.

—Buenos días. —El aire era bastante fresco y tenía las mejillas enrojecidas—. Me pregunto si sería posible que habláramos arriba, en nuestro apartamento, en lugar de en la tienda.

—¿Los polis son malos para el negocio? —preguntó Eve.

—Bueno, podríamos decir que los primeros clientes podrían sentirse un tanto desconcertados. Y abrimos dentro de media hora. Supongo que no necesita usted a Isis.

—No, por el momento.

—Se lo agradezco. Si pudiera…, esto…, esperar un momento. —Le dirigió una mirada lastimera—. Isis prefiere no tener cafeína en la casa. Yo soy débil —dijo, mientras tomaba otro sorbo de la taza—. Ella sabe que yo me escapo cada mañana para satisfacer mi adicción, pero finge no saberlo. Es tonto, pero nos hace felices.

—Tómese su tiempo. ¿Lo consigue al otro lado de la calle?

—Eso sería demasiado cerca de casa. Y para serle sincero, el café es malísimo ahí. Hacen un café decente ahí abajo, en la esquina. —Dio otro sorbo con una evidente expresión de placer—. Dejé los cigarrillos hace unos cuantos años, incluso los de hierbas, pero no puedo funcionar sin una taza de café. ¿Le gustó la ceremonia de la otra noche?

—Fue interesante. —La mañana era fría, así que Eve se metió las manos en los bolsillos. El tráfico, tanto el terrestre como el aéreo, empezaba a despejarse y pasaban los primeros transportes públicos—. Empieza a hacer un poco de frío para correr por los desnudos bosques, ¿no es así?

—Sí. Seguramente ya no realizaremos ninguna otra ceremonia al aire libre este año. Pero Mirium tiene la ilusión de ser iniciada en primer grado de brujería antes de Samhain.

—Samhain.

—Halloween —dijeron él y Peabody al mismo tiempo—. Natural —añadió.

—Ah, existen algunas similitudes básicas. —Se terminó el café y depositó la taza en la ranura de reciclaje—. Está usted resfriada, oficial.

—Sí, señor. —Peabody se sorbió la nariz e hizo un esfuerzo para no estornudar.

—Tengo algo que puede aliviarla. Uno de nuestros miembros la reconoció, teniente. Dijo que le había hecho una lectura hace poco. La noche en que murió Alice.

—Es verdad.

—Casandra es muy hábil y muy dulce —dijo Chas mientras subía las escaleras—. Piensa que debería haber sido capaz de ver con mayor claridad, de decirle que Alice estaba en peligro. Cree que usted también lo está. —Hizo una pausa y miró hacia atrás—. Ella espera que usted todavía lleve la piedra que le dio.

—Está por ahí, en alguna parte.

Él emitió algo parecido a un suspiro.

—¿Cómo tiene el cuello?

—Como nuevo.

—Veo que se ha curado bien.

—Sí, y deprisa. ¿Qué es eso que me puso?

En los ojos de él apareció una expresión divertida que sorprendió a Eve.

—Oh, sólo un poco de lengua de murciélago y un ojo pequeño de salamandra. —La puerta se abrió con un sonido de campanitas—. Por favor, pónganse cómodas. Voy a preparar un poco de té para que entren en calor, ya que las he hecho esperar de pie.

—No se moleste.

—No es ninguna molestia. Sólo será un momento.

Desapareció por una puerta y Eve se dedicó a observar el habitáculo.

No lo calificaría de sencillo. Era obvio que gran parte del género de la tienda se guardaba ahí. Unos grandes trozos de cristal decoraban una mesa oval, alrededor de una urna de cobre repleta de flores. Un intrincado tapiz colgaba de una pared por encima de un sofá curvado de color azul. Hombres y mujeres, soles y lunas, un castillo de cuyas ventanas defensivas salían llamas de fuego.

—Los arcanos mayores —le aclaró Peabody al ver que Eve se acercaba para observarlo mejor. Estornudó con fuerza y sacó un pañuelo—. El tarot. Parece antiguo, y hecho a mano.

—Caro —decidió Eve—. Este tipo de arte no es barato.

Había unas estatuas talladas en una piedra blanda encima de unos pedestales. Magos y dragones, perros de dos cabezas, sinuosas mujeres con unas delicadas alas. Otra de las paredes estaba decorada con atractivos símbolos de colores.

—Son del libro de Kells. —Peabody se encogió de hombros ante la mirada de curiosidad de Eve—. A mi madre le gusta bordar esos símbolos en cojines y tapices. Son bonitos. Es un lugar agradable. —Y no le ponía los pelos de punta, como el apartamento de Cross—. Excéntrico, pero agradable.

—El negocio debe de irles bien para poder permitirse estas antigüedades, el trabajo sobre metal, las piezas de arte.

—El negocio va bastante bien —dijo Chas mientras volvía con una bandeja y unas tazas de cerámica con diseños florales—. Además, yo tenía algunos recursos propios antes de que abriéramos.

—¿Una herencia?

—No. —Dejó la bandeja en una mesita de café circular—. Ahorros, inversiones. Los ingenieros técnicos cobran bien.

—Pero usted lo abandonó todo para dedicarse al comercio.

—Lo abandoné —se limitó a decir—. No era feliz en mi trabajo. No era feliz en mi vida.

—La terapia no le ayudó.

La miró a los ojos otra vez, aunque parecía que le costaba.

—No me fue mal. Por favor, siéntense. Responderé a sus preguntas.

—Ella no puede obligarte a pasar por esto, Chas. —Isis se coló en la habitación como el humo. Hoy llevaba una túnica gris, del color de las nubes de tormenta, y el tejido oscilaba con cada uno de sus movimientos—. Tienes derecho a tu intimidad, bajo cualquier ley.

—Puedo exigirle que responda a mis preguntas —la corrigió Eve—. Estoy investigando unos asesinatos. Por supuesto, él tiene derecho a un abogado.

—No es un abogado lo que necesita, sino paz. —Isis se dio media vuelta. Tenía los ojos encendidos por la emoción. Chas le tomó ambas manos, se las llevó a los labios y apretó la mejilla contra ellas.

—Tengo paz —le dijo en voz baja—. Te tengo a ti. No te preocupes tanto. Tienes que bajar y abrir, y yo tengo que hacer esto.

—Deja que me quede.

Él negó con la cabeza y ambos intercambiaron una mirada que sorprendió a Eve. Ya era suficientemente sorprendente plantearse la relación física que mantenían, pero lo que ahora vio que existía entre ambos no era sexo. Era amor. Era devoción.

Era posible que la forma en que Isis inclinaba ese cuerpo de diosa para besarle en los labios pudiera resultar risible. Pero, en lugar de eso, resultaba conmovedor.

—Sólo tienes que llamarme —le dijo ella—. Sólo tienes que desear que venga.

—Lo sé. —Le dio una breve palmada en la mano para despedirla. Ella dirigió hacia Eve una última mirada de rabia mal contenida y salió.

—No creo que hubiera sido capaz de sobrevivir sin ella —dijo Chas con la mirada fija en la puerta—. Usted es una mujer fuerte, teniente. Es difícil para usted imaginar ese tipo de necesidad, ese tipo de dependencia.

Anteriormente Eve hubiera estado de acuerdo. Pero ahora ya no estaba tan segura.

—Me gustaría grabar esta conversación, señor Forte.

—Sí, por supuesto. —Se sentó y, mientras Peabody encendía la grabadora, sirvió el té con gesto mecánico. Escuchó a Eve recitar sus derechos sin levantar la mirada.

—¿Comprende usted cuáles son sus derechos y sus obligaciones?

—Sí. ¿Quiere un endulzante?

Eve miró la taza de té con gesto impaciente. Olía sospechosamente parecido a lo que Mira había insistido en servirle.

—No.

—He añadido un poco de miel al suyo, oficial. —Dirigió una sonrisa dulce a Peabody—. Y un poco de... otra cosa. Creo que lo encontrará reconfortante.

—Huele muy bien. —Con precaución, Peabody dio un sorbo y sonrió—. Gracias.

—¿Cuándo fue la última vez que vio a su padre?

Chas levantó la vista rápidamente. La forma abrupta de hacerle la pregunta le había pillado desprevenido. La mano con que sostenía la taza le tembló con fuerza un momento.

—El día en que fue condenado. Asistí al juicio y vi cómo se lo llevaban. Le tenían atado y cerraron la puerta a su vida.

—¿Y cómo se sintió usted al respecto?

—Triste. Aliviado. Desesperadamente infeliz. O quizá solamente desesperado. Era mi padre. —Chas tomó un largo trago de té, de la misma forma en que algunos hombres toman un trago de whisky—. Le odiaba con todo mi corazón y con toda mi alma.

—¿Porque había asesinado?

—Porque era mi padre. A mi madre le dolió profundamente que yo insistiera en asistir al juicio. Pero estaba demasiado destrozada emocionalmente para impedirme hacer lo que yo quisiera. Tampoco había podido impedirle nunca nada a él. Aunque al final sí pudo dejarle. Se me llevó y le abandonó y eso fue, creo, una sorpresa para todos nosotros.

Bajó la mirada hasta su copa, como si contemplara los dibujos de las hojas en el fondo de ella.

—La odié a ella, también, durante mucho, mucho tiempo. El odio puede definir a una persona, ¿no es así, teniente? Puede hacerla retorcida y terrible.

—¿Eso es lo que le sucedió a usted?

—Casi. El nuestro no era un hogar feliz. No era posible que lo fuera, con un hombre como mi padre dominándolo. Usted sospecha que yo puedo ser como él. —La sensual voz de Chas mantuvo un tono tranquilo. Pero tenía los ojos inundados por la emoción.

Eran los ojos que se veían en los interrogatorios, pensó Eve. Muy a menudo, las palabras no significaban nada.

—¿Lo es?

—«La sangre lo dirá.» ¿Es de Shakespeare? —Meneó la cabeza—. No estoy seguro. Pero ¿no es así como viven todos los hijos, no es ése el temor que tienen, sin que importe lo que sus padres o la sangre digan?

Ella vivía con eso, también lo temía eso, pero no podía permitirse que la sobrepasara.

—¿Cómo fue de fuerte la influencia que él ejerció en su vida?

—No hubiera podido ser más fuerte. Es usted una investigadora eficiente, teniente. Estoy seguro de que ya ha estudiado los registros, ha visionado los discos, los ha observado con detenimiento. Habrá visto usted a un hombre carismático, terroríficamente carismático. A un hombre que se creía por encima de la ley, de toda ley. Ese tipo de arrogancia resulta, por sí misma, atractiva.

—El mal puede resultar atractivo para algunas personas.

—Sí. —Esbozó una sonrisa sin alegría—. Usted lo sabe bien, por el tipo de trabajo que realiza. No era un hombre con el que uno pudiera… enfrentarse, ni a nivel físico ni emocional. Era fuerte. Muy fuerte.

Chas cerró los ojos un momento y soltó lo que constantemente estaba intentando retener.

—Yo tenía miedo de llegar a ser como él y valoré la posibilidad de abandonar el regalo más precioso que se me ha dado: la vida.

—¿Intentó usted suicidarse?

—Nunca llegué a intentarlo, solamente a planearlo. La primera vez tenía diez años. —Tomó otro sorbo de té, decidido a tranquilizarse—. ¿Puede usted imaginar que un niño de diez años piense en suicidarse?

Sí, podía imaginarlo demasiado bien. Ella había sido más joven cuando lo pensó.

—¿Le maltrató?

—«Maltrato» es una palabra demasiado suave, ¿no cree? Me apalizaba. Nunca parecía estar rabioso cuando lo hacía. Simplemente empezaba en cualquier momento inesperado, me rompía un hueso, me levantaba el puño, con esa tranquila expresión ausente con que un hombre espanta a una mosca.

Tenía el puño de la mano apretado encima de su rodilla. Con un gesto consciente, Chas abrió el puño y estiró los dedos.

—Atacaba como un tiburón, rápido y en completo silencio. Nunca hubo una advertencia, nunca hubo un indicio. Mi vida, mi dolor, dependía por completo de su capricho. Ya he pasado mi tiempo en el infierno —dijo en voz baja, casi como si rezara.

—¿Nadie le ayudó? —le preguntó Eve—. ¿Nadie intentó intervenir?

—Nunca nos quedábamos mucho tiempo en el mismo sitio, y no podíamos tener ningún vínculo, ningún amigo. Afirmaba que tenía que difundir la palabra. Él me rompía un hueso, me levantaba el puño, y luego me llevaba a un centro médico. Un padre preocupado.

—¿No se lo contó usted a nadie?

—Era mi padre, y era mi vida. —Chas levantó la mano y la dejó caer de nuevo—. ¿A quién podía decírselo?

Eve pensó que ella tampoco se lo había contado a nadie. Tampoco había tenido a nadie a quién contárselo.

—Y durante un tiempo le creí cuando decía que eso era justo. —Los ojos de Chas se movían, inquietos—. Y, por supuesto, le creía cuando me decía que yo sufriría un dolor y un castigo terrible si se lo contaba a alguien. Yo tenía trece años cuando me sodomizó por primera vez. Fue un ritual. Un ritual de iniciación. El sexo era la vida. Era necesario hacerlo. Él me lo haría, tal y como era su deber y su derecho.

Tomó la tetera, sirvió un poco de té y volvió a dejarla en la mesa.

—No sé si fue una violación. Yo no me resistí. No le supliqué que parara. Simplemente lloré en silencio y me sometí.

—Fue una violación —dijo Peabody en voz muy baja.

—Bueno… —Se dio cuenta de que no era capaz de beberse el té que acababa de servir, pero levantó la taza y la mantuvo en la mano—. No se lo conté a nadie. Ni siquiera años más tarde, cuando le metieron en prisión, no se lo dije a la policía. No creía que le mantuvieran en prisión. Simplemente no lo creía. Él era demasiado fuerte, demasiado poderoso, y toda esa sangre que tenía en las manos lo confirmaba. Fue curioso, fue el sexo lo que empujó a mi madre a escapar, a llevarme con ella. No fue la violencia, no fue el niño con el brazo roto, ni siquiera todas esas muertes de las cuales, creo, ella tenía conocimiento. Fue el verle a él de rodillas encima de mí en el altar, con las velas negras encendidas. Él no la vio, pero yo sí. Yo le vi la cara cuando entró en la habitación. Me dejó allí, permitió que él terminara conmigo, y esa noche nos fuimos, nos escapamos.

—Y a pesar de eso, ella no fue a la policía.

—No. —Miró a Eve—. Sé que usted piensa que si lo hubiera hecho, unas cuantas vidas se hubieran salvado. Pero el miedo es una emoción muy personal. Su único objetivo era sobrevivir. Cuando le arrestaron, asistí al juicio, cada día. Estaba seguro de que él lo detendría de alguna manera. Incluso cuando dijeron que le iban a encerrar, no lo creí. Borré su nombre e intenté sumergirme en la normalidad. Acepté un trabajo que me interesaba y para el cual tenía cierto talento. Y no me permití acercarme a nadie. Había rabia en mí. Cuando veía un rostro feliz, lo odiaba. También cuando veía uno triste. Odiaba a todo el mundo por su existencia sin oscuridades. Y, al igual que mi padre, no me quedaba mucho tiempo en el mismo sitio. Cuando me di cuenta de que estaba planeando el suicidio con una enorme calma y seriedad, sentí el suficiente miedo para buscar ayuda.

Fue capaz de sonreír de nuevo:

—Ése fue, aunque en esos momentos no me di cuenta, el principio para mí. Dar ese paso, permitirme hablar de lo que no se podía hablar. Aprendí a aceptar mi propia inocencia y a perdonar a mi madre. Pero la rabia todavía estaba ahí, ese nudo secreto y duro dentro de mí. Entonces conocí a Isis.

—Gracias a su interés por lo oculto —añadió Eve.

—Gracias a mi estudio sobre ello, como parte de mi terapia. —Tomó un sorbo de té y sonrió un poco—. Yo estaba enojado y era desagradable. Cualquier tipo de religión era una abominación para mí, y detestaba aquello que ella defendía. Ella era tan bonita, estaba tan llena de luz. La odiaba por eso. Me desafió a que asistiera a una ceremonia, a que observara lo que usted vio la otra noche. Yo prefería pensar en mí mismo como en un científico. Me dije que asistiría para demostrar que su fe no era nada, excepto viejas palabras pronunciadas por unos tontos. Igual que el credo de mi padre no había sido nada más que una excusa para hacer daño y para dominar a los demás. Lo observé todo con actitud distante y cínica, secretamente rabioso. Les odiaba por ser tan simples y por ser tan devotos. ¿No había visto yo la misma mirada en los ojos de la gente que se reunía para escuchar a mi padre? No quería tener nada que ver con ellos, pero me sentí atraído. Tres veces asistí y observé y, aunque no lo sabía, empecé a sanar. Y una noche, en Alban Eilir, en el solsticio de primavera, Isis me invitó a su casa. Cuando estuvimos juntos, me dijo que me había reconocido. Yo entré en pánico. Me había esforzado tanto por enterrar todo eso, todo lo que tuviera algo que ver con él. Ella me dijo que no se refería a esta vida, aunque yo me di cuenta, por su mirada, de que lo sabía. Sabía quién era yo, de dónde venía. Me dijo que yo tenía una gran capacidad de sanación y que lo descubriría cuando me hubiera curado a mí mismo. Luego me sedujo.

Se rio un momento con un sentimiento muy cálido.

—Imagínese mi sorpresa cuando esa bonita mujer me condujo hasta su cama. Yo la seguí como una marioneta, medio deseándolo, medio temiéndolo. Era la primera mujer con la que estaba, y la única con la que he estado. Y esa noche del solsticio de primavera ese nudo duro y secreto empezó a deshacerse.

»Ella me quiere. Y este milagro me ha hecho creer en otros milagros. Me convertí a la Brujería, acepté y fui aceptado por ella. Aprendí a sanarme a mí mismo y a sanar a los demás. A la única persona a quien he hecho daño en toda mi vida es a mí mismo. Pero soy capaz de comprender, mejor que Isis a pesar de toda su visión, el atractivo de la violencia, del egoísmo, de someterse a un maestro.

Eve le creyó. Gran parte de su propio pasado era parecido al de ella y confiaba en su instinto.

—Ha realizado usted grandes esfuerzos por ocultar la relación con su padre.

—¿No habría usted hecho lo mismo?

—¿Lo sabía Alice?

—Alice era la inocencia. Era joven. No había ningún David Baines Conroy en su vida. Hasta Selina Cross.

—Y Cross es una mujer inteligente y vengativa. Si ella hubiera descubierto su secreto, hubiera utilizado a Alice, y a otros, para hacerle chantaje. ¿Confiarían en usted los miembros de su culto si conocieran su pasado?

—Dado que eso nunca ha sido puesto a prueba, no tengo la respuesta. Pero ciertamente prefiero mantener la privacidad.

—La noche en que Alice fue asesinada usted estaba aquí. Solo con Isis.

—Sí, y estábamos aquí, solos, la noche en que Lobar fue asesinado. Usted sabe que yo estaba cerca en el último asesinato, otra vez con Isis. Y sí. —Sonrió levemente—. No tengo ninguna duda de que ella moriría por mí. Pero mientras que ella es capaz de vivir con el hijo de un asesino, nunca viviría con un asesino. Eso iría contra todo lo que ella es.

—Ella le quiere.

—Sí.

—Y usted la quiere.

—Sí. —Parpadeó y una expresión de horror le llenó los ojos—. No es posible que crea usted que ella tiene nada que ver con esto, con nada que no sea el hecho de que quería a Alice, y se preocupaba por ella, como una madre por su hija. Es incapaz de hacerle daño a nadie.

—Señor Forte, todo el mundo es capaz.

—No creerás que tiene algo que ver —dijo Peabody mientras empezaban a bajar las escaleras.

—Existe una historia de comportamiento aberrante en su familia. Tiene un conocimiento de experto en sustancias químicas, incluyendo alucinógenos y hierbas. No tiene ninguna coartada para la mayor parte de los incidentes. Tenía relación con Alice, una relación bastante próxima, y es posible que ella hubiera descubierto el secreto que él ha ocultado durante años y que, de ser difundido, habría terminado con su culto.

Hizo una pausa y repicó con los dedos en la barandilla mientras repasaba mentalmente la lista.

—Tiene razones para odiar a Selina Cross y a seguidores, para desear castigarles, ya que no pudo castigar a su padre. Se encontraba cerca cuando Wineburg empezó a hablar, y fácilmente hubiera podido acorralarle y matarle. Eso le da el móvil y la oportunidad, y dado su pasado, un comportamiento potencialmente violento.

—Se ha construido una vida decente después de esa infancia de pesadilla —protestó Peabody—. No puedes condenarle por lo que hizo su padre.

Eve dirigió la mirada hacia la calle y se enfrentó con sus propios demonios.

—No le estoy condenando, Peabody. Estoy investigando todas las posibilidades. Piensa en esto. —Se dio la vuelta—. Si Alice lo sabía y se lo dijo a Frank, su reacción hubiera podido ser la de pedirle que cortara cualquier relación. Es probable, siguiendo esta línea de pensamiento, que se enfrentara con el mismo Forte, incluso que le amenazara con difundirlo si no cortaba la relación con ella. Él estaba en Homicidios cuando encerraron a Conroy, y debía de conocer y recordar cada uno de los desagradables detalles.

—Sí, pero…

—Y Alice se trasladó a su propia casa. Continuó trabajando a media jornada para Isis, pero ya no vivía ahí. ¿Por qué se trasladó, si tenía miedo?

—No lo sé —admitió Peabody.

—Y no podemos preguntárselo. —Eve se dio la vuelta y continuó bajando las escaleras. En cuanto vio al chico apoyado en el coche, soltó una exclamación—: Vaya, vaya.

Bajó y se dirigió directamente hacia Jamie.

—Saca el culo de mi capó. Éste es un vehículo oficial.

—Un montón de chatarra oficial —la corrigió con una rápida y descarada sonrisa—. La ciudad obliga a los polis a ir en estos montones de chatarra reciclada. Una detective de alto nivel como usted debería tener uno mejor.

—Le diré al jefe que has dicho eso la próxima vez que le vea. ¿Qué estás haciendo aquí?

—Pasando el rato. —Volvió a sonreír—. Y he dado esquinazo al tipo que ha puesto usted detrás de mí. Es bueno. —Jamie introdujo los pulgares de las manos en los bolsillos—. Yo soy mejor.

—¿Por qué no estás en la escuela?

—No se moleste en llamar a la brigada de perezosos, teniente, es domingo.

¿Cómo diablos se suponía que podía seguirle?

—¿Por qué no estás aterrorizando cualquier centro comercial como un delincuente normal?

El chico sonrió de nuevo.

—Odio los centros comerciales. Están tan pasados. La he visto en el Canal 75.

—¿Has venido a pedirme un autógrafo?

—Dibújelo en un papel de crédito. Podría ponerle a punto esta chatarra y hacer que rulara. —Dirigió la mirada hacia la tienda—. He visto a la bruja a través del cristal. Está vendiendo bastante hoy.

Eve miró hacia atrás y vio a unos clientes dentro de la tienda.

—Ya la habías visto antes.

—Sí, un par de veces cuando seguía a Alice.

—¿Viste algo interesante alguna vez?

—No. Todo el mundo va vestido ahí dentro. —Levantó una ceja—. Hay que tener esperanza. Yo estudié a los brujos. Les gustaba mucho ir desnudos. Una vez vi a la bruja echar a un tipo fuera de la tienda.

—¿De verdad? —Ahora fue Eve quien se apoyó en el capó—. ¿Por qué?

—No lo podría decir, pero ella estaba tope mosqueada. Me di cuenta de que estaban discutiendo y creí que ella iba a pegarle. En especial cuando él la empujó.

—Él la empujó.

—Sí. Pensé en entrar entonces, aunque ella era mucho más grande que él. Pero los tíos no tienen que ir por ahí empujando a las mujeres. Pero algo que ella le dijo le hizo echarse atrás. Atrás hasta que llegó a la puerta. Y salió, muy apresurado.

—¿Qué aspecto tenía?

—Un tío delgado, un metro setenta y ocho, quizá unos cincuenta y siete kilos. Un par de años mayor que yo. Pelo largo y negro, las puntas rojas. La cara alargada, con los incisivos puntiagudos. Ojos rojos. De piel clara. Vestido de cuero negro, sin camisa, un par de tatuajes, pero estaba muy lejos para distinguirlos.

Sonrió con cierta expresión amarga.

—Suena familiar, ¿verdad? La última vez que le vi no tenía un aspecto tan vivo.

«Lobar», pensó Eve mientras intercambiaba una mirada con Peabody. El chico había hecho una concisa y casi profesional descripción.

—¿Y cuándo fue eso? ¿Cuándo fue que presenciaste este incidente?

—El día… —Se le cortó la voz un momento y se aclaró la garganta—. El día antes de que Alice muriera.

—¿Y qué hizo Isis después de Lobar?

—Llamó a alguien. Un par de minutos más tarde el tipo que vive con ella apareció corriendo. Hablaron un par de minutos, intensamente, y luego ella colocó el cartel de cerrado y se fueron a la habitación trasera. Me dejaron fuera —añadió—. Hubiera podido seguir al tipo de cuero.

—Tienes que dejar de seguir a la gente, Jamie. Si te descubren, se enojarán.

—La gente a quien sigo no me descubre. Soy muy bueno.

—También creíste que eras bueno entrando en una propiedad privada —le recordó con sequedad y observó que el chico se ruborizaba.

—Eso fue diferente. Mire, el tipo que fue apuñalado estaba en el funeral de Alice. Tiene que estar conectado con ella y con ese Lobar, y tengo derecho a saberlo.

Eve se incorporó.

—¿Estás pidiendo conocer el estado de mi investigación?

—Sí, sí, exacto. —Levantó los ojos al cielo—. ¿Cuál es el estado de la investigación?

—En proceso —repuso Eve, con brevedad e hizo un gesto con el pulgar—. Ahora, lárgate.

—Tengo derecho a saberlo —insistió él—. Supervivientes de las víctimas y todo eso.

—Eres el nieto de un policía —le recordó—. Ya sabes que no voy a contarte nada. Y eres un menor. No tengo por qué decirte nada. Ahora, vete a jugar a alguna parte, niño, antes de que Peabody te dé un escarmiento por perezoso.

El chico apretó la mandíbula.

—No soy un niño. Y si usted no encuentra al asesino de Alice, yo lo haré.

Eve le agarró por el brazo de la chaqueta antes de que él saliera corriendo.

—No te pases de la raya —le dijo en voz muy baja. Mantuvo la cara muy cerca de la de él y le obligó a mirarla a los ojos—. Si tú quieres justicia, yo la conseguiré. Por Dios que la conseguiré por ti. Si lo que quieres es venganza, te meteré entre rejas. Tú te acuerdas de qué era lo que Frank defendía, y de quién era tu hermana, así que piensa todo esto otra vez. Ahora, vete de aquí.

—Yo les quería. —Se soltó el brazo de un tirón, pero no consiguió hacerlo antes de que los ojos se le llenaran de lágrimas—. A la mierda con su justicia. Y a la mierda con usted.

Ella le dejó ir porque, a pesar de que las palabras habían sido las de un adulto, las lágrimas habían sido las de un niño.

—El chico está dolido —murmuró Peabody.

—Lo sé. —Ella también lo estaba—. Síguele, sólo para estar segura de que no se mete en ningún lío. Dale treinta minutos, hasta que se tranquilice, y luego señálame tu posición. Te recogeré ahí.

—¿Va a hablar con Isis?

—Sí, vamos a ver qué era lo que ella y Lobar tenían que decirse. Ah, y vigila tus pasos. Jamie es un chico listo. Si vio a uno de los hombres de Roarke, es probable que te vea a ti.

Peabody le dirigió una sonrisa.

—Creo que soy capaz de seguir a un niño unas cuantas manzanas.

Eve, confiando en que su ayudante mantendría a Jamie alejado de cualquier problema, entró en Búsqueda Espiritual. El ambiente olía a incienso y a cera derretida de docenas de velas encendidas. El sol de octubre era fuerte y atravesaba los colores de unos prismas de cristal que colgaban del techo.

La mirada que Isis le dirigió no iba a juego con esa exótica bienvenida.

—¿Ha terminado con Chas, teniente?

—De momento. Me gustaría hablar unos minutos con usted.

Isis se dio la vuelta para responder a una pregunta de un cliente acerca de una mezcla de hierbas para la memoria.

—Déjelo en remojo cinco minutos —le dijo—. Luego cuélelo. Tendrá que beberlo a diario por lo menos durante una semana. Si eso no le ayuda, dígamelo. —Miró a Eve—. Ya ve que es un mal momento.

—Seré breve. Solamente tengo curiosidad por la visita que Lobar le hizo aquí, unos días antes de que acabara con la garganta cortada.

Había hablado con un tono de voz bajo, pero le hizo notar con claridad sus intenciones. Iban a hablar, en privado o en público. Eso dependía de Isis.

—No creo que la juzgara mal —dijo en voz baja Isis—, pero

hace usted que dude de mí misma. —Hizo un gesto a una chica joven a quien Eve reconoció de la fiesta de iniciación—. Jane se encargará de los clientes —dijo Isis mientras se dirigía hacia la habitación trasera—. Pero no quiero dejarla sola mucho rato. Es nueva en la tienda.

—La sustituta de Alice.

Isis le dirigió una mirada encendida.

—Nadie puede sustituir a Alice.

Entraron en lo que parecía ser una combinación de oficina y almacén. Encima de unos estantes de plástico reforzado se alineaban gárgolas, velas, sobres cerrados de hierbas secas, botellas destapadas llenas de líquidos de distintos colores.

Encima de un pequeño escritorio había un ordenador moderno y eficiente y un sistema de comunicación.

—Un equipo espectacular —comentó Eve—. Muy moderno.

—No renunciamos a la tecnología, teniente. Nos adaptamos, y utilizamos lo que está en nuestras manos. Siempre ha sido así. —Hizo un gesto en dirección a una silla que tenía un respaldo alto y tallado. Ella se sentó en una parecida cuyos brazos tenían la forma de unas alas.

—Dijo que sería breve. Pero primero tengo que saber si tiene intención de dejar en paz a Chas.

—Mi prioridad consiste en cerrar un caso, no en cuidar la tranquilidad mental de un sospechoso.

—¿Cómo puede sospechar de él? —Se agarró con fuerza a los brazos de la silla y se inclinó hacia delante—. Usted, más que nadie, sabe por lo que él ha pasado.

—Si su pasado tiene alguna relevancia…

—¿La tiene el suyo? —le preguntó Isis—. ¿El hecho de que usted haya sobrevivido a una pesadilla es algo que le va a favor o en contra?

—Mi pasado es asunto mío —dijo Eve en tono tranquilo—, y usted no sabe nada de él.

—Lo que me llega son imágenes sueltas e impresiones. En unos casos con mayor fuerza que en otros. Yo sé que usted ha sufrido y que era inocente. Igual que lo es Chas. Yo sé que usted tiene cicatrices y que alberga dudas. Igual que él. Yo sé que usted lucha por conseguir tener paz. Y veo una habitación.

Su tono de voz cambió, se hizo más profundo, igual que la expresión de sus ojos.

—Una habitación pequeña y fría inundada por una sucia luz roja. Y una niña, apalizada y sangrante, acurrucada en una esquina. El dolor es indescriptible, y está más allá de lo soportable. Y veo a un hombre. Está cubierto de sangre. Su rostro está…

—Basta. —El corazón de Eve estaba desbocado y casi le impedía respirar. Por un momento se había sentido ahí de nuevo, había vuelto a ser esa niña que, a gatas, gimiendo como un animal, en la esquina de la habitación, tenía las manos ensangrentadas—. Maldita sea.

—Lo siento. —Isis se llevó una mano temblorosa al pecho, a la altura del corazón—. Lo siento mucho. No es mi estilo. He permitido que la rabia me dominara. —Cerró los ojos con fuerza—. Lo siento mucho.

Capítulo diecisiete

*E*ve se levantó de la silla. No había espacio suficiente en la habitación para dar unos pasos, para sacudirse de encima los recuerdos.

—Estoy al tanto —empezó, en tono frío— de que tiene usted lo que comúnmente se conoce como habilidades psíquicas. Las habilidades psíquicas todavía están siendo objeto de estudio. Tengo un informe sobre el tema en mi escritorio ahora mismo. Así que tiene usted un talento, Isis. Felicidades. Y ahora, salga de una maldita vez de mi cabeza.

—Sí. —Una expresión de pena inundó sus ojos. Había visto mucho más de lo que había querido o esperado—. Sólo puedo disculparme de nuevo. Una parte de mí quería hacerle daño. No la he controlado.

—Debe de serle difícil de controlar cuando está usted enojada. Cuando se siente amenazada. Cuando descubre una debilidad que puede explotar.

Isis inhaló conscientemente.

Todavía estaba conmocionada, no sólo por lo que había visto, sino por lo que había hecho.

—No es mi estilo. Está en contra de mis creencias y de mi fe. No voy a causarle ningún mal. —Se llevó las manos al rostro y se frotó los ojos—. Responderé a sus preguntas. Usted quería saber algo de Lobar.

—La vieron discutir con él aquí en la tienda el día antes de que Alice muriera.

—¿Sí? —Recuperó la compostura—. Siempre es un error creer que uno está solo. Sí, estuvo aquí. Sí, discutimos.

—¿Sobre?

—Alice, especialmente. Él era un hombre joven y mal encaminado, que albergaba un peligroso sentimiento de importancia personal. Se creía poderoso. No lo era.

—¿Alice no estaba aquí? ¿No estaba trabajando ese día?

—No. Yo esperaba que estuviera con su familia, que volviera a conectar con ellos después de la muerte de su abuelo. Ésa fue la principal razón por la cual la animé a trasladarse de aquí, a un espacio propio. Le pedí que no viniera durante unos días. Lobar esperaba encontrarla aquí. No creo que le enviara nadie, sino que vino por su cuenta. Quizá para ponerse a prueba a sí mismo.

—Y discutieron.

—Sí. Él dijo que yo no podía ocultarla, que ella nunca escaparía. Ella había infringido la ley, la ley a la cual Cross y sus seguidores se someten. Dijo que su castigo sería la tortura, el dolor y la muerte.

—Él amenazó la vida de Alice y usted no me lo dijo. Yo estuve aquí antes y le hice preguntas.

—No, no se lo dije. Consideré que no era nada más que un enfrentamiento de voluntades, la suya contra la mía. Él no era más que un peón. No hace falta tener poderes psíquicos para darse cuenta de ello. Solamente quería que yo me preocupara, para demostrar su superioridad. Su forma de hacerlo fue describir, gráficamente, lo que le había hecho a Alice sexualmente. —Inhaló con fuerza de nuevo—. Y me dijo que yo le había sido prometida. Que cuando me llevaran allá y mi poder fuera destruido, él sería el primero en ponerme las manos encima. Entonces me contó lo que tenía intención de hacer y hasta qué punto yo lo disfrutaría. Me invitó a presenciar alguno de sus muchos talentos aquí mismo, para que yo me diera cuenta de que él era más hombre que Chas. Yo me reí de él.

—¿La atacó?

—Me empujó. Estaba enojado. Yo le había provocado deliberadamente. Utilicé una maldición antigua —añadió, con un gesto de la mano—. Es lo que se podría llamar un efecto bumerán, o efecto espejo, para que todo aquello que él dirigía hacia mí, toda esa oscuridad, violencia y odio, le volviera a él aumentado. —Sonrió un poco—. Se marchó rápidamente y muy asustado. No volvió.

—¿Estaba usted asustada?

—Sí, a un nivel físico lo estaba.

—Llamó usted a Forte.

—Es mi compañero. —Isis elevó la barbilla—. No tengo ningún secreto con él, y dependo de él.

—Él debió de enfadarse.

—No. —Mirándola a los ojos, negó con la cabeza—. Se preocupó, sí. Formamos un círculo y llevamos a cabo un ritual de protección y purificación. Estábamos contentos. Hubiera tenido que verlo —continuó, y un tono de pesar le inundó la voz—. Hubiera tenido que ver que Alice era su objetivo. El orgullo me hizo creer que él iría contra mí, que ellos no se atreverían a tocarla mientras se encontrara bajo mi protección. Quizá yo no fui tan sincera con usted como debería haberlo sido, Dallas, porque si el orgullo no me hubiera cegado, sé que Alice podría estar viva todavía.

Mientras conducía para recoger a Peabody, Eve pensó que había culpa, y la culpa podía buscar compensación. Frank y Alice habían sido asesinados con un método distinto al de Lobar y Wineburg. Las muertes estaban conectadas, estaba segura, pero que hubiera una conexión no significaba que las hubiera llevado a cabo la misma mano.

Quería volver a la Central y realizar un examen de probabilidades. Ahora tenía suficientes datos para llevarlo a cabo. Y si los números la apoyaban, podría pedir a Whitney que pusiera vigilancia sobre ambos grupos de sospechosos las veinticuatro horas, siete días por semana.

A la mierda el presupuesto, pensó mientras se enfrentaba con el tráfico. Necesitaba un estudio de probabilidades para justificar el tiempo, el dinero y los recursos humanos. Pero Peabody y Feeney no eran suficientes para mantener vigilancia las veinticuatro horas sobre todas las personas involucradas.

Incluyendo a Jamie, pensó. El chico estaba buscándose problemas. Y le creía lo bastante inteligente para encontrarlos.

Peabody entró de un salto en cuanto Eve giró la esquina de la Siete con la Cuarenta y siete. Desde el otro lado de la calle les llegaba el estruendo de un juego de guerra en un garito de realidad virtual. Incumplía las normas sobre contaminación acústica, pero Eve imaginaba que los propietarios preferían arriesgarse a recibir una o dos multas si así atraían a los turistas aburridos.

—¿Está ahí?

—Sí, señor. —Peabody, con expresión esperanzada, levantó la vista hacia un Glida Grill humeante. Olía las hamburguesas de soja y los fritos. Ya era casi la hora de comer y el estómago le empezaba a pedir alimento. Se deprimía sólo de pensar en la porquería del comedor de la Central—. ¿Le importa si voy a buscar algo de comer ahí?

Eve miró al otro lado de la ventana con impaciencia.

—¿No se supone que tienes que matar de hambre a ese resfriado, o algo?

—Nunca fui capaz de hacerlo. De cualquier forma —Peabody respiró con fuerza por la nariz—, me siento genial. El té ha funcionado.

—Vale, vale. Hazlo deprisa y cómetelo de camino.

—¿Quiere algo? —Le preguntó Peabody girando la cabeza mientras abría la puerta del coche.

—No. Píllalo y pongámonos en marcha.

«Drogas, sexo, Satán y poder —pensó Eve—. ¿Una guerra religiosa? ¿No habían luchado y muerto los seres humanos por sus creencias desde el principio de los tiempos? Los animales luchaban por el territorio, las personas también luchaban por el territorio. Y por riqueza, por pasión, por creencias. Por todo eso.»

Eve pensó que mataban por las mismas razones.

—He pillado dos de cada —anunció Peabody mientras depositaba una delgada bandeja de cartón en el asiento del medio—. Por si acaso. Si usted no lo quiere, supongo que yo me lo podré tragar. Es la primera vez que tengo apetito en dos días.

Le dio un mordisco a la hamburguesa mientras Eve esperaba un espacio libre en medio del tráfico.

—El chico me ha hecho recorrer un largo camino. Caminó como enloquecido diez manzanas, pilló un tranvía al centro, y al salir se dirigió hacia el oeste. Y hablando de apetito. Dio con un carrito en la Sexta y engulló dos perritos calientes y una super bolsa de patatas. En la siguiente manzana pilló un granizado de naranja, que resulta que es una de mis bebidas favori-

SOLEMNE ANTE LA MUERTE

tas. Antes de entrar en el garito de realidad virtual, le compró tres barritas dulces a un tipo.

—Un chico en edad de crecimiento —comentó Eve, antes de acelerar de repente en cuanto vio un espacio vacío. Los cláxones sonaron, protestando—. Mientras esté comiendo porquerías y jugando con realidad virtual, no se meterá en líos.

Rodeado del estruendo del local, Jamie sonrió, burlón, ante los hologramas que peleaban en su pantalla personal. Escuchó el diálogo procedente del coche de Eve, cortesía de sus auriculares y de la micro grabadora y del localizador que había colocado en el coche de Eve.

Sí, el riesgo había valido la pena, decidió mientras jugaba con los controles de la realidad virtual sin prestarle mucha atención. Por supuesto, no había sido un desafío tan importante. No sólo era ese coche un montón de chatarra, sino que el sistema de seguridad estaba pasado. Por lo menos en manos de un experto en informática.

Dallas no le diría qué estaba sucediendo, pensó con un sentimiento de tristeza mientras destruía la imagen holográfica de un matón de ciudad. Pero él controlaría las cosas a su manera. Y manejaría las cosas a su manera.

Fuera quien fuese que hubiera matado a su hermana, podía prepararse a morir.

Eve obtuvo unos resultados variados en el examen de probabilidades. El ordenador estuvo de acuerdo, en un noventa y seis por ciento, de que los cuatro casos estaban conectados. Los números caían diez puntos cuando se trataba de identificar a los diferentes autores.

Charles Forte obtuvo una puntuación alta, igual que Selina Cross. En cuanto a Alban, continuaba teniendo insuficientes datos.

Frustrada, llamó a Feeney.

—Tengo unos cuantos datos que me gustaría enviarte de un examen de probabilidades. ¿Podrías ver qué puedes hacer con esos números?

Él levantó las cejas.

—¿Los quieres más altos o más bajos?

Ella se rio y Meneó la cabeza.

—Los quiero más altos, pero los quiero sólidos. Quizá se me esté pasando algo por alto.

—Dispáralos. Les echaré un vistazo.

—Te lo agradezco. Y hay otra cosa. Encuentro lagunas cada vez que intento encontrar datos sobre ese personaje de Alban. El tipo está en la treintena. Tiene que haber más cosas sobre él. No consigo nada sobre estudios, datos médicos, historia familiar. No hay ningún registro delictivo, ni siquiera una parada de control. Yo diría que los hizo borrar.

—Hace falta mucho talento y mucho dinero para borrarlos. Siempre hay algo en alguna parte.

Eve pensó en Roarke, y en la sospechosa escasez de información en los registros. Bueno, él tenía mucho talento, se dijo a sí misma. Y mucho dinero.

—Pensé que si hay alguien que pueda encontrarlo...

—Sí, dame coba niña. —Le guiñó un ojo—. Te diré algo.

—Gracias, Feeney.

—¿Era Feeney? —Mavis apareció subida en unas altas suelas de aire de las zapatillas deportivas que llevaba—. Joder, ya has cortado. Quería hablar con él.

Eve se pasó la lengua por los dientes. Mavis se había vestido al clásico estilo Mavis. El pelo iba a juego con los pantalones, deslumbrantes. Llevaba el pelo peinado en una espiral de rizos que se disparaban tanto hacia arriba como hacia abajo. Los pantalones eran de una brillante imitación de goma, atados bastante por debajo del ombligo, adornado con una piedra roja, y se ceñían a cada curva. La blusa, si podía llamarse así, era un ajustado trozo de material que, a juego con el pantalón, casi le cubría los pechos.

Por encima de todo eso llevaba un guardapolvo transparente.

—¿Han intentado arrestarte de camino aquí?

—No, pero creo que el de recepción ha tenido un orgasmo. —Mavis batió unas pestañas de un verde esmeralda y se dejó caer en una silla—. Una vestimenta genial, ¿eh? Acabada de salir de la mesa de dibujo de Leonardo. Bueno, ¿estás lista?

—¿Lista? ¿Para qué?

—Tenemos una cita en el salón. Trina te ha colado. Te dejé un mensaje en tu unidad. Dos veces. —Entrecerró los ojos—. No me digas que no lo has recibido, porque sé que sí lo has recibido. Lo has guardado.

Eve recordó que lo había guardado. Y lo había ignorado.

—Mavis, no tengo tiempo de arreglarme el pelo.

—Hoy no has comido, lo he comprobado en recepción —dijo Mavis en tono satisfecho—. Antes de su orgasmo, puedes comer mientras Trina da forma a tu cabello.

—No quiero que me den forma.

—No estaría tan mal si no te lo hubieras vuelto a cortar tú misma. —Mavis se levantó y recogió la chaqueta de Eve—. Será mejor que vengas sin resistirte. No voy a soltarte. Desconéctate para comer, tómate una hora. Estarás aquí para hacer de nuestra ciudad un lugar seguro sobre la una y media.

Era más fácil aceptar que discutir, así que Eve tomó la chaqueta y se la puso.

—Sólo el pelo. No la voy a dejar que me ponga esa pasta en la cara.

—Dallas, relájate. —Mavis empezó a empujarla hacia fuera—. Disfruta de ser una chica.

Eve desconectó y marcó la hora de salida sin dejar de observar el culo enfundado en goma de Mavis.

—No creo que eso signifique lo mismo para ti que para mí.

Quizá fueran los vapores de las lociones y de las pociones, de los aceites y los tintes y las lacas tan típicas de los salones de belleza, pero Eve volvió a sentirse inspirada.

No estaba segura de cómo habían conseguido que se quitara la ropa y se sometiera a la indignidad de un suavizante corporal, de una mascarilla facial y de un masaje. Pero consiguió poner los pies en el suelo, ahora desnudos y con las uñas pintadas, en cuanto la conversación viró hacia los tatuajes temporales y los *piercing*.

Se sentía como una rehén, embadurnada de cremas, el pelo cubierto de una crema parecida al esperma que, según Trina, era milagrosa. Se sentía íntimamente aterrorizada ante el sonido de las tijeras de Trina y sus cremas. Así que mantuvo los ojos cerrados durante todo el proceso para no imaginarse a sí misma como una clon de Trina, de encrespado pelo fucsia y pechos erguidos como torpedos.

—Has esperado demasiado —la riñó Trina—. Te dije que necesitabas tratamientos regulares. Conservas la base, pero si no lo mantienes, pierdes el estilo. Si vinieras de forma regular, no tardaríamos tanto en recuperarlo.

Eve no quería recuperarlo, pensó. Quería que la dejaran en paz. Reprimió el temblor que le provocó algo que le puso alrededor de los ojos. Perfilador de cejas, recordó mientras hacía un esfuerzo por tranquilizarse. Trina no le estaba tatuando una cara sonriente en la frente.

—Tengo que volver. Tengo mucho trabajo.

—No me des prisas. La magia requiere su tiempo.

«Magia —pensó Eve cerrando los ojos, lo cual provocó la queja de Trina—. Todo el mundo está obsesionado con la magia, parece.»

Frunció el ceño al oír la alegre cháchara de Mavis acerca de un nuevo hidratante corporal que daba a la piel un tornasol dorado.

—Es magnífico, Trina. Tengo que probarlo en todo el cuerpo. Leonardo se lo va a comer.

—Puedes hacerte uno temporal, y comestible. Ahora hay seis sabores en el mercado. El de albaricoque es muy popular.

«Pociones y lociones —pensó Eve—. Humo y espejos. Ritos y rituales. —Entreabrió los ojos y vio a Mavis y a Trina concentradas en una botellita que contenía un líquido dorado—. Mavis con su pelo brillante como un neón —observó, sintiendo un extraño afecto—, Trina con su pelo rosa encrespado.»

«Extraña hermandad.»

«Extraña hermandad», se repitió a sí misma mientras se sentaba.

Trina soltó un bufido.

—Túmbate, Dallas. Te faltan dos minutos.

—Mavis, me dijiste que habías dirigido un garito de videncia.

—Claro. —Mavis movió los dedos de la mano, de uñas recién pintadas y brillantes—. Madam Electra lo ve todo, lo sabe todo. O Ariel, el hada de ojos tristes. —Bajó la mirada con una expresión de delicado desamparo—. Creo que tenía seis personajes sobre el mismo tema.

—¿Serías capaz de detectar a alguien que hiciera los mismos trucos?

—Mierda, ¿bromeas? Lo haría a tres manzanas de distancia y con gafas de sol.

—Eras buena —recordó Eve—. Nunca te vi en ese garito, pero eras buena en lo otro.

—Me pillaste.

—Yo soy mejor. —Eve le dirigió una sonrisa y notó que la crema en la cara le tiraba de la piel—. Mira, hay un lugar que podrías investigar por mí —empezó mientras Trina se le acercaba y la hacía tumbarse de nuevo—. Las dos podríais hacerlo —añadió, mirando a Trina.

—Eh, ¿es trato de poli?

—Quizá.

—Fantástico —dijo Trina, forzando a Eve a recostarse contra un lavadero.

—Podríais echar un vistazo. —Eve cerró los ojos con fuerza en cuanto notó el agua—. A ver si podéis hacer que la secretaria, que se llama Jane, hable. Y me ponéis al tanto. No le gustan los polis.

—¿Y a quién le gustan? —quiso saber Trina.

—Quiero vuestras impresiones —continuó Eve—. Estáis interesadas en hierbas, en expansión mental, en pociones de amor, en potenciadores sexuales. Tranquilizantes.

—¿Sustancias ilegales? —Mavis no tardaba mucho en pillar la onda—. ¿Crees que pueden estar traficando?

—Es una posibilidad que necesito comprobar, o eliminar. Vosotras podrías averiguarlo con tanta rapidez como un infiltrado. Y podéis descubrir a un timador. Ver si están enredando a los clientes. Si están marcándose un farol. El dinero tiene que llegarles de alguna parte.

—Esto podría estar muy bien, Mavis —dijo Trina, sonriendo—. Tú y yo, un par de detectives. Como Sherlock y el doctor Jekyll.

—Mola. Pero pensaba que era el doctor Holmes.

Eve cerró los ojos otra vez.

«Deben de ser los vapores», pensó.

Υ

Cuando llegó a casa, Mavis y Trina se encontraban ahí, entreteniendo a Roarke con sus proezas. Eve tomó al gato entre los brazos y se dirigió hacia el lugar donde sonaban las risas.

—Compré esa loción —estaba diciendo Trina—. Se supone que despierta el lado animal en un hombre. Como una feromona. —Acercó el largo brazo a la nariz de Roarke—. ¿Qué te parece?

—Si no estuviera casado con una mujer que lleva un arma encima... —Se calló y sonrió—. Hola cariño.

—Puedes terminar la frase —le dijo Eve mientras le dejaba caer a *Galahad* en el regazo.

—Esperaré a que te quites el arma.

—¡Dallas, moló tanto! —Mavis se puso en pie y el vaso que tenía en la mano estuvo a punto de desbordarse—. Casi no puedo esperar a llegar a casa para contárselo a Leonardo. Pero Trina y yo queríamos pillar algo de comer y venir directamente a informarte. Tienes que ver todas las cosas que he comprado.

Empezó a rebuscar en una de las muchas bolsas que mostraban el logo de Búsqueda Espiritual. Eve reprimió un gruñido y tiró a Mavis del brazo.

—Cuéntame ahora, ya me lo enseñarás luego. Debo de haber perdido la cabeza al mandaros a las dos ahí. En serio —continuó, dirigiéndose a Roarke—, deben de ser los vapores de esos sitios. Por eso nos quedamos ahí sentadas y nos dejamos afeitar, pintar y perforar.

Los ojos de Roarke se oscurecieron un instante.

—¿Perforar? ¿Dónde?

—Oh, ella no se dejaría hacer un trabajo en el pezón —dijo Trina, haciendo un gesto con la mano—. Dijo que me dejaría sin sentido si me acercaba a ella con la aguja.

—Buena chica —murmuró Roarke—. Estoy orgulloso de tu control.

La cabeza empezaba a dolerle, así que Eve se sirvió un vaso de vino.

—¿Hicisteis alguna cosa ahí aparte de gastaros los créditos?

—Nos hicimos una lectura adivinatoria —le comunicó Mavis—. Dura de verdad. Tengo un alma aventurera, y mi narcisismo se encuentra equilibrado por mi corazón generoso.

Eve no pudo evitarlo; se rio.

—No hace falta ser vidente para darse cuenta, Mavis. Sólo hay que tener ojos. Fuiste vestida así, ¿verdad?

El pie de Mavis, enfundado en una zapatilla deportiva de color neón, se movió en un gesto nervioso.

—Claro. Jane, la secretaria, nos ayudó mucho. Parecía conocer bien las hierbas. Nos pareció sincera, ¿verdad Trina?

—Jane fue sincera —asintió Trina en tono serio—. Un poco sosa. Podría apañarla en un par de sesiones. Unos reflejos, un poco de trabajo en el cuerpo. Pero a esa diosa, difícil mejorarla.

—Isis. —Eve se sentó—. ¿Estaba ahí?

—Apareció de la nada mientras estábamos con las hierbas —intervino Mavis—. Yo estaba diciendo que buscaba algo para mejorar mi energía en escena. Ya sabes, si estás engañando, es mejor que te creas el rollo. Si lo haces de verdad, es genial.

—Yo buscaba potencia sexual. —Trina sonrió con expresión insinuante—. Cosas para atraer a los hombres, mejorar el sexo. Y les conté que tenía ese trabajo tan estresante, que me provocaba tensión y nervios. Así que esperaba que tuvieran algo más potente, y no me importaba el precio.

—Tienen un montón de mezclas —continuó Mavis—. No vi nada fuera de lugar. El hecho es que ella dijo que las drogas no eran la solución. Lo que necesitábamos era algo natural. Algo holístico.

—Holístico —asintió Trina—. La presionamos un poco, enseñamos unos cuantos créditos, pero ella no tragaba. Quizá adivinó que la estábamos engañando.

—La reina amazona volvió a la parte trasera —añadió Mavis— y volvió con esa mezcla. —Mavis rebuscó en su bolsa y sacó una bolsa más pequeña de color claro. Se la tiró a Eve—. Dijo que lo probara, y que no me cobraba nada. Quiere que le diga si me ha funcionado. Puedes analizarlo, pero yo diría que es legal.

—¿Quién hizo la lectura?

—Isis. No pareció muy amable al entrar. —Mavis dio un trago del vaso—. Nosotras estábamos montando el número, ya sabes. Yo estaba riendo, con los ojos muy abiertos, soltando exclamaciones a cada momento al ver los productos.

Eve dirigió una mirada a las bolsas.

—Veo que llevaste el número hasta el final.

—Me gustó todo eso. —Mavis sonrió—. Entonces esa reina amazona empezó a entrar en el tema. Me hizo mirar esa bola de cristal, la verde. ¿Cómo la llamó, Trina?

—Turma algo.

—Turmalina —aportó Roarke.

—Sí, exacto, turmalina. Me dio largas, dijo que servía para relajar, para tranquilizar, y que si quería magia tenía que buscarla en esa de color naranja. Para obtener algo así como vitalidad.

—Más caro —presumió Eve.

—No, más barato. Mucho más barato. Me dijo que la verde no era para mí. Pensaba que yo tenía una amiga que la podía necesitar, alguien muy cercano que tenía mucha tensión. Pero que ella tenía que buscarla por sí misma, cuando estuviera preparada para hacerlo.

Eve soltó un gruñido y frunció el ceño.

—Entonces nos hizo una lectura. Fantástico. Dijo que se alegraba de que hubiéramos ido allí. Ella necesitaba energía positiva. No nos iba a cobrar nada por las lecturas. Me gustó, Dallas. No tiene ojos de timadora.

—Vale, gracias. Ya lo comprobaré.

Una forma de hacer dinero, se dijo Eve, era camelar a los clientes para que volvieran. Y una forma de asegurar clientes era hacerlos adictos.

—Tenemos que irnos. —Mavis se puso en pie de nuevo y recogió sus bolsas—. Compré esta vela romántica. Quiero comprobar si funciona. Nos vemos el martes por la noche.

—¿El martes?

Mavis dio unos golpes impacientes con el pie en el suelo.

—Nuestra fiesta de Halloween, Dallas. Dijiste que vendrías.

—Debía de estar borracha.

—No, no lo estabas. A las nueve en punto, en casa. Va a venir todo el mundo. Incluso pillé a Feeney. Nos vemos.

—Suéltate un poco —le aconsejó Trina mientras se dirigía hacia la puerta—. Ponte un disfraz.

—No será en esta vida —repuso Eve—. Bueno. —Jugó con una bolsa llena de hojas y semillas que tenía en la mano—. Probablemente, eso fue una monumental pérdida de tiempo.

—Pero se lo pasaron bien. Y tú te sentirás mejor cuando analices esta mezcla.

—Supongo que sí. Pero no estoy yendo a ninguna parte. —Eve dejó la bolsa en la mesa—. Continuó dando vueltas absurdas. Lo presiento.

—Unas cuantas vueltas absurdas acaban llevándote, habitualmente, al lugar correcto al final. —Roarke se inclinó hacia delante y le puso las manos en los hombros para darle un suave masaje—. Mavis tiene una amiga muy cercana que tiene mucha tensión. —Presionó con más fuerza en los puntos más duros—. Me pregunto quién puede ser.

—Cállate.

Él se rio y le dio un beso en el cuello.

—Hueles de maravilla.

—Es esa pócima con que Trina me ha bañado.

—Lo mencionó. Me dijo que me gustaría. —Volvió a olerle el cuello y la hizo reír—. Y me gusta. También me dijo que consiguió hacerte un trabajo de cuerpo completo. Y que tenía que prestar una atención especial a tu trasero.

—Sí, lo hizo. Intentó convencerme para que me dibujara un tatuaje temporal de un capullo de rosa en el trasero. —Suspiró y se llevó las manos atrás—. Jesús, estuve en la mesa diez minutos. Espero que no me lo hiciera.

Roarke arqueó una ceja y sonrió mientras se levantaba.

—Tendré que averiguarlo.

Capítulo dieciocho

*T*enía un capullo de rosa en el trasero, y no le gustaba. Desnuda en el lavabo, Eve ajustó el espejo plegable para poder verlo con claridad.

—Creo que podría arrestarla por esto —dijo.

—¿Por adornar el culo de una policía sin tener licencia? —Sugirió Roarke mientras se le acercaba—. ¿Por reproducción de imaginería floral?

—Tú estás sacando una buena tajada de todo esto, ¿no?

Molesta, Eve tomó una bata que colgaba de un gancho.

—Querida Eve, me parece que te dejé perfectamente claro ayer por la noche que estoy de tu parte. ¿No me esforcé por quitártelo a mordiscos?

Eve se obligó a no reír mordiéndose la lengua. No tenía nada de gracioso.

—Tengo que encontrar alguna solución. Lo que sea para quitármelo.

—¿Por qué tanta prisa? Es bastante… dulce.

—¿Y si tengo que desinfectarme? ¿O si necesito ducharme o cambiarme en la Central? ¿Tienes idea de lo que puede provocar ese tatuaje?

Él la rodeó con los brazos, con la picardía de hacerlo por debajo de la bata en lugar de por encima.

—Hoy no trabajas.

—Tengo que ir. Tengo que mirar mi ordenador para ver si Feeney me ha mandado alguna información.

—Pero no pasa nada si lo haces el lunes por la mañana. Vamos a pasar el día fuera.

—¿Para hacer qué?

Él se limitó a sonreír mientras bajaba las manos y le acariciaba el capullo de rosa.

—¿No lo hemos hecho ya?

—Hay que repetirlo —repuso—, pero puede esperar un poco. ¿Por qué no pasamos el día haciendo el vago en la piscina?

¿Hacer el vago en la piscina? La verdad era que sonaba bien.

—Bueno, quizá…

—En La Martinica. No te preocupes por la maleta —le dijo antes de darle un rápido beso en los labios—. No vas a necesitar nada más que lo que llevas puesto.

Pasó el día en La Martinica, sin nada más que una sonrisa y un capullo de rosa. Quizá ése fuera el motivo por el cual el lunes se arrastraba un poco más de lo habitual.

—Parece cansada, teniente. —Peabody sacó una bolsa de su equipo de campo y dejó dos donuts recién hechos encima de la mesa. Todavía estaba orgullosa de haber llegado con ellos hasta allí sin que nadie los hubiera olido—. Y un poco bronceada. —La observó con mayor detenimiento—. ¿Se ha hecho una sesión de rayos?

—No, sólo tomé el sol un poco ayer, eso es todo.

—Llovió todo el día.

—No, donde yo estaba —repuso Eve, y se llenó la boca con el donut—. Tengo que mostrarle un examen de probabilidades al comandante. Feeney trabajó un rato con los números. Todavía son un poco flojos, pero voy a ver si consigo vigilancia continua sobre los principales sospechosos.

—Supongo que no querrá conocer cuál es mi examen de probabilidades de que lo consiga. Esta mañana ha llegado un nuevo comunicado interno acerca del exceso de horas.

—A la mierda. No es un exceso cuando es necesario. Whitney puede ir con eso al jefe, y el jefe puede ir al mayor. Tenemos dos homicidios de alto nivel que han provocado mucho ruido en los medios. Necesitamos recursos humanos para cerrarlos y aplacar los ánimos.

Peabody se arriesgó a sonreír.

—Está ensayando el discurso.

—Quizá sí. —Suspiró—. Si los números fueran un poco

más altos, no tendría que argumentar tanto. Hay demasiada gente involucrada, ése es el problema. —Se llevó las manos a la cara y se presionó los ojos—. Tenemos que comprobar cada uno de los miembros de los dos cultos. Unas doscientas personas. Digamos que podemos eliminar a la mitad sólo por su perfil. Entonces aún nos quedarán cien para comprobar las coartadas.

—Días de trabajo —asintió Peabody—. Supongo que el comandante no nos negará a un par de uniformes que llamen a las puertas y nos ayuden a eliminar a aquellos que no tienen una implicación evidente.

—No estoy segura de que exista nadie que no tenga una implicación evidente. —Eve se apartó del escritorio—. Hizo falta más de una persona para transportar el cuerpo de Lobar y atarlo de esa forma. Y también hizo falta un vehículo.

—Ninguno de los principales sospechosos tiene un vehículo lo suficientemente grande para haber transportado y escondido el cuerpo y el pentagrama.

—Quizá alguno de los miembros sí lo tenga. Comprobaremos los nombres de los permisos de los vehículos. Después de eso, lo haremos con los alquileres y con los informes de vehículos robados la noche del asesinato. —Se apartó el pelo—. Es muy probable también que quien le dejara allí hubiera pillado el vehículo en uno de los aparcamientos para períodos largos de tiempo y que nadie se haya dado cuenta.

—¿Lo comprobaremos de todas maneras?

—Sí, lo comprobaremos de todas maneras. Quizá Feeney pueda poner a alguien de su departamento a hacer el trabajo más pesado. Mientras, empieza tú. Yo iré a suplicarle al comandante. —El TeleLink sonó y Eve tomó la llamada—. Dallas, Homicidios.

—Tengo que hablar con usted.

—¿Louis?

Eve arqueó una ceja.

—Si quiere hablar acerca de los cargos contra su cliente por resistencia a la autoridad, diríjase a su fiscal.

—Tengo que hablar con usted —repitió él.

Eve le vio llevarse una mano a la boca y empezar a mordisquearse las uñas de perfecta manicura.

—A solas. En privado. Tan pronto como sea posible.

Eve hizo un gesto con la mano a Peabody para que se mantuviera fuera del campo de visión de él.

—¿Acerca de qué?

—No puedo hablar de eso por el TeleLink. Estoy con mi unidad de bolsillo, pero incluso eso es arriesgado. Necesito que venga a verme.

—Venga usted aquí.

—No, no, quizá me estén siguiendo. No lo sé. No puedo asegurarlo. Tengo que tener cuidado.

Eve se preguntó si sería que habría detectado al tipo que Feeney le había puesto detrás o si se estaba volviendo paranoico.

—¿Quién podría seguirle?

—Tiene que venir a verme —insistió él—. En mi club. El Luxury, en el parque. Piso cinco. Dejaré aviso de su nombre en recepción.

—Ofrézcame algún aliciente, Louis. Tengo un plato completo aquí.

—Ceo, creo que he presenciado un asesinato. Sólo usted, Eve. No hablaré con nadie más. Asegúrese de que no la siguen. Dese prisa.

Eve apretó los labios con un gesto de preocupación en cuanto la pantalla se apagó.

—Bueno, eso es un aliciente. Creo que tenemos algo, Peabody. Mira a ver si puedes convencer a Feeney para que te dé un par de manos más de su departamento.

—No va a ir a verle sola —protestó Peabody mientras Eve tomaba su bolsa.

—Soy capaz de manejar a un abogado asustado. —Eve se inclinó hacia delante y se ató la tira que llevaba alrededor del muslo—. Tenemos a un hombre delante del club, de todas formas. Y además dejaré mi comunicador encendido. Esté al tanto.

—Sí, señor. Tenga cuidado.

El piso cinco del club Luxury tenía veinte suites privadas para uso de los miembros. Ahí podían mantenerse reuniones profesionales y privadas. Cada una de las suites tenía una decoración distinta que imitaba una época histórica distinta, además de un centro de comunicaciones y de entretenimiento completo.

También se llevaban a cabo fiestas, fueran masivas o íntimas. El departamento de servicio de hostelería no tenía igual en una ciudad muy atenta a la comida y la bebida. Los acompañantes con licencia estaban a disposición de los clientes a través de conserjería a cambio de una pequeña cantidad adicional.

Louis siempre reservaba la suite 5-C. Le gustaba la opulencia del estilo francés del siglo XVIII, con su gusto por los objetos decorativos.

Las suntuosas telas de la tapicería de los sinuosos sillones y los asientos de terciopelo complacían su gusto por las texturas. Le gustaban las telas gruesas y oscuras, las borlas doradas, el brillo dorado de los espejos sobre las columnas. Había recibido a su esposa, al igual que a un buen número de amantes, en el amplio lecho con dosel.

Consideraba que ese período histórico simbolizaba el hedonismo, el disfrute y la devoción por los placeres terrenales.

La realeza había tenido el mando y había hecho lo que había deseado. ¿No había florecido el arte? Si los campesinos habían pasado hambre más allá de los privilegiados muros, eso representaba simplemente el espejo social de la selección natural que se observaba en la naturaleza. Unos cuantos elegidos habían disfrutado al máximo de la vida.

Y ahí, en pleno centro de Manhattan, trescientos años después, él podía disfrutar de los frutos de esa época.

Pero no los estaba disfrutando en esos momentos. En ese instante daba vueltas por la habitación mientras bebía un whisky con tragos nerviosos. Sentía el terror en la sangre y no había forma de apartarlo. Tenía un nudo en el estómago y el corazón le latía rápidamente.

Había presenciado un asesinato. Estaba casi completamente seguro de ello. Pero era todo tan difuso, tan poco real, como en un programa de realidad virtual al que le faltaran unos cuantos elementos.

La habitación secreta, el humo, las voces, la suya propia en medio de todas ellas, que entonaban un canto. El sabor, que todavía sentía en la lengua, del vino cálido.

Todo eso le resultaba muy familia, había formado parte de su vida durante los últimos tres años. Había entrado en el culto porque creía en los principios básicos del placer, y había disfrutado de los rituales: las túnicas, las máscaras, las palabras repetidas una y otra vez mientras las velas formaban charcos de cera negra.

Y el sexo había sido increíble.

Pero algo extraño estaba ocurriendo. Se dio cuenta de que empezaba a obsesionarse por las reuniones, que deseaba desesperadamente tomar el primer sorbo del vino ceremonial. Y además había espacios en blanco, agujeros en la memoria. Se sentía pesado y desconcentrado al día siguiente de un ritual.

Recientemente se había encontrado sangre seca debajo de las uñas y no recordaba cómo había llegado hasta allí.

Pero ahora empezaba a recordarlo. Las fotos de las escenas de los crímenes que Eve le había enseñado le habían despertado algo en la memoria. Y los espacios en blanco, los agujeros, se habían llenado de algo horroroso y conmocionante. Las imágenes se le arremolinaban en la cabeza. El humo, las voces, los cantos. La piel brillante a causa del sexo, los gemidos de los apareamientos. El pelo negro meciéndose. Unas caderas delgadas moviéndose.

El chorro de sangre, como en un grito final de alivio sexual.

Selina, con su sonrisa felina y fiera, el cuchillo goteando sangre en su mano. Lobar, Dios, había sido Lobar, cayendo del altar con la garganta abierta como una boca que gritara.

Un asesinato. Con gesto nervioso, abrió un poco las pesadas cortinas y observó la calle con ojos temerosos. Había presenciado un sacrificio, y no había sido el de una cabra. Había sido el de un hombre.

¿Había metido él los dedos en el cuello abierto? ¿Se los había llevado a los labios para saborear la sangre fresca? ¿Había hecho él algo tan abominable?

Dios mío, Dios, ¿habría ocurrido más veces? ¿Habían habido otras noches, con más sacrificios? ¿Era posible que los hubiera presenciado y lo hubiera olvidado?

Volvió a cerrar las cortinas y se dijo que él era un hombre civilizado. Era un esposo y un padre. Era un abogado respetado. No era un instrumento para un asesinato. No era posible.

Con la respiración agitada, se sirvió otro trago y observó su imagen en uno de los espejos de marco profusamente decorado. Vio a un hombre que no había dormido, que no había comido, que no había visto a su familia en muchos días.

Tenía miedo de dormir. Quizá las imágenes acudirían a su mente con mayor claridad durante el sueño. Tenía miedo de comer: estaba seguro de que la comida se le atragantaría y se ahogaría.

Y estaba aterrorizado por su familia.

Wineburg había asistido a la ceremonia. Wineburg había estado de pie a su lado y había visto lo mismo que él había visto.

Y Wineburg estaba muerto.

Wineburg no tenía esposa, no tenía hijos. Pero Louis sí. Si se iba a casa estando en peligro, quizá irían allí a por él. Durante esas largas noches en vela, con el licor por toda compañía, había empezado a darse cuenta de que sentía vergüenza ante la posibilidad de que sus hijos descubrieran en qué había participado.

Tenía que protegerles a ellos y a sí mismo. Allí estaba seguro, se dijo. Nadie podía entrar en esa suite si él no abría la puerta.

Era posible que estuviera exagerando. Se secó el sudor de la frente con un pañuelo que ya estaba empapado. La tensión, el exceso de trabajo, demasiadas noches sin dormir. Quizá sufría una crisis nerviosa. Tenía que ir al médico.

Iría. Iría a ver a un médico. Se llevaría a su familia lejos durante unas semanas. Unas vacaciones, un período para relajarse, para reconsiderar. Rompería con lo oculto. Era obvio que no le sentaba bien. Dios sabía que le estaba costando una fortuna, con esas contribuciones bimensuales. Se había metido demasiado, de alguna manera, se había olvidado de que había entrado en eso por un ansia de sexo.

Se había tomado demasiado en serio ese vino y ese humo, y le estaba provocando fantasías.

Pero tenía la sangre debajo de las uñas.

Louis se cubrió el rostro, intentó recuperar el aliento. No importaba, se dijo. Nada de eso importaba. No debería haber llamado a Eve. No hubiera debido sucumbir al pánico. Seguro que ella le creería loco; o pero, un accesorio.

Selina era su cliente. Le debía lealtad a su cliente, al igual que le debía su habilidad profesional.

Pero todavía la veía, con el cuchillo en la mano, atravesando la piel expuesta.

Louis atravesó la habitación a trompicones y entró en el baño

SOLEMNE ANTE LA MUERTE

principal. Cayó al suelo y vomitó a causa del whisky y del terror. Cuando dejó de sentir arcadas, se puso en pie. Se inclinó sobre el lavamanos. El agua se vertió desde un grifo dorado al lavamanos de un blanco brillante y le enfrió la piel enfebrecida.

Lloró unos momentos. Le temblaron los hombros y los sollozos resonaron en las baldosas brillantes. Luego levantó la cabeza y se obligó a mirarse de nuevo en el espejo.

Había visto lo que había visto. Había llegado el momento de enfrentarse a ello. Se lo contaría todo a Eve y dejaría todo ese peso en sus manos.

Sintió un alivio momentáneo, dulce e intenso. Deseaba llamar a su esposa, oír las voces de sus hijos, verles el rostro.

De repente, algo se reflejó en el espejo y le hizo volverse rápidamente con el corazón desbocado.

—¿Cómo ha entrado aquí?

—Limpieza, señor. —La mujer negra vestida con un aseado uniforme de criada de color blanco y negro llevaba un montón de toallas en las manos. Le sonrió.

—No quiero limpieza. —Se pasó la mano temblorosa por el rostro—. Estoy esperando a una persona dentro de poco. Así que deje las toallas y... —Dejó caer la mano lentamente—. Yo la conozco. La conozco.

«Entre el humo —pensó y, al instante, una nueva ola de terror le invadió—. Una de las caras entre el humo.»

—Por supuesto que sí, Louis. —La sonrisa de ella no flaqueó ni un momento aunque dejó las toallas y mostró el dolabro que llevaba en la mano—. Follamos la semana pasada.

Él solamente tuvo tiempo de inhalar aire para gritar antes de que ella le clavara el cuchillo en el cuello.

Eve salió del ascensor, nerviosa y enojada. El androide de recepción la había hecho esperar cinco minutos enteros mientras comprobaba su documento de identidad. Le había montado un número por haber entrado con un arma en el club. Ella ya estaba pensando en obligarle a callar cuando el jefe apareció ofreciéndole disculpas.

El hecho de que ambos supieran que esas disculpas iban dirigidas a la esposa de Roarke y no a Eve Dallas solamente había conseguido enojarla.

Ya se encargaría de él más tarde, se prometió a sí misma.

A ver cómo recibía el club Luxury una inspección en toda regla por parte del Departamento de Sanidad, quizá incluso una visita para comprobar las licencias de los acompañantes. Eve podía apretar un par de botones para que ese tipo pasara un par de días en un infierno.

Se dirigió hacia la 5-C y empezó a llamar al timbre que había debajo de la pantalla de seguridad. Miró el piloto y éste parpadeó verde.

Sacó el arma.

—¿Peabody?

—Aquí, señor. —La voz llegó ahogada desde el bolsillo de la camisa de Eve.

—La puerta está abierta. Voy a entrar.

—¿Quiere refuerzos, teniente?

—Todavía no. Pero no pierdas el contacto conmigo.

Se coló dentro de la suite sin hacer ruido y cerró la puerta. Se agachó en actitud defensiva mientras observaba toda la habitación.

Mobiliario elegante, aunque feo y exagerado para ella, una chaqueta arrugada, una botella medio vacía. Las cortinas cerradas. Silencio.

Entró unos pasos en la habitación, pero se mantuvo al lado de la pared sin dejar de observar a su espalda mientras caminaba en círculo. No había nadie escondido detrás de los muebles, ni detrás de las cortinas. La pequeña cocina estaba vacía y parecía que no se había usado.

Se dirigió hacia la puerta del dormitorio, todavía agachada y apuntando con el arma. La cama estaba hecha y parecía que nadie había dormido en ella. Dirigió la vista hacia el vestidor, que tenía las puertas de madera tallada firmemente cerradas.

Caminó hacia él cuando oyó unos sonidos que provenían del baño. Una respiración pesada y rápida, unos gruñidos provocados por el esfuerzo, una risa inconfundible de mujer. Le pasó por la cabeza que quizá Louis estaba teniendo un lío rápido con una acompañante y apretó los dientes, molesta.

Pero no bajó la guardia.

Dio un paso hacia la izquierda y entró.

El olor la golpeó en cuanto lo vio.

—Jesús. Dios mío.

—¿Teniente? —La voz de Peabody sonó aguda y con un tono de preocupación en su bolsillo.

—Atrás. —Eve apuntó a la mujer con el arma—. Deje caer el cuchillo y dé un paso hacia atrás.

—Le envío refuerzos de inmediato. Deme su posición, teniente.

—Tengo un homicidio. Reciente. Te he dicho que atrás.

La mujer se limitó a sonreír. Estaba sentada a horcajadas encima de Louis, o de lo que quedaba de él. La sangre encharcaba el suelo, había salpicado las baldosas de las paredes y le había ensuciado las manos y la cara. El olor y el espectáculo eran densos. Eve se dio cuenta de que ya no había esperanza para Louis. Le había vaciado los intestinos.

—Ya está muerto —dijo la mujer con expresión complacida.

—Me doy cuenta. Deja el cuchillo en el suelo. —Eve dio un paso hacia delante haciendo un gesto con el arma—. Déjalo en el suelo y apártate de él. Despacio. Túmbate con la cara contra el suelo y pon las manos en la espalda.

—Tenía que hacerse. —Dejó deslizar una pierna por el cuerpo hasta que quedó de rodillas a su lado, como si estuviera de duelo ante una tumba—. ¿No me reconoce?

—Sí. —Incluso a pesar de la máscara de sangre, Eve había reconocido su cara. Y recordaba la voz, la suavidad de su tono—. Mirium, ¿verdad? Una bruja de primer grado. Ahora deja el maldito cuchillo en el suelo y bésalo. Las manos detrás.

—De acuerdo. —Obediente, Mirium dejó el cuchillo a un lado y ni siquiera lo miró cuando Eve lo apartó de una patada hasta el otro lado del lavabo—. Él me dijo que tenía que hacerlo con rapidez. Entrar y salir. He perdido la noción del tiempo.

Eve sacó las esposas del bolsillo trasero y las cerró alrededor de las muñecas de Mirium.

—¿Él?

—Chas. Dijo que yo podía encargarme de éste por mí misma, pero que tenía que hacerlo con rapidez. —Suspiró—. Supongo que no fui suficientemente rápida.

Apretando los labios, Eve miró el cuerpo de Louis Trivaine. No, era ella quien no había sido suficientemente rápida.

—¿Has grabado esto, Peabody?

—Sí, señor.

—Detén a Charles Forte para ser interrogado. Hazlo en persona y llévate a dos agentes de refuerzo. No te acerques sola a él.

—Afirmativo. ¿Tiene la situación bajo control ahí, teniente?

Eve se apartó del charco de sangre que se acercaba a sus botas en pequeños remolinos.

—Sí —respondió—, lo tengo.

Eve se duchó y se cambió de ropa antes de los interrogatorios. Los diez minutos que tardó para ello eran necesarios. Se había bañado completamente en la sangre del cuerpo de Louis Trivaine antes de dejarlo en manos de los forenses. Si alguien de los vestuarios percibió el pequeño capullo de rosa, no hizo ningún comentario. El rumor acerca del estado de ese crimen ya había corrido por toda la Central.

—Voy a ocuparme primero de Mirium —le dijo Eve a Feeney mientras observaba a la melindrosa mujer que se encontraba al otro lado del cristal.

—Podrías tomarte un descanso primero, Dallas. Se dice que ha sido bastante duro esta mañana.

—Uno siempre cree que ya lo ha visto todo —murmuró ella—. Pero nunca es cierto. Siempre hay algo más. —Dejó escapar un suspiro—. Quiero hacerlo ahora. Quiero cerrar esto.

—De acuerdo. ¿Un dúo o un solo?

—Solo. Ella va a hablar. Está colocada con algo… —Eve meneó la cabeza—. Quizá simplemente está loca, pero creo que ha tomado algo. Voy a hacer que le hagan una prueba de estupefacientes. Al fiscal no le gustan las confesiones realizadas bajo la influencia de ninguna sustancia.

—Ordenaré que le hagan una.

—Gracias.

Eve pasó por su lado y entró en la habitación. A Mirium le habían limpiado la sangre del rostro. Llevaba puesto un ancho uniforme beis, pero conseguía conservar su aspecto de hada joven.

Eve preparó la grabadora, le comunicó lo habitual y se sentó.

—Sabe que la tengo pillada, Mirium, así que no me venga con cuentos. Usted asesinó a Louis Trivaine.

—Sí.

—¿De qué va colocada?

—¿Eh?

—No me parece que sea solamente Zeus, está usted demasiado tranquila. ¿Accede a someterse a una prueba de estupefacientes?

—No quiero. —Frunció los labios con expresión malhumorada—. Quizá más tarde cambie de opinión. —Con los labios fruncidos todavía, dio un tirón a la camisa del uniforme—. ¿Puedo recuperar mi ropa? Esta cosa pica y ofende la vista.

—Sí, estamos muy preocupadas por esto ahora. ¿Por qué mató a Louis Trivaine?

—Era malo. Chas lo dijo.

—Cuando dice Chas se refiere usted a Charles Forte.

—Sí, pero nadie le llama Charles. Sólo Chas.

—Y Chas le dijo que Louis era malo. ¿Le dijo él que matara a Louis?

—Dijo que yo podría hacerlo. Otras veces yo sólo había mirado. Pero esta vez tenía que hacerlo yo sola. Había mucha sangre. —Levantó una mano y la observó con detenimiento—. Ahora ya no hay.

—¿Qué otras veces, Mirium?

—Oh, otras veces. —Se encogió de hombros—. La sangre purifica.

—¿Asistió usted o presenció otros asesinatos?

—Claro. La muerte es una transición. Yo tenía que encargarme de ésta. Era un acto de mucho poder. Le saqué los demonios de dentro. Los demonios existen y nosotros luchamos contra ellos.

—Matando a las personas en quienes habitan.

—Sí. Él dijo que usted era lista. —Mirium le sonrió con una mirada de reojo—. Pero usted nunca podrá tocarle. Está muy lejos de su ley.

—Volvamos a Louis. Hábleme de eso.

—Bueno, tengo un amigo en el personal del Luxury. Lo único que tuve que hacer fue follarle y además estuvo bien. Me gusta follar. Luego me metí uno de los códigos maestros en el bolsillo. Se puede entrar casi en todas partes con un código maestro. Me puse uno de los uniformes de servicio para que nadie me molestara y me dirigí directamente a la suite de

Louis. Le llevé toallas. Él se encontraba en el baño. Estaba mareado, lo olí. Entonces le apuñalé. Fui a por la garganta, tal y como tenía que hacerlo. Después me parece que me metí de lleno en eso.

Volvió a encogerse de hombros y le dirigió una sonrisa pícara a Eve.

—Es un poco como clavar un cuchillo en una almohada, ¿sabe? Y hace ese extraño ruido, como de succión. Luego le saqué el demonio de dentro, y llegó usted. Supongo que ya he terminado, de todas formas.

—Sí, creo que sí. ¿Cuánto hace que conoce usted a Chas?

—Oh, un par de años. Nos gustaba hacerlo en el parque, a la luz del día, porque uno nunca sabe si alguien va a aparecer.

—¿Qué piensa Isis de eso?

—Oh, no lo sabe. —Mirium miró hacia el techo—. No le gustaría.

—¿Qué piensa ella de los asesinatos?

Mirium frunció el ceño y mostró una mirada perdida unos instantes.

—¿Los asesinatos? No sabe nada. ¿Sabe algo? No, nosotros no le dijimos nada de eso.

—Así que era algo entre usted y Chas.

—Entre yo y Chas. —Los ojos permanecieron inexpresivos—. Supongo. Seguro.

—¿Se lo ha dicho a alguien de la congregación?

—¿La congregación? —Se llevó los dedos de la mano a los labios y se dio unos golpecitos con una expresión pensativa—. No, no, es nuestro secreto. Nuestro pequeño secreto.

—¿Y que hay de Wineburg?

—¿Quién?

—En el aparcamiento. El banquero. ¿Lo recuerda?

—Yo no lo hice. —Se mordió el labio inferior y negó con la cabeza—. No, fue él quien lo hizo. Se suponía que tenía que traerme el corazón, pero no lo trajo. Dijo que no había tenido tiempo.

—¿Y Lobar?

—Lobar, Lobar. —Continuó con los dedos sobre los labios—. No, eso fue distinto. ¿No es así? No puedo recordarlo. Tengo dolor de cabeza. —Su voz adoptó un tono petulante—.

No quiero hablar más ahora. Estoy cansada. —Cruzó los brazos y cerró los ojos.

Eve la observó un momento. No tenía ningún sentido presionarla ahora, decidió. Ya había tenido suficiente.

Eve hizo una señal a uno de los agentes. Mirium murmuró algo con malhumor cuando Eve volvió a inmovilizarla.

—Llévesela a Psiquiatría. Haga que Mira realice un examen, si es posible; tome nota para solicitar un examen de estupefacientes.

—Sí, señor. —Eve se dirigió hacia la puerta detrás de ambos y apretó el botón de llamada—. Traigan a Forte a la Sala de Entrevistas C.

Pensó que le hubiera gustado tumbarse y reposar un poco la cabeza, pero en lugar de eso se dirigió hacia la zona de observación. Peabody estaba de pie al lado de Feeney.

—Te quiero en esto, Peabody. ¿Qué piensas de ella, Feeney?

—Está ida. —Levantó su bolsa de cacahuetes—. Si es psicológico o por algo que ha tomado, no lo sé. Me parece que es una mezcla de ambas cosas.

—Yo pienso igual. ¿Cómo es posible que pareciera tan jodidamente normal la otra noche? —Se pasó las manos por el pelo y se rio—. No puedo creerme que esté diciendo esto. Esa mujer estaba de pie, desnuda en medio del bosque, y permitió que Forte le besara el pubis.

Bajó las manos y se apretó los ojos. Luego las dejó caer a ambos lados del cuerpo.

—Su padre nunca siguió el mismo procedimiento. Nunca hubo una señal. Trabajaba solo.

—Así que él tiene un estilo distinto —dijo Feeney—. Ida o no, la chica ha delatado a Forte.

—Hay algo que no me encaja —murmuró Peabody, y Eve se volvió hacia ella y le dirigió una mirada de interés.

—¿Qué es lo que no encaja, oficial?

Al darse cuenta de la ligera expresión de sarcasmo, Peabody levantó la barbilla.

—Los brujos no asesinan.

—La gente sí asesina —le recordó Eve—. Y no todo el mundo se toma la religión tan en serio. ¿Has comido carne roja últimamente?

Peabody se sonrojó hasta el cuello. Los *Free-Agers* eran vegetarianos estrictos y no utilizaban ningún producto de origen animal.

—Eso es distinto.

—Yo me he tropezado con un asesinato —constató Eve—. La mujer que tenía el cuchillo en la mano ha identificado a Charles Forte como su cómplice. Eso es un hecho. No quiero que tenga en cuenta nada que no sea un hecho en la Sala de Entrevistas. ¿Comprendido?

—Sí, señor. —Peabody enderezó la espalda—. Perfectamente. —Pero se quedó en el mismo sitio un momento después de que Eve hubiera salido de la habitación.

—Ha tenido una mañana difícil —dijo Feeney en tono comprensivo—. He echado un primer vistazo a las fotos de la escena del crimen. No puede ser peor.

—Lo sé. —Pero meneó la cabeza mientras observaba que Charles Forte era conducido al interior de la habitación, al otro lado del cristal—. Pero es que no encaja.

Se dirigió al exterior y entró en la sala en el momento en que Eve le estaba leyendo los derechos a Forte.

—No comprendo.

—¿No comprende cuáles son sus derechos y obligaciones?

—No, no, eso sí lo comprendo. No comprendo por qué estoy aquí. —Había una expresión de desilusión y de sorpresa en la mirada que dirigió a Peabody—. Si usted quería hablar conmigo de nuevo, solamente tenía que pedírmelo. Yo la hubiera recibido, o hubiera venido de forma voluntaria. No era necesario que mandara a tres oficiales de uniforme a mi casa.

—Yo sí lo creí necesario —repuso Eve con sequedad—. ¿Desea usted la presencia de un abogado o de un representante ahora, señor Forte?

—No. —Se removió, inquieto, e intentó ignorar el hecho de que se encontraba en unas instalaciones policiales. Como su padre—. Sólo dígame qué es lo que quiere saber. Intentaré ayudarla.

—Hábleme de Louis Trivaine.

—Lo siento. —Negó con la cabeza—. No conozco a nadie que responda a ese nombre.

—¿Es habitual que mande a sus criadas asesinar a gente que no conoce?

—¿Qué? —Se puso lívido y se levantó de la silla—. ¿De qué está usted hablando?

—Siéntese. —le ordenó Eve, cortante—. Louis Trivaine ha sido asesinado hace dos horas por Mirium Hopkins.

—¿Mirium? Eso es ridículo. Es imposible.

—Es muy posible. Yo llegué cuando le estaba sacando el hígado.

Chas se tambaleó y volvió a sentarse.

—Es un error. No es posible.

—Yo creo que el error es suyo. —Eve se levantó, se acercó y se inclinó por encima del hombro de él—. Debería usted elegir sus armas con mayor cuidado. Si se utiliza un arma defectuosa, es posible que ésta se le vuelva en contra.

—No sé qué quiere decir. ¿Puedo tomar un poco de agua? No comprendo nada de esto.

Eve hizo un gesto a Peabody para que le sirviera un vaso de agua.

—Mirium me lo ha contado todo, Chas. Me ha contado que ustedes eran amantes, que usted no le llevó el corazón de Wineburg tal y como le había prometido, y que usted le había permitido que ejecutara a Trivaine por sí misma. La sangre purifica.

—No. —A pesar de que sujetaba el vaso con ambas manos, derramó el agua en cuanto intentó beber—. No.

—A su padre le gustaba desmembrar a la gente. ¿Le enseñó él cómo hacerlo? ¿Cuántas armas defectuosas ha utilizado usted? ¿Acabó usted con ellas cuando ya no le eran de ninguna utilidad? ¿Guarda usted algún recuerdo de ellas?

Continuó atacándole mientras él permanecía sentado, simplemente sentado y negando lentamente con la cabeza.

—¿Cuál es su versión personal de la guerra religiosa, Chas? ¿Eliminar al enemigo? ¿Sacar a los demonios? Su padre era un satanista con un estilo propio, y convirtió su vida en un desastre. Usted no pudo matarle, no puede ponerle las manos encima ahora. Pero hay otros. ¿Son sustitutos? Cuando les asesina, ¿le está asesinando a él, lo está desmembrando a él a causa de lo que le hizo?

Él cerró los ojos con fuerza y empezó a mecerse hacia delante y hacia atrás.

—Dios. Dios mío. Oh, Dios.

—Ahora puede ayudarse a sí mismo en esto. Dígame por qué, dígame cómo. Explíquemelo, Chas. Quizá pueda echarle un cable. Hábleme de Alice. De Lobar.

—No, no. —Levantó la cabeza y sus ojos tenían una expresión encendida—. Yo no soy mi padre.

Eve no dudó, no apartó la mirada de esos ojos de mirada suplicante.

—¿No?

Entonces dio un paso hacia atrás y le dejó llorar.

Capítulo diecinueve

*L*e trabajó durante una hora, golpeándole, apartándose y luego cambiando de dirección. Mantuvo las fotos de las muertes encima de la mesa, como si fueran cartas mal barajadas.

Cuántos más, le preguntó. Cuántas más imágenes de muertos tendría que haber habido encima de esa mesa. Él no dejó de llorar y de negar en todo el rato, de llorar y quedarse en silencio. Cuando ella le soltó para que le encerraran, él no apartó los ojos de ella hasta que lo hubieron sacado de la habitación. Pero fue la mirada de Peabody lo que le llamó la atención y la hizo esperar hasta que estuvieron solas.

—¿Algún problema, oficial?

Observar ese interrogatorio había sido como observar a un lobo jugar y morder a una presa herida. Peabody inhaló con fuerza.

—Sí, señor. No me ha gustado su técnica de interrogatorio.

—¿Ah, no?

—Me ha parecido extremadamente dura. Cruel. Utilizar a su padre una y otra vez, obligarle a mirar las fotos.

A Eve le dolía el estómago, tenía los nervios a flor de piel, pero habló en tono frío y mantuvo las manos firmes mientras recogía las fotos.

—Quizá habría debido pedirle educadamente que confesara para que todos hubiéramos podido irnos a casa y volver a nuestras cómodas vidas. No sé por qué no se me ha ocurrido. Tomaré nota para hacerlo así la próxima vez que tenga que interrogar a un sospechoso de asesinato.

Peabody estuvo a punto de fruncir el ceño, pero no lo hizo.

—Simplemente me ha parecido así, teniente, ya que el sospechoso no tenía la presencia de ningún abogado…

—¿Le leí sus derechos, oficial?

—Sí, señor, pero…

—¿Confirmó él haber comprendido cuáles eran esos derechos?

Peabody asintió, despacio.

—Sí, señor.

—¿Podría usted calcular, oficial Peabody, cuántos interrogatorios por homicidio ha realizado usted?

—Señor, yo…

—Yo no puedo —la cortó Eve, y su mirada fría se encendió—. Yo no puedo, porque han sido demasiados. ¿Quiere usted volver a mirar esas fotos? ¿Quiere usted volver a ver a ese tipo con los intestinos esparcidos por el suelo? Quizá eso la endurecería un poco, porque si mis técnicas de interrogatorio la molestan, Peabody, es que está usted realizando una carrera equivocada.

Eve caminó hacia la puerta y se volvió. Peabody había permanecido en el mismo sitio, de pie, rígida y atenta.

—Y yo espero que mi ayudante me respalde, y no que me cuestione porque resulta que tiene un punto débil con los brujos. Si no es capaz de manejar eso, oficial Peabody, aceptaré su solicitud de traslado. ¿Comprendido?

—Sí, señor.

Peabody exhaló un tembloroso suspiro en cuanto las botas de Eve empezaron a resonar en el pasillo.

—Comprendido —se dijo a sí misma, y cerró los ojos.

—Has sido un poco dura con ella —comentó Feeney, caminando a su lado.

—No empieces tú conmigo.

Él se limitó a levantar una mano.

Isis vino voluntariamente. La he puesto en la Sala B.

Eve hizo un gesto brusco con la cabeza y se dirigió hacia la puerta de la Sala B.

Isis dejó de dar vueltas por la habitación y se dio la vuelta inmediatamente.

—¿Cómo ha sido capaz de hacerle esto? ¿Cómo ha sido capaz de traerle aquí? Él tiene terror a estos sitios.

—Charles Forte ha sido retenido para someterlo a interrogatorio por el asesinato de Louis Trivaine, entre otros. —En contraste con el tono elevado y furioso de Isis, Eve habló con frialdad—. Todavía no ha sido acusado.

—¿Acusado? —Su piel dorada empalideció—. No es posible que crea que Chas tiene algo que ver con un asesinato. ¿Trivaine? No conocemos a ningún Louis Trivaine.

—¿Y usted conoce a todas las personas que Forte conoce, Isis? —Eve dejó el informe encima de la mesa y dejó una mano encima de él, como para no olvidar lo que contenía—. ¿Sabe usted todo lo que él hace, piensa o planea?

—Nosotros estamos tan unidos como pueden estarlo dos cuerpos, dos corazones y dos almas. No hay ningún mal dentro de él. —La rabia bajó. Ahora le temblaba la voz—. Deje que me lo lleve a casa. Por favor.

Eve mantuvo la mirada fija, se obligó a no sentir nada.

—¿Sabía usted, al estar tan cercana, que él había decidido estar igual de cerca, en un sentido físico, con Mirium?

—¿Mirium? —Isis parpadeó un instante y luego estuvo a punto de reírse—. Eso es ridículo.

—Me lo ha dicho ella misma. Sonreía cuando me lo dijo. —Recordar eso, volver a ver esa imagen, borró cualquier rastro de simpatía—. Sonreía mientras estaba sentada de horcajadas encima de lo que quedaba de Louis Trivaine, las manos y el rostro y el cuchillo que tenía en las manos manchados con su sangre.

Isis sintió que le temblaban las piernas y se sujetó con una mano al brazo de una de las sillas.

—¿Mirium ha matado a alguien? Eso es imposible.

—Yo creía que todo era posible en su esfera. Yo aparecí en medio de su ritual privado. —Eve agarró el informe, pero no lo abrió. Después de todo, todavía conservaba compasión hacia una mujer que amaba y que confiaba—. Ella se mostró muy cooperativa, me contó que Forte le había permitido que matara a Trivaine ella misma. A diferencia de las otras veces, en que ella sólo había observado.

Sujetándose todavía a la silla, Isis dio unos pasos inseguros y se sentó.

—Ella miente. —Sentía el corazón atravesado como por una lanza—. Chas no tiene nada que ver con esto. ¿Cómo es posible que yo no haya detectado esa parte de ella? —Cerró los ojos y se meció un poco en la silla—. ¿Cómo es posible que no lo haya visto? Nosotros la iniciamos, la aceptamos. La hicimos una de los nuestros.

—No es posible verlo todo, ¿verdad? —Eve inclinó la cabeza—. Creo que debería usted preocuparse más por la visión que tiene de Charles Forte.

—No. —Ella volvió a abrir los ojos. Había tristeza en su mirada, pero también una fuerza de acero que Eve reconoció—. No hay nadie a quien vea más claramente que a Chas. Ella miente.

—Será sometida a examen. Mientras, quizá quiera usted reconsiderar que la utilice como coartada. Él ha traicionado su confianza —dijo Eve, acercándose un paso hacia ella—. Podría haber sido usted, Isis, en cualquier momento. Mirium es más joven, probablemente más manejable. Me pregunto cuánto tiempo más habría continuado fingiendo él que usted dirigía el tema.

—¿Cómo es posible que usted no comprenda lo que existe entre nosotros, a pesar de que usted misma lo tiene? ¿Cree que la palabra de una mujer perturbada puede hacer que desconfíe de mi hombre? ¿La haría eso desconfiar de Roarke?

—No es mi vida personal la que está en una situación apurada, aquí —dijo Eve en tono inexpresivo—. Es la suya. Si usted se preocupa tanto por él, entonces coopere conmigo. Es la única forma de detenerle, y de ayudarle.

—¿Ayudarle? —Hizo una mueca con los labios—. Usted no quiere ayudarle. Usted quiere que sea culpable, quiere que le castiguen, a causa de sus orígenes. A causa de su padre.

Eve bajó la vista hasta la carpeta que tenía en las manos, hasta la cubierta lisa que ocultaba las terribles imágenes de esa muerte horrible.

—Está usted equivocada. —Habló en voz baja ahora, casi para sí misma—. Yo quería que él fuera inocente. A causa de su padre.

Entonces levantó la mirada y fue a buscar la de Isis.

—La orden ya debe haber llegado ahora. Registraremos su tienda y su apartamento. Todo lo que encontremos podrá ser utilizado contra usted, también.

—No importa. —Isis se obligó a ponerse en pie—. No encontrará nada que la ayude.

—Tiene usted derecho a estar presente durante el registro.

—No. Me quedo aquí. Quiero ver a Chas.

—Ustedes no están casados legalmente ni tienen ningún vínculo…

—Dallas. —Isis la interrumpió con tranquilidad—. Usted tiene corazón. Por favor, escúchelo y permítame verle.

Sí, tenía corazón. Y le dolía al ver la súplica en los ojos de esa mujer fuerte.

—Puedo darle cinco minutos al otro lado de un cristal de seguridad.

Mientras abría la puerta, apretó los dientes.

—Dígale que busque a un abogado, por Dios.

En el almacén de Búsqueda Espiritual y en una habitación de trabajo que se encontraba en el apartamento de encima había docenas de botellas, contenedores y cajas. Estaban llenos de líquido, polvos, hojas y semillas. Eve encontró unos registros bien organizados en los que se había detallado sus contenidos y su forma de utilización.

Eve ordenó que se mandara todo aquello al laboratorio para que lo analizaran. Encontró cuchillos de mangos tallados y lisos, de hoja larga y de hoja corta. Ordenó a uno de los de registro que buscara restos de sangre. También se examinaron las túnicas ceremoniales y la ropa de calle.

Eve cerró los oídos a esas voces —los de registro nunca trabajaban en silencio— y se dedicó a su trabajo con concentrada eficiencia.

Y allí, debajo de un montón de túnicas pulcramente dobladas, que se guardaban en un arcón que olía a romero y a cedro, encontró una túnica negra enrollada y llena de sangre.

—Aquí —indicó a uno de los del registro—. Examínela.

—Una buena muestra. —Pasó la boquilla de la unidad portátil que llevaba colgada al hombro por encima del tejido—. La mayor parte se encuentra en las mangas. —Detrás de las gafas de protección, sus ojos adoptaron una expresión de preocupación—. Humana —confirmó—. Un grupo negativo. No puedo decir mucho más con un portátil.

—Es suficiente. —Eve introdujo la túnica en una bolsa que selló y etiquetó como prueba—. Wineburg era A negativo. —Miró a Peabody mientras le pasaba la bolsa—. Muy descuidado por su parte, ¿no es así?

—Sí, señor. —Cumpliendo su deber, Peabody guardó la bolsa en el contenedor de las pruebas—. Eso parece.

—Lobar era O positivo. —Se acercó a otro arcón y levantó la abombada tapa—. Continúa buscando.

Ya había llegado la luz opaca del crepúsculo cuando volvieron a subir al coche. Dado que la tensión todavía vibraba entre ella y Peabody, Eve no se molestó en decir nada. Se limitó a encender el TeleLink del coche.

—Teniente Dallas, para la doctora Mira.

—La doctora Mira se encuentra en una sesión —le comunicó la recepcionista en tono educado—. Estaré encantada de grabar su mensaje.

—¿Ha realizado la doctora el examen a Mirium Hopkins?

—Un momento, comprobaré los archivos. —La recepcionista dirigió la mirada a un lado y luego volvió a dirigirla hacia Eve—. Esa sesión ha sido aplazada a las ocho y treinta, mañana por la mañana.

—¿Aplazada? ¿Por qué?

—Las notas de los archivos indican que el sujeto se ha quejado de un agudo dolor de cabeza y que, después de haber sido examinada por el médico de guardia, ha recibido medicación.

—¿Quién era el médico de guardia? —preguntó Eve con los dientes apretados.

—El doctor Arthur Simon.

—Vaya. —Disgustada, Eve adelantó a un lento maxibus atiborrado de pasajeros—. Es capaz de dar un tranquilizante doble por una irritación de piel.

La recepcionista le sonrió con complicidad.

—Lo siento, teniente, pero la sujeto ya estaba medicada antes de que se aplazara el examen. La doctora Mira no puede hacer nada hasta mañana.

—Estupendo. Fantástico. Pídale que se ponga en contacto conmigo tan pronto como haya realizado el examen. —Eve cortó la comunicación—. Hija de puta. Voy a tener que echarle un vistazo yo misma. Manda las bolsas al laboratorio, Peabody, con una solicitud de urgencia, si es que sirve de algo. Después de eso estás fuera de servicio.

—Usted va a interrogar a Forte otra vez esta noche.

—Exacto.

—Señor, solicito estar presente durante el interrogatorio.

—Solicitud denegada —repuso Eve con sequedad mientras dejaba el coche en el aparcamiento de la Central—. Te he dicho que estás fuera de servicio. —Salió del coche y se alejó.

Era medianoche y la cabeza le dolía con fuerza. La casa estaba en silencio cuando entró y se arrastró escaleras arriba. No se sorprendió de encontrar a Roarke despierto frente al Tele-Link del dormitorio. Al pasar por su lado echó un vistazo al monitor y reconoció el rostro joven y complaciente de uno de los ingenieros del Complejo Olimpo.

Eso le hizo recordar los pocos días de su luna de miel. También habían tenido la presencia de la muerte entonces. Qué sorpresa, pensó mientras se inclinaba sobre el lavamanos del baño y se mojaba la cara con agua fría. No había forma de escapar de eso.

Se secó con una toalla y se dirigió a la cama para sentarse y quitarse las botas. En cuanto éstas cayeron al suelo, Eve se sintió sin fuerzas de continuar desvistiéndose. Se tumbó en la cama con la cara contra el colchón.

Roarke escuchaba al ingeniero mientras la observaba. Conocía los signos, los ojos ensombrecidos, la piel pálida, los movimientos lentos y deliberados. Había trabajado hasta quedar exhausta otra vez, y ése era un hábito que tanto le fascinaba como le frustraba.

—Te llamaré de nuevo mañana —dijo y cortó la comunicación—. Has tenido un mal día, teniente.

Eve no se inmutó cuando él se sentó a horcajadas y empezó a masajearle el cuello y los hombros.

—Sé que ha habido peores —dijo ella—. Lo único es que no me acuerdo de cuándo ha sido, ahora mismo.

—El asesinato de Louis Trivaine ha aparecido en todas las noticias.

—Malditos buitres.

Él le quitó el arnés del arma y lo dejó a un lado.

—El hecho de que un conocido abogado sea asesinado en

un club privado es noticia. —Con gesto eficaz, le presionó toda la columna vertebral con los pulgares—. Nadine ha llamado varias veces.

—Sí, ha llamado a la Central también. No tengo tiempo de hablar con ella.

—Ajá. —Le quitó la camisa de dentro de los pantalones y empezó a masajearla con las palmas de las manos—. ¿De verdad te tropezaste con eso o lo han dicho para dar más emoción?

—No, me tropecé con ello. Quizá si ese androide idiota de conserjería no me hubiera... —Se interrumpió y meneó la cabeza—. Llegué demasiado tarde. Ya lo había abierto. Todavía estaba trabajando en el cuerpo, como un niño en un ejercicio de laboratorio. Ha implicado a Charles Forte.

—Esto también ha salido.

—Por supuesto que sí —dijo, con un suspiro—. No es posible contener todas las filtraciones.

—¿Le tenéis bajo custodia?

—Le estamos interrogando. Le estoy interrogando. Lo niega todo. Encontré pruebas físicas en su apartamento, pero continúa negándolo todo.

«Lo niega —pensó Eve— con una expresión de conmoción, de terror.»

—Oh, mierda. —Giró la cabeza y la apretó contra el colchón—. Oh, mierda.

—Vamos. —Le dio un beso en la cabeza—. Vamos a desvestirte y te meterás dentro de la cama.

—No me trates como a una niña.

—Intenta detenerme.

Eve empezó a girarse, y antes de darse cuenta de lo que hacía, le abrazó y enterró el rostro en su pecho. Cerró los ojos con fuerza como si quisiera apartar una visión.

—Siempre estás aquí. Incluso cuando no estás.

—Ya no estamos solos, no lo estaremos más. Ninguno de los dos. —Roarke pensó que ella lo necesitaba, así que la sentó sobre su regazo—. Cuéntamelo. Tienes más cosas en la cabeza, además de unas pruebas de asesinato.

—No soy una buena persona. —Lo dijo sin poder contenerse—. Soy una buena policía, pero no soy una buena persona. No me lo puedo permitir.

—Eso no tiene sentido, Eve.

—No. Es verdad. Tú no quieres verlo, eso es todo. —Se apartó para mirarle a los ojos—. Cuando uno ama a alguien es capaz de soportar pequeños defectos, pero nunca quiere ver los grandes. Tú no quieres admitir de qué es capaz la persona que tienes al lado, así que finges que no es así.

—¿De qué eres capaz tú que yo no me doy cuenta?

—He destrozado a Forte. No físicamente —continuó, mientras se apartaba el pelo de la cara—. Eso hubiera sido demasiado sencillo, demasiado limpio. Le he hecho pedazos emocionalmente. Deseaba hacerlo. Quería que me dijera lo que había hecho para poder acabar, poder cerrar el caso. Y cuando Peabody tuvo el valor de decirme que no aprobaba mi técnica de interrogatorio, me volví contra ella. La he mandado fuera de servicio para poder volver ahí y destrozarle.

Él se quedó un momento en silencio y luego se levantó para abrir la cama.

—Déjame recapitular. Te tropezaste con una mutilación, encerraste a la asesina bajo custodia, una asesina que ha implicado a charles Forte en eso y en otros asesinatos. Hace muy pocos días que encontraste un cuerpo mutilado ante las escaleras de tu casa.

—No puedo hacer de esto algo personal.

—Discúlpame, teniente, pero eso es una tontería. Para continuar —dijo mientras se acercaba para desabrocharle la camisa—, luego interrogas a Charles Forte, un hombre de quien tienes fundados motivos para sospechar que es responsable de varias muertes violentas. Juegas duro, y eso es algo que tu ayudante, a quien tú estás formando y que, aunque muy competente, tiene mucha menos experiencia que tú en estos asuntos, no aprueba. Una oficial de policía que no ha entrado en una habitación donde una mujer se encuentra despedazando a un hombre. Las noticias han sido muy detalladas —le aclaró.

—Y —añadió antes de que Eve pudiera decir nada— entonces regañas a tu ayudante por cuestionar tu procedimiento y la mandas fuera de servicio para poder terminar el interrogatorio. ¿Resume esto toda la situación?

Con el ceño fruncido, le miró mientras él le quitaba los pantalones.

—Lo estás pintando en blanco y negro. No es así.

—Nunca lo es. —Le subió las piernas a la cama y la hizo recostarse con un suave empujón—. Voy a decirte qué te hace ser eso, Eve. Eso te hace ser una buena policía, una policía dedicada. Y humana. —Se desvistió y se metió en la cama a su lado—. Y siendo éste el caso, probablemente sea mejor que me divorcie de ti y que continúe con mi vida. —La atrajo hacia sí hasta que la cabeza de ella se apoyó contra su pecho—. Es obvio que, hasta ahora, he sido ciego a tus horrendos defectos de carácter.

—Me haces parecer una idiota.

—Bien, eso es lo que quiero. —Le dio un beso en la sien y ordenó que las luces bajaran de intensidad—. Ahora, a dormir.

Eve giró la cabeza para olerle la piel antes de dormirse.

—No creo que sea capaz de permitirte que te divorcies —le dijo con un suspiro.

—¿No?

—Mm. No pienso abandonar el café.

Eve llegó a la oficina a las ocho en punto. Ya había pasado por el laboratorio para meterles prisa, lo cual, en parte, le levantó el ánimo. Cuando abrió la puerta, el TeleLink estaba sonando.

Y Peabody estaba al lado de su escritorio con expresión atenta.

—Llegas temprano, Peabody. —Eve se acercó al TeleLink, marcó el código y esperó a que se cargaran los mensajes—. Todavía no estás de servicio hasta dentro de treinta minutos.

—Quería hablar con usted, teniente, antes de entrar de servicio.

—De acuerdo. —Eve puso en espera los mensajes y se volvió para prestar toda su atención a Peabody—. Tienes un aspecto horrible —comentó.

Peabody mantuvo fija la mirada. Sabía el aspecto que tenía. No había comido ni había bebido. Unos síntomas que, lo sabía, resultaban vergonzosamente similares a los que mostraba cuando un asunto amoroso terminaba mal. Y se había dado cuenta de que esto era peor que una ruptura con un hombre.

—Quería presentarle formalmente mis disculpas, teniente,

por las afirmaciones que realicé después del interrogatorio de Forte. Fue insubordinación y resultó incorrecto cuestionar sus métodos. Espero que mi mal juicio en este asunto no le influencie y me aparte de este caso, ni de este departamento.

—Eve se sentó y se recostó en una silla que crujió como pidiendo lubricante.

—¿Eso es todo, oficial Peabody?

—Sí, señor. Solamente decir…

—Si tiene más cosas que decir, sáquese primero ese palo del culo. Está usted fuera de servicio y esta conversación no se está grabando.

Peabody abatió los hombros ligeramente, pero fue un gesto de derrota en lugar de uno de relajación.

—Lo siento. Ver cómo ese hombre se desmoronaba me conmovió. No fui capaz de distanciarme de la situación y de verla con objetividad. No creo…, no quiero creer —se corrigió—, que él sea responsable. Eso influyó en mi punto de vista.

—La objetividad es básica. Y, más a menudo de lo que queremos admitir, resulta imposible. Yo tampoco fui completamente objetiva, y ése es el motivo por el cual reaccioné de forma desproporcionada ante tus comentarios. Me disculpo por eso.

Peabody sintió que la sorpresa y el alivio la invadían.

—¿Me mantendrá en mi puesto?

—He hecho una inversión en ti. —Dejándolo así, Eve dirigió de nuevo su atención al TeleLink.

A espaldas de Eve, Peabody cerró con fuerza los ojos y recuperó la compostura. Inhaló y tragó saliva.

—Bueno, ¿significa eso que hemos hecho las paces?

Eve miró de reojo a Peabody, que sonreía.

—¿Por qué no tengo café? —Encendió el TeleLink y dejó que los mensajes aparecieran. El primero salía en pantalla cuando Peabody dejó una taza humeante a su lado.

«Venga, Dallas, venga. Dame un descanso. Me gustaría recibir una actualización en cualquier momento del día o de la noche. Llámame, maldita sea. Sólo un par de detalles.»

—Eso no va a pasar, Nadine —murmuró Eve, y leyó los siguientes tres mensajes, todos de la periodista y cada uno más desesperado que el anterior.

Había un comunicado del forense con el informe de la autopsia. Eve lo descargó y ordenó una copia sobre papel. Finalmente, una nota del laboratorio que confirmaba que la sangre de la túnica era la de Wineburg.

—No lo veo así. —Dijo Peabody en voz baja—. ¿Por qué no lo veo así? Está ahí. —Se encogió de hombros—. Bueno, está bien.

—Presentaremos cargos y le encerraremos. —Eve se frotó la frente con un dedo de la mano—. Asesinato en primer grado contra Wineburg. Esperaremos a la posibilidad del asesinato de Trivaine hasta que Mira haya terminado su examen. Haz que le traigan para interrogarle de nuevo, Peabody. Vamos a ver con qué más podemos cargarle.

—¿Por qué Alice? —preguntó Peabody—. ¿Por qué Frank?

—Él no se los cargó. No son suyos.

—¿Casos separados? ¿Todavía cree que Selina es responsable de esos dos?

—Sé que lo es. Pero estamos muy lejos de demostrarlo.

Eve pasó el día repasando informes y realizando el suyo. Por la tarde, cuando se enfrentó con Chas para interrogarle de nuevo, estaba lista para probar otra estrategia.

Estudió al abogado que él había elegido, una mujer joven de ojos tristes que a Eve le parecía que todavía no había llegado a la mayoría de edad. No reprimió un suspiro al darse cuenta que la reconocía del ritual de iniciación.

—¿Ella es su abogado, señor Forte?

—Sí. —Tenía el rostro de un enfermizo tono gris, y profundas ojeras bajo los ojos—. Leila ha accedido a ayudarme.

—Muy bien. Ha sido usted acusado de asesinato, señor Forte.

—He solicitado una audiencia para una fianza —empezó Leila mientras le pasaba unas hojas a Eve—. Va a ser a las dos horas de hoy.

—No va a conseguir una fianza. —Eve pasó los papeles a Peabody—. Y no voy a alargar esto mucho tiempo.

—Ni siquiera conocía al hombre que ha sido asesinado —empezó Chas—. Nunca le había visto antes de esa noche. Yo estaba con usted.

—Lo cual le ubica en la escena en el momento preciso y eso

le otorga la oportunidad. ¿El móvil? —Se recostó en la silla—. Usted se encontraba allí, sabía qué él estaba a punto de hablar. Su sangre no fue la primera en derramarse, ¿no es verdad, señor Forte?

—No sé nada de esto. —La voz le tembló. Inhaló aire y puso una mano encima de la de Leila, como en un gesto de apoyo. Los dedos de ambos se entrelazaron y él habló en tono más firme—. Nunca le he hecho daño a nadie en toda mi vida. Va contra todo aquello en lo que creo, contra todo aquello en lo que me he convertido. Ya se lo dije. No tengo nada contra usted y confío en que comprenderá.

—¿Tiene usted una túnica negra? De seda natural, con cinturón, larga hasta los pies.

—Tengo muchas túnicas. Pero no me gusta el negro.

Eve levantó una mano y esperó hasta que Peabody le hubo puesto la bolsa en ella.

—Entonces no reconoce esto.

—No es mía. —Pareció relajarse un poco—. Esto no me pertenece.

—¿No? A pesar de eso, ha sido encontrada en un arcón del dormitorio del apartamento que comparte usted con Isis. Escondida de forma descuidada, y probablemente apresurada, debajo de un montón de ropa. Hay sangre en ella, señor Forte. La sangre de Wineburg.

—No. —Se recostó—. Eso no es posible.

—Es un hecho. Su abogado tiene la libertad de estudiar el informe del laboratorio. Me pregunto si Isis la reconocería. Quizá eso… le avive la memoria.

—Ella no tiene nada que ver con esto. Nada que ver con nada de esto. —El pánico le había invadido—. No puede sospechar de ella de…

—¿De qué? —Eve ladeó la cabeza—. De ser un instrumento. Ella vive con usted, trabaja con usted, duerme con usted. Si ha estado protegiéndole, eso la involucra con todo esto.

—No puede usted meterla en esto. No puede hacerla pasar por esto. Déjela en paz. —Se inclinó hacia delante y dejó las manos temblorosas encima de la mesa—. Déjela en paz. Prométamelo y le diré todo lo que quiera oír.

—Chas. —Leila se puso de pie y apoyó una mano firme encima del hombro de él—. Siéntese. No diga nada más. Mi cliente no tiene nada más que decir en este momento, teniente. Necesito hablar con él y solicito la intimidad necesaria para hacerlo.

Eve la observó. La mujer ya no parecía tan joven ni sus ojos se veían tan tristes. Más bien tenía una actitud firme y decidida.

—No habrá ningún acuerdo, abogado, no en esto. —Se levantó e hizo un gesto en dirección a Peabody—. Pero una confesión completa podría llevarle a unas instalaciones psiquiátricas en lugar de a una prisión de máxima seguridad. Piense en ello.

Cuando hubo salido de la habitación, soltó un juramento.

—Va a ponerle una pantalla. Él hará todo lo que ella le diga que haga, porque está demasiado asustado para no hacerlo.

Eve caminó un buen trecho por el pasillo y volvió.

—Tengo que ver a Mira. Ella tiene que haber terminado ahora el examen. Póngase en contacto con la oficina del fiscal. Necesitamos a alguien allí. Quizá, si conseguimos que un fiscal hable con su representante de abogado a abogado, podemos hacer que se abra de nuevo.

—Isis lo ha hecho. —Peabody dirigió una última mirada a la puerta de la habitación mientras se alejaban—. Le quiere de verdad.

—Existe toda clase de amor, ¿no es verdad?

—No comprendo por qué tuvo sexo con Mirium.

—También hay todo tipo de sexo. A veces está directamente manipulado.

Entró en su oficina para llamar a la doctora Mira.

Capítulo veinte

*D*elirante, sociópata, personalidad adictiva y fácilmente influenciable. Eve dejó el informe de la doctora Mira a un lado. No necesitaba a una psiquiatra para saber que Mirium era una lunática sin conciencia. Lo había visto por sí misma.

Ni que tenía una inclinación obsesiva por lo oculto, un cociente intelectual bajo y una gran capacidad de ejercer la violencia. El consejo de Mira de realizar un examen más detallado y de tratarla como a una enferma mental eran sensatos, pero no cambiaba los hechos.

Mirium había ejecutado a un hombre a sangre fría, y era más que probable que terminara sus días en una tranquila habitación de una institución mental.

El test de veracidad no había resultado de mayor ayuda. Indicaba que la sujeto estaba diciendo la verdad, tal y como la sujeto la veía. Había lagunas, contradicciones y confusión.

Posiblemente eso fuera debido, pensó Eve ante las pruebas de estupefacientes, a que tenía media docena de sustancias ilegales en el cuerpo.

—¿Teniente? —Peabody entró y esperó a que Eve levantara la vista—. Schultz, de la oficina del fiscal acaba de verme.

—¿Cuál es el estado de la cuestión?

—La abogado no se va a mover ni un pelo. Está presionando para una prueba de veracidad, pero Forte continúa negándose. Schultz cree que va a modificar su posición. Dice que ella quiere cuarenta y ocho horas para estudiar todos los informes y las pruebas. Esto va a retener a Forte dado que se le ha negado la fianza, pero ella continúa insistiendo. Schultz cree que Forte está listo para largar, pero ella mantiene la cuerda corta.

—¿Schultz te ha dicho todo esto?

—Sí, bueno, creo que quería pasar el tiempo. Un divorcio reciente.

—Oh. —Eve arqueó una ceja—. Y le gustan las mujeres de uniforme.

—Yo diría que es más probable que le guste una mujer que tenga pechos, en este momento. Lo principal es que dice que no cree que consigamos nada más hoy. La abogado ha ejercido el derecho de su cliente a un descanso mínimo. Schultz accedió a continuar hablando por la mañana. Ha salido.

—Muy bien. Quizá sea mejor que les demos tiempo a ambos para pensar un poco. Nos dejaremos caer por la tienda de Isis. Quizá podamos sacarle algo.

—Lo tiene todo bastante bien atado. —Peabody apresuró el paso para ponerse a su lado—. Podrá relajarse un poco esta noche durante la fiesta.

—¿La fiesta? —Eve se detuvo en seco—. ¿La fiesta de Mavis? ¿Es esta noche? Diablos.

—Así es como habla la fiera de las fiestas —dijo Peabody en tono seco—. Personalmente, tengo muchas ganas de ir. Ha sido una semana de mierda.

—Se supone que Halloween es para los niños, para que chantajeen a los adultos para ingerir comida basura. Esos hombres y mujeres adultos por ahí ataviados con disfraces. Es vergonzoso.

—La verdad es que se trata de una antigua y reverenciada tradición que tiene sus raíces en las religiones ancestrales.

—No empieces —advirtió Eve mientras bajaban al aparcamiento. Miró con suspicacia a Peabody—. No será verdad que vas a disfrazarte.

—¿De qué otra forma puedo asegurarme de que recibiré mi porción de caramelos? —Peabody se sacudió el hombro de la chaqueta del uniforme con la mano.

La tienda estaba oscura, al igual que el apartamento. Nadie respondió en ninguna de las puertas a las que llamaron. Eve pensó un momento y consultó la hora.

—Voy a quedarme aquí un par de horas. Me gustaría verla esta noche.

—Probablemente se encuentre en la ceremonia del sabat.

—No me creo que se encuentre de humor para bailar desnuda, dadas las circunstancias. Me quedo. Puedes pillar un transporte público desde aquí.

—Puedo quedarme.

—No es necesario. Si no aparece en de un par de horas, me iré a casa de Mavis.

—¿Así? —Peabody echó un vistazo a los tejanos desteñidos de Eve, a las gastadas botas y a la chaqueta destrozada—. ¿No quiere ponerse algo más… festivo?

—No. Nos veremos allí. —Eve volvió a subir al coche y bajó la ventanilla—. Bueno, ¿qué vas a ponerte?

—Es un secreto —dijo Peabody con una sonrisa, y se alejó para subir a un tranvía que la llevara a casa.

—Vergonzoso —decidió Eve.

Se recostó en el asiento y encendió el TeleLink. El equipo la conectó con Roarke, que se encontraba en su oficina del centro de la ciudad.

—Me has pillado por los pelos —le dijo él, e inmediatamente vio el volante en el monitor—. Es evidente que no estás en casa preparándote para la fiesta de esta noche.

—Es evidente que no. Tengo un par de horas más aquí, así que nos encontraremos en casa de Mavis. Podemos irnos temprano.

—Veo que estás ansiosa por asistir a una emocionante fiesta.

—Halloween. —Levantó la vista al notar que un macabro conejo gigante y un transexual mutante cruzaban la calle, delante del coche—. Es que no lo pillo.

—Querida Eve, para algunas personas es simplemente una excusa para hacer el tonto. Para otras personas es un día sagrado. Samhain, el inicio del invierno celta. El principio del año, el momento de cambio en que muere lo viejo y nace lo joven. Una noche en que el velo que separa a ambos es muy fino.

—Chico. —Fingió un estremecimiento—. Ahora estoy asustada.

—Esta noche nos concentraremos en utilizarlo como una excusa para hacer el tonto. ¿Querrás emborracharte y tener sexo salvaje?

—Sí. —Sonrió—. Eso suena muy bien.

—Podríamos empezar ahora mismo. Un poco de sexo por el TeleLink.

—Eso sería ilegal, en una línea oficial. Además, uno nunca sabe cuando los de la Central van a meter la nariz.

—Entonces no diré cuánto deseo ponerte las manos encima. Mis labios. Lo excitante que es sentirte debajo de mí, estar dentro de ti y que tú arquees la espalda y te esfuerzas por respirar y te agarres con fuerza a mi pelo.

—No, no lo digas —le advirtió, pero sintió los músculos de los muslos se le tensaban—. Nos vemos dentro de un par de horas. Nos…, esto…, nos iremos pronto a casa. Entonces podrás decirme todo eso.

—¿Eve?

—Sí.

—Te adoro. —Con una sonrisa suave y satisfecha, cortó la comunicación.

Eve soltó un largo suspiro.

—¿Cuándo voy a acostumbrarme a esto? —dijo.

El sexo era bastante apabullante. Ella nunca había pensado que el acto sexual fuera algo más que un alivio físico necesario y medianamente placentero. Hasta Roarke. Él conseguía que se le secara la boca y que sintiera deseo solamente mirándola. Pero peor era el fuerte vínculo que había establecido con su corazón que a la vez la consolaba y la aterrorizaba.

Nunca había comprendido el exigente poder del amor.

Con el ceño fruncido, dirigió la mirada hacia el apartamento, al otro lado de la calle. ¿No era eso lo que había visto allí dentro? ¿Poder y amor? Isis era una mujer fuerte y poderosa. ¿Era posible que el amor la hubiera cegado tan completamente?

No era imposible, pensó Eve. Pero era… decepcionante, admitió. Ella, por su parte, sabía que Roarke había pasado la mitad de su vida esquivando a la ley. Bueno, al final se había tropezado con la ley en persona.

Ella sabía que había robado, timado, engañado. Sabía que había matado. Ese niño maltratado en las duras calles de Dublín había hecho todo lo necesario por sobrevivir. Luego había hecho todo lo que había querido para obtener ganancias. No podía culparle del todo por ninguna de las dos cosas.

Pero si él utilizara actualmente su poder y su posición para matar, ¿qué haría ella? ¿Dejaría de amarle? No estaba segura, pero sí estaba segura de que lo descubriría. Y que el código bajo el cual había vivido siempre no le permitiría cerrar los ojos ante un asesinato.

Quizá el código bajo el cual vivía Isis no fuera tan fuerte.

A pesar de todo, en esos momentos, sentada ahí dentro mientras el frío mordía la noche al otro lado de las ventanas, Eve no era capaz de saberlo.

Forte ya casi había confesado, se dijo a sí misma. En cuanto le mostraron la túnica, la prueba, había empezado a rendirse.

Pero eso no era totalmente cierto, pensó. Fue cuando ella amenazó con involucrar a Isis que él cambió de actitud.

La protegió. Se sacrificó por ella. Con una idea nueva en la cabeza, Eve salió del coche y cruzó la calle.

Bastante gente paseaba por la calle, y algunas personas llevaban disfraces. En cuanto llegó a la esquina, un grupo de quinceañeros pasaron corriendo y haciendo suficiente ruido como para despertar a los muertos. Nadie prestó atención a una mujer solitaria vestida con una chaqueta de cuero que subía las escaleras hacia un apartamento a oscuras.

Se quedó en la puerta un momento, observando la calle y los edificios de alrededor. Era una zona donde cada uno se ocupaba de sus cosas, decidió. Y los vecinos debían de estar acostumbrados a ver a gente —y quizá a gente de aspecto poco habitual— subir hacia ese apartamento. Para comprobar su teoría, Eve intentó abrir la puerta. La encontró cerrada, así que simplemente sacó el código maestro del bolsillo. En un segundo había abierto la puerta y se quedó un instante fuera esperando la sirena de la alarma del sistema de seguridad.

Dentro, solamente había silencio. No había sistema de seguridad, decidió, pero resistió la tentación de entrar. Un ciudadano normal no podía acceder a un código maestro, pero había otras maneras de abrir una puerta cerrada.

¿Había estado vacío el apartamento el día anterior? Dado que Isis y Forte se encontraban en la Central, a cualquiera le hubiera resultado muy sencillo colarse dentro y dejar una túnica manchada de sangre en un lugar obvio.

Eve volvió a cerrar la puerta y se quedó de pie un instante, discutiendo consigo misma. Mirium le había implicado. Había pronunciado su nombre mientras estaba sentada en el suelo y todavía tenía las manos manchadas de sangre.

Delirante, sociópata, fácilmente influenciable.

Mierda. Eve bajó corriendo las escaleras y volvió al coche. La prueba estaba allí, ¿no era cierto? El móvil, la oportunidad. Era una lista de jodido manual. Incluso tenía la confesión del cómplice que se encontraba arrestado.

Un cómplice con quien ella había dormido. Había practicado sexo en Central Park. Alguien que había utilizado su influencia para traerla a la congregación ante las narices de su mujer.

Todo cuadraba, se dijo a sí misma. Y ése era el problema. Cuadraba tanto que parecía que alguien hubiera puesto aceite en las juntas. Lo único que había que hacer era dejar a un lado el amor, el amor generoso, devoto y no cuestionable. Si esos ingredientes entraban en juego, las juntas rechinaban y protestaban.

Si había alguna posibilidad de que lo hubieran preparado, y de que ella estuviera siendo usada para hacerlo cuadrar, estaba dispuesta a descubrirlo. Pensó en llamar a Peabody y ya iba a tomar el TeleLink cuando oyó el grito. Salió del coche con el arma en la mano y vio a una figura envuelta en una túnica negra que arrastraba a una mujer hacia la oscuridad.

—Policía. —Corrió hacia ellos—. Apártese de ella.

Hizo algo más que eso. Huyó. Cuando Eve llegó hasta la mujer, ella se encontraba con la cara contra el suelo y gemía. Guardó el arma y se agachó a su lado.

—¿Le ha hecho daño? —En cuanto le dio la vuelta, vio el brillo del filo. Lo tuvo contra el estómago antes de verle el rostro a Selina.

—Lo único que tengo que hacer es apretar solamente un poco. —Selina sonrió—. Me gustaría hacerlo. Pero por el momento…

Le dio unos golpecitos a Eve en la garganta con la otra mano. Eve notó el pinchazo y la presión un instante antes de que se le nublara la vista.

—Ahora vas a ayudarme a llegar hasta el coche. O así va a parecerle a quien nos vea. —Sonriendo, Selina puso los brazos alrededor de Eve y mantuvo el cuerpo pegado al de ella para que pareciera que Eve la estaba poniendo en pie—. Y si no haces exactamente lo que te digo, tus tripas acabarán esparcidas por el suelo y yo habré desaparecido antes de que te des cuenta de que has muerto.

Eve sentía que la cabeza le daba vueltas y que le fallaban las piernas mientras Selina la conducía por la acera.

—Entra —le ordenó Selina—. Salta al asiento del acompañante.

Eve se dio cuenta de que hacía lo que le ordenaba, obedientemente, aunque una parte de su mente aullaba, protestando.

—No eres tan lista ahora, ¿eh, teniente Dallas? No tan guay. Te hemos conducido justo hasta dónde hemos querido. Zorra estúpida. ¿Cómo pones esto en auto?

—Yo... —No era capaz de pensar. Ni el miedo, ni el odio, ni todo lo que sabía podían atravesar esa niebla. Miró con ojos inexpresivos el salpicadero—. ¿Auto?

Su voz fue suficiente. El vehículo tembló y luego rugió de forma intermitente.

—No creo que estés en forma para conducir. —Selina echó la cabeza hacia atrás y rio—. Dale la dirección. Mi apartamento. Tenemos una ceremonia muy especial en mente, para ti.

De forma mecánica, Eve repitió la dirección y miró hacia delante mientras el coche salía de la curva.

—No fue él.

—¿Ese hombre patético? Sería incapaz de matar a una mosca aunque se le posara en la polla. Si es que tiene polla. Pero él y esa mierda de bruja van a pagar. ¿Tú ya te has ocupado de ello, no es así? Creyeron que podrían salvar a la pequeña Alice. Bueno, lo mismo le pasó al tonto de su abuelo. Mira adónde les ha conducido. Nadie que me desafíe vive para contarlo. Tú descubrirás cuál es mi poder muy pronto. Acabarás suplicándome que te mate para acabar con todo.

—Tú les asesinaste a todos.

—A cada uno de ellos. —Selina se inclinó hacia ella—. Y a más. A muchos más. Con quien disfruto más es con los niños. Son tan... frescos. Fui a buscar al abuelo, utilicé su debilidad por las mujeres. Lloré, le dije que temía por mi vida. Alban iba a matarme. Entonces le puse las drogas en la bebida y le maté. Quería sangre pero, bueno, fue casi igual de satisfactorio verle los ojos cuando se dio cuenta de que iba a morir. Tú has visto cómo mueren primero los ojos, ¿no es verdad, Dallas? Es lo que muere primero.

—Sí. —Ahora la niebla ante sus ojos empezaba a despejarse. Empezaba a sentir un hormigueo en las piernas y en los brazos a medida que recuperaba la sensibilidad—. Sí, es así.

—Y Alice. Casi me supo mal cuando tuvimos que terminar. Atormentarla día a día era tan emocionante. Cómo se asustaba al ver un pájaro, o un gato. Robots. Fáciles de programar. Utilizamos el gato esa noche, hicimos que le hablara con mi voz. La estábamos esperando, teníamos planes para ella, pero salió corriendo a la calle y se mató. Así que te haremos a ti lo que habíamos planeado hacerle a ella. Ya hemos llegado.

Mientras el coche giraba por la esquina, Eve comprobó el estado de la mano y la cerró en un puño. Le dio un puñetazo y notó el agradable contacto de ella contra el hueso de Selina. Entonces la puerta se abrió detrás de ella y unas manos la atraparon por la garganta. Y el mundo se oscureció.

—Ya tendría que estar aquí ahora. —Aunque el apartamento estaba abarrotado de gente, lleno de ruido e inundado de luces, Mavis tenía una expresión de frustración—. Me lo prometió.

—No tardará. —Roarke consiguió evitar chocar contra un toro envuelto en una capa roja y arqueó una ceja al oír un grito de «¡toro!». Un ángel, desesperado, pasó bailando con un cuerpo descabezado.

—Tenía muchas ganas de que viera lo que Leonardo y yo hemos hecho con este espacio. —Con orgullo, Mavis dio una vuelta completa sobre sí misma—. No lo reconocerá, ¿verdad?

Roarke observó los muros de color magenta salpicados de manchas color cereza y violeta. El mobiliario estaba construido a base de cojines brillantes y tubos transparentes. En consonancia, por todas partes había toques naranjas y negros. Los esqueletos bailaban, las brujas volaban y los gatos negros se erizaban.

—No —asintió él, honestamente—. No reconocerá su viejo apartamento. Habéis hecho… maravillas.

—Nos encanta. Y tenemos al mejor propietario del planeta. —Le dio un beso entusiasta.

Roarke deseó que no le hubiera dejado marcado el pintalabios púrpura, pero sonrió:

—Mis inquilinos favoritos.

—¿Podrías llamarla, Roarke? —Le dio un tirón en la manga de la camisa con la mano, cuyas uñas llevaba pintadas del mismo color púrpura que los labios—. Métele un poco de prisa.

—Por supuesto. Vete a hacer de anfitriona. No te preocupes.

—Gracias. —Se alejó encima de los altos tacones rojos.

Roarke miró alrededor con idea de encontrar algún lugar tranquilo desde donde hacer la llamada. Al ver aparecer a Peabody, parpadeó sorprendido.

—¿Peabody?

Bajó el rostro maquillado y miró hacia el suelo.

—Me ha reconocido.

—Con dificultad. —Con una leve sonrisa, dio un paso atrás para observarla mejor.

Una mata larga de pelo rubio le llegaba hasta los hombros y le bajaba por la espalda hasta el escueto sujetador que le cubría los pechos. A partir de la cintura, iba envuelta en un verde brillante.

—Eres una sirena preciosa.

—Gracias. —Levantó la vista de nuevo—. He tardado siglos en ataviarme.

—¿Cómo diablos consigues caminar?

—Hay un corte para los pies, la cola lo tapa. —Dio unos pasitos atrás—. Pero dificulta bastante los movimientos. ¿Dónde está Dallas? —Giró la cabeza, buscándola con la mirada—. Quiero que lo vea.

—No ha llegado todavía.

—¿No? —No llevaba reloj, así que bajó la mirada hasta el de él—. Son casi las diez. Sólo iba a estar frente al apartamento de Isis un par de horas y luego tenía que venir directamente hacia aquí.

—Estaba a punto de llamarla.

—Buena idea. —Peabody intentó no hacer caso de su nerviosismo—. Posiblemente está dando un rodeo. No le gusta nada todo esto.

—Sí, tienes razón. —Pero ella hubiera estado allí por Mavis, pensó Roarke mientras se dirigía al rincón. Y por él.

Al darse cuenta de que no respondía al TeleLink, traspasó la seguridad y llamó a su comunicador. Se oyó un zumbido que indicaba que lo tenía en pausa, pero no lo contestó.

—Algo va mal —dijo al volver junto a Peabody—. No contesta.

—Voy a buscar mi bolsa y lo intentaré a su comunicador.

—Ya lo he intentado yo —dijo, rápidamente—. No contesta. ¿Estaba fuera de Búsqueda Espiritual?

—Sí, quería hablar con Isis..., deje que me quite este disfraz. Voy a ir a ver.

—No puedo esperarte.

Se abrió paso entre la gente mientras Peabody buscaba a Feeney.

Cuando despertó creyó que era un sueño, confuso y caliente. La cabeza le daba vueltas y cuando intentó llevarse la mano hasta ella se dio cuenta de que no se podía mover.

El pánico apareció primero. Tenía las manos atadas. Él le ataba muy a menudo las manos cuando era una niña. La ataba a la cama y le tapaba la boca con la mano para amortiguar sus gritos cuando la violaba.

Tiró de las ataduras y sintió el dolor de la cuerda en las muñecas. Exhaló como un sollozo mientras continuaba debatiéndose. También tenía las piernas atadas por los tobillos para que quedaran abiertas. Giró la cabeza violentamente a un lado y a otro para ver alguna cosa. Las sombras se movían por la habitación, entre la luz de las docenas de velas encendidas. Se vio a sí misma en un espejo, una pared con un espejo negro que reflejaba las imágenes y la luz.

No era una niña y no era su padre quien la había atado.

Se obligó a controlar el pánico. No servía de nada. Nunca lo hacía. La habían drogado, se dijo a sí misma. La habían traído hasta allí, la habían desnudado y la habían atado sobre esa losa de mármol como si fuera un trozo de carne.

Selina Cross iba a matarla, o incluso a hacerle algo peor, a no ser que ella consiguiera mantener la mente clara y luchar. Continuó luchando con las ataduras de las muñecas, girándolas, tirando, mientras se esforzaba para centrar la mente.

¿Dónde se encontraba? En el apartamento, era lo más probable, aunque casi no recordaba nada. El club no hubiera sido tan peligroso, lleno de gente. Allí era más privado, en esa habitación. En esa habitación era donde Alice había presenciado el sacrificio de un niño.

¿Qué hora era? Dios, ¿cuánto tiempo había estado fuera? Roarke debía de estar enojado. Se mordió el labio con fuerza y se hizo sangre en un intento por controlar la histeria

La echarían de menos. Se preguntarían dónde estaba. Peabody sabía cuál era su última localización e iría a buscarla.

¿Y de qué le serviría eso? Eve cerró los ojos para tranquilizarse. Estaba sola, se dijo a sí misma. Y tenía intención de sobrevivir. La pared del espejo se abrió y Selina, envuelta en una túnica negra, entró en la habitación.

—Ah, estás despierta. Te quería despierta y completamente consciente antes de que empezáramos.

Alban entró detrás de ella. Llevaba una túnica similar y la fiera máscara de jabalí. Sin decir nada, recogió una vela negra y la dejó entre los muslos de Eve. Dio un paso hacia atrás y tomó un dolabro de empuñadura negra que había encima de un cojín también negro. Lo levantó.

—Ahora, vamos a empezar.

Roarke abrió la puerta del coche en el momento en que el TeleLink sonaba. Lo tomó con rapidez.

—¿Eve?

—Soy Jamie. Sé dónde está. La tengo. Tiene que darse prisa.

—¿Dónde está? —Mientras hablaba, se sentó al volante.

—Esa bruja de la Cross. La tienen en el apartamento. O creo que así es. Perdí la transmisión cuando la sacaron del coche.

Roarke no esperó, apretó el acelerador y salió disparado entre el tráfico.

—¿Qué transmisión?

—Le pinché el coche. Quería saber qué estaba pasando. Coloqué un transmisor. He escuchado cosas esta noche. Cross le dijo que pusiera el coche en auto, que fuera al apartamento. Dallas debía de estar drogada o algo, porque su voz sonaba extraña. Y Cross contó cómo había matado a mi abuelo y a Alice.

—La voz se le rompió a causa de las lágrimas—. Les mató a los dos. Y a unos niños. Dios.

—¿Dónde estás?

—Estoy justo fuera de su apartamento. Voy a entrar.

—Quédate fuera. Mierda, hazme caso. Quédate fuera. Estaré ahí dentro de dos minutos. Llama a la policía. Informa de una entrada, un fuego, cualquier cosa, pero haz que vayan hasta ahí. ¿Me has comprendido?

—Ella mató a mi hermana. —La voz de Jamie sonó repentinamente fría y tranquila—. Y yo voy a matarla.

—Quédate fuera —repitió Roarke, y soltó un juramento en cuanto la comunicación se cortó. Esforzándose por mantener el control, llamó a Mavis y cuando una salvaje risa le contestó, ordenó que se pusiera Peabody.

Ya estaba aparcando ante el edificio de Selina cuando Peabody respondió.

—Roarke. Feeney y yo nos dirigimos a Búsqueda Espiritual ahora mismo…

—Ella no está allí. Cross la tiene, lo más probable es que sea en su apartamento. Estoy ahí ahora y voy a entrar.

—Jesús, no cometas ninguna locura. Voy a solicitar una patrulla. Feeney y yo vamos de camino.

—Hay un chico aquí también. Es mejor que os deis prisa.

Sin otra arma que su voluntad y su nerviosismo, atravesó corriendo la puerta.

Estaban cantando alrededor de ella. Alban había encendido un fuego en un caldero y el humo que emanaba de él era denso y muy dulce. Selina se había quitado la túnica y se estaba embadurnando el cuerpo con aceite.

—¿Alguna vez te ha violado una mujer? Voy a hacerte daño cuando lo haga. Él también. Y no te vamos a matar deprisa, como hicimos con Lobar, como él le dijo a Mirium que matara a Trivaine. Va a ser una muerte lenta y de un dolor indescriptible.

Eve tenía la mente clara ahora, brutalmente clara. Las muñecas le ardían y las sentía pegajosas de su propia sangre mientras continuaba luchando por desligarse de las ataduras.

—¿Es así cómo invocáis a vuestros demonios? Vuestra religión es un fraude. Solamente os gusta violar y matar. Os convierte en unos degenerados, como cualquier canalla de un barrio bajo.

Selina levantó la mano y le dio un fuerte bofetón en la cara.

—Quiero matarla ahora.

—Pronto, mi amor —canturreó Alban—. No querrás estropear el momento.

Llevó una mano hasta una caja y sacó un gallo negro de dentro. El animal chilló y batió las alas mientras Alban lo sujetaba por encima del cuerpo de Eve. Ahora hablaba en latín, con voz musical, mientras sacaba el cuchillo y cortaba el cuello del animal. La sangre salió a chorro y cayó encima del torso de Eve. A su lado, Selina gemía de placer.

—Sangre, para el maestro.

—Sí, amor mío. —Él se volvió hacia ella—. El maestro debe tener sangre. —Con gran calma y con gran rapidez, pasó el filo del cuchillo por la garganta de Selina—. Has sido tan… aburrida —murmuró en cuanto ella cayó hacia atrás, resollando y con las manos sobre la garganta—. Útil, pero aburrida.

Cuando ella cayó, abatida, él pasó por encima de su cuerpo, se quitó la máscara y la dejó a un lado.

—Basta de pompa. A ella le gustaba. Yo la encuentro sofocante. —Sonrió de forma encantadora—. No quiero hacerte sufrir. No hay ningún motivo para ello.

El olor de la sangre era vomitivo. Utilizando toda su voluntad, Eve le miró a la cara.

—¿Por qué la has matado?

—Ya había dejado de serme útil. Está bastante loca, ¿sabe? Demasiadas sustancias, sospecho, además de una personalidad defectuosa. Le gustaba que la pegara antes del sexo. —Meneó la cabeza—. Hubo un tiempo en que me gustaba. La parte de pegarle, de cualquier forma. Era muy lista con las sustancias. —Con gesto ausente, le pasó una mano por la pantorrilla—. Y descubrí que, bien dirigida y estimulada, era una mujer de negocios muy lista. Hemos hecho una enorme cantidad de dinero durante los últimos dos años. Y, por supuesto, están las aportaciones de los miembros. La gente es capaz de pagar unas cantidades de dinero enormes para tener sexo y la posibilidad de ser inmortal.

—Así que era un timo.

—Venga, Dallas. Invocar a los demonios, vender el alma.
—Se rio, encantado—. Es el mejor timo que he hecho nunca,
pero ya ha llegado a su punto álgido. Ahora, Selina… —Bajó
la vista y le pasó el dedo pulgar por la barbilla—. Empezó a to-
márselo bastante en serio. Creía verdaderamente que tenía
poder. —Miró el cuerpo tendido con una expresión de diversión y de compasión al mismo tiempo—. Que era capaz de invocar a los demonios, de ver a través del humo. —Volvió a sonreír y con un gesto del dedo en la sien indicó que estaba loca.

«Un timo —pensó Eve—. Desde el principio no ha sido
nada más que una estafa para ganar dinero.»

—La mayoría de timadores no añadirían el sacrificio.

—Yo no formo parte de la mayoría, y unas cuantas ceremonias realistas mantenían a raya a Selina. Había desarrollado
un gusto por la sangre. Yo también —admitió—. Pero la encuentro adictiva. Quitar una vida es una cosa muy poderosa y
excitante.

Le recorrió el cuerpo con la mirada y observó sus líneas es-
beltas. Selina tenía un cuerpo de amplias curvas, casi llegaba al
punto del exceso.

—Quizá te posea antes, después de todo. Parece una lástima
no hacerlo.

Todo su cuerpo se convulsionó sólo con pensarlo.

—Tú fuiste quien tuvo sexo con Mirium, quien le dijo que
matara a Trivaine, que se infiltrara en la brujería.

—Es la mujer más influenciable del mundo. Y con un poco
de estimulo químico y un poco de sugestión hipnótica, olvi-
da de forma selectiva.

—No fue Selina nunca. Ahí es dónde me equivoqué. Tú no
eras su perrito faldero. Ella era el tuyo.

—Esto es muy exacto. Ella ya perdía el control. Ya hacía
tiempo que yo lo sabía. Ella misma se cargó al poli. —Apretó los
labios en un gesto de enojo—. Ése fue el principio del final de
esto, y de ella. Él nunca nos hubiera descubierto, y debería haberle dejado que fuera mareando por ahí hasta que se cansara.

—Estás equivocado. Frank no se hubiera cansado.

—Ahora ya no importa, ¿verdad? —Se dio la vuelta, tomó
una pequeña botella y una aguja hipodérmica—. Voy a darte

solamente un poco, para quitarte el nerviosismo. Eres realmente atractiva. Puedo hacerte disfrutar cuando te viole.

—No hay suficiente droga en el mundo para hacerme disfrutar con esto.

—Te equivocas —murmuró, y se acercó a ella.

Roarke se obligó a no entrar corriendo en el apartamento. Si ella estaba dentro y tenía problemas, entrar corriendo no la ayudaría. Cerró la puerta con cuidado a sus espaldas. Dado que había traspasado el sistema de seguridad, supo que Jamie había entrado. A pesar de eso, al notar un movimiento a su lado, se giró repentinamente y atrapó a alguien por el cuello.

—Soy yo. Jamie. No puedo entrar en la habitación. Han instalado algo nuevo. No puedo traspasarlo.

—¿Dónde está?

—Ahí, en esa pared. No he oído nada, pero están ahí. Tienen que estar ahí.

—Vete fuera.

—No. Está perdiendo el tiempo.

—Entonces mantente apartado —le ordenó Roarke, negándose a perder más tiempo.

Se acercó a la pared y pasó los dedos por encima de ella. Se obligó a ser cuidadoso, metódico, aunque todo su cuerpo le chillaba que se apresurara.

Si había algún aparato, éste estaba muy bien escondido. Se llevó la mano al bolsillo y sacó su diario. Abrió un programa. Le pareció oír el lejano sonido de una sirena.

—¿Qué es eso? —preguntó Jamie en un susurro—. Dios, ¿es un interceptor? Nunca he visto ninguno metido en un diario de bolsillo.

—Tú no eres el único que conoce trucos. —Empezó a pasarlo por la pared mientras se maldecía por lo lento e ineficiente que estaba resultando. De repente, el aparato emitió un zumbido bajo y pitó dos veces—. Ahí está el maldito bastardo.

Mientras la pared se abría, se agachó y, apretando la mandíbula, se preparó para correr.

Y

Ella luchó por apartarse de la aguja, pero la sintió sobre el brazo y, con la misma rapidez, dejó de notarla.

—No. —Con una rápida carcajada, Alban la dejó a un lado—. No es por el sexo. Eso sería injusto para ti y sería una herida para mi orgullo. Después te inyectaré más para que no notes el cuchillo. Es lo mínimo que puedo hacer.

—Limítate a matarme, hijo de puta. —Con un desesperado tirón final, rompió la atadura y, con el brazo que le quedó libre, le dio un puñetazo. Pero cuando fue a por el cuchillo que estaba a su lado, éste se cayó al suelo.

Entonces, justo por un momento, creyó que todos los demonios del infierno habían entrado por fin.

Roarke entró como un lobo, con un gruñido se lanzó sobre él. La fuerza del ataque lanzó a Alban hacia atrás y todas las velas se apagaron en charcos de cera negra.

Empujándose hacia atrás, Eve se esforzó por liberar el otro brazo. El pánico no le dejó espacio para la sorpresa al ver a Jamie.

—Deprisa, por Dios. Coge el cuchillo y corta la atadura. Date prisa.

El chico tenía el estómago en un puño, pero pasó por encima del cuerpo de Selina y tomó el cuchillo. Sin apartar la mirada de la muñeca de Eve, cortó la atadura.

—Dámelo. Yo puedo hacer el resto. —Eve tenía los ojos clavados en Roarke, en la desesperada lucha que mantenían en el suelo. El fuego empezaba a avivarse en el rincón, se había convertido en una llama muy alta.

—Ahí viene la policía —dijo al oír la sirena—. Vete a buscarles.

—La puerta no está cerrada. —Lo dijo en tono tranquilo e inexpresivo mientras se acercaba a los tobillos de ella para soltárselos.

—Haz algo con ese fuego del rincón —le ordenó Eve mientras se ponía de cuatro patas.

—No, deje que queme. Que todo este maldito lugar se queme hasta los cimientos.

—Apágalo —le ordenó con firmeza otra vez antes de tirarse contra Alban como una mujer presa de la locura—. Tú, bastardo, tú, hijo de puta. —Incluso aunque ella le tiraba de la cabeza, Roarke le dio un puñetazo en la cara.

—Apártate de aquí —le dijo Roarke—. Es mío.

Los tres rodaron en un violento embrollo de piernas y, al final, se dieron cuenta de que solamente ellos dos estaban conscientes.

—¿Te ha hecho daño? —Los ojos de Roarke todavía tenían una expresión salvaje cuando la sujetó por los brazos—. ¿Te ha puesto las manos encima?

—No. —Eve tenía que permanecer tranquila ahora. No estaba segura de qué era capaz Roarke cuando estaba en ese estado—. No me ha tocado en ningún momento. Tú te has encargado de eso. Estoy bien.

—Tú cuidabas de ti misma, como siempre, cuando entré. —Le levantó una mano y observó la sangre que le mandaba de la herida que le había provocado la atadura. Se la llevó a los labios—. Podría matarle por esto. Sólo por esto.

—Detente. Es parte del trabajo.

Él luchaba por aceptarlo. Su chaqueta estaba destrozada, llena de sangre, pero se la sacó y la cubrió con ella.

—Estás desnuda.

—Sí, me he dado cuenta. No sé qué hicieron con mi ropa, pero será mejor que me ponga algo antes de que la patrulla entre.

Se levantó y se dio cuenta de que los pies no la soportaban con firmeza.

—Me han drogado —le explicó mientras agitaba la cabeza para despejarse.

Roarke la ayudó a dar unos pasos y a sentarse en una parte del suelo que estaba limpia.

—Recupera la respiración. Tengo que apagar ese fuego.

—Bien pensado. —Inhaló un par de veces mientras él utilizaba una de las cortinas para apagar las llamas que ya llegaban al suelo. Entonces se puso de pie y gritó:

—No, Jamie, no.

Corrió unos primeros pasos pero ya era demasiado tarde.

Con la cara pálida, Jamie se puso en pie. El cuchillo, todavía húmedo de la sangre de Alban, estaba en su mano.

—Ellos han matado a mi familia. —Tenía los ojos desorbitados, las pupilas eran dos puntas de aguja. Le dio el cuchillo a Eve—. No me importa lo que me hagan. Ellos ya no matarán a la hermana de nadie nunca más.

Eve oyó pasos que se apresuraban en la puerta y, siguiendo su instinto, tomó el dolabro por la empuñadura para que fueran sus propias huellas las que quedaran en ella.

—Cállate. Quédate callado. Peabody. —Eve se volvió en cuanto su ayudante entró corriendo con el arma desenfundada—. Tráeme algo para ponerme, ¿vale?

Peabody respiraba con dificultad mientras dirigía la vista a su alrededor y observaba la carnicería.

—Sí, señor. ¿Se encuentra bien?

—Estoy bien. Cross y Alban me prepararon una trampa, me drogaron y me trajeron aquí. Ambos han confesado los asesinatos de Frank Wojinski y de Alice Lingstrom, Logar, Wineburg y la conspiración para asesinar a Trivaine. Alban ha matado a Selina, por razones que ya detallaré en mi informe. Alban ha muerto durante la lucha por retenerle. Ha sido muy confuso, no sé exactamente cómo ha sucedido. No creo que importe.

—No. —Feeney estaba al lado de Peabody y observaba el rostro de Jamie. Luego miró a Eve. Y lo supo—. No creo que importe ahora. Vamos, Jamie, no tendrías que estar aquí.

—Teniente, con todo respeto, creo que sería mejor que usted y Roarke se fueran a casa y se limpiaran. Están demasiado a conjunto con el decorado, por decirlo así.

Eve miró a Roarke y sonrió. La sangre y el humo le cubrían el rostro.

—Tienes un aspecto horrible.

—Deberías verte tú también, teniente. —Le pasó un brazo por los hombros—. Creo que Peabody tiene razón. Encontraremos una sábana. Será suficiente con llevarte a casa sin que te congeles o te hagas arrestar.

Eve deseaba tanto un baño que hubiera podido llorar.

—De acuerdo. Estaré de vuelta dentro de una hora.

—Dallas, no es necesario que vuelvas esta noche.

—Una hora —repitió ella—. Precinte la escena, llame a los forenses. Llévese al chico al médico. Está conmocionado. Llame a Whitney. Querrá saber qué ha sucedido aquí, y quiero que Charles Forte quede en libertad tan pronto como sea posible.

Se sujetó la chaqueta de Roarke encima de los hombros.

—Tenías razón acerca de él, Peabody. Tu intuición dio en el blanco. Tienes una buena intuición.

—Gracias, teniente.

—Vuelve a utilizarla. Si este chico dice algo que no cuadra con mi breve declaración, no le hagas caso. Está destrozado emocionalmente y bajo los efectos de una conmoción. Quédate en la escena hasta que vuelva.

Peabody asintió con la cabeza y mantuvo la mirada conscientemente inexpresiva.

—Sí, señor. Me ocuparé de que le lleven a casa. Me quedaré en la escena hasta que usted vuelva.

—Bien. —Eve se dio la vuelta y empezó a abrocharse la chaqueta.

—Por cierto, Dallas.

—Qué, Peabody.

—Es un tatuaje muy bonito. ¿Es nuevo?

Eve apretó la mandíbula y se dirigió hacia la puerta con tanta dignidad como fue capaz de sentir.

—¿Lo ves? —Puso el índice contra el pecho de Roarke mientras caminaban por el pasillo—. Te dije que me avergonzarían a causa de este maldito capullo de rosa.

—¿Te han drogado, te han pegado, te han desnudado y te han atado, casi te matan y lo que te humilla es un capullo de rosa?

—Todo eso forma parte del trabajo. El capullo de rosa es algo personal.

Riéndose, le pasó el brazo por los hombros y la atrajo hacia sí.

—Jesús, teniente, te amo.

Solemne ante la muerte

SE ACABÓ DE IMPRIMIR
EN SEPTIEMBRE DE 2006
EN LOS TALLERES GRÁFICOS
DE PURESA, CALLE GIRONA, 206
08203 SABADELL (BARCELONA)